ケイトが恐れるすべて

ピーター・スワンソン

ロンドンに住むケイトは、又従兄《またいとこ》のコービンと住まいを交換し、半年間ボストンで暮らすことにする。だが、到着した翌日に、アパートメントの隣室の女性オードリーの死体が発見される。オードリーの友人と名乗る男や、アパートメントの向かいの棟の住人の話では、彼女とコービンは恋人同士だが、まわりには秘密にしていたという。そしてコービンはケイトに、オードリーとの関係を否定する。嘘をついているのは誰なのか？　見知らぬ他人に囲まれた、ケイトの悪夢の四日間が始まる。ミステリ界を席巻した『そしてミランダを殺す』の著者の衝撃作！

登場人物

ケイト・プリディー……………ロンドンからボストンに来た女性
コービン・デル………………ケイトの又従兄《またいとこ》。金融アドバイザー
オードリー・マーシャル………コービンの隣人
アラン・チャーニー……………オードリーの向かいの棟に住む男
クイン……………………………アランの元恋人
ジャック・ルドヴィコ…………オードリーの友人
キャロル・ヴァレンタイン……アパートメントの組合の会長
ジョージ・ダニエルズ…………ケイトの大学時代の恋人
マーサ・ランバート……………ケイトの友人
クレア・ブレナン………………コービンのロンドン留学中の恋人
ヘンリー・ウッド………………コービンが留学中に知り合った男
リンダ・アルチェリ……………コネチカット州に住む女性
レイチェル・チェス……………メイン州に住む女性

リチャード・デル……………コービンの父親
ロバータ・ジェイムズ………ボストン市警の刑事
アビゲイル・タン……………ＦＢＩ捜査官

ケイトが恐れるすべて

ピーター・スワンソン
務　台　夏　子　訳

創元推理文庫

HER EVERY FEAR

by

Peter Swanson

ケイトが恐れるすべて

スーザン、ジム、デイヴィッド、そして、ジェレミーにすべての恐れは欲望。すべての欲望は恐れ。
木の下でタバコが燃え、
スタッフォードシャーの殺人者が共犯者を待つ。
そして犠牲者を。すべての犠牲者は共犯者だ。

ジェイムズ・フェントン「スタッフォードシャーの殺人者」

第一部　長い脚で蠢《うごめ》くもの

第一章

ローガン国際空港からボストン中心部までの最短ルートは、サムナーという全長一マイルのトンネルを行く道だ。暗く、湿っぽく、天井の低いサムナー・トンネルは、百年前に造られた建造物のように感じられ、なおかつ、これは事実に近い。そして四月二十四日金曜日、暖かな春の夕べに、ボストン大学の某一年生がこのトンネル半ばでガス欠を起こし、ラッシュアワーの車の流れは、通常の二車線ではなく、動きののろい一車線のみとなった。ボストンに来るのはこれが初めてで、まさかボストン港の底のトンネルに囚われるはめになろうとは思ってもみなかったケイト・プリディーは、停車したタクシーの後部座席でパニックに陥《おちい》りかけていた。

彼女のパニックの発作は、この一日に限っても、これが初めてではない。その朝も彼女はひとつ起こしている。それは、ロンドン、ベルサイズ・パークのアパートメントの自室から薄暗い冷たい朝へと足を踏み出し、突如、住まいの交換というアイデアが、どこを取っても、自分にとって過去最悪のアイデアのように思えたときのことだった。しかし彼女は、呼吸のエクササイズを行い、呪文を唱え、自分に言い聞かせた。もう引き返すことはできない。彼女の又従兄《いとこ》、いまだ会ったことのない相手が、いままさに、ボストン発の夜行便でロンドンへと向かっている。彼は六カ月間、彼女の部屋《フラット》を使い、彼女のほうはそのあいだ、ビーコン・ヒルの彼の部屋《アパートメント》で暮らすのだ。

だが、暗いトンネル内で立ち往生するタクシーの招いたこの発作は、ひさびさに経験する、かなりひどいものだった。果てしないトンネルのつややかな壁は、てっぺんでカーブしている。まるで収縮する大蛇の体内にいるようで、ケイトは胃がよじれ、口がからからになるのを感じた。

タクシーがゆっくりと前に進む。車内後部は、体臭と車の消臭剤の花の香りがしていた。ケイトは窓を開けたかったが、合衆国におけるタクシーの作法がわからなかった。ふたたび胃がよじれ、痙攣《けいれん》が始まった。**最後にトイレに行ったのはいつだったろう?** そう思うと、パニックが一段階、高まった。それはおなじみの感覚だった。鼓動が速く、四肢が冷たくなり、目に映る世界が鋭利になる。でも、どうすればいいかはわかっていた。頭のなかでセラピストの声がする。**それはただのパニックの発作、偶発的なアドレナリンの放出にすぎないの。害にはならないし、死ぬこともない。そして誰もそれには気づかない。ただ起こるに任せなさい。そこに身をゆだねるの。やり過ごすのよ。**

でもこれはちがう。ケイトは胸の内で思った。この脅威は真に迫っている。そして突然、彼女はウィンダミアのあのコテージにもどって、閉ざされたクロゼットのなかでうずくまり、身を縮めていた。ナイトガウンは尿で濡れており、扉の外にはジョージ・ダニエルズがいる。彼女はあのときとほぼ同じ感覚を覚えた。体内の冷たい手が、濡れ雑巾をしぼるように胃をしぼる感覚を。ライフルの爆音が轟《とどろ》き、その後、恐ろしい静寂がつづいた。何時間も、何時間も。節々をこわばらせ、悲鳴で声帯を腫らして、ついにクロゼットから引きずり出されたとき、彼女には自分がなぜまだ生きているのか、なぜ恐怖で死ななかったのか、わからなかった。

反響するクラクションの音が、タクシーの車内に彼女を連れもどした。彼女はウィンダミアのこと、ジョージのことを頭から押しのけ、できるだけ深く息を吸いこんだ。そうすると、何か重たいものが胸にすわっているような感覚を覚えたけれども。

向き合う。受け入れる。身をゆだねる。時が過ぎるのを待つ。

呪文は効いていない。喉が狭まり、小さな穴となっていく。肺が必死で酸素を取りこもうとしている。タクシーの後部はいま、あのクロゼットのにおいがした。カビ臭さと腐敗臭。まるで何年も前の夏に壁のなかで何かが死んだかのようだ。逃げ出そうか。そう考えると、さらにパニックが募った。薬のことが頭に浮かぶ。処方薬の精神安定剤。近ごろはめったにのまないが、もう要《い》りもしない毛布を手放さずにいる子供のように、彼女はとにかくそれを持ち歩いている。でも薬はキャリーケースのなかだし、キャリーケースはタクシーのトランクのなかだ。

彼女は乾いた口を開き、運転手に声をかけようとした。トランクを開けるようたのもうと。しかし言葉は出てこなかった。そしてあの瞬間が来た。すでに何度も経験している瞬間——自分は本当に死にかけているのだと確信するときが。**パニックの発作で死ぬことはない。絶対に。**

彼女はそう考え、体の上を猛スピードで列車が走っているかのように、とにかくぎゅっと目を閉じた。それは最悪の手だった。世界が消滅して、闇に満ちたクロゼットとなり、死が彼女の息をふさいだ。内臓が融解しはじめた。

向き合う。受け入れる。身をゆだねる。時が過ぎるのを待つ。

タクシーが車体ひとつ分がくんと前進し、それからふたたび停まった。ささやかなその動きで、いくらか気分がよくなった。まるで呪文を唱えたことによって車が動いたかのように。彼女は呪文を繰り返し、同時に呼吸のエクササイズを行った。

運転手が一方の手を振ってぱっと指を広げ、汚れたフロントガラスに向かって何かぶつぶつつぶやいた。それはケイトには理解できない言語だった。どういうわけか彼女は、アメリカのタクシー運転手を典型的アメリカ人としてイメージしていた。キャップをかぶり、短くなった葉巻をくわえ、アメリカ人特有のあの大声でしゃべる、背の低い男。ところがこの運転手はターバンを巻き、たっぷり髭《ひげ》を蓄えている。彼が車の左側にすわっているという事実をのぞけば、彼女はロンドンにいるも同然だった。

「トンネルの長さはどれくらいですか?」ケイトはパーティション越しにどうにかそう訊ねた。その声はかすれていて、彼女自身の耳にも気弱そうに聞こえた。

「前のほうで何かあったんだ」

「いつもこうなんですか?」

「ときどき」運転手はそう言って、肩をすくめた。

ケイトはあきらめて、背もたれのほうに体をもどした。彼女は両手で膝《ひざ》をさすった。タクシーは一度に数フィートずつ、がくがくと進みつづけた。だが、エンストしたシボレーを追い越したあとは、二車線が開かれ、タクシーはふたたび走りはじめた。ケイトは鼻から息を吸い、口から吐いた。握り締めていた手の一方をゆるめると、関節のどれかがポキッと鳴った。彼女は親指で他の指の先を順繰りにたたきはじめた。喉の小さな穴が少し広がった。

タクシーはトンネルを抜け、ケイトは束の間、空を埋め尽くすもくもくした雲を目にした。その直後、タクシーはすっと降下し、車体を傾けながら、また別のトンネルに入った。だが今度のは、猛スピードで車が走っているやつだ。運転手はそこで遅れを取りもどしたあと、やはり流れの速い別の道に出た。その道はチャールズ川にそって蛇行していた。空はまだ明るく、ケイトには自分の左手をビュンビュン過ぎていく煉瓦の家々の裏側が見えた。川では、スカルの漕ぎ手が静かな川面をすべるように進んでいた。

運転手が突如、左に急ハンドルを切り、Uターンして狭い通りに入った。道の左右には、四角い煉瓦の家々が立ち並び、花をつけた木々が歩道ぞいに植わっていた。

「ベリー・ストリートだよ」運転手が告げた。

「一〇一番地なんですが」

「了解」運転手はスピードを上げ、それから減速して、急停止した。タイヤのひとつは歩道の上に載っていた。停まった場所は、１０１と刻まれた小さな石を頂く煉瓦のアーチの真ん前。アーチの奥には、背の低い噴水のある中庭が見えた。アパートメントの建物は三階建てで、三方から中庭を囲んでいる。先ほどのパニック発作の名残りで、ケイトの胃は少し疼《うず》いていた。それに、その日、ノース・ロンドンのごく普通の彼女の部屋《フラット》に着いた又従兄のコービン・デルのことを思うと、うしろめたさも覚えた。でも彼は、それがどんなうちなのか、わかっていたはずだ。ふたりは何度かEメールでやりとりしている。彼女の寝室ひとつの住居は居心地がよく、地下鉄の駅が近くて便利なのが取り柄だ。一方、コービンの住まいは――写真を見せてもらったが――ヘンリー・ジェイムズの小説から抜け出してきたようだった。それでも、建物の実物を目にしたいま、彼女はその入口の中庭に意表を突かれた。それは、いかにもイタリアっぽく、彼女がここまでに垣間見たボストンには不似合いに思えた。

運転手がふたつの荷物――大きなキャリーケースとそれよりさらに大きなダッフルバッグを下ろすあいだ、ケイトは歩道で待っていた。ドルへの両替は前の週にロンドンの銀行ですませており、運転手への支払いはその脆《もろ》そうな薄い紙幣でした。チップの妥当な額がよくわからなかったので、多く出しすぎたかもしれない。タクシーが走り去ると、彼女はキャリーケースの上にダッフルバッグを載せ、アーチを通り抜けた。

半分は敷石、半分は煉瓦で舗装された中庭の半ばまで進んだとき、中央のドアがさっと開いて、洋ナシ体形のドアマンが手を振りながら飛び出してきた。

「どうもどうも」ドアマンは言った。彼はスーツの上に長い茶色のレインコートをはおり、制帽をかぶっていた。帽子の下には、黒縁の分厚い眼鏡をかけており、肌の色は濃い黒で、片側が反対側よりやや密な、真っ白な口髭を生やしている。

「こんにちは」ケイトは言った。「キャサリン・プリディーです。コービン・デルの部屋にしばらく入ることになっています」

「はいはい、知っていますとも。ミスター・デルは半年間、ロンドンに行き、あなたはここに来る。ロンドンは損をし、ボストンは得するってわけですね」彼はウィンクした。すると、彼女の胸をまだつかんでいた緊張の一部が消え失せた。

「それはどうかわかりませんけど」ケイトは言った。

「わたしの目は確かですよ」ドアマンは言った。ケイトは何かで、ボストンの人は温かみに欠けるという話を読んだことがある。でもこのドアマンは、そうではないことを証明していた。

「どうやらあなたは全財産を持ってきたようですね」彼はそう言って、ふたつの荷物を見つめた。ケイトは、女がひとり、そばを通り過ぎて建物に入っていくのを、見るというより感じていた。ドアマンは何も気づいていないようだった。

「キャリーケースを運んでいただければ、ダッフルバッグのほうはわたしが運びますから」ケイトは言った。そしてふたりは、建物のロビーまで、すり減った大理石の階段三段をどうにかこうにかのぼっていった。ドアマンはタイルの床にキャリーケースを置くと、フロントデスクの向こう側にすばやく移動した。太った男にしては、彼は身が軽かった。

「あなたが着いたら連絡すると、ミセス・ヴァレンタインに約束したんですよ。彼女はこのアパートメントの組合の会長でね、あなたのために新居の案内をしたがっているんです」

「ああ、はい」ケイトはそう言って、あたりを見回した。そのロビーは狭いけれども美しかった。高い天井からは、ガラスケース入りのランプが四つ付いたシャンデリアが下がっている。壁は光沢のあるクリーム色に塗ってあった。

「ミス・プリディーがロビーにおられます」電話に向かってそう言うと、ドアマンは受話器を置いた。「すぐに下りていらっしゃいますからね。荷物をエレベーターに載せましょう。あなたのお部屋は、北の棟の三階です。チャールズ川が見える眺めのいいお部屋ですよ。ボストンに来たことはありますか?」

ケイトが実は合衆国に来るのも初めてなのだと話しているとき、七十いくつかのひどく痩せた女が、タイルにカツカツと靴音を響かせ、両サイドにある階段の一方を下りてきた。彼女は長い黒のドレスを着て、花柄のスカーフを首に巻いていた。髪は銀色で、凝《こ》った結い方でまとめてある。ケイトは、この人は普段からこういう格好なのか、それとも、外出の予定があるのだろうか、と思った。女はキャロルと名乗って、ケイトと握手を交わした。その手はティッシュペーパーでくるんだ割り箸《ばし》の束のようだった。

「あなたひとりでもコービンのお部屋の様子はわかるでしょうけれどね、ケイト、でも歓迎委員会のお出迎えがあってもいいんじゃないかと思ったのよ」ドアマンがケイトの荷物をエレベーターに運び込むと、キャロルは彼から鍵を受け取り、ケイトを連れて螺旋《らせん》階段へと向かった。「階段でいいかしら? わたしの日課の運動なの」

エレベーターに乗らずにすむことにほっとし、ケイトは喜んで階段で行くと夫人に言った。三階に着くと、キャロルは左手に向かい、ケイトは彼女に従って絨毯《じゅうたん》の敷かれた暗い廊下を進んでいった。そこには、左側にひとつ、右側にひとつ、突き当たりにひとつ、ドアがあり、ケイトと同じ年ごろの女が左側のドアをたたいていた。ケイトは、さっき中庭で見かけた人だと思った。

「どうしました?」キャロルが大きな声で訊ねた。

女が振り向いた。ジーンズにスクープネックのセーターという格好で、黒っぽい髪はボブにしている。もう一歩で美人と言えそうなのだが、惜しむらくは顎がない。その特徴がかなり目立っているため、ケイトは束の間、この人は何か顎がなくなるようなひどい事故に遭ったのだろうかと思った。

「ここで働いていらっしゃるかたですか? この部屋の鍵を貸していただけませんか? 友達のことが心配なんです」女の声は鼻にかかっており、不安のせいで甲高《かんだか》くなっていた。

「何が心配なんです?」キャロルは訊ねた。「大丈夫ですか?」

「友達と連絡が取れなくて。一緒にランチすることになっていたんですけど。勤め先に電話しても、出勤していないというし。それで心配しているんです」

「ドアマンとは話しました?」

「いいえ、まっすぐここに上がってきたので。こんなの彼女らしくないわ。メールだってしたんですよ、もう千回も」

「それはお気の毒ね」キャロルは言った。「わたしは鍵を持っていませんけれど、ドアマンのボブと話してみてはどうかしら。きっと何か知っていますよ。あなたのお友達、お名前はなんとおっしゃるの？」キャロルはふたたび歩きだし、ケイトも彼女につづいた。

「オードリー・マーシャルです。彼女を知っていますか？」

「会ったことはありますよ。でもあまりよくは知らないわ。下に行ってボブとお話しなさいな。きっと力になってくれますからね。そもそも彼はあなたが来た時点で、手を貸すべきだったのよ」

気がつくとケイトは、鏡板の壁を肩でかすめるようにして、廊下の端を歩いていた。居住者の友達の動揺、その取り乱した甲高い声が、ケイトの胸の圧迫感をよみがえらせていた。体の内部でパニックが風船のようにふくらんでいく。キャリーケースのなか、化粧ポーチのなかの薬のことを、彼女は考えた。いまはそこには手が届かない。

「こういうことはめずらしいのよ」突き当たりのドアに鍵を挿し込みながら、キャロルが言っている。「ドアマンを通さないで、人がここまで来てしまうというのはね。だけど、誰にも何も起きちゃいませんよ」彼女は、どんな場所、どんな人にも、いまだかつて災《わざわ》いなど起きたことがないかのような言いかたをした。それは無茶苦茶だけれども、善意に基づく宣言だった。ケイトの父が言いそうなことだ。ケイトのほうは、新しい隣人の部屋を必死でノックする不安げな女の姿を見た瞬間、誰かが死んだのだとわかった。それが彼女の頭の働きかたなのだ。そして、自分の頭がそういうふうに働く――絶えずロジックを拡大し、起こりうる最悪の結末まで行ってしまう――とわかっていても、彼女の確信は揺るがない。その日の朝も、出発ロビーで、額《ひたい》に汗をにじませた薄い口髭の若者を見たとき、そいつがバックパックに手製の爆破装置を忍ばせていることが、ケイトにはわかった。それに、大西洋上で乱気流に入ったときは、その荒れが激しさを増し、いずれ、蝶々を引き裂く残酷な子供よろしく、ジェット機の翼のひとつをあっさりむしりとることも、彼女にはわかった。結果的にそうしたことは起こらなかったが、だからと言って、廊下の先の部屋の奥に、死んだ女、または、死にかけている女がいないということにはならない。もちろん、いるのだ。

　ケイトは、まだ鍵にてこずっているキャロルに注意をもどした。この人の鳥みたいな骨にはタンブラー錠の操作はむずかしすぎるんじゃないだろうか？　そう思ったとき、大いに安堵したことに、鍵が開くなめらかなカチリという音がした。コービンの住居に入ったことはなかったが、ケイトの頭のなかで、それは早くも自分のものになっていた。とにかくなかに入って、うちにいる安心感を得たかった。エンジンをかけたままの小型タクシーを路肩で待たせ、玄関のドアの鍵を二度確認し、ロンドンの我が家の快適さから足を踏み出したのが、もう何年も前のことのように思えた。キャロルがドアを開けたのと、廊下から声が聞こえたのとは同時だった。振り返ってみると、そこにはドアマンのボブがいた。彼はダッフルバッグを重そうに運んでおり、その横であの顎のない女が自分の懸念を訴えている。「まずこちらのお嬢さんのご用をすませてください。お友達のことはそのあとで考えましょう」彼は言っていた。

　キャロルはケイトを彼女の新居に招き入れた。ケイトはただちに、トイレに行きたいと言った。「ええ、そうよね。あの寝室にひとつ付いていますよ」キャロルがそう言って指を指す。ケイトはそちらへと急ぎ、うちのなかの贅沢さにはほとんど気づかないまま、白黒のタイルの巨大なバスルームに閉じこもった。トイレの蓋《ふた》にすわった彼女は、そこに薬がないのを知りながら、とにかくバッグを開けてみた。するとそのなか、サイドポケットに、精神安定剤のプラスチック容器が押し込まれていた。それを見たとたん、今朝早くキャリーケースからバッグに容器を移したことを思い出した。ちょっと前のことなのに、どうして忘れてしまったんだろう？　震える手で、彼女は容器の蓋を開け、薬を一錠、水なしでのんだ。強い恐れ――パニックより耐え難いほどのものが、胸一杯に広がった。

アメリカになんか来るべきじゃなかった。

第二章

その住居は確かにものすごく広かったが、ひととおり案内するだけなら三十分もかからなかったろう。でも、キャロル・ヴァレンタインは明らかにその役割を楽しんでいた。夫人はあちこち指し示した。クルミ色のオーク材の床、格天井《ごうてんじょう》、実際に使える暖炉、そして、彼女がジュリエット・バルコニーと称するもの。実のところそれは、天井まで届くフレンチ・ドアを一歩出た先の、腰の高さの手すりにすぎなかった。ケイトには、自分がそのドアを決して開けないことがわかっていた。高層階というわけではないけれど、そこは充分な高所だった。

「お気に召した？」ひとめぐりし終えると、キャロルは訊ねた。ケイトはすでに三十回も感動を表しているというのに。

「ええ、とても。すてきです。居心地がよくて」

「家具もすばらしいでしょう？　不思議よね、コービンみたいな若い人が……」キャロルはみなまで言わずに、唇だけでほほえんだ。その顔を覆う薄い皮膚《ひふ》が動き、ケイトはこの女の頭蓋骨の形が精確に見えた気がした。「ロンドンのお宅――あなたのフラットは、どんなお住まいなの？」

「このリビング一室に丸々収まっちゃうんじゃないかしら」ケイトは言った。「ちょっと気が咎《とが》めているんですよ。わたしのほうがずっと得してるので」

「ええ、でもロンドンなら……」

ケイトは思わずあくびを漏らし、急いで口もとを覆った。

「あら、いけない。きっとあなたはくたくたよね。時差のことをすっかり忘れていたわ」

「ほんとに疲れました」ケイトは言った。「うちにいたら、もう寝る時間ですし」

「そうね、でも、普段より少し遅くまで起きてるようになさいな。そうすればこっちの時間に慣れますからね。落ち着いたらすぐ、一杯飲みにうちにいらっしゃい。わたしは向かい側の棟に住んでいるの。ちょうど反対側よ。間取りはここと同じ。そういう角の部屋は、この建物では最高にいいうちなの。特にあなたのはね。町の眺めと川の眺めの両方を楽しめるんですから」よそのうちに聞こえるわけもないのに、夫人は声をひそめていた。

「本当にすてき」ケイトは言った。

「この建物は、ヴェネチアの宮殿《パラッツォ》をモデルにしてるのよ」

「イタリアっぽいなと思ってました。あの中庭」

「設計者はボストンの人だけど、一度イタリアに行ってから、ここにもどってきたの。もちろん、もう何年も前のことよ。それについては全部、あなたが飲みにいらしたとき、うちの主人が喜んでお話しするでしょうよ」

キャロルは去り、ケイトはお客を送り出してドアを閉めた。しばらく彼女はそこに立っていた。バスルームでの出来事――バッグに移したことを忘れていて、そのなかの薬を見つけたことで、まだいくぶん頭が混乱している。でも、あのあと彼女はちょっと考えて自分を納得させており、すでに気持ちは鎮《しず》まっていた。あるいは、単に薬が自らの仕事をし、彼女の肌に慰撫《いぶ》の指を広げつつある、ということかもしれない。

彼女は今度はひとりで、細部まですっかり頭に入れながら、うちのなかをめぐり歩いた。造りつけの本棚、壁の絵画。どの部屋も美しく設《しつら》えてあるものの、なんとなく没個性的で、何もかもが室内装飾家の選んだ品であるかのようだ。たぶん、実際そのとおりなのだろう。寝室に入ってみると、ヘッドボードにクッションの入ったキングサイズのベッドの向かい側に、背の低い書き物机があり、その上にフレームに入った写真が十五ほども載っていた。家族の写真。ほとんどが白黒で、ほとんどが休日に撮ったものだ。船とビーチ。ケイトはそれらの写真をじっくり眺めた。彼女には、母の従兄《いとこ》であるコービンの父親の顔がわかった。ただし、前に他の写真で見たのを覚えているだけだけれど。そこにある写真のほとんどに彼は写っていた。たいていコービンと、ケイトのもうひとりの又従兄、フィリップも一緒だ。なぜコービンは母親の写真を一枚もこの机に置いていないんだろう？　ケイトはそう考え、それから思い出した。このアパートメントは、妻と別れたコービンの父親が生前、所有していたうちなのだ。これらの写真は、息子ではなく父親のものにちがいない。

住居の他の部分はどこまでが父親の好みのままなんだろう？　ケイトはそう考え、おそらく大部分がそのままなのだ、と思った。母から聞いたところによれば、リチャード・デルは、一九七〇年代にアメリカ人の妻と一緒になるためボストンに移住したという。彼は金融関係の仕事をしており（「すごい大金を動かす仕事よ」とルーシー・プリディーは娘に語った）、一九八〇年代に財を成した。リチャードとその妻アマンダは、ノースショアの町、ニューエセックスの海辺の豪邸で暮らしていた。子供たちが十代のころ、ふたりは離婚し、海辺の家にはアマンダがそのまま住みつづけ、リチャードのほうは、ボストン、ベリー・ストリート一〇一番地のアパートメントの一室を買った。そして、リチャードがバミューダでの休暇中に海の事故で亡くなったあと、部屋はコービンに遺されたのだ。

ケイトはこういったことをすべて、二カ月ほど前、日曜の両親とのディナーのときに知った。「あなたの又従兄のコービンから連絡があってね」ルーシーは言った。ディナーを終え、ふたりはサンルームにいたが、まだワインを飲んでいた。ケイトの父パトリックは、ボーダーテリアのアリスを連れて散歩に出ていた。

「ああ」ケイトは言った。

「あなたは彼に会ったことがないと思うけど。会ったことある？」

「お母さんの従兄のリチャードの息子でしょ？　何年か前に亡くなった？」

「そう、溺死したのよ。実はあなたもリチャードには会っているの。シャーロットの結婚式のときにね。覚えているかどうか、わからないけど。わたしはコービンに彼のお父さんのお葬式で初めて会ったの」ケイトの両親は、その葬儀のために、はるばるマサチューセッツ州まで行ったのだ。ただ、ふたりはその旅のついでに、メイン州沿岸を車で周遊してきた。それは彼らの両方が昔からやりたがっていたことだった。

「とっても優しそうな人よ。それに、すごくハンサムだし。まるであの人みたい──ほら、「MI－5　英国機密諜報部」に出てた、あなたの好きな俳優。ルパートなんとか」

「ルパート・ペンリー＝ジョーンズ。どうしてそんな話をしてるの？　なんだかお母さんが、あんたを又従兄に嫁がせることにしたって言いだしそうな気がするんだけど。わたしたち、過去の世界にもどっちゃったの？」

ルーシーは笑った。無理のない自然な笑い。社交の場でときおり出る、鈴を鳴らすような作った笑いではない。「そうよ、ダーリン、もうすべて手配ずみだから──なあんて、まさかね。だけど、この話をしているのには、ちゃんと理由があるの。わたしもまだ完全に耄碌《もうろく》したわけじゃないのよ。コービン・デルはロンドンに移ってくる予定なんですって──転勤か何かで──六カ月間。それで彼はわたしにEメールを寄越したわけ。あなたがロンドンに住んでいるのを知ってるから」

「まさかうちに住まわせてくれって言うんじゃないよね？」

「いえいえ、もちろんちがうわよ。でも彼は、あなたに住まいを交換する気がないかどうか訊いてみたいと言ってるの。ボストンの自分のうちに誰かが住んでくれたらうれしいって。そうすれば、自分はあなたのうちに住んで、お金を節約できるし、あなたのほうもアメリカでの生活を半年間、経験できるってわけよ」

ケイトはワインをひと口、飲んだ。それは白ワインで、甘すぎた。「ボストンでわたしは何をすればいいの？」

「学校に行ったらどうかしらね。ほら、前から自分で言ってたみたいに。きっと向こうに、グラフィック・デザインの学校があるわよ。それにもちろん、絵もつづけたらいいし」

「仕事はどうするのよ？」ケイトはちょうど、ハムステッドの画材店での仕事をパートタイムからフルタイムに切り替えたばかりだった。

「でも、あれは一生の仕事とは言えないでしょう？」

確かにそうなのだが、それでもケイトは腹が立ち、なんとも答えなかった。こんないい話をことわるなんて馬鹿だということは、頭の一部ではわかっていた。外国での六カ月。彼女はアメリカに行ったことがない。それに、ボストンはよい町と言われている。ニューヨークやシカゴとはちがい——それを言うならロンドンともちがって——暮らしにくさはないそうだ。住むうちはある。たぶん、とてもいい住まいだ。ところが、こういった理屈が頭に浮かべば浮かぶほど、彼女はますます不安になり、やがて、自分はおそらくことわるだろうと悟った。時期尚早。彼女は前よりよくなっている。でもまだ完全じゃない。

「やっとロンドンになじめて、すべてがスムーズに回りだしたばかりっていう気がするし。ここでボートを揺らすべきなのかどうか……」

「もちろんそうよね、ケイト。ただコービンに訊かれたから、訊いてみようと思っただけなの。よくわかるわよ」母にそう言われ、ケイトは気づいた。母は、ケイトが実際にこのチャンスをつかみ、半年間ボストンに行くとは、最初から思っていなかったのだ。午後一杯、彼女を執拗《しつよう》に悩ませたのは、この考えだった。父がアリスの散歩からもどると、三人はケイトがロンドンへの帰りの列車に乗る前に、ブレイントリー（エセックス州の町）中心部の〈ホワイトスワン〉に行ってもう一杯やることにした。帰り道、ケイトはほろ酔い気分だった。彼女の心は、まず、ボストンで起こりうる、ありとあらゆるよいことを思い描き、つぎに、ありとあらゆる悪いことを思い描いた。また彼女は、母のあの声の調子、自分がことわることをはっきり知っていたかのような口ぶりについて考えつづけた。ロンドンの自宅にもどったとき、両親に電話して気が変わったと告げたのは、他の何よりもそのせいだった。

「あら」母は言った。

「こんなチャンスを逃したら馬鹿だと思って。いまのわたしには、ここにいたい理由もないわけだしね。もちろん、母さんと父さんにすぐ会えるってことを別にすれば、だけど」

「わたしたちも遊びに行くわよ」

「コービンに、ぜひそうさせてくださいって伝えて。ううん、それより、彼のEメールを転送してよ。そうしたら自分で彼に連絡するから」

彼女はその夜、度胸が失せないうちに、コービンにメールを書いた。彼は大喜びだった。ふたりは四月下旬から十月上旬までということで住まいの交換を手配した。ケイトは勤め先に辞めることを知らせ、インデザインとイラストレーター（アドビシステムズが販売する、DTPソフトとイラスト作成ソフト）のコースを取れるグラフィック・デザインの学校を見つけた。そしていま、彼女はここにいて、その学校での最初の授業は月曜の午後に予定されている。ケイトは廊下を引き返してリビングにもどった。ドアマンのボブは彼女の荷物をそこに置いていた。荷ほどきをすべきなのはわかっている。でも、疲労の波が全身に広がってきた。それに、空腹感もだ。彼女は、御影石《みかげいし》の調理台とステンレスの調理器具の備わったキッチンに行った。その場所は一度も使われたことがないように見えた。冷蔵庫を開けてみると、まんなかの棚にぽつんとひとつだけ、シャンパンのボトルがあり、黄色いメモ用紙が貼り付けてあった。**ようこそ、ケイト――楽しんで！**　癖《くせ》のある字でそう書かれている。罪悪感がケイトの胸を貫いた。彼女のほうはコービンのために何も置いてこなかったのだ。ただし彼女は、もっとずっと長いメモを残してきた。彼を歓迎し、近所のどこに何があるか教える手紙を。

シャンパンと雑多な調味料があるだけで、冷蔵庫は事実上、空っぽだった。冷凍室を開けてみると、そこには〈トレーダー・ジョーズ〉とかいう店で買った冷凍食品がひと山あった。彼女は冷凍ブフ・ブルギニョン（牛肉の赤ワイン煮）の裏の説明を読み、これならなんとかなると判断した。その箱はよく見るものでありながら、ちがう点もあった。栄養成分表示には、グラムの代わりにオンス、カロリーの代わりにエネルギーが使われている。彼女は電子レンジの使いかたを解明し、冷凍食品を温めはじめた。それから、グラスに一杯、水道水を汲んで飲み干し、あとになってから、その水は飲んでも大丈夫なのだろうかと考えた。味は悪くなかったものの、それは普段飲んでいる水とはちがっていた。ミネラル分がもっと多い。シャンパンをグラスに注いだあと、廊下の先の行方不明の女性はどうなったかと思い、彼女は玄関に行って、のぞき穴に目を当てた。ボブはあの友達をなかに入れてあげたんだろうか？　たぶんそれはない。となると、あの友達はつぎはどうするだろう？　警察はたぶん何もしてくれない。アメリカの警察ドラマをある程度、見ているため、いなくなって一日未満の人についての捜索願が受理されないことをケイトは知っていた。外の廊下に人気《ひとけ》はなかった。たぶん自分が過剰反応していただけ。心配するようなことは何もないのだろう。たぶんその女性は、お節介な顎のない友達がいやになっただけなのだ。

キッチンには御影石のL型アイランドがあり、ケイトはそのまわりに置かれたスツールのひとつにすわって冷凍食品を食べた。それは驚くほどおいしかった。彼女は二杯目のシャンパンを注いで、ひと口飲んだ。すると、またしてもひどい疲労感が襲ってきた。頭は重たく、胃は少しむかついていた。彼女は荷ほどきをして、Eメールが送れるようノートパソコンのセットアップをするつもりだった。それに、アメリカのテレビ番組も見てみたかった。でもそうはせず、キャリーケースを寝室まで転がしていき、その中身を掘り返して洗面用具を見つけ出した。それに、寝るときに着るお気に入りのボクサーショーツとTシャツも。それからどうにか歯を磨いて顔を洗うと、よく乾いたひんやりしたシーツのあいだにもぐりこんだ。ひどく疲れていながら、彼女はしばらく目覚めたまま、かすかに聞こえる家の音に耳を傾けていた。遠い車の往来の轟《とどろ》き、暖房装置がカチカチいうくぐもった音、そしてそれ以外の何か——彼女にはなんなのかわからないシューシューという静かな唸《うな》り。眠りに落ちる前、ケイトは思った。こんな寝心地のよいベッドで寝るのは生まれて初めてだ。彼女はそこに沈み込み、しっかりと抱《いだ》かれた。

＊

ケイトは一度、目を覚ました。高い天井に青い光が斜めに走り、断続的に閃《ひらめ》いている。**サイレンの音はしないの？** ケイトは思った。それから——**ここはどこ？** と。そして、混乱の二秒間のあと、ようやく思い出した。口は乾いており、喉はからからだった。遠くを行く列車のような音が聞こえる。彼女は左右に寝返りを打ち、時刻を教えてくれる時計の明るい数字をさがした。しかし、カーテンの閉じた窓から警察車両のライトがすじ状に流れ込むばかりで、室内は闇に包まれていた。

ケイトは身を起こし、それからまた横になった。バスルームをさがして水を飲むことさえできないほど、彼女は疲れていた。あの隣の人の名前はなんといったっけ？ 行方不明のあの女性は？ オードリー・マーシャル——ケイトは思い出した。名前を覚えるのは得意なのだ。それがきみの超能力だ。ジョージはそう言っていた。彼はケイトを〝名前記憶魔〟などと呼んだものだ。ケイトは目を閉じ、夢のなかで誰かにささやきかけられて、ふたたびぎくりと目を覚ました。声は消えた。室内はもとどおり暗くなっていた。あの警察車両のライトは夢だったのだろうか？　**明日、確かめよう。**彼女は思った。そしてふたたび、眠りの黒い淵へと落ちていった。

第三章

彼女は実際、その件を確かめた。ただしそれは、翌日の夕方になってからだった。

その日は朝早く、部屋がまだ暗いうちに目が覚めた。ボストンの時間に体のリズムを合わせるために、もう少し遅くまで眠るべきなのはわかっていたけれど、頭は冴え切っていたし、コーヒーがほしくてたまらなかった。

少し時間はかかったものの、コーヒーメーカーとコーヒーが見つかり、取り扱い法も解明できた。コーヒーができるのを待つあいだ、彼女はものすごく広いその住居内をもう一度めぐり歩いた。朝の弱い光が窓に広がりだしていた。いちばん大きな部屋、中央のリビングルームからは、チャールズ川の景色が望めた。夜明けの薄闇のなか、川は静かで、波ひとつないその水面にはうっすら靄《もや》がかかっている。歩道橋がひとつあり、それは川とその隣の道路の両方をまたいでいた。

リビングはいつでもカクテル・パーティーを開けそうな感じだった。あちこちに椅子が置かれ、それに加えて、大きなカウチがふたつ、向かい合わせになっていて、そのあいだにガラスの天板のコーヒーテーブルが据《す》えてある。ケイトはガラスのテーブルが嫌いだった。その上に何か置けば必ず、たちまちガラスが砕けるか、少なくともひびが入るだろうと考えずにはいられなかった。彼女は常につぎの瞬間、悲劇の瞬間を生きている。だから昔から、低い手すりや、往来の激しい道路の横断や、複数の皿を運ぶウェイターが大嫌いだった。それらは、彼女が常にかかえてきた、厄介ないらだたしい恐怖症の対象だった。そして五年前、ジョージの事件が起こり、彼女の人生を永遠に変えた。彼女は一年以上、家を出られなかった。いや、それだけじゃない。家を出ることを想像することすらできなかったのだ。恐怖と悲しみで、彼女は動けなくなっていた。両親とセラピストがあの穴からゆっくりと彼女を引き出し、その後、人生はいくらか上向いた。自分が合衆国までどうにか来られた、ガラスのテーブルのあるこのとんでもなく広い部屋《アパートメント》までたどり着いたという事実は、彼女にとって信じられないことだった。ガラスのテーブルは嫌いだ。でも、彼女はそれを受け入れられる。

リビングにはテレビがなく、ケイトは恐怖の念とともに、このうちにはテレビがないんじゃないかと思った。それから、キャロル・ヴァレンタインが〝書斎〟と呼んでいた部屋のことを思い出した。やわらかな革張りのソファのある、黒っぽい鏡板に囲われた一室。ほんの束の間、その書斎がどこにあるのか思い出せなかったが、それはふたつの客用寝室へと向かう廊下の先に位置していた。そして思ったとおり。テレビはそこにあった。巨大なスクリーンが、本棚の造りつけの木の扉の奥に。ソファの前のテーブル（ありがたいことにガラス製じゃないやつ）

には、万国共通のリモコンが置いてあり、リモコンの載ったプラスチックの番組表には、少なくとも百のチャンネルがリストアップされていた。

書斎にはまた、木製の大きなデスクもあり、ケイトはその天板に貼りつけられた付箋紙に目を留めた。そこには、無線LANのアカウント名（〝エンジェル・フェイス〟）とパスワードが記されていた。それを見て、彼女は両親に連絡を入れなければならないことに気づいた。それにコービンにもだ。彼が無事に彼女のフラットに着いたかどうか確認しなければならない。

ケイトはキャリーケースのなかのノートパソコンとアダプターを取りに行き、キッチンでブラックコーヒーをカップに注いでから、書斎へと引き返した。その住居の広さに、彼女は改めて驚嘆した。デスクに着くと、革張りの椅子が本物らしくみしみしと音を立てた。パソコンにはたくさんのEメールが入っていた。ほとんどどうでもいいものばかり。ただ、母からのとコービンからのが一件ずつあった。彼女はまずコービンのメールを開いた。

ケイト、

運転手が何回かちがう道に入ったあと、タクシーはついにきみのすてきなフラットにたどり着いた。とっても親切なきみのメモも読ませてもらったよ。自分が同じことをしてあげなかったのが恥ずかしいな。言い訳のしようもないが、時差に慣れたら、僕のアパートメントの近所の、いいバーやレストランを書き連ねた厭《いや》ってほど長いリストを送ってあげるからね。約束するよ。
とりあえずひとつ質問。このうちに洗濯機があるのはわかった。でも乾燥機が見当たらないんだ。僕は何か見落としているんだろうか？

また連絡するよ。これからの六カ月が楽しみだ。

コービン

ケイトは返事を書いた。

わたしも。あなたのうちに入ったときは、部屋《アパートメント》をまちがえちゃったのかと思いました。すごくゴージャス。自分のちっぽけな部屋《フラット》がほんとに恥ずかしい。うちの洗濯機は、自分が乾燥機も兼ねていると思っているしね。確かに、あれは乾燥機でもあるんです。あなたが混乱したのはそのせいなの。流しの左の引き出しに説明書が入っていると思います。でもアドバイスしておくと、洗濯を始めたら、少なくとも一日は衣類が乾かないものと思って。他に何かわからないことがあったら、いつでも遠慮なくメールをくださいね。あなたのアパートメント、本当に大好きです。ではまた。ケイト

PS　おいしいシャンパンをありがとう。もちろん、もうなくなっちゃいましたけど。

つぎにケイトは、母のEメールを読み（〝あなたのことが自慢でならないわ〟）、そちらにも返信をした。彼女はコーヒーをすすった。日ごろ飲みつけているインスタント・コーヒーよりはるかにおいしいやつを。そのとき、どこか遠くでパトカーのサイレンの音がし、突如、昨夜の記憶がよみがえった。眠りに落ちたこと、天井に閃《ひらめ》く回転灯の光を見たこと。あれは現実だったのか、それとも夢の一部だったのだろうか？　一瞬、わからなくなり、彼女は恐怖で一杯になった。そこにはないと確信していた薬をバッグのなかで見つけたあのときと同じ感覚だ。**わたしはおかしくなりかけてるの？**　彼女は思った。それから自分に言い聞かせた。**ううん、夢じゃない。**あれはまちがいなく現実だ。たぶん、隣人の女性の身には実際、何かあったんだろう。

ケイトは洗面用具を取り出して、部屋に付いているバスルームでシャワーを浴びた。そのシャワーは巨大で、ヘッド部が天井から直接出ており、大量の水をバシャバシャと降り注いできた。ロンドンの自分のフラットのことがまたしても頭に浮かんだ。シャワー室に改造されたバスタブ、絶えずホルダーからはずれるゴムの管《くだ》。シャワーを浴びたあと、ケイトは黒のタイツとお気に入りのボーデンのワンピースを身に着けた。そして彼女は、外の世界に果敢に挑むことにした。最寄りの薬局と最寄りの市場は、ボストンに来る前にグーグル・マップでこの近所の画像を見て調べてあった。つぎの数日間を切り抜けられるよう、外に出かけて必要最小限のものを入手するというのが、彼女のプランだった。月曜日から彼女はケンブリッジのグラフィックス専門学校に行くことになっている。学校の所在地は、地下鉄で五駅ほどのところだ。電車を使うその通学は、彼女にとって楽しみなものではない。でも、自分にそれができることはわかっていた。ロンドンのセラピストが、何回か練習として彼女に地下鉄を使わせたから。

「地下鉄は選択肢のひとつにすぎないでしょ」ケイトは、そのセラピスト、セオドラに言った。

「タクシーに乗ればどこにだって行けるんだから」

「すべてが選択肢のひとつなんじゃない？」相手はそう言い返した。初めてセオドラに会ったとき、その穏やかな北部の訛《なまり》は、ケイトをものすごくいらつかせたものだ。でも彼女は、頭のまわりに広がったあのカーリーヘアや紫色のセーターに慣れたように、もうそれにも慣れていた。

「でもね、スカイダイビングだって、わたしはやろうと思わない。あなたも無理にそれをさせる気はないでしょ？」

「ええ、確かに無理にスカイダイビングをさせる気はないわね。でも地下鉄に乗ったり、エレベーターに乗ったり、飛行機に乗ったりはさせる。それは全部、あなたのほしがっている人生の一部だから。そうでしょう、ケイト？」

もちろんセオドラは正しい。人生は狭い場所や閉ざされた出口で一杯だ。そういったものにも対処できるようにならなくては。

ケイトはうちを出て、ドアに鍵をかけた。行方不明の女性の部屋に差しかかると、歩調をゆるめ、何か聞こえないかと耳をすませたが、物音はまったくしなかった。階段でロビーまで下り、ドアマンの前を素通りして、そのまま中庭に出た。空は薄暗く、波状の雲で一杯だった。その光が黄昏《たそがれ》の光にそっくりなので、ケイトは一瞬、不安に駆られた。わたしは丸一日、眠っていたんじゃないだろうか？　そのとき、タバコの香りが鼻をくすぐった。大学のあと、タバコはやめたのだが、いまもそのにおいは大好きだった。ケイトはあたりを見回し、男がひとり、中庭中央の噴水の縁《ふち》に腰かけているのに気づいた。彼は敷石でタバコをもみ消していた。ケイトがその前を通り過ぎようとしたとき、ちょうど男が立ちあがった。

「すみません」彼はそう言って、指にはさんだタバコの吸い殻を指し示した。

「わたしはかまいませんけど」ケイトは足を止め、男に目を向けた。痩せていて、がりがりの一歩手前だけれど、肩幅は広い。細い顔のなかで、大きな鉤鼻《かぎばな》が目立っている。目は灰色がかった緑で、深く落ちくぼみ、肌には古いにきびのかすかな痕がある。醜いはずなのに、彼は醜くなかった。大きすぎる目鼻すべてがうまくまとまって、哀しげな美しい顔を形作っていた。

「実を言うと、僕はタバコを吸わないんだ。もうやめたからね。ところが、引き出しから一本、出てきちゃって。それで吸ってみようと思ったんだよ。あのひどい味を再確認するために」

感じのよい低音の声だった。時差ボケで、まだ時間のことで混乱しており、ケイトは膝《ひざ》ががくがくするのを感じた。「ひどい味だった？」彼女は訊ねた。

「いや。まさか。すばらしくおいしかったよ」

「タバコっていいよね」ケイトは言った。なぜ自分たちは古い友達同士みたいにしゃべっているんだろう？　アメリカではこれが、知らない人と会話するときの話しかたなんだろうか？

「きみも吸う人？」

「前は吸っていた。でもやめたの。簡単じゃなかったけど」

「どうやってやめたの？」

「吸わないことで」

男は笑った。その歯は驚くほど白かった。上の歯はきれいに並んでおり、下の歯は少し重なり合っている。「アラン・チャーニーです」

「ケイトです。ここに住んでいるの。一時的にだけど」急に腰が引けてしまい、彼女は姓は教えなかった。

「イギリス人？」彼は訊ねた。

「そう。このアパートメントの親戚の部屋に滞在しているの。彼のほうは、ロンドンのわたしのフラットに滞在している」

「どの部屋？」アラン・チャーニーの目が建物を眺め渡す。

ケイトは自分の棟のほうにうなずいてみせた。「えー、コービン・デルのところ。あの上よ」

「ああ、北の棟か。僕は向かい側。三階だよ。コービンのことは知ってる。ほんのちょっとだけどね」

「わたしよりあなたのほうがよく知ってるはずよ。わたしは彼に会ったことがないんだもの」

「おもしろいね」アランは言った。「どうしてこういうことになったの？」

ケイトは彼にいきさつを語った。自分がその旅をする気になったのは、少なくとも部分的には、過去の大きなトラウマを克服したいという思いからだという点は省略したけれど。

「なるほど。きみはいい取引をしたわけだよ」アランは言った。「ここはかなり高級なアパートメントだからね」

「あなたはどれくらい住んでいるの？」

「一年半ちょっと。ガールフレンドと一緒に入居したんだ——リッチなガールフレンドと。その後、彼女は出ていった。実のところ、僕にはもうここに住むだけの余裕はない。そろそろ引っ越し先を考えなきゃいけないんだよ」

「お気の毒に」

「気の毒って何が？」彼は言った。「ガールフレンドにふられたことが気の毒なの？ それとも、ここを出ていかなきゃいけないことが気の毒なの？」

ケイトは笑った。「さあ、わからない。両方かな」

彼はにやっとして言った。「せっかくリッチなガールフレンドがいて、すてきなアパートメントに住んでたのに、来月から掘っ立て小屋でひとり暮らしをしなきゃならないから、気の毒なんだよね」

「そんなところ」

突風が吹き寄せ、煉瓦の中庭から一枚、濡れた黄色い落ち葉がめくれて、ケイトのブーツに貼りついた。彼女は身をかがめて、落ち葉をはがした。立ちあがると、沈黙のひとときが訪れた。自分がこの見知らぬ男と十五分近く話していたことにケイトは気づいた。

「さてと」そう言ったものの、彼女は先をつづけなかった。彼の目からすっと視線が落ちる。頬が赤く染まり、じんじんしてきた。恐ろしい一瞬、もしこの男に誘われたら、自分が彼の部屋まで、そのベッドまでついていくことが彼女にはわかった。彼はハンサムだ。そう、その大きな鉤鼻にもかかわらず、確かに。でも彼女が彼についていくとしたら、それは彼が昔からの知り合いのように思えるからだろう。

「もう行かないと?」アランがケイトの考えを言葉にした。

「ええ」そしてふたりは同時に笑った。

「僕の部屋は3Lだよ」彼は言った。「まだしばらくはそこにいるから。また会おう」

「わかった」ケイトは言った。

いったん立ち去りかけて、彼女は足を止めた。「オードリー・マーシャルという人を知っている? ここの住人なんだけど」

アランは眉を寄せた。「うん、その人なら知ってるよ。そうだな、いちおう顔はわかる。知り合いってわけじゃないけどね」

「きのうの晩、わたしがここに着いたとき、その人のうちの前にお友達が来ていたの。彼女がいなくなったと言って、さがしていたのよ」

ケイトは取り合ってもらえないものと思っていた。ところが彼は言った。「それは心配だな。

彼女はいなくなるようなタイプじゃないし」

「どういう意味？」

「さあ、なんだろうね。つまり、彼女はいつもここにいるって意味かな。僕は彼女をよく見かける。始終ね。きっといまに出てくるよ」

＊

ケイトは近所の地図のプリントアウトを持ってきていたが、それはここ数週間、何度となく確認しているので、わざわざバッグから取り出すまでもなかった。彼女はベリー・ストリートを下りていってチャールズ・ストリートに入り、お客で混み合う〈スターバックス〉で朝食のサンドウィッチとコーヒーを注文した。コーヒーをまた飲んだのは、失敗だった。高級食料品店の狭い混雑した通路で買い物をするあいだ、彼女はぴりぴりと気を昂《たかぶ》らせていた。いつも作るスモークサーモンを使ったパスタ料理の材料を買おうと思っていたのだが、軽いパニックが起きていたため、結局、買ったのはサワーブレッドとチェダーチーズと牛乳と赤ワイン二本だけだった。ふたたび通りに出てみると、温かな弱い雨があの突風と混ざり合っていた。暖房の効きすぎた店のなかにいたあとなので、それは肌に心地よく、彼女は今後のために、照明が明るくて感じのよさそうなバーと、さきほどの〈スターバックス〉よりずっとすいているコーヒーハウスに注目しながら、チャールズ・ストリートをゆっくりと引き返していった。

丘を登ってベリー・ストリートに至る、ガス灯に照らされた脇道を通り過ぎ、彼女はそのままパブリック・ガーデンのすぐ前まで歩いていった。食料品は重かったけれど、せめて有名なその公園くらいは見ておきたかった。雨脚は強くなりつつあり、何人かの親たちがブロンズのアヒルたちの列から我が子を連れ去ろうとしている。池のそばでは、柳の木々がゆらめいていた。いったんは公園に入りかけ、結局、彼女は思い直した。これから六カ月、ここにいるのだ。また機会はあるだろう。

ふわりとドアを開け、ケイトはロビーに入っていった。高い頬骨と真っ黒な髪を持つ痩せた男、ドアマンのサニベルに、彼女は自己紹介をした。彼は、荷物を運ぶのを手伝おうと言ってくれた。ケイトが「大丈夫です」と言ったそのとき、ロビーのデスクに乗っていた白い猫が床に飛び降りて、彼女の脚に体をこすりつけてきた。

「そいつはサンダースというんです」ドアマンが言った。

「サンダースはあなたの猫なの？」

「いやいや。ミセス・ハルペリンのです。上の階の」彼はケイトの住居のある方向にわずかに頭を傾けて、その場所を示した。「でも彼はあちこちするのが好きでね。そこらじゅうに行くんです。ミセス・ハルペリンとはちがって」

ケイトは階段をのぼっていった。サンダースもついてきた。そう言えば、キャロル・ヴァレンタインがフローレンス・ハルペリンのことを話していたっけ。彼女はケイトの棟のもうひとつの住居の主《ぬし》なのだ。その部屋の前を通り過ぎるとき、ケイトはドアが少し開いているのに気づいた。たぶんサンダースのためなのだろうが、猫はケイトのうちまでついてきて、彼女が足でその進路をふさごうとしたにもかかわらず、するりと室内に入り込んだ。

ケイトはまず食料品をしまい、それからサンダースをさがした。彼は窓敷居のひとつに飛び乗って、雨景色を眺めていた。ケイトは彼をかかえあげた。抗《あらが》うものと思っていたのに、彼はうしろ足をケイトの前腕に載せ、前足を肩にかけて、彼女の首に向かって静かにゴロゴロ喉を鳴らした。いつもは猫が好きとも嫌いとも言えないケイトも、このときは愛おしさがどっと胸に押し寄せるのを感じた。「部屋がちがうのよ、サンダース」そう言いながら、外の廊下へと向かい、カーペットの上に猫を下ろした。彼はトコトコと歩み去り、ケイトはすばやくドアを閉めた。

なかに引っ込むと、寝室に行き、ロンドンから持ってきたスケッチブックを手に取った。それは真新しいスケッチブック、新しい国でのスタートを記念するものだった。彼女は新しいケースから木炭鉛筆を一本、取り出し、ふかふかの絨毯《じゅうたん》の上にすわった。サンダースを描いてみようかと考えたが、結局、アラン・チャーニーの顔を描き、ほぼ完璧というレベルにまで達した。でも何かが微妙にちがう。目が寄りすぎている。生え際のラインはやや低すぎる。そこで彼女は練り消しゴムを取り出して、その部分を修正した。描くことよりも修正のほうに時間がかかってしまったが、それで彼が出来上がった。彼女はアランの名前を書き込み、その下に日付を入れ、さらに、〝マサチューセッツ州ボストン〟と書き添えた。ケイトが描くのはほとんどが肖像画で、彼女のスケッチブックはそのときどきの会ったばかりの人の顔で構成されている。いちばん初期の小学生時代のものに始まり、そういうノートを彼女は山ほど持っていた。それらをぱらぱら見ていくのは（これは彼女がよくすること、引きこもっていた時期は特に頻《ひん》繁《ぱん》にしていたことだが）日記を読むのに似ていた。彼女はそこで、初対面の数時間後に自らが描いた、親しい友人たちの顔を見つける。また、すっかり忘れていた人々の顔も。アランの肖像を見ながら、彼女は思った。いまから十年後、自分には彼が誰なのかさえわからないのではないか。それともこれは、出会った直後に自分の描いた未来の夫の絵だったことになるのだろうか。おそらくは前者だ。

彼女は白紙のページを出して目を閉じ、このうちを見せて回ってくれた老婦人、キャロル・ヴァレンタインの顔を思い浮かべようとした。夫人の目、額《ひたい》、髪、首は思い出せたが、鼻と口ははっきりイメージできなかった。そこで夫人を描くのはやめ、自画像を描いた。彼女には、今朝、バスルームの鏡に映った自分の顔を思い出すことができた。片側だけ耳にかかった最近切ったばかりの髪。乾燥した機内に長くいたせいで、いつもより少し腫れぼったくなっている目。でも彼女は、絵の自分をほんの少しほほえませた。結局、スピーチを前に緊張している花嫁の怯えた笑いみたいになってしまったほほえみ。その絵は彼女の気分を的確にとらえているとは言えなかったが、ケイトはそれをそのままにした。彼女が自画像を消し去ることはほとんどない。

つぎのページに、彼女はついさっき会ったドアマン、サニベルを描いた。顔だけ描くのではなく、デスクの横に立っている彼の全身像を描き、足もとにはサンダースも加えた。猫は描き慣れていないため、サンダースは似ていなかった。実際には少しもそんなところはないのに、その絵の彼は凶暴そうに見えた。

スケッチブックをベッドの下にすべりこませ、彼女は立ちあがった。またお腹が空いていたので、キッチンに行き、パンとチーズを少し食べた。ワインを開けようかとも思ったが、それはやめておいた。窓には雨が斜めに打ちつけており、彼女は、誰とはなしに、キャンバスに絵の具をたたきつける画家を思い浮かべた。キッチンの窓をしばらくじっと見つめていると、自分がこの新居をとても気に入っているのがわかった。でもそれは、ひと目でわかるその豪華さのためではなく、高い天井と大きな窓のためだった。このうちでなら、自分も呼吸ができる。彼女はお茶を入れることにし、お茶などひとつも持ってこなかったことに気づいた。でも、そのあとすぐに高い戸棚のひとつからレッドローズの箱が見つかった。彼女はやかんに水を入れ、コンロの火にかけてから、リビングに移った。壁の一面には造りつけの本棚があり、その蔵書の一部に彼女は目を向けた。ほとんどがハードカバーのノンフィクション。ただ、ジョン・D・マクドナルドのペーパーバックばかりがずらりと並ぶ棚もひとつあった。なかの一冊を彼女は取り出した。『琥珀色の死――トラヴィス・マッギー・シリーズ』。カバーには、クロップトップを着たセクシーな女のB級っぽい絵が描かれている。なかのページは年月を経て黄色くなっていた。この棚の本はコービンの父親のものにちがいない。コービンの本はどこにあるんだろう？　そもそも彼は本を持っているんだろうか？　トラヴィス・マッギー・シリーズの下には、棚ひとつ分、ペーパーバックの他のミステリーがあった。彼女は、まだ読んでいない気がするディック・フランシス作品のひとつ、『骨折』を取り出し、部屋でいちばん大きな窓の下の、長いベージュのカウチへと持っていった。そこに横になると、最初の数段落を読み、それから目を閉じて、たちまち眠りに落ちた。

彼女はあの公園の夢を見た。土砂降りの雨のなか、いま、池は泡立ち、波打っている。柳の木のひとつの下に、彼女は立っていた。その枝々は黄色い。池の向こう岸には、ジョージ・ダニエルズがいた。彼がボストンにいることに、別に驚きはなかった。それに、彼がまだ生きていることにも――なぜなら、ケイトの夢のなかでは、彼はいつも生きていて、いつも彼女を追いかけているからだ。柳の木の下に隠れている彼女に気づき、ジョージは泳いで池を渡りはじめた。ケイトの手にはライフルがあった。そしてジョージが水を滴《したた》らせ、ほほえみながら、池から上がってくると、彼女は何度か彼を撃った。弾丸は彼のシャツに穴を穿《うが》ったが、それ以外、ほぼ何もできなかった。弾のひとつが顎に当たると、ジョージはそれを虻《あぶ》のように払いのけた。そして彼はこちらに向かって歩きつづけた。

首と胸にびっしょり汗をかいて、ケイトは目を覚ました。それから何か、空気にこもる苦くて酸っぱいにおいに気づいた。やかんのことを思い出し、ディック・フランシスを床に落としながら、カウチから飛び起きると、キッチンに走っていって火を止めた。やかんはからからに乾いて、燻《いぶ》りだしていた。彼女は窓のひとつを開け放ち、くすぶるやかんをタオルで持って窓敷居に置いた。雨に打たれ、やかんはシューシューと鋭い音を立てた。惨事まであと一歩のこの出来事は、なぜかケイトの目に涙を湧きあがらせた。それから彼女は夢のことを思い出した。公園のジョージ、彼のシャツをどうにか撃ち抜くだけの弾丸。思わず笑みが漏れそうになった。夢のなかで、彼はアメリカまで自分についてきたわけだ。そう、もちろん、ついてこないわけはない。彼女の夢が王国だとするならば、彼は永遠にその王なのだ。

やかんが冷めると、ケイトは窓敷居からそれを回収した。その底は真っ黒だった。こうなっては代わりを買うしかなさそうだ。金属部がまだ温かかったので、深いステンレスの流しのなかにやかんを置いて、カウチにもどった。今回、彼女は本を半ばまで読み、その後ふたたび眠りに落ちた。

＊

ノックの音で彼女は目覚めた。一瞬、いまが何時なのかわからず、目をぱちぱちさせて眠気を払いのけた。外はまだ明るかったが、アパートメントの室内は薄暗くて陰気臭かった。ふたたびノックの音がした。前よりも大きく、何度も。立ちあがると、膝がポキポキと鳴った。わたしはどれくらい眠っていたんだろう?

ドアの前に行き、のぞき穴から外をのぞいた。アランじゃないかと半ば期待していたのだが、魚眼レンズを通して見えたのは女の顔だった。髪の短い、コーヒー色の肌をした、濃い茶色の目の女。その目の平静さ、無関心の色を見て、ケイトは胸の内で、警察だ、とつぶやいた。**オードリー・マーシャルが死んだ**――そう声が聞こえてきた。それは、彼女の頭のなかでささやくジョージ・ダニエルズの声だった。ケイトはドアを開けた。

第四章

　その女はジェイムズ刑事と名乗り、ベルトからバッジをはずして、ケイトの前に掲げてみせた。ケイトは刑事を招き入れ、ドアを閉める前に、制服警官がふたり廊下の少し先に立っているのに気づいた。一方の警官の無線機からは雑音が漏れていた。

「オードリー・マーシャルが死んだんですか？」ケイトは反射的に訊ねた。

「なぜそんなことを訊くんです？」目に驚きをわずかに浮かべ、刑事は訊ねた。

「彼女が、うーん、いなくなったと聞いたので」

「彼女がいなくなったと聞いたのは、いつのことですか？」

　ケイトは、自分がきのうの夕方、到着したこと、廊下でドアをたたいている友達を見たことを説明した。

「それは、正確に言うと、何時でしょう？」刑事はそう訊ね、ダークグレイのスーツの上着の内側から手帳を取り出した。

　ケイトはなるべく正確におおよその時間を伝え、刑事はそれを書き留めた。彼女がメモしているあいだに、ケイトはこの刑事を観察した。面長。高い頬骨。メイクはまったくしていないようだ。刑事が手帳から顔を上げた。そしてケイトは、その鼻孔がわずかに広がるのを見た。

「やかんをかけっぱなしにしてしまって」ケイトは言った。

「はい？　なんのことでしょう——」

「しばらく前に、コンロにやかんをかけっぱなしにして、焦がしてしまったんです。これはそのにおいです」

「ああ。何も気づきませんでしたよ」

「おかけになりませんか？」

刑事の目がざっと室内を見回す。それから彼女は言った。「いいえ、結構。いまのところ、ただ、お話を聞いて回っているだけですから。時間に関してもう少し詳しいことをうかがいたいんですが」

「その人は死んだんですね？」ケイトは訊ねた。

「わたしたちは、お宅の隣室の不審死を調べているところです。遺体の正確な身元はまだわかっていません」

「そうですか」

「ロンドンから来たばかりだとおっしゃいましたね？　彼女のこともご存知なかったわけですか？」

「ええ、ここには知ってる人は誰もいないんです。それじゃ、これは殺人事件なんですね？」

「そう、わたしたちはこれを不審死として扱っています。こちらのお宅の持ち主は、どういうかたなんでしょうか？」

「持ち主はわたしの又従兄《またいとこ》なんです。コービン・デル。実はわたしは彼のことも知りません。わたしたち、会ったことがないんです。でも彼がロンドンに転勤になったので、こうして住まいを交換することにしたわけです」

また何か手帳に書き込みながら、刑事は訊ねた。「コービン・デルとオードリー・マーシャルのあいだになんらかの関係があったかどうかは、ご存知ないでしょうね？」

「ええ、ぜんぜん」

「ロンドンのあなたのおうちの電話番号を教えていただけませんか？」

「電話はないんです。わたしは携帯だけにしているので。でも、コービンのEメール・アドレスならわかります。よかったら、いまメモしてきますけど」

「すごく助かりますよ」刑事は言った。

ケイトは書斎のパソコンのところに行き、Eメールのページを開いた。未読のメールが何件かいちばん上に太字で表示されており、なかの一件はコービンからの返信だった。ケイトはそれを開いた。


〈ビーフ&プディング〉を推薦してくれて、ありがとう。自分で好きに選んでいたら、きっとあそこには行ってみなかったろうな。あの店は、うちの近くにある〈セント・スティーヴンズ〉というパブにちょっと似てる気がするよ。行ってみてごらん。それと、マーサなんとかいうきみのお隣さんに会ったよ。彼女、僕の顔を知ってるみたいだった。あるい

Ｃは、やかましいアメリカ訛《なまり》を聞いて察知したかだね。すべてうまくいっていますように。

ケイトはメモ用紙を一枚見つけ、コービンのＥメール・アドレスを書き留めた。マーサの問題はあとで考えることにした。

彼女はジェイムズ刑事のところにメモを持っていった。刑事は携帯電話の画面を見ているところだった。「ありがとう。彼にメールしますよ」刑事はそう言うと、メモをたたんで上着のポケットに入れた。

「先にわたしから知らせたほうがいいでしょうか？　ちょうどいまメールをくれたところなので、もし返信するなら……」

「警察がここに来たことと、わたしたちから連絡が行くことは、知らせてもかまいません。ただ、身元の確認が取れるまで、わたしとしてはオードリー・マーシャルについてどのような判断も示したくありません。いいですね？」

「ええ、もちろん」

「ご協力ありがとうございました」刑事は玄関へと向かった。ケイトは先回りしてドアを開けた。外の廊下には小さな人だかりができていた。そのなかのスーツ姿の年配の男が、すぐさまジェイムズ刑事に気づいて言った。「おう。そこにいたのか」

去り際に、ジェイムズ刑事は言った。「お部屋の捜索が必要になるかもしれません。同意していただけますか？」

「でもどうして？」ケイトは訊ねた。

刑事は唇を引き結び、それから言った。「隣室の不審死をあなたの従兄に結びつけるようなものが何か出てきたら、ひととおり見て回らねばなりません。ただそれだけのことです」

「わたしはかまいませんけど」ケイトは言った。

「どうもありがとう。またご連絡します」立ち去る前に、刑事はケイトに名刺を手渡した。ドアを閉めたあと、ケイトはよくよくそれを見た。刑事、ロバータ・ジェイムズ。名前の下には、ボストン市警察の記章と、電話番号と、Eメール・アドレスが入っていた。

廊下から何か聞こえてこないかと、ケイトはドアに耳を当てた。いろいろな音がしている。無線機のガーガー鳴る音、聞き分けられない複数の声の濁《にご》った音。のぞき穴から外をのぞくと、さきほどの刑事が同じ廊下の三戸目の住居のドアをノックしているのが見えた。ドアが開き、刑事が住人にバッジを掲げてみせる。ここからはその部屋のなかまでは見えなかった。その隣人が質問を受けているあいだに、私服警官がもうふたり、階段室から廊下に入ってきた。どちらもがっちり体形で、ダークスーツ姿。一方はきれいに髭《ひげ》を剃《そ》っており、もう一方は灰色の顎《あご》鬚《ひげ》を生やしている。

パニックのさざなみが押し寄せてきた。これは、隣人が殺されたためというより、大勢の警官に出口をふさがれているせいだった。警官と鑑識員で一杯の廊下を通り抜けることは、なぜか不可能に思えた。ケイトはあとじさりして室内にもどった。息を鼻から吸い、口から吐きながら。そうして心を落ち着かせ、刑事との短い会話を逐一思い返した。殺人事件の発生後、近くの住居を捜索するというのは、普通のことなのだろうか？　ケイトにはそうは思えなかった。何か理由があるにちがいない。彼女はノートパソコンのところに行き、オードリー・マーシャルを検索した。めずらしい名前ではないので、家系図のサイト多数と、フェイスブックのプロフィールがいくつか出てきた。そこでキーワードにボストンを加えると、リンクトイン（ビジネスに特化したSNSサービス）のプロフィールが一件、見つかった。内容は非公開。しかし写真がひとつ添付されている。ケイトはそれをクリックした。写真は大きなものではなく、白黒だったが、そこには、すごく目の大きい、あの映画、「勝手にしやがれ」のジーン・セバーグみたいな、男の子っぽいショートヘアの女性の顔が写っていた。女性は現在、ボストンの出版社に勤めており、それ以前はずっとニューヨーク・シティーで働いていたという。めあてのオードリー・マーシャルが見つかったことが、ケイトにはわかった。パソコンの画面のピクセル化されたその目をじっと見つめると、それは彼女を見つめ返した。**わたしはもう死んでいる**、と目が言った。**でも、生前のわたしはこんな顔だったのよ**。オードリー・マーシャルは美人だった。コービン・デルと彼女のあいだにはなんらかの関係があったのだろうか？　ふたりは知り合いだったにちがいない。少なくとも、出入りするとき、お互いをよく見かけてはいただろう。

何をすべきかがわかり、ケイトは立ちあがった。いや、自分が何をしたいかがわかったのだ。彼女は自らこのアパートメントを捜索するつもりだった。警察が見て回るというなら、まず自分で見て回ろう。そうすれば、彼らが何をさがしているのかわかるかもしれない。それで、やるべきこと、目的も得られる。彼女は寝室から捜索にかかり、ひとつ残らず引き出しを調べ、ものを隠せそうな場所をさがし、マットレスも持ちあげてみた。このうちを最初に見て回ったときと同じく、印象的だったのは、個人的な持ち物の乏《とぼ》しさだった。ただ、ウォークイン・クロゼットの隅に傷んだ古い書き物机があり、そこには写真が一杯、そのほとんどが現像を請け負った店の封筒に入ったまま、詰め込まれていた。彼女はいくつかをすばやくぱらぱら見ていった。それらは明らかにコービンの父親のものだった。昔の家族の休暇。クリスマスのお祝い。フィルム丸一巻が使われたヴィンテージのポルシェ・スピードスターの写真。コービンの写真はどこにあるんだろう？　もちろん、コンピューターのなか、携帯電話のなかだ。ケイト自身の写真と同じく。

彼女はバスルームを調べた。つづいて、住居内でもっとも大きいリビングのエリア、つづいて、キッチンを。関係ありそうなものが見つかったのは、キッチンだった。引き出しのひとつの、カトラリーのトレイの奥に、ばらの鍵が何本かあったのだ。何も印《しるし》がないものもあったが、いくつかには白い丸いラベルが付いていて、どこの鍵なのかがブロック体で記されていた。ひとつには〝倉庫〟、ひとつには〝NEの家〟、そして、もうひとつには、イニシャルで〝AM〟と書いてある。コービンはオードリー・マーシャルのうちの鍵を持っていたのだろうか？　もしそうだとしたら、なぜ？　理由はいくらでも考えられる。ふたりは恋愛関係にあり、鍵を渡し合うほどの仲だったのかもしれない。あるいは、それは単に、彼が彼女の留守中、鉢植えに水をやるためにあずかった鍵なのかもしれないのだ。

ケイトは捜索をつづけ、住居の残りの部分を調べた。コービンの父親の人生の名残りのほうが、コービンのものよりもたくさん見つかった。書斎のクロゼットからは、ビデオテープの入った段ボール箱が出てきた。各テープのラベルには、〝クラリッサの結婚式〟とか〝九五年八月、チャタムの貸し別荘〟などと書いてある。また、革製のフットボールもひとつ、同じ箱に入っていた。ケイトは埃《ほこり》っぽいボールの表面を指でなでてみた。ビデオテープとフットボールのこの箱は、それより大きな、最近クロゼットに加わったばかりに見えるプラスチック・ボックスの上に載っていた。ケイトはビデオテープの箱をどけて、そのボックスを引っ張り出した。中身は大学の教科書、経済学関係の本、ひと山だった。額に入った証書もふたつあった。一方は、ニューヨーク市アンドラス大学の経営学修士の修了証、もう一方は、コネチカット州マザー大学の文学士の修了証。どちらも、コービン・ハーリマン・デルに授与されている。ケイトはボックスを丸ごと、書斎のもっと明るいところへと引きずっていった。コービンが自分の持ちものを父親の箱の下に埋めるというのは、奇妙ではないだろうか？　彼女はボックスの中身を徹底的に調べた。教科書の山のまんなかには、紙ひと束、写真数枚、手帳一冊がはさまっていた。それらは全部まとめて、より糸で縛ってある。ケイトはなかを見ようとして、紙と写真の端のほうをぱらぱらめくってみた。大学かビジネス・スクールの成績表らしきものがいくつか見える。写真のほうは、なんとか一枚、抜き取ることができた。黒髪の女の光沢紙の肖像。年齢は大学生くらい。寒々とした風の強そうなビーチにすわっている。服装はジーンズにぶかぶかのタートルネックのセーター。カメラとはちがうほうを向いており、何かしゃべっているのか、口が開いていた。ケイトは写真を裏返して、そこに書かれたメモを読んだ。〝レイチェル、アニスクアム・ビーチにて〟。日付はない。ケイトは思った――レイチェルはいまどこにいるんだろう？　彼女の脳みそが、さまざまな悲劇と殺された女たちを思い描いていく。ケイトは身震いし、指先をトントンと打ち合わせた。何か考えたからって、それが本当になるわけじゃない。彼女は自分にそう言い聞かせた。それもまた、彼女の呪文のひとつなのだった。

ケイトはもとどおり紙の束に写真を挿し込もうとした。それからふと思い立って、手帳のほうも見てみることにした。彼女は紐の結び目をほどき、手帳を取り出した。その表紙は革で、アンドラス大学の校章が型押しされていた。うしろめたさを覚えつつ、ぱらりと開いてみたが、それは日付ごとに分割された型どおりのスケジュール帳にすぎなかった。使われていたのは六年前。つんつん尖った細かな文字で埋め尽くされている。彼女は書き込みのいくつかに目を通した。ほとんどが授業の時間や提出物の期限だが、〝Hと飲む〟とか〝エスターハウス家で夕食〟など、遊びの約束もところどころに見られた。彼女はスケジュール帳を閉じ、もとどおり他のものと一緒に縛って、ボックスにもどした。

ロンドンのコービンにメールの返信をすべきかどうか考えながら、キッチンのほうに引き返していくとき、ふたたびノックの音がした。それはまたしてもロバータ・ジェイムズ刑事だった。今回、彼女は制服警官をふたり連れていた。

「お宅をひととおり見せていただきたいんです。もしご許可願えれば、ですが」刑事の顎は引き締まっており、その声はコントロールされていた。

「ええ、かまわないと思います」そう言いながら、コービンの住居に彼らを乗り込ませるのは、まちがいなのだろうかと考えた。こういうときは、令状を求めるべきではないだろうか？

「すぐにすみますので」刑事は言い、制服警官ふたりは、それぞれ水色のラテックスの手袋をはめながら、うちの奥へと進んだ。ケイトは彼らが左に曲がって寝室へと向かうのを見守った。アメリカの警察の例にもれず、彼らもベルトに銃を帯びており、気がつくと彼女はその銃に見入っていた。もし手を伸ばして、どちらかの銃に触ったら、どうなるんだろう？ すぐさま床に放り出され、手錠をかけられるんだろうか？ 「また、二、三うかがいたいことがあるんですが」ジェイムズ刑事はつづけた。「すわりましょうか」

ケイトは刑事を向き合ったふたつのカウチに連れていき、ふたりはそこにすわった。「すてきなお宅ですね」ジェイムズ刑事が言った。

「そうでしょう？ ロンドンのわたしのうちはぜんぜんこんなんじゃありません。ただのありきたりのフラットなんです」

「それで、この住まいの交換に至るやりとりのなかで、おふたりは隣近所の話などはなさいませんでした？ コービンがオードリー・マーシャルを話題にしたことはなかったでしょうか？」

「いいえ、一度も。彼は誰の話もしませんでした。ひとつお訊きしてもいいでしょうか？ ここを調べて何が見つかると思っていらっしゃるんでしょう？」

刑事はぎゅっと唇を引き結び、それから言った。「別に何が見つかるとも思っていません。

とにかく調べる必要があるんです。わたしたちにコービンの関与を疑う理由はありません――もしそのことを気にしていらっしゃるなら」

「ええ、ええ、わかってます」

「従兄さんのロンドン行きの飛行機の便について教えていただけませんか?」

「わたしが知っているのは、彼が金曜の朝に着く夜行便に乗ったということだけです。つまり、こっちを発ったのは、木曜の夜ですね」

ジェイムズ刑事が手帳にメモを取っているとき、制服警官の一方が住居の反対側に向かってリビングを通り抜けていった。彼らはスピーディーに捜索を行っているようだった。

「それであなたは、ロンドンを発つ前、向こうで彼と会ったりはしなかったわけですね?」

「ええ。さっきお話ししたとおり、彼とは一度も会ったことがないんです」

「わかりました」刑事は上着の内ポケットにするりと手帳を入れた。てのひらをぐいと膝《ひざ》に押しつけて、彼女は立ちあがった。「捜索の進み具合を見てきますね。もうほぼ終わっているはずですが。うちのなかに鍵がかかっているドアはありませんか? あるいは、入ってはいけないと言われている部屋やクロゼットは?」

「いいえ」

ケイトはそのまますわりつづけ、ジェイムズ刑事はゆっくりと住居の西側に向かった。途中、彼女は窓のひとつの前で足を止めた。雨はすでにやみ、雲は切れかけていた。刑事は一本の指でカーテンをどけて、じっと外を見つめ、それからまた歩きだした。彼女は背が高く、その姿勢は完璧だった。ケイトは思わず自分の肩をぐっと引いた。制服警官のひとりが、ラテックスの手袋をしたまま、リビングにもどってきた。刑事が、どう？と言うように警官を見やると、彼は言った。「何もありません」それは風邪をひいているような声だった。もう一方の警官がキッチンから出てきた。引き出しを開ける音をケイトは聞いていない。イニシャル入りの鍵を見たことを言うべきだろうか？　それは警察のさがす類《たぐい》のものなのだろうか？

決めかねているうちに、三人はもう出口へと向かっていた。刑事はケイトに礼を述べ、何かあったら連絡してほしいと言った。しかし返事をする間もなく、彼らは出ていってしまった。うちのなかで、彼女はふたたびひとりになった。

第五章

ケイトはまたハムとチーズの夕食を用意し、ワインのボトルを開けた。彼女は書斎で食べながら、ケーブルテレビのチャンネルをつぎつぎと換えていき、最終的に、アラスカのカニ漁の漁師らにスポットを当てたアメリカのリアリティ番組に落ち着いた。その番組が終わると、今度は「誰かが狙っている」というスリラー映画（ドリス・デイ、レックス・ハリソン主演）をやっているチャンネルを見つけた。彼女はそれを見はじめた。傑作とは言えないけれど、そこには、外の廊下の先で何が起きているのか、そればかりを考えずにいられる程度のストーリーはあった。

映画の半ばで、ケイトは革のソファの端のシートだけを単独で動かせるリクライニングのレバーを見つづけた。彼女はそれを操作して倒せるだけシートを倒し、ほぼ横になった状態で映画を見つづけた。すると突然、ひどい疲れが襲ってきて、四肢は命のない付属物と化した。それから、ほぼ一瞬で、映画が変わった。白黒の何か。ただ、これも主演はレックス・ハリソンだ。彼は頰髯《ほおひげ》を生やし、黒のタートルネックを着ていた。その映画には覚えがあり、ケイトは見たことのあるやつだと思った。わたしは眠っていたんだ——いつのまにか、眠り込んだにちがいない。彼女は混乱し、緊張していた。ケーブルテレビ・チューナーの時計は朝の五時四十五分を示している。口のなかはねばついており、夜に飲んだワインのせいでかすかに頭痛もした。過ぎた一日は、丸ひと晩の睡眠と同様の、夢に苛《さいな》まれる深い眠りに寸断されていたため、何日にも感じられた。本当はまだ日曜だけれど、もう一週間もボストンにいるような気がした。

彼女はテレビを消し、リクライニングのソファを通常の位置にもどして、立ちあがった。鼻水が出てくるので、ワンピースのポケットに手を入れてティッシュをさがした。ティッシュはなかったが、一本の鍵に指が触れた。彼女はポケットから鍵を取り出した。それは少し前に、カトラリーの引き出しで見たあの鍵、ラベルにブロック体で〝AM〟と記された鍵だった。ポケットにそれを入れた覚えはなかった。いつ入れたのだろう？　最初に引き出しを見たときなのか、それとも、そのあとのいつかだろうか？　眠気を払いのけよう、なんとか思い出そうとして、彼女はぶるぶると首を振った。

それから、キッチンへと歩いていった。周囲の空気は通常よりもゆっくりしたペースで分かれていくようだった。ああ、体がくたくただ。この前、ちがうタイムゾーンに旅して時差を経験したのは、何年も前のことだし。彼女は調理台に鍵を置いて、コーヒーを入れはじめた。コーヒーメーカーが稼働しだすと、ふたたび鍵を手に取ったが、そのとき、不意に彼女は悟った。わたしはこの鍵でオードリー・マーシャルのうちのドアが開くかどうか、確認したくてたまらないのだ。**ただ鍵を回して確かめるだけ。それから警察に知らせればいい。**彼女は自分にそう言い聞かせた。これはたぶんその鍵ではないだろう。AMの意味はいくとおりも考えられる。

靴もはかずにうちを出て、ケイトはオードリー・マーシャルのうちの前に行った。犯行現場を示すテープがドアの端から端へとXの形に貼られていた。彼女は鍵を挿し込んで回した。ドアを押し開けると、目の前に部屋がぽっかりと現れた。いけないとわかっていながら、自制できないこともわかり、ケイトはテープをくぐって、なかに入った。疲れと恐れのせいで、まるで自ら行動しているのではなく、外から自分を見つめ、観察しているような気がした。肘《ひじ》を使って背後のドアを閉めると、両腕を脇に垂らしてじっと立ち、目が慣れてくるのを待った。短い廊下からリビングへと、彼女は視線を移した。それは、彼女の角部屋のリビングよりはるかに小さいけれど、同じくらい優美な部屋だった。何か、オードリー・マーシャルの遺体のあった場所を示すものがないか、ケイトは床を見回したが、どこにもなんの痕跡もなかった。ここが本当にその場所なのだろうか？　彼女は用心深く三歩、奥へと進んだ。あたりは薬品っぽいにおいがした。室内は暗かったが、カーテンは開いており、夜明けの空からの弱い光で、家具の輪郭や、本やワインのボトルで散らかったコーヒーテーブルが見えた。

ここで殺人があったわけはない。彼女は思った。**血痕はどこなの？　ひっくり返った椅子は？　死のにおいは？**　これは夢なのだろうか？　それとも、これ以前の出来事が夢だったのだろうか？

そんな考えを抱《いだ》きながらも、ケイトは妙に冷静だった。不安に支配された彼女の人生のパラドクスのひとつは、やや向こう見ずな行動を取っている最中にこそ、もっとも正常な感じがすることなのだ。それはまるで、常に彼女とともにある不安に、存在理由が与えられるかのようだった。殺害された女のうちのなかに、その遺体が発見された翌朝、立っていると、鼓動の速さや四肢の冷たさも理にかなっているように思えた。彼女は引き返しかけた。でもそうはせず、大きなピクチャーウィンドウからもっと外をよく見ようと、さらに何歩か足を進めた。その窓は中庭に面しており、ケイトには、向かいの棟の平らな屋根に射す淡いオレンジ色の光が見えた。その棟の窓はどれもみな暗い。しかしケイトは、自分のいる位置の真向かいの窓で何かが動いたのを感じた。反射的に一歩あとじさり、彼女はより深い闇のなかへと引っ込んだ。

じっと見守っていると、明かりが点いた。窓の前を人影が通り過ぎ、それから足を止めて、こちらに目を向けた。ある程度の明るさがあったため、ケイトにはその人物が中庭で会ったあの男、アラン・チャーニーであることがわかった。髪形が一致している。それに、ごつごつした顔立ちも、肩の傾斜も。ケイトは息を止めた。少しでも動けば、向こうに見えてしまいそうな気がしたのだ。長く恐ろしいひとときき、ふたりはそうして立っていた。ケイトには動くことができなかった。彼はじっとこちらを見つづけている。ある時点で、その手が上がり、一方の目をこすった。それから、西の空に広がってきた夜明けの光が屋根の上に滲出《しんしゅつ》しはじめ、ケイトは突然、気づいた。アランにはわたしの姿が見えるのではないか。雪に足跡を残すまいとする者のように、彼女はうしろ向きに自分の踏んだところをなぞってあともどりしていった。

彼はこちらを見つづけている。ケイトはドアに背中を貼りつけた。見られるのが恐ろしく、彼から目を離すのが恐ろしかった。

第六章

オードリー・マーシャルの暗い部屋のなかを、アランは窓からじっと見つめた。一時《いっとき》は、まちがいなくそこに誰かがいて自分を見つめ返しているという確信があった。だが彼はもう二十四時間、まともに寝ていない。彼方のその灰色の影は、視界のなかでぼやけ、ゆらめいていた。それでもなお、彼は見つめつづけた――疲労で脚を震わせ、空腹で胃をむかつかせながら――遠い昔に現れたネズミを求め、壁と床の境の割れ目をじっと見つめる猫のように。

外の道は午後一杯、警察車両でふさがれていた。救急車が一台、到着し、制服警官たちが建物を出たり入ったりした。

自分はなぜいまもオードリーの部屋をのぞいているんだろう？　習慣のせいだ、とアランは思った。彼はオードリーをよく知っていた。本当に長いこと、自宅内でのプライベートな彼女を見つづけてきたから。彼女がどんなふうに室内を歩くか、寝るときに何を着るか、歯磨きにどれくらい時間をかけるか、彼は知っている。オードリーに関する情報はすべて――ほぼすべて、窓からのぞき見することで得たものだ。

始まりは一年以上前、アランとクインが一緒にここに越してきた何カ月かあとのことだ。それは、十二月のある土曜日、クインと過ごすおなじみの土曜日だった。ふたりは友達数人とブランチを取り、そのあとショッピングをし、そのあとジムに行き、そのあとクリスマス・ツリーを買った。彼らの部屋には立てられないほど大きなそのツリーは、アパートメントの階段や廊下に松葉を落としていった。その夜はうちにいて、ツリーの飾りつけを（カップルとして初めて）やり、エッグノッグを飲み、映画を見る予定だった。ところがそこへクインの親友のヴィヴが、みんなでオープンしたばかりの新しいホテルのバーに行くことになった、とメールしてきた。

「わたしたちも行こうよ」半時間以上かけて飲んでいたエッグノッグを飲み干して、クインが言った。

「まじめな話？」

「きっと楽しいよ。その店のバーテンダー、前に〈ビーハイヴ〉にいたのと同じ人なの。彼がよく作ってくれたカクテル、覚えてるでしょ。あのシェリーが入ってるやつ。あなたがいつもあれこれ語っていた……」

「アストン・マーティンね」

「そうそう。アストン・マーティン。行ってそれを飲もうよ」

アランもその気になって、エッグノッグを飲み干した。それから自分でも驚いたことに、こう言った。「やっぱり今夜はうちにいようかな」

「本気?」クインは言った。彼女はもう立ちあがって、うちに帰ってからずっとはいていたルルレモンのヨガパンツを脱いでいるところだった。

「疲れてるからね」アランは言った。それは嘘だった。彼はしばらくひとりで過ごすためにうちに残りたかったのだ。エッグノッグに入っていたブランデーのおかげで、頭は心地よくぼーっとしている。土曜の夜をひとりで過ごすという考えが急にすばらしいものに思えた。このまま飲みつづけ、何かよさそうなホラー映画をさがそう。クインが絶対見たがらないような残虐なやつがいい。

「あなたが行きたくないなら、やめてもいいけど」クインが言った。

「いや、行っといでよ。僕は別にかまわないから。これはふたりの関係の新たなステージだ。きみは出かけ、僕はうちで過ごす。そして、どっちもそれを気にしない」

「ああ、わたしが気にしないっていうのは単なるあなたの決めつけでしょ」クインは言った。でも彼女はほほえんでいた。最終的に、着替えをし、もう一杯飲み、メイクをしたあと、クインは出かけた。

もちろん、前にもこのうちにひとりでいたことはあった。でも、クインが友達と出かけている土曜の夜となると、また感じがちがった。見る映画をさがす前に、彼は「チェット・ベイカー・シングス」（ジャズ・トランペット奏者でもある歌手、チェット・ベイカーが一九五六年に発表したアルバム）を、アパートメントからアパートメントへ自分の全生活を移すとき持ってきた古いレコード・プレイヤーにかけ、もう一杯、飲み物を作り、その後、照明器具から照明器具へとさまよい歩いて、自分の好みのとおりにライティングを調節した。その夜は少し前、彼とクインがツリーを持ってもどったときに雪が降りだしていた。そこでアランは、空模様を見るために、リビングのピクチャーウィンドウの前に行き、カーテンを左右に分けて外をのぞいた。雪はもうやんでいたが、あらゆるものが純白の積雪にうっすらと覆われていた。彼は中庭に残る足跡を見おろし、クインのものを見分けようとしたが、その数はあまりにも多すぎた。

中庭の向こう側の部屋には明かりが灯っていた。アランはその窓を見つめた。目が慣れるまでにはしばらく時間がかかった。そこに住む女性（名前は、もし聞いたことがあるとしても思い出せなかった）は、カーテンを半分開けたままにしていた。彼女は膝《ひざ》の上に本を開き、一方の肘《ひじ》掛けに背をもたせかけて、カウチにすわっている。そばにはひとつだけ背の高いフロアランプがあり、温かな黄色の円錐形の光を生み出していた。カウチの前のコーヒーテーブルには赤ワインのグラス、その隣には栓の開いたボトルが一本、置いてあった。それは絵のような光景、陳腐と言ってもいいほどで、アランはひとりで笑ってしまった。開いたカーテンのあいだの空間に彼女がより完璧に収まるよう、彼は一歩左に寄った。

女性が軽くびくりとして、本から顔を上げ、アランは本能的に一歩あとじさった。気づかれたのだと彼は確信した。しかし彼女は窓には目もくれずに立ちあがった。女性は視界から消え、それからカウチにもどってきた。サンダースというあの白い猫も一緒だった。猫はコーヒーテーブルに飛び乗った。女性はカウチにもどり、ふたたび本を読みながら、なんとなくサンダースの喉を掻いている。その猫は向こう側の棟に住む婦人が飼っているのだが、建物内のどこでも勝手気ままにうろつくことを許されていた。アランはロビーでよく彼を見かけた。ときには、フロントデスクの上で眠っている姿を。

自分のリビングがほぼ真っ暗になるように、いちばん近くのランプを消して、アランは女性を見つづけた。その小さなテリトリーのなかで彼女があまりにも安らぎ、満ち足りているようなので、アランは胸に、物理的な痛みに近いもの、彼女と一緒にいたいという切実な欲求を覚えた。カウチの反対側に横たわり、裸足《はだし》の足を彼女と触れ合わせている自分自身を、彼は思い描いた。その空想のなかで、彼にわかっているのは、ふたりがお互いになじみ、完全にくつろいでいるということだけだった。

レコードの曲は「マイ・バディ」になっており、アランは自分がどれほど長いこと、窓の外を眺めていたかに気づいた。彼はカーテンをぐいと閉じ、もとどおりカウチにすわった。携帯電話が振動した。いま例のバーにいるというクインからのメール。彼は、みんなによろしくと返信した。すると、〇・五秒後、彼女が返信してきた。マイクが、おまえ最低！って言っといてって。

レコードが終わった。アランはしんとした部屋にすわっていた。何か他のレコードをかけようか、あるいは、見る映画をさがそうか。そう思ったが、頭にあるのは、引きつづきあの女性を見たいということだけだった。彼は立ちあがった。窓辺にもどると、また窓の向こうをのぞいた。彼女は相変わらずカウチで読書をしていた。でも猫のサンダースはいなくなっており、彼女は膝を立てて、そこに本を立てかけている。アランは双眼鏡を持っていたことを思い出した。大学の友達の何人かと共同でセルティックス（全米プロ・バスケットボール協会（NBA）のチーム、ボストン・セルティックス）の最上階席のシーズン・チケットを購入した年、小さなやつを買ったのだ。どこにあるのか正確には覚えていなかったが、きっとまだ、当時使っていたキャンバス地のメッセンジャー・バッグのなかに入っているだろうと思った。行って調べてみると、思ったとおりだった。双眼鏡を手に、彼はためらった。単に窓から隣人を見ることと双眼鏡でその人を見ることのあいだに大きなちがいがあることは、なんとなくわかった。ほんの一時《いっとき》だけだ。彼は自分にそう言い聞かせた。これは、彼女をひと目きちんと見る手段。読んでいる本まで見えるかもしれないし。

彼は窓辺にもどり、双眼鏡をのぞいた。彼女は八フィート先にいるように見えた。その顔立ちも、衣類の質感も、彼女がぼんやり指で耳たぶに触れている様子も、はっきりとわかる。本は『ウルフ・ホール』。赤いカバーに黒と白の活字でそうタイトルが入っていた。ページを繰るとき、彼女は指先を舐《な》めた。

アランは呼吸が遅く深くなるのを感じた。クローズアップの彼女を見ていると、前よりもエロチックな気分になった。悪いことをしているのはわかっていたが、やめることができなかった。彼女は膝の部分が破れた古いジーンズをはき、黒と茶のストライプの、クルーネックのタイトなセーターを着ていた。彼女が背中をそらして、あくびをすると、そのピンクのお腹が細くのぞくのが見えた。アランはパンツのなかが硬くなるのを感じた。この反応により、彼は双眼鏡を下ろし、カーテンを閉め、その場を離れた。恥ずかしさに全身がカッと熱くなった。まるで急に病気にかかったようだった。

彼は双眼鏡を下着の引き出しにしまった。それから服を脱ぎ、ボクサーパンツとTシャツを身に着け、歯を磨いて、ベッドに入った。しばらくは本を読んだ。ジョン・ル・カレの『ティンカー、テイラー、ソルジャー、スパイ』。前にも読んではいたが、中学のとき以来だ。目が文字を追うあいだも、彼は窓のなかのあの女性のことを考えていた。彼女の毎日はどんなものなのだろうか。恋人はいるのだろうか。もしかすると、クインと同様にその男も今夜は出かけているのかもしれない。でも、アランにはそうは思えなかった。うちで過ごすその姿の何かが、彼女はひとり暮らしなのだと彼に思わせた。

彼はもう少し読みつづけようとした。それから本を閉じ、明かりを消して、目覚めたまま横たわり、床暖房がカチカチと入ったり切れたりする音に耳を傾けた。絶対に眠れるわけはない。胸の内でそうつぶやいたが、やがて彼は眠りに落ちた。

クインが隣にもぐりこんできた。彼女は赤ワインとマールボロ・ライトのにおいがした。

「タバコを吸った？」アランは訊ねた。ふたりはしばらく前に一緒にやめていたのだ。

「シーッ」クインは言った。彼女は裸だった。そして彼女は、アランの手を脚のあいだへと導き、彼の上に乗ってきた。寝室の暗闇のなか、その姿は灰色で個性を失っており、アランは半ば眠ったまま、自分の上で前へうしろへ動いているのは、あの隣人、名前も知らないあの女性なのだと想像した。

＊

彼女の名前がわかるまでには、さほど時間はかからなかった。翌月曜日、クインが仕事に出かけたあと、アランはアパートメントのロビーを通って、反対側の棟に行った。あの部屋がどれかはすぐにわかった。彼女は3Cに住んでいた。下のロビーにもどると、アランはドアマンに、着いたばかりの郵便物を見せてもらえないかとたのんだ。そしてそこに、彼女のものがあった。クレジットカード会社の勧誘。３Cのオードリー・マーシャル宛だ。

その冬のあいだに、アランは彼女の一日のタイムテーブル――朝、何時に起きるか、夜、何時に帰宅するかを知るようになった。彼女はめったにうちに人を招《よ》ばなかった。ただ、一度か二度、地味な顔立ちの痩せた女が訪ねてきたことがあり、そのときはふたりでシャンパンを飲み、お客の女のほうがノンストップでしゃべっているあいだ、オードリーはときおり口をはさみながら耳を傾けていた。しかし彼女はたいていひとりで、アランが見たいと思うのはそういう彼女だった。

「その窓の外の何がそんなにおもしろいわけ？」ある夜、クインが訊ねた。彼女はテレビを見ているものとアランは思っていた。

「中庭で誰かが叫んでいたような気がしたんだ。でも、たぶん道のほうから聞こえたんだろうね」

「ふうん、まあいいけど」クインは言った。

「それ、どういう意味？」

「つまり、あなたが始終、窓の外を見てるのに、わたしは気づいてるってこと。それに、この前、あなたが一秒以上わたしを見たのなんて、いつのことか思い出せないし」

「覚えてる？　僕たちはきょう一緒にランチを食べたよね。そのあいだずっとお互いを見ていたよ。僕はきみの歯にはさまったゴマを取るのを手伝ったしね」アランは笑った。

　クインは携帯を眺めながら肩をすくめた。これは三月のことで、そのころアランはクインが新しい男に出会ったことをほぼ確信していた。ブランドンとかいうその男は、彼女と同じ会社に勤めており、終業後に必ず一緒に飲みに行く職場の仲間の一員でもあった。それは、クインが彼の名を口にするときの何かに表れていた。「そうそう、もちろんブランドンもそこにいたけど」――そんな言葉のなかで、彼女はその二音節をすばやくさっと通過する。アランは動揺しなかった。嫉妬すら覚えなかった。彼にはオードリーがいたから。

　冬が春に変わり、春が夏に変わると、彼女は窓を細く開けるようになり、アランもそうした。静かな夏の夜、風向きがよいと、彼にはときどき中庭の向こうから流れてくる音楽が聞こえた。読書するとき、オードリーはクラシックを聴いた。そして、彼女はよく本を読んだ。場所はたいてい、彼が初めてのぞき見したときと同じ、リビングのカウチのあの位置だった。ときどき、彼女は寝室で読書した。暑い日は特に。なぜならアランの寝室と同じく、彼女の寝室も天井にファンが付いているからだ。彼は全裸の彼女は見たことがなかった。ただ、脱いだり着たりのさまざまな段階の彼女なら何度となく見た。それはたいてい、彼女が朝、仕事に行く支度をするときか、通常夕方六時ごろの帰宅の直後だった。ある暑い夜、オードリーはカーテンを少し開けたままにした。明かりを落とした彼自身の寝室で、アランは窓の前に椅子を寄せ、双眼鏡をのぞいた。彼女はペーパーバックを読んでいた。『エアーズ家の没落』という本だ。身に着けているのは、黒のブリーフだけだった。アランは束の間、窓を全開にすれば、中庭をふわふわ漂っていき、彼女の寝室のなかまで行けるのだと想像した。

夏の終わりごろ、クインは出ていった。アランのよそよそしさを理由に。でもアランは、彼女がすでに職場の仲間、ブランドンとデートしているという噂を耳にしていた。彼女はアランに、家具の半分足らずと、彼には支払えない月々の家賃を残していった。また彼女は彼に、オードリーに集中するプラスの時間も残していった。アランは作戦を練った。自然に見え、なおかつ、ある程度の時間、一緒にいざるをえないかたちで彼女に会えるように。彼はときおり、オードリーが外出する際にあとをつけるようになっていた。すでに彼女の勤め先（川を渡ってすぐのところにある、ケンブリッジの小さな出版社）も知っていたし、彼女が週末にハーバード・スクエアの喫茶店、〈カフェ・パンプローナ〉に行き、天井の低いその店内で本を読むのが好きなことも知っていた。彼の作戦は、いつか彼女より前にその店に行っていて、どこかで会った気がする、と彼女に言い、それをきっかけに会話を始めるというものだった。最終的にふたりは、自分たちがボストンの同じアパートメントに住んでいることを知る——だけど、おもしろいよね、ここケンブリッジで出会うなんて。近いうちに川の自分たちの側で会おうか……。

　でも、この作戦が実行に移されることはなかった。その後、すべてが変わったから。オードリーのうちに男が現れるようになったのだ。スーツ姿の背の高いやつ。彼はいつもワインのボトルを携えて来た。その男が誰なのか、アランは知っていた。名前はコービン・デル。彼もまたベリー・ストリート一〇一に住んでいる。オードリーの部屋のすぐ先に。

第七章

　アランはベリー・ストリートに居を移してまもなくコービン・デルと知り合っていた。それは、彼がオードリー・マーシャルをのぞき見するようになる前、クインと彼が同居を始めたばかりの熱いカップルだったころのことだ。

　彼らは——アランとコービンは、アパートメントのロビーで出会った。コービンはボブというドアマンと話しており、アランはラケットボールをやりに行くところで、自分の郵便物をチェックしていた。彼のジムバッグからはテープを巻いたラケットの柄《え》が突き出していた。

「スカッシュ？　ラケットボール？」ラケットに気づいて、コービンがアランに訊ねた。

「どっちもやるけどね」アランは言った。「最近はずっとラケットボールだな。きみもやるの？」

「ああ。きみはどこでやってるんだ？」コービンは訊ねた。彼はありえないほど角張った顎をしていた。実のところ、彼はどこもかしこも角張っていた。幅の広い肩も、分厚い手も、頭も。金髪のクルーカットがその頭の鋭い角を強調している。ただその姿を見ているだけで、アランには、相手が自分より数段上のプレイヤーであることがわかった。

「ＹＭＣＡ」アランは言った。

「どこの？　川ぞい？」

「うん」

「あそこにもラケットボールのコートがあるのか。知らなかったよ。そのうち一緒にプレイしよう。僕のクラブでやってもいいし」

「こっちはあまりうまくないんだよ」アランは言った。

「かまわんさ」コービンは言った。「僕のいまの相手は、ひどい負けず嫌いでね、一緒にやってても、もう楽しいとは言えないんだ」

ふたりは自己紹介し合った。アランは勤め先のソフトウェア会社の名刺を持っていた。その裏にＥメール・アドレスが入っているので、彼はそれをコービンに手渡した。「マーケティングの仕事？」コービンは訊ねた。

「そうだよ。そちらは？」

「金融アドバイザー。ブライアー‐クレイン社」アランはその社名を知っていた。もちろん、この男は金融関係だろう。コービンみたいな男は他の何より通貨への投機や為替レートの話が好きなものだ。ふたりは別れの挨拶をし、コービンはアランに、ラケットボールの件は追って連絡すると言った。中庭を通り抜けてYMCAに向かうとき、アランにはわかっていた。コービンはおそらくメールなど寄越さないだろう。それでも彼は奇妙な喜びが押し寄せるのを感じた。なんと彼がいま住んでいるのは、男同士がロビーでラケットボールの約束をするようなアパートメントなのだ。これが彼の新たな人生なのだ。いまの彼にはクインがいるのだから。彼女には昔から家の財産があり、今後もずっと家の財産がある。彼女はぜひベリー・ストリート一〇一に入居しようと言ってきかなかった。その家賃はアランがサウス・ボストンの寝室二部屋の住居に払っていた額の四倍もするというのに。

アランはそれきりコービン・デルのことを忘れていた。ところが驚いたことに、一週間後、彼からこんなEメールが届いた。

約束のラケットボールをやろう。きみさえよければ、僕は土曜日の午前が空いている。十時にコートを取っておいた。コービン

ふたりはプレイした。そして案の定――コービンは数段上のプレイヤーだった。技術面だけでなく、体力面でもだ。ゲーム後、コービンがシャワーを浴びる必要もなさそうだったのに対し、アランのほうは汗みずくで、一文つづけてしゃべるのもやっとというありさまだった。それでもシャワーを浴び、コービンのいやに気取ったクラブからアパートメントまでふたりで歩

いて帰ったあと、コービンは、また一緒にやろうと言った。

そして彼らはそうした。ただし、もう一度だけだ。それはクリスマス・ウィークのすぐ前のことで、ゲームのあと、ふたりはチャールズ・ストリートの〈セブンス〉で一緒にビールを飲んだ。そのバーでのひとときは、アランにはふたりのラケットボールのゲームのように感じられた――コービンは落ち着いており、自分のほうはなんとかついていこうとドタバタしているというふうに。コービンはボストンのすごくいいレストランの話をし、自分のポートフォリオのことに触れ、頭をめぐらせて店内を歩いていく黒髪美人を見つめた。アランは、コービンの言動を過補償（心理学用語。自分の劣等感を補償し、優越感情を充足するために攻撃的・権威的な行為に走ること）の行為とみなした。ただ、この相手が何に引け目を感じているのかはわからなかったが。それは、彼が背負わされた、あのいかにもいい家の子っぽい〝コービン〟という馬鹿げた名前なのかもしれない。または、彼は実はゲイで、そのことを必死で隠そうとしているのかもしれなかった。ビールを飲んだあと、彼らはチャールズ・ストリートを一緒に歩いていった。まだ五時を回ったばかりだったが、あたりはすでに暗くなっており、商店の窓はクリスマスのイルミネーションできらめいていた。「クリスマスは嫌いだよ」コービンがほとんどひとりごとのように言い、それから急いで笑った。

「僕はどっちとも言えない。別に祝いもしないけどね」アランは言った。

これがふたりで出かけた最後だった。その後もたまに、アパートメントのロビーや中庭で出くわすことはあったが。そんなかたちでちょっと顔を合わせるとき、アランはコービンのうしろめたげな表情に気づいた。まるで、ふたりが一緒にラケットボールをしなくなったのは、コービンの側から関係を断ったせいであるかのように。アランは、関係は双方から断ったのだと言ってやりたかった。

その後、オードリーがアランの人生の一部となり、彼はコービンのことをすっかり忘れてしまった――本当に、他の人間のことはすっかり。コービンのことなど完全に忘れていたため、オードリーの部屋にいる彼を初めて見たときは、それが誰なのかしばらくわからなかったほどだ。彼の金髪は少し長くなっていたが、それ以外、変わった点はひとつもなかった。背が高く、筋骨たくましく、いつもスーツかスポーツウェアを着ている。彼はまるでその家の主《あるじ》のように、オードリーの部屋に収まり、彼女のカウチでくつろぎ、彼女のテレビを見ていた。ふたりはいつも一緒にワインを飲んだ。身体的に触れ合うことはめったになかったものの、彼らが一緒に寝室に入っていき、カーテンを閉めるのをアランは数回、目撃した。また、彼は一度、コービンがオードリーをかかえあげ、その両脚をウエストに巻きつかせ、彼女にキスするところも見た。コービンの大きな手の一方がオードリーのスカートのなかに消えると、アランはたまらず目をそむけた。ふたりの姿を見ることに対する嫌悪感はよいものなのだ、と彼は自分に言い聞かせた。それは、四六時中、オードリーを見ていたいというこの欲求を鎮《しず》めてくれるかもしれない。とにかくこれだけは言える。オードリーは彼の思っていたような女性ではなかった――コービンみたいなやつとつきあっているのなら。

そういった思いにもかかわらず、気がつくとアランは、従来と変わらず頻繁《ひんぱん》にオードリーを見ていた。彼女が、これまでしてきたように、カウチでひとり読書して過ごす時間を、彼は愛おしんだ。彼女は新しい本、ギリアン・フリンの『ゴーン・ガール』を読みだしており、アランは仕事帰りにバーンズ&ノーブル（アメリカ合衆国最大手の老舗書店チェーン）に寄って、ふたりで同時にそれが読めるよう同じ本を買った。ときには、コービンがまったく姿を見せないまま何日かが過ぎることもあった。アランはそのたびに、ふたりの関係はもう終わったのでは？　と希望を抱《いだ》きはじめる。すると金曜の夜、必ずワインのボトルを持って、またコービンが現れるのだった。彼らはめったに一緒に出かけないようだった。アランは、ふたりのあいだにはなんらかのセックス協定があるのだろうかと思った。特典つきの隣人。この考えは、彼を悩ませた。いったい彼女はあの男のどこがいいのだろう？　単なるセックスの相手であるとしても？

コービンがオードリーの部屋に来ていたある夜、何杯かビールを飲んだあと、アランはコービンにEメールを送ってみることにした。最後にふたりが顔を合わせてから、すでに一年近くが経っていた。アランは、走り書きっぽい感じを出そうと知恵を絞り、まず、ご無沙汰して申し訳ないと詫びたうえ、また軽くひと勝負して、そのあと〈セブンス〉で一杯やらないか、と誘うメールを作成した。「あるいは、ご希望なら、ラケットボールはなしにして、ただ一杯やってもいいね」こっちの目的はコービンと話をすることだけなのだからと思い、アランはそう書き加えた。気が変わるといけないので、メールを書き終えるとただちに〝送信〟をクリックした。彼は緊張を解き、ほっとため息をついた。これでコービンが食いついてきたら、オードリーについていろいろと訊くことができるだろう。たぶん、ふたりの関係がどうなっているのか、わかるのではないか。もしかすると、この二度目の交流で、自分はコービンと友達になれるかもしれない。そして、それによって正式にオードリーに会い、彼女と親しくなれるかもしれない。気がつくと、彼の心は先へ先へと疾走していた。オードリーが自分とつきあうためにコービンと別れるというシナリオへと。これらの空想が行き過ぎないよう彼は自分にストップをかけ、コンピューターの前を離れて、窓辺にもどった。コービンは携帯電話を見ていた。アランは、自分がいま送ったEメールを見ているのだろうかと思った。仮にそうだったとしても、彼が返信してきたのは翌日になってからだった。

やあ。連絡ありがとう。実はいまラケットボールはやめていて、スカッシュばかりやっているんだ。でもとにかく飲みに行こう。来週の水曜ならこっちは空いてるよ。

アランは自分も空いていると返信した。その日が近づくと、彼はコービンがオードリーを連れてくるということもありうるのでは？と考えはじめた。このわずかな可能性を考慮して、アランはいちばんいいジーンズをはき、ラグ&ボーンのブレザーを着た。ところが、約束の時間に〈セブンス〉に入っていくと、コービンはそこにいなかった。二十分遅れてようやく現れたとき、彼はひとりだった。

ふたりは雑談しながら、ビールを半分まで飲んだ。コービンは二分おきに携帯電話をチェックしていた。あまり時間はないのだと悟り、アランはさりげない口調を心がけつつ訊ねた。

「いまはどういう人とつきあってるの？」

「つきあう?」コービンは答えた。「いや、実は誰ともなんだ。そうだな、職場にひとりいい女がいる。あいにく、結婚していて——」

「きみが同じアパートメントの誰かとつきあってるって誰かに聞いた気がするんだがな。ほら、きみの向かいに住んでる女性——名前はわからないけど……」

「オードリー?」

「ああ、そうだったかもしれない」

コービンは、細い泡のすじを鼻の下にくっつけながら、スマッティーノーズのビールをぐうっとあおった。「彼女のことはほとんど知らないんだ。でもどうして? その話は誰から聞いたのかな?」

「きっと夢でも見たんだろうね。または、きみたちふたりが一緒にいるのを見かけたのか」

「それはないな。彼女のことは本当に知らないんだ。見たことはあるし、近づきになるのはやぶさかじゃないがね。そっちはどうなんだ? ガールフレンドは出ていったんだよな?」

アランは、クインと別れた経緯《けいい》をダイジェスト版で話して聞かせ、新しい住まいをすぐさがすか、家賃を折半する同居人を見つけるかする、という自分のプランを語った。ふたりは各々のビールを飲み終えた。忙しいバーテンダーが通り過ぎしな、もう一杯やるかと彼らに訊ねた。コービンの異性関係に関する尋問がまだ途中だったため、アランはそうすると言いかけた。ところがそのとき、コービンが口をはさみ、もう行かなくては、と言った。「悪いな。あいにくちょっと用事があるんだ。でも、また飲もう」彼は言ったが、本当とは思えなかった。

コービンは立ち去ったが、アランはそのまま残って、ライ・ウィスキーのジンジャーエール割りをたのみ、頭をひねった。コービンはなぜオードリーと親しいことを否定したのだろうか？　まったくわけがわからない。何かの理由でその関係を伏せているのだとしても、自分がそれを知ったところで何も問題はないはずじゃないか。

〈セブンス〉から部屋にもどると、彼はまっすぐ窓辺に行った。オードリーの部屋の明かりは消えていた。

しかしつぎの夜、彼女はいつもの場所、あのカウチにいて、『虚栄の市』を読みながら、ときおり携帯をチェックしていた。ショートの髪のひと房をしきりと指にくるくる巻きつけ、落ち着かない様子だった。

アランは飲み物を作りに行った。彼は真っ暗ななかでもこの作業をこなせるようになっていた。そうして窓辺にもどってみると、オードリーの部屋にはコービンがいた。ふたりはドアの近くで立ち話をしており、アランはどうもこれは急な訪問のようだと思った。ワインのボトルはなく、オードリーはひとりのときの定番、黒のタイツにぶかぶかのフード付きスウェットという格好だった。こちらの姿が見えるわけは絶対ないとわかっていながら、アランは窓から少し離れていた。彼はふたりが話しているのを見守り、何かあったのだと悟った。コービンが窓のほうにさっと顔を向け、オードリーの視線もそのあとを追った。彼女の眉間には皺《しわ》が刻まれていた。

ふたりはそろってまっすぐにアランのほうを見つめていた。

体が冷たくなった。アランはもう一歩、うしろにさがった。カウチの横のテーブルの端には双眼鏡が載っていた。彼はそれを取ってきて、部屋の奥から観察をつづけた。

コービンとオードリーはさらにしばらく話をした。一度、オードリーは笑みを浮かべて肩をすくめた。そのあと、肌を火照《ほて》らせ、アランが見つめる前で、コービンがオードリーのリビングを横切ってきてカーテンを完全に閉めた。

アランは双眼鏡を下ろした。見られたわけではないが、それと同じくらいまずい状況だった。彼の行為はばれてしまったのだ。コービンは、向かい側からのぞき見したのでないかぎり、自分とオードリーが会っていることがアランにわかるわけはないと気づいたのだ。彼がそのことに思い至ったのは、一緒に飲んだ直後だろうか？　それとも、彼はアパートメントにもどって、アランの住居とその位置を確認し、その後に、それが中庭の向こうのそっくりの住居であることに気づいたのだろうか？　胃袋がよじれ、アランは本当に吐き気を覚えた。恐ろしいひととき、コービンが――あるいは、コービンとオードリーが――自分を問いただしにここまで来るんじゃないかと思った。本能的に、彼はソファのクッションのあいだに双眼鏡を押し込んだ。明かりは消してある。ノックに応える必要はない。

それからアランは、落ち着けと自分に命じた。深呼吸しろ、状況の分析にかかれ、と。仮に窓から姿を見られたことがコービンにわかったとしても、それだけで、アランが強迫的に始終オードリーを見ていたのをふたりに知られたことにはならない。もしコービンがそのことを問いただしに来たら？　こっちはただださりげなく、こんなふうに言えばいい。ああ、そうか、きみたちふたりが一緒にいるのを見たのは、そういうときだったんだな。オードリーはカーテンをきちんと閉めないからね。この考えは、彼を安堵させた。彼はふたたび立ちあがって、窓辺に歩み寄り、向こうの窓に目をやった。オードリーのカーテンは閉じたままだった。

それから数週間のあいだに、アランはいつか生身のオードリーに会えるだろうという夢を捨てた。そうはならないことが彼にはわかっていた。また、もしそうなったら、オードリーが彼を向かいの棟の変態、コービンがのぞき魔として非難したやつと認識するであろうことも。あの夜、彼女はコービンの話をまじめに受け止めたにちがいない。それからは、前よりずっと用心深く、特に夜は、カーテンをきちんと閉めるようになった。たまに開けっ放しにすることもあったが、アランは窓の外を見て過ごす時間の制限に努めることにした。その行為が不健全であり、まちがいなく不道徳であるばかりか、おそらくは違法でもあることが、彼にはわかっていた。

彼は音信不通になっていた友人たちとまた連絡を取り合い、終業後に飲みに行こうという同僚らの誘いにも応じるようになった。そんなある夜、彼はサフォーク大学から会社に来ていた実習生とキスするに至った。その実習生、ベラは金髪をロングにした、ソフトボールに燃える女子学生だった。彼女はあらゆるものを携帯で撮影した。自分自身もまだ二十代の終わりだというのに、アランにはベラがちがう世代の人間のように思えた。ふたりは映画に行き、そのあとアランのうちにもどった。クインが出ていって以来、自分の住まいに足を踏み入れたのはベラだけであることに彼は気づいた。ふたりのセックスはおざなりでぎこちないひどいもので、ベラはきまり悪さからノンストップでしゃべりつづけた。彼女が寝入ったあと（「これがお遊びだってことはちゃんとわかってるけど、泊まっていっていい？」）、アランは頭が冴え切った状態で、リビングに入っていった。この前オードリーの部屋をのぞいてからまだ数日だったが、彼はカーテンを細く開いて、向かいの窓に目を向けた。オードリーのほうもカーテンをほんの少し開けたままにしていた。彼女はカウチで丸くなって眠っていた。そばの床には本が伏せて置いてあった。カウチで眠る彼女を、彼は前にも見たことがあった。胸の中央でその右手は丸まっており、てのひらは外を向き、人差し指が顎の下のやわらかな肌に触れていた。

アランは自分のソファに行き、枕に顔を埋めて、何年ぶりかで泣いた。

もうオードリーはやめよう。彼は自分に言い聞かせた。

彼には頭から彼女を消し去る必要があった。そして最近は、それに成功していた。だいたいのところは。

そして土曜日の朝、彼は気の抜けたぼろぼろのタバコを一本見つけ、それを吸いに外に出た。その際に彼は、綺麗な若いイギリス人女性（ケイトなんとか、たぶん姓は教わっていない）と話をし、彼女からオードリーが行方不明であることを聞いた。それは奇妙な、心を騒がすやりとりだった。ケイトにはどことなくオードリーを思い出させるところがあった。外見が似ているわけではない。ただ、ふたりとも色白ではあったけれど。ケイトが（たぶん、じかに会ったためにすぎないのだろうが）現実的に見えたのに対し、オードリーのほうは常にもっと霊的だった。小妖精《ピクシー》っぽくて、目鼻立ちは小さく、手足は長い。それにあの静かさ。まるで必要に迫られないかぎり――本のページを繰ったり、お茶を飲んだりするのでないかぎり、一切動かないという感じだ。そこがちがうんだな、とアランは思った。オードリーに劣らず美しいケイト――オードリーより顔に丸みがあり、髪の色は少し暗めのケイトには、断じて静かさはない。ふたりで話しているあいだ、彼女は始終、足から足へ重心を移していた。こぼれてきた髪を彼女が耳にかけたとき、アランはその手の爪が短く嚙みちぎられているのに気づいた。

それから警察が到着し、隣に住む老婦人キャロルが、死体が見つかったのだと彼に教えてくれた。

その夜、アランは眠りはしたが、それは淡い夢に寸断された断続的な眠りだった。夢のなかでは、オードリーがアランの部屋にいて、彼に触れ、彼と話し、彼の耳にささやきかけていた。アランは夜明け前に目覚め、窓辺に行ってオードリーの部屋のほうを眺めた。部屋は暗かったが、カーテンが開いているのはわかった。小さな動きに気づき、彼は長いことじっと目を凝《こ》らしていた。空は次第に明るくなり、黒からオレンジ色へと変わったが、オードリーの部屋の内部は暗いままだった。それでも彼は見つめつづけた。瞬《まばた》きさえ怖くてほとんどできなかった。それから、またかすかな動き、小さな光が見え、アランは確信した。自分は、ドアのすばやい開閉、オードリーのうちを出ていく人影を見たのだ。

第八章

母宛に長ったらしいEメールを書きはじめ、まだ書き終えられないまま、ケイトは日曜の昼までに、その茫洋《ぼうよう》たる住居を全周した。夜明けから、彼女はずっと起きていた。オードリー・マーシャルのうちに忍び込み、窓の向こうのアラン・チャーニーを目にしてからずっと。そしていま、歩き回りながら、今度はこのうちのあちこちの窓から外を眺めている。空は乳白色、川面《かわも》は静かで鏡のようだった。西側の窓から見えるベリー・ストリートの一区間は、ひっそりしていた。彼女は空腹だった。でも、パンとチーズですませるのにはもう飽きている。キッチンに行き、巨大なステンレス製の冷蔵庫のドアを開けて、乏《とぼ》しい中身をじっと見つめた。

外に出るのよ。彼女は自分にそう命じた。

気が変わらないうちに、ジーンズをインにしてブーツをはき、白黒の水玉模様のジャケットをつかみとった。このブロックをひとまわりして、ランチが食べられる店をさがすか、何かうちで料理するものを買ってくるかしよう。

思っていたよりも外は寒かった。空気が冷たく湿っぽい。中庭を歩いていきながら、彼女はジャケットのボタンを喉もとまでかけた。手袋を持ってくればよかったと思った。

見ると、男がひとりベリー・ストリートをゆっくりと歩いていた。彼のほうは濃紺のピーコートのポケットに両手を深く突っ込んでいる。彼女がアーチを通り抜けると、男は何か期待するように顔をあげ、ふたりの目が合った。男の髪は赤っぽく、長さは普通で、てっぺんを突っ立ててあった。ワイヤーフレームの眼鏡をかけており、その奥の目は傷ついた色をたたえ、表面が濡れて光っている。道に出たケイトは、車が来ないか確認するため、向こうに渡る前にちょっと足を止めた。するると男が近づいてきた。

「どうも」彼はぎこちなく言った。「どうも。こんにちは。ここに住んでる人?」

「そうですけど」答えながらケイトは、すでにいちばん上までボタンがかかっているジャケットの喉もとに本能的に両手をやった。

「すみません。怖がらせちゃったかな。僕は……その……オードリー・マーシャルの友達……親しい友人で、いま警察と話してきたところでね、このアパートメントのドアマンとも話して、ただ、もっといろいろ知りたいと思ってるだけなんです」

「ごめんなさい。わたしはなんにも知らないんです。ここには引っ越してきたばかりだから。オードリーとは会ったこともないんです」

男はひるまなかった。その頬は赤らみ、まだらになっている。この寒さのなかにどれだけの時間、立っていたんだろうか? 彼はアパートメントから誰かが出てくるのをずっと待っていたにちがいない。「警察から話を聞かれた?」彼は訊ねた。

「供述を取られたけど。単に、うちがすぐ隣だからでしょうね」

「すぐ隣? 彼女と同じ階なの?」

「ええ。でも、文字どおり引っ越してきたばかりで、知り合いはひとりもいないんです。残念だけど、わたしはなんにも知らないのよ」ケイトは逃れようとして、歩道からそっと片足を下ろしてみた。

「ちょっと一緒に歩いてもいいかな？　こっちもコーヒーを買いに行きたいから。そうそう、僕はジャックです」彼は手袋を取り、ケイトはその乾いた温かな手を握った。「ジャック・ルドヴィコ。オードリーとは……ずっと友達だった――」

常に親切であると同時に、迷惑な相手を退ける達人でもある母を自分に憑依させようとしながら、ケイトは言った。「はじめまして、ジャック。でも、わたしは急いでいるし、ぜんぜんお役には立てそうにないので」

「きみ、コービン・デルの親戚だよね？　オードリーから聞いたよ。彼がロンドンに行くんで、きみが彼のうちに来て住むことになったって」

「そうよ。わたしは着いたばかり。その話はオードリーから聞いたのね？」

「うん、コービンとオードリーのことは全部知ってる。きみを引き留める気はないんだ。とにかく歩こう。じっとしてると、寒いから」

ふたりは一緒に歩きだした。どうやら〝コービンとオードリー〟なるものがあったらしいことに、ケイトは興味をそそられていた。

「わたしはケイトです」彼女は言った。

ジャックはまた名前を名乗り、もう自己紹介はすませたことに気づいて、きまり悪げに大急ぎで首を振った。「トンマだなあ」

「あなたたちは親しかったのね？」

「イエスともノーとも言える。そう、僕にとっては、イエスだね。大学時代、僕たちはつきあった。だけどうまくいかなかったんだ。その後、彼女がここに引っ越してきて、僕たちはまた連絡を取り合うようになった。友達として——本当に普通にね。だけど、信じられないよ……」ジャックは歩くのをやめ、眼鏡を額《ひたい》に押しあげて、手袋をした両手に顔を埋めた。肩をひくひく上下させて、彼は嗚咽《おえつ》しはじめた。

「大丈夫？」どうすればいいのかわからず、ケイトは言った。彼女は彼の肩に手をかけた。そしてふたりは、永遠にも思えるほど長い時間、その活人画のなかで静止していた。顔から手をどけ、ジーンズの膝《ひざ》で手袋をぬぐったあと、彼は訊ねた。「彼女の身元を確認したのは誰なんだろう。きみ、知ってる？」

「いいえ、ぜんぜん知らない。とにかく歩きましょうよ、ね？」ケイトはそう言って、彼の腕をつかみ、道の先へと誘導した。

「オーケー」彼は言った。「全部きみにぶつけちゃって、ごめんよ。そっちはここに着いたばかりだってのに、新居の隣で殺人事件が起こるわ、こんなふうに僕にへばりつかれるわ、だもんなあ」彼は、神経に障るスタッカートでクツクツと笑った。泣いていたときと同じように、その肩がまたひくひく上下する。

「気にしないで」ケイトは言った。それから訊ねた。「でも、あなたはどうやって……事件のことを、どうやって知ったの？」

「きょうの〈グローブ〉紙に載ってたんだよ。その前から僕は心配していた。だってここ数日、オードリーからなんの連絡もなかったから。これはおかしなことなんだ。それから、ビーコン・ヒルで女性の遺体が見つかったっていう見出しを見かけてね、記事を読む前から、彼女のことだってわかったよ」

「その記事には何が書いてあったの？」ケイトは訊ねた。

「ただ、遺体が発見されたってことだけ。それと、警察が不審死として扱ってるってことだね。情報提供用の電話番号も載ってたから、僕はその番号にかけた。それから警察署に行ったら、連中はいろいろ質問してきた。だけど、向こうからはなんにも教えてくれなかったよ。聞けたのは、遺体が彼女のものと確認されたってことくらいで。誰がやったか、きみは知ってる？誰が身元確認をしたか？」

ジャックの声が甲高《かんだか》くなっていく。他者のパニックを感じ取ると、ケイトは、例によって、比較的落ち着いた気分になった。彼女は言った。「わたしは何も知らないの。ごめんなさい。ここには着いたばかりだから。でも、きっと警察もその話はできないんでしょう。捜査中の事件ですものね。他に誰か話せる相手はいないの？　オードリーの友達とか？　彼女の家族とか？」

彼はうなずいた。「話してみるよ。オードリーの家族はよく知らないけど、彼女の親友のケリーとなら話せる。その子のことは知ってるから」

「オードリーの行方がわからないことを警察に知らせたのは、その人かも。わたしが到着したとき、女の人がアパートメントに来ていて、オードリーのうちのドアをノックしていたの」

「うん、それはたぶんケリーだな」ジャックの声には、彼はオードリーの親友が好きじゃないのだと思わせる何かがあった。

「その人と話してみたら？」ケイトは言った。「わたしなんかよりいろいろ知っているはずよ」

「そうするよ」ふたりはそのまま歩きつづけた。ケイトが足を速めると、ジャックのほうもペースを合わせてついてきた。彼らはプリマー・ストリートを通り過ぎ、チャールズ・ストリートに近づいていた。「それで、コービンはもう知ってるの？」彼は訊ねた。

「彼のEメール・アドレスを警察に渡したし、彼らはメールする気みたいだった。コービンが何か知ってるかもしれないものね。わたしのほうはまだメールする気になれずにいるの。彼が話を聞いたかどうかわからないから」

「警察は彼を疑っていると思う？」

「それはないと思う。ないと思った。警察も疑ってはいないって言っていたし。でもどうして？　彼とオードリーのあいだに何か変なことでもあった？」

「そうだな、ふたりには関係があったんだよ」

「どんな関係が？」

「正確なところはわからない。断続的な何かだね。オードリーは僕に、彼と寝ているって言っていた。でも、ふたりで出かけたりはしない、彼は自分たちのあいだのことをアパートメント内だけに留めたがってるんだってね」ジャックの口調から、彼がその方式をよく思っていないことは明らかだった。

「アパートメント内だけってどういうこと?」

「あの建物のなかだけってこと。たぶん、ふたりはつきあってたんだろう。そしてオードリーはもっと多くを求め、もっと関係を深めたがっていて、コービンのほうはちがったわけだ。彼女には、彼をよく言えるような材料がひとつもなかったな。ごめん。こんなこと、きみに言うべきじゃないよね。彼女がコービンを怖がってるとか、そんな印象は受けなかったよ。そういうことじゃないんだ。ただ、やつはくそ野郎だったってことさ」

「わたし、そのことは本当にぜんぜん知らないの」ケイトは言った。ふたりはベリー・ストリートとチャールズ・ストリートの交差点まで来ており、ここでふたたび向き合った。

ジャックは奥歯を食いしばっては、顎の力をゆるめていた。「まさかコービンが事件に関係してるってことはないだろうね」

「うーん、彼はもうロンドンに行っていたわけだし――」

「こっちを発ったのはいつなのかな。正確なところを知ってる?」

「飛行機は木曜の夜の便よ。到着予定が金曜の朝早くだったから。わたしが向こうを発ったのも金曜日なの。なんとか顔を合わせられるかと思ったけど、結局そんな時間はなかった」

ジャックは何も言わない。ケイトはその顔を見守った。彼は、コービンがオードリーの死に関与した可能性があるかどうか考えているようだった。「オードリーと最後に話したのはいつなの？」彼女は訊ねた。

ジャックの視線がさっとこちらにもどった。「ああ、いま思い出そうとしてるとこだよ。水曜の夜の何時かだと思うけど」

「それじゃあなたはコービンが……」

「ううん、何も思ってないよ。まあ、彼が事件に関与したってこともありえなくはないだろうね。ひとつの可能性としてはさ？」ジャックは希望を抱《いだ》いているようにさえ見えた。

「わからない。もしかすると、誰か他の人が彼女から連絡をもらってたかもしれないし。警察に訊いてみたら？　わたしは何も知らないから」

耳に水が入ったときのように、ジャックはぷるぷると首を振った。「くそ、ごめんよ。きみはなんにも関係ないのに。僕はイカレちまってる――」

「いいえ、大丈夫。ただわたしはお役に立てないってだけ。わたしはコービンをよく知らないし、彼はこっちの人たちのことはなんにも言ってなかったの。彼がこの件に関係なければいいけど。彼女について――オードリーの事件について、あなたは何を知っているの？」

「どういう意味？　彼女がどんなふうに殺されたか、とか？」

「ええまあ」

「警察は何も話してくれないんだ。ただ、彼女の死を不審死として扱っているとは言っていたよ。これは新聞に書いてあったとおりだ」

彼の泣き腫らした目の一方に涙が湧きあがった。それを見てケイトは、オードリーのことはこれ以上何も訊くまいと決めた。もう立ち去りたかったが、ジャックは途方に暮れている様子で、その姿は両親と急に離れればなれになった子供を思わせた。

「あなたは何をしている人なの、ジャック？」彼女は訊ねた。

「どういう意味？」

「お仕事は？」

「ああ、ホテル関係だよ」

「そうなの」

「会議場のイベント・コーディネーターなんだ。名前の印象ほど刺激的な仕事じゃないけど、忙しいことは忙しいよ。ここ二週間は……オードリーに会う暇さえなかった」

ジャックの頬を涙が伝っていく。彼は手袋をした手の甲《こう》でそれをぬぐった。

ケイトは、母の無遠慮さをまた呼び寄せようとしながら、言った。「ねえ、ジャック、やっぱり誰かオードリーを知ってる人と話したほうがいいんじゃない？」

彼はうなずき、ケイトはつづけた。「さっき言っていた彼女のお友達をさがしなさいよ。それか、彼女の家族を。オードリーはどこの人なの？」

「実家はニュージャージーだけど。彼女の家族には会ったことがないんだ」

「たぶんこっちに来てるかも。そう思わない？　その人たちをさがして話してみたほうがいいわ」

「そうだね。きっとそれがいいんだろう」彼は根が生えたように歩道のその地点から動かない。

家族連れの観光客、ロブスターハットをかぶったそのいちばん小さな子供ふたりが、彼を迂回していった。

「たぶん僕はまだ彼女を愛していたんだろうな」彼は言った。「彼女のほうは同じ気持ちじゃなかったと思う。いや、彼女が同じ気持ちじゃなかったことは確かだよ。だってコービンにあんな目に遭わされて……」彼は急に口をつぐんだ。その目がどことも知れない中空の一点を見つめている。

「会えてよかったわ、ジャック」ケイトは言い、ふたりはふたたび握手を交わした。今回、彼は手袋をしたままだった。「ごめんなさい。でも、ちょっと買い物があるから」

彼女は道の角に彼を残し、露骨な急ぎ足ではないと言えそうな歩調で、昨日行った小さな食料品店へと向かった。気が咎《とが》めはしたけれど、自分には彼をなぐさめようがないこともわかっていた。彼は他の誰か、オードリーを知っていた人を見つけなくてはならない。それにケイト自身、ひとりになって、いま知った事実について考えたいという思いもあった。コービンは本当にオードリーと関係していたらしい。ふたりは寝ており、そのうちうまくいかなくなったわけだ。少なくともオードリーの目から見れば。たぶんコービンの目から見ても。ケイトの脳がさまざまな可能性を放出してくる。独占欲を強めるオードリーと、パニックをきたし、逃れようとするコービン。彼はロンドンへの転勤に応じた。そしてボストンでの最後の夜、オードリーにさよならを言いに行き、町を離れることを伝えようと思い立った。すると、彼女が逆上して襲いかかり、コービンは身を護ろうとして……

ケイトはエスカレートする考えを頭から締め出し、食料品店のガラスのドアを開けた。しかし、その混雑した狭い通路をひと目見るなり、パニックが押し寄せてきて、彼女の内臓をくり抜いた。ケイトは、店内の香《かぐわ》しい暖気からあとじさり、彼女を押しのけて進もうとするランニングウェア姿のカップルにぶつかった。「すみません」そう言いながら、ケイトはヴィンテージ・プリント（写真家の作品のうち、撮影後ただちに作者自らの手でプリントして署名を入れたもの）を売る店の前の誰もいないベンチを見つめていた。

彼女は腰を下ろし、呼吸のエクササイズを行った。

向き合う。受け入れる。身をゆだねる。時が過ぎるのを待つ。

飛行機が上空を飛んでいく。高度が低すぎる、とケイトは思った。それに、そのエンジン音は、彼女の頭皮をじんじん疼《うず》かせ、突っ張らせた。彼女は指の腹をトントン打ち合わせだした。それから、無理に自分を止めて、立ちあがった。もう空腹感はない。でも、食べなくてはいけないのはわかっていた。道の向こうには、〈アッパー・クラスト〉という、外で買って持ち帰れるピザ店があった。彼女はそこでペストピザ一枚とクリームソーダを買うと、ベンチにもどってそれを食べた。寒かったけれど、野外は屋内よりましに思えた。

恋に破れたオードリーの友達が、さきほど置いてきたあの角にまだいるのではないか。帰り道、彼女は半ば覚悟していたが、彼はもういなかった。それに、彼はベリー・ストリート一〇一の前で待ち伏せしてもいなかった。ありがたいことに、彼女はそれ以上誰とも会わずに自宅までもどることができた。

室内に入った彼女は、周囲の壁を見回した。ここは殺人者のうちなのだろうか？　もしそうだとしたら、自分にはそれが感じ取れるものだろうか？　ここにはコービンの影などないに等しい。贅沢で広々しているという以外、このうちはどんな感じもしない。いや、そうとは言い切れない。ここは故人のうちという感じがする。コービンの父の住まいという感じがするのだ。家具調度は美しいけれど、やや時代遅れ。ソファのひとつなど花柄の布が張ってある。それに、壁を飾る絵画（そのほとんどが原画）は油絵の抽象画で、興味深い（とケイトは思う）が、これもなんだか時代遅れだ。そう、住居内の調度のうちコービンのものは、仮にあるとしても、ごくごくわずかだ。彼は父親の住まいを受け継ぎ、それを、フレーム入りの写真に至るまで、そっくりそのまま保存したらしい。

少し緊張が解けはじめ、ケイトは腰を下ろして、それがどういうことなのか考えた。このうちを受け継いだら、自分ならどうするだろう？　たぶん同じことをする。ここはすてきな部屋だ。わざわざ変える必要はない。それにたぶん、コービンは父親が大好きだったのだ。何もかも元のままにしておくことは、父親を讃《たた》えるひとつのやりかたなのかもしれない。その可能性は確かにある。でも、コービンの影が一切ないのは、彼が隠れたがっているから、真の自分を人に見せたくないからだとも考えられる。もしそうだとすると、彼には自らを表出する場があるのだろうか？　真のコービンはどこにいるのだろう？

ケイトはベリー・ストリートがよく見える窓に歩み寄った。通りは静かだった。恋に破れたオードリーの友達をまた見ることになるのでは？――彼女はそう思っていた。彼が尋問の対象となるつぎの住人の姿を求め、虎視眈々《こしたんたん》と建物を見張っているだろう、と。犯罪者は犯行現場にもどりたがると何かに書いてなかったっけ？　ううん、と彼女は思った。ジャック・ルドヴィコは確かに変わっている。でも、どう見てもあれは犯罪者じゃない。今度ばかりは、彼女の考えも最悪の可能性へと展開してはいかなかった。彼は見た目どおりの人間、疑惑や悲しみと格闘するかつての恋人だ。実に単純明快。オードリーとややこしい関係にあったうえ、彼女のうちの鍵まで持っていたコービンとはちがう。

鍵からの連想で、ケイトはあの刑事に電話しなければいけないことを思い出した。

彼女はジェイムズ刑事の名刺を置いてきた寝室に行った。すると、ベッドの下のスケッチブックのことが頭に浮かんだ。気がつくと、彼女は絨毯《じゅうたん》の上にすわりこみ、スケッチブックの新しいページを開き、ジャック・ルドヴィコの顔を描いていた。何も考えなくても、紙の上で自動的に手が動いていく。うつむき加減で、上目遣いにこちらを見ている彼を、彼女は描いた。描き終えて、木炭鉛筆を紙から離すと、一発目でみごとに彼をとらえたことがわかった。それは完璧な描写だった。ケイトはその絵に日付を入れ、日付の下に彼の名前を書き込んだ。

なんのために寝室に来たのか思い出そうとしながら、彼女はさらにしばらくそこにすわっていた。ああ、刑事の名刺。あの人に電話をするんだった。彼女はリビングの電話のところに行った。刑事は二度目の呼び出し音で電話に出た。

「どうも。ケイト・プリディーです。名刺をいただきましたよね」

わずかに間があった。そして――「どうも、ケイト。何かありました？」

「オードリー・マーシャルの件なんですけど。わたし、うちで鍵を見つけたんです。コービン・デルのうちで、ですね。その鍵には、〝AM〟とイニシャルが入っていたんですよ」

「彼がオードリーのうちの鍵を持っていたんじゃないかということですか?」

「ええ、そう思ってお電話したんです」

「ドアが開くかどうか試してみました?」刑事は訊ねた。

ケイトは驚いた。それを訊かれるとは思っていなかったのだ。でも、刑事のざっくばらんな性格が彼女に本当のことを言わせた。「ええ、実は。それはその鍵、オードリーのうちの鍵でした。たぶん彼は、彼女の留守中、鉢植えに水をやるか何かで、それを持っていたんでしょうけど」

「ええ、きっとそういうことでしょう。わたしたちはあなたの従兄《いとこ》さんと連絡を取りました。彼は協力的でしたよ。鍵のことも本人に訊いてみます」

「ああ、コービンはもう知ってるわけですね?」

「そうです。彼は協力的でしたが、オードリーのことはよく知らないと言っていました。あなたのことをとても心配しているようでしたよ」

「彼はオードリーをよく知らないと言ったんですか?」

「そう言っていましたね。ちょっとお待ちください……」

ケイトはしばらく不鮮明な会話の声を聴いていた——刑事が他の誰かと話している。

「すみません、ケイト、お待たせしました」ジェイムズ刑事が言った。「他に何かあります?」

「いいえ、鍵のことだけ。それと、さっきオードリーの友達と話しましたよ。ジャック・ルドヴィコという人です」

「ほんとに?」刑事は興味をそそられたようだった。「どこで会ったんです?」

「アパートメントの前にいたんです。警察署に行ってきたところだと言っていました——そちらで誰かと話してきた、もっといろいろ知りたいと思ってるって」

「その人の名前をもう一度、教えていただけます?」

「彼、警察署に行ってないんですか?」

「来たかもしれません、ケイト。わたしはいま着いたばかりで、まだ同僚の全員とは話していませんから」

「名前はジャック・ルドヴィコです。実は、コービンとオードリーについて、彼はちがう話をしていました。ふたりは関係していたと言うんです」

「よかったら、この件でもう一度お話ししたいんですが、ケイト。いずれまたお電話してもいいですか? 番号はこれで大丈夫かしら?」

「ええ。大丈夫です。この電話はうちからかけているので」

「鍵のことを知らせてくださってありがとう。何かあったら、遠慮なくぜひまたご連絡ください。もし些細なことに思えても。いいですね?」

ケイトは電話を切った。彼女はしばらく、静かにすわって、考えていた。中庭の向こうからオードリーの部屋を見ている男を見たことを黙ってたのは、まちがいだったの? すぐさま彼女は結論づけた。アラン・チャーニーのことを刑事に話さなかったのはまちがいじゃない。彼が向こうから部屋を見るのは当然だ。なんと言っても、殺人事件があったんだから。きっと彼はそのことを耳にして、好奇心をそそられたのだ。たぶん好奇心と不安を。あたりまえではないか。

悪いことが起こると、世界中が注目する。ケイトは普通の人よりそれをよく知っていた。

第九章

ケイトは、ボストン到着以来の出来事を詳しく綴《つづ》って、母宛の長いメールを書き終えた。送信すれば即座に、帰っておいでと言われることはわかっていた。それは安全のためである以上に（当然それも理由の一部だろうが）、ケイトとジョージ・ダニエルズとのあいだにあったことのためだ。

彼女は大学一年生のとき、ジョージと出会った。彼は地球科学、彼女は芸術を専攻していたが、ふたりとも同じギリシャ語入門コースを取ることになったのだ。ケイトはそのコースで苦戦し、最終的にジョージに助けを求めた。彼にたのんだのは単に、ジョージが勉強熱心で信頼できそうに見えたからだ。見た目は悪くはなかったものの、十八にして彼はすでにちゃんと資格を持った公認会計士のように見えた。背は高く、ひょろりとしていて、その背丈の大部分は長い脚が占めていた。彼は地味な眼鏡をかけ、いつもコーデュロイのズボンにニットベストという格好だった。髪は薄くなりだしていたが、その結果、生え際がきれいなV字形になっており、ケイトはこれを魅力的だと思った。何度か一緒に勉強したあと、彼は緊張した様子で、今度、食事に行かないかとケイトを誘った。自分がとてもおいしいと聞いたイタリア料理の店はどうだろう、と。

ケイトはイエスと言った。学生会館のパブで男の子と会うんじゃなく、古風なデートをするというのがどんなものか、興味をそそられたのだ。そして、それは実際、古風なデートという感じがした。ジョージはネクタイまで締め、その上にいつものニットベストを着ていた。気づまりであるはずのデート。ところが、そんなことはなかった。ジョージとケイトにはたくさん共通点があった。彼らはどちらも秘かに詩を愛好しており、どちらも「ツイン・ピークス」にはまっていた。その週末、ふたりは土曜丸一日と日曜の一部をジョージの部屋のベッドで過ごし、ジョージのノートパソコンでファースト・シーズン全編を見通した。月曜までに、彼らは初体験を終えていた。これは恋なのだとケイトは確信した。ジョージも同じ気持ちなのが、彼女にはわかった。

ふたりの関係という安全なバブルのなかで、彼らは一年、一緒に過ごした。少なくともケイトは安全を感じていた。生まれてからずっと彼女の人生は、まもなく悲劇が起こるという自らの確信に左右されてきた。八歳のとき、両親が会わせたセラピストに、いちばん怖いものを三つ挙げてごらんと言われ、彼女はわっと泣きだした。知らない人、蜘蛛《くも》、ガス漏れ、いじめっ子、目に見えない病原菌、荒れた天気等で一杯の世界をたった三つの単純な恐怖に絞り込まねばならないと思うと、どうしてよいかわからなかった。彼女は（大方の予想どおり）不安障害と診断されたが、同時に空想傾向障害とも診断された。つまり、単に想像力がありすぎるだけということだ。

ジョージに関して安心なのは、何事においても細かなところまで計画を立てることだった。ケイトは相変わらず心配をした。彼女の脳みそは、毒々しい映像ばかりカチャカチャと見せていく、あの保健の授業の安全教育用スライドなのだ。でも彼女の心配がジョージの考えを変えることはなく、おかげで彼女はいくらか楽になった。大学二年になる前の夏休みに、彼はギリシャの島々をめぐる旅を計画した。ふたりはロンドンからアテネまで飛行機で飛び、そのあとフェリーでサントリニ島、クレタ島と回って、最後にロドス島に行く予定だった。それまでケイトは一度しか飛行機に乗ったことがなかった。十三歳のとき、アゾレス諸島に行ったのだが、父と母はそのあと、二度とそういうことはさせないと彼女に約束した。そのときの感覚を彼女はよく覚えている。飛行機の離陸の瞬間も、死に丸のみにされるのだという自らの確信も。その感覚はパニックを超え、恐怖一色の冷たい空白へと変わった。ケイトはジョージにそのことを話し、アテネまで飛行機で行く自信がないと言った。ところが、彼は穏やかに彼女を見て、もう計画してしまったからと言うのだった。「全部予約ずみなんだよ、ケイト」その声は、話はそれで終わりだと彼女に告げていた。

ある意味、それで事は簡単になった。飛行機に乗るまでの日々、ケイトは凝固《ぎょうこ》して酸素のない何かに変化した空気のなかを歩いている気分だった。胸は疼《うず》いたし、また頰の内側を嚙むようになったため、口のなかは絶えず血の味がしていた。でも、キャンセルできないことはわかっていた。単純にもう予約ずみだから、予約したのがジョージだから、そして、ジョージはいったん計画を立てたら絶対にそれを変えないからだ。最終的に彼女は、ジントニックの力を借りて、その便に乗った。つらいフライトだったけれど、彼女は生き延びた。そして、飛行機が無事に着陸し、アテネ国際空港の雑踏のなかへと吐き出されたとたん、やればできるんだという高揚感が彼女を襲った。その感覚は、旅のあいだずっとつづいた。自分はフェリーもだめだろうと思っていたが、そちらはなんの問題もなかった。広い空と奥行きのある景色は、彼女をくつろがせてくれた。最初の数日間、それは楽しい旅だった。ところがその後、ジョージの嫉妬と被害妄想が始まった。

彼はもともと独占欲が強かった。ふたりが一緒に過ごしたあの最初の週末以来ずっと。仲間の学生の誰かに魅力を感じていないかどうか、彼は絶えず彼女を質《ただ》した。すぐさま彼女は、ノーと言わねばならないことを学んだ。それに、ふたりで一緒に（めったにないことだが）パーティーに行った場合、話す相手は女性だけにしなければならないことも。さもないと、ジョージは何日も不機嫌なままなのだ。それだけではない。ふたりで一緒に映画に――たとえば、ブラッド・ピットの出るものに行った場合、彼に魅力を感じたことすら言ってはならないことも彼女は学んだ。それは、苦い経験から学んだことだった。「相手はブラッド・ピットなのよ。百万年待ったってわたしが彼に会う機会はないでしょ」

「でももし会ったら、きみはすぐさま行動を起こし、彼と寝るんだろうね」ジョージは言った。

「まさか」

「でも彼に魅力を感じるんだろう？　明らかにきみは彼と寝たいわけだよ。だったらなぜ、そうしないんだ？　彼に誘われたとして？」

「馬鹿言わないで、ジョージ。わたしは彼とはつきあわない。あなたとしかつきあいたくないから」

「じゃあなぜきみは彼に惹かれるんだ？」

そんな具合に何日か言い合いがつづき、ケイトはどんな男の名前も——有名人であろうがなかろうが——二度と口にしてはいけないと学んだのだった。

ギリシャではそれがさらにひどくなった。たぶんビーチのせい、それと、見渡すかぎりの褐色の肌のせいだ。ケイトは常に本に目を注いでいるようにした。または、くらくらするほど遠いところに目をやるように。それでも、ずらりと並ぶむきだしの体、短パンの男たちやトップレスが主流の女たちをまったく見ないでいることは不可能だった。碧《あお》いワンピースの水着を着け、褐色に焼けずに赤くなる白い肌をした自分を、ケイトは妙に意識していた。ある日の午後、気がつくと彼女は、地中海に飛び込んでは飛び出してくるティーンエイジャーの少女を見つめていた。ビキニのパンツが薄茶色の肌と同じ色なので、少女は素裸のように見えた。思春期はもう過ぎていたけれど、彼女は幼い女の子のように振る舞い、泡立つ波へと駆け込んでは駆け出てくる。小さなころでさえ、自分にはあんなに浮かれ、自由を感じたことはなかったのではないかとケイトは思った。

その夜、食事のとき、十分に及ぶ沈黙のあと、ジョージはケイトに、きみはレスビアンなのかと訊ねた。彼女は笑い飛ばそうとしたが、ジョージは引きさがらなかった。そしてケイトは、それ以降、旅が終わるまで、誰も見ないよう努めた。

しかし最悪の出来事はクレタ島イラクリオンで、旅の最後の夜に起きた。ビーチの前の道の向こう側には、競合するカフェやレストランが軒《のき》を連ねている。夕方になると、それらの店はみな、ウェイターのひとりを歩道へと送り出し、観光客を誘い込もうとした。「メニューをごらんください」彼らは言う。「イラクリオン一新鮮な魚ですよ」その不幸な夜、ジョージとケイトはあるピザの店のメニューを強引に見せられ、その後、外のパティオの席に着くことに同意した。ふたりを席に案内しながら、ハンサムなウェイターはこう言った。「美しいイギリス人女性は道に面した席にご案内するんです。男たちがみんなこの店に来たくなるように」ケイトは笑ったが、そのあと、恐ろしいことに、頬が紅潮するのを感じた。ジョージはむっつりと黙り込んだ。彼らは、シーフード・ピザをひとつと、おなじみのひどくまずいギリシャ・ワインをカラフェで注文した。食事が半分まで進んだところで、ケイトは言った。「まさかあなた、ウェイターの言ったことで怒ってるんじゃないでしょうね？　わかってると思うけど、彼は案内する女性客全員に同じことを言うのよ」

「じゃあ、きみがずっと彼を見つめているのは、だからなんだな？」ジョージは答えた。

「彼のことは席に着いてから一度も見てないわよ、ジョージ」

ふたりはそれ以降、食事を終えるまでずっと無言だったが、そのあと、三ブロック先の安いホテルの部屋でまた同じ話が始まった。

「ギリシャがきみにどんな影響を与えるか知っていたら、僕は絶対きみをここには連れてこなかっただろうね」ジョージは言った。彼は激高して、唇から唾の飛沫《しぶき》を飛ばしていた。

「わたしはどんな影響も受けてないから、ジョージ。影響を受けてるのは、あなたのほうよ」

「それは正直な言葉なんだな？　今夜ベッドに入ったとき、あのギリシャ人のウェイターとやったらどんなだろうと空想することはないって言うんだな？　僕は彼を見つめるきみの顔を見たんだぞ。あの店にもどって、彼と一緒に過ごしたらどうなんだ……」

「そうしようかな」そう言ったとたん、ケイトは言うべきではなかったと悟った。

ジョージは彼女の肩をつかみ、ドアのほうへ押しやりはじめた。「だったら行け」日焼けした彼女の肌に指を食い込ませて、彼はどなった。どうしてよいかわからず、ケイトは抗《あらが》うのをやめて、むきだしの床にすわりこんだ。彼女は泣きだした。ジョージは何度も繰り返し壁を殴りつけていた。やがて壁にはひびが入り、彼の関節は血だらけになった。

＊

「父さんは嫉妬する？」ギリシャからもどったあと、最初に母と会ったときに、ケイトは母に訊ねた。

「嫉妬って何に？」

「母さんのことで。他の男によ」

「まさか。どうして?」

「つきあいはじめたころはどうだった? デートしていたころは?」

「まあ少しはしたかもね。でもそれは、お父さんとデートしはじめたとき、わたしがまだロバート・クリスティーと出かけたりしていたからよ」母はワインをひと口飲んだ。サンルームのガラスには雨が斜めに吹きつけていた。

「父さんはやきもきしたでしょうね」

「やきもきしたかどうかは知らないけど、それで拍車がかかったのは確かね。お父さんがあんなに早くわたしに結婚を申し込んだのは、そのことがあったからなの。どのみちロバート・クリスティーは、わたしに結婚を申し込みはしなかったでしょうけど」

「で、それからは?」

「わたしたちは夫婦なのよ、ケイト。第一、お父さんは嫉妬深いほうじゃないし。どうしてそんなことを訊くの?」

ケイトは母にジョージの嫉妬深い性格について話した。彼がホテルの壁に拳でひびを入れるに至ったイラクリオンでの夜のことだけを省き、ほぼすべてを打ち明けた。

「それは問題ありそうね、ダーリン」

「そうだよね。わたしはジョージを愛してる。でも、いつもいつも気を張ってる感じなの。うっかり他の男の人の名前を出しちゃうといけないから」

「そんなの馬鹿げてるわ。彼は何を考えてるの? ふたりがつきあってるというだけで、あなたが他の男性に魅力を感じちゃいけないとでも言うのかしら？」

「まさにそれが彼の考えなのよ」

「まあ、ケイト」

「うんうん、わかってる。もう終わらせなきゃいけないね」口に出してそう言ったのは、そのときが初めてだった。そして、いざそれを言ってしまうと、涙が頬を伝いはじめた。

「わたしもそう思うわ」母は言った。

＊

それは簡単ではなかった。ケイトはジョージに長い手紙を書くことにし、そのなかで別れる理由を細々と述べ、自分にとって彼の存在がどれほど重要だったか本人に伝わるよう最大限の努力をした。彼女はその手紙を、夏休みの帰省の前に、彼の部屋のドアの下に入れた。一週間後、電話をしてみたところ、彼は出なかった。心配ではあったけれど、それがいちばんいいのだということはわかっていた。八月になっても、彼からはまだなんの便りもなかった。ケイトがまちがいを犯したのは、そのときだ。彼女は、ウィンダミア湖のおじのコテージで一週間過ごしているとフェイスブックに投稿したのだ。書いたのはこれだけだ——「ウォーキング・ホリデー。湖水地方。最高」

ジョージはフェイスブックのアカウントを持っておらず、ケイトのほうは持ってはいても、めったに投稿しなかった。彼がその投稿を見ようとは、思ってもみなかった。振り返ってみると、自分が馬鹿だったことがよくわかる。でも、本当のところ、それは希望を持っていたということなのだ。自分と同様、ジョージも前に進んでいるのだという希望。しかし実際には、ジョージは彼女の投稿を見たのだった。以前一緒にそこに行き、ケイトの家族と短い休暇を過ごしたため、彼はそのコテージを知っていた。何年も後にケイトは、姿を現す前、ジョージはどれくらいの期間、ウィンダミアにいたのだろうと考えた。彼はいつから自分を監視し、つけまわしていたのだろうか。彼女が彼の気配を感じたことは、厳密に言えば、一度もなかった。ただそれは、空の暗い、荒れ模様の週で、彼女は途切れがちな眠りのなかで死を予感したものだ。その旅の最初の数日間、ケイトは、ふたつ向こうの村から訪ねてきた従妹《いとこ》のサディーと共同でコテージを使った。ジョージはおそらく彼女たちを監視し、ケイトがひとりになる時を待っていたのだろう。彼は近くの森で野宿をしていた。後に——すべてが終わってから——彼のテントとびしょ濡れの寝袋が低木林のなかで見つかったのだ。

週の半ば、サディーがコテージにいなかった最初の夜、ケイトは真夜中過ぎに目を覚まし、ベッドの横にジョージがすわっているのに気づいた。その膝《ひざ》にはさりげなくライフルが立てかけられていた。ケイトが叫ぼうとして口を開けると、ジョージは彼女の上に飛び乗って両膝で胸を押さえつけ、ライフルの油っぽい銃口をぎゅっと口に押しつけた。彼女の唇は裂け、歯の一本が折れた。

彼はその体勢のまま、一時間以上、彼女をベッドに釘付けにし、抑揚のない奇妙な口調で、自分にあんなことをした彼女は死に値するのだと語った。そのしゃべりかた、彼の言葉遣いは、彼女の知っていたジョージとはまったく別人のもののように思えた。

そのあいだずっとケイトはさめざめと泣いていた。おまえがいつも恐れていた死がいまここにある、胸の上にうずくまっているのだ、と心が告げた。彼女は取引を持ちかけようとも、ジョージの情に訴えようともしなかった。ただ屈服し、体は猫の口に囚われた鳥のようにぐにゃぐにゃになっていた。おそらく屈服したがために彼女は生きながらえたのだろう。もし抵抗し、自分を殺さないようジョージを説得していたら、おそらくその言葉だけで彼は引き金を引くに至ったのだろう。だがそうはならず、ジョージは彼女を引きずっていき、小さな狭苦しいクロゼットに押し込むと、扉を閉めて木の椅子でつかえをした。彼がそうしたのは、暗くて窮屈なクロゼットこそケイトにとって死よりも恐ろしいものであることを知っていたからかもしれない。あるいは、彼がそうしたのは、彼女を殺すことができない以上、ただその姿を視界から消し去りたかったからかもしれない。クロゼットに囚われたケイトは、こらえきれずに絶叫しはじめ、声帯がひりひり痛みだすまで叫びつづけた。それから彼女は泣きだした。そして、ようやく泣きやむと、体をぎゅっと小さく丸め、あとは何も感じなくなった。

クロゼットの扉の外からライフルの爆音が聞こえてきたのは、それから二時間後だったようにも十二時間後だったようにも思える。

二日後、従妹がもどってケイトを見つけた。コテージの入口の鍵は開いており、バリケードされたクロゼットの前の床にはジョージの遺体があった。彼の頭蓋骨の中身は敷物一面に飛び散っていた。

ケイトをクロゼットから引き出したのは警察だ。彼女は意識があったが、無反応だった。そのまぶたはぎゅっと閉じられており、だから、コテージから連れ出されるときも、彼女がジョージ・ダニエルズの残骸を目にすることはなかった。彼女は三カ月（その期間の半分は無反応のまま）、治療施設で過ごし、その後、両親のいる家に帰った。

大学にはそれっきりもどらなかった。

*

オードリー・マーシャルのことで母にメールを送って五分後、ケイトは返事を受け取った。

恐ろしいこと、ダーリン。帰っておいで。お父さんもそう言っています。誰かコービンには話したの？

でも、これはわたしとはぜんぜん関係ないことだから——ケイトは返事を打ちはじめ、それから手を止めた。ノートパソコンのキーの上で、指はじっと静止している。彼女は打ち込んだ言葉を消した。母への返信はあとにしよう。どうすべきか決めてからに。まだそれは決まっていない。彼女は留まりたかったし、明日からの授業を受けたかった。オードリーの殺人は——まだ殺人なのかどうかもわからないわけだし——本当に自分とはぜんぜん関係ないのだから。

まさか本気でそう思っているんじゃないよね？　それはジョージの声だったけれど、同時に彼女自身の声でもあった。

もしかすると、わたしにも関係あることなのかも。だってこれは、コービンに関係あることで、わたしは彼のうちにいるわけだから。警察もここに来たし、オードリーの友達は事件について何か考えがあるようだった。

突然、天井の高いその部屋が狭苦しく暑く感じられた。それに、これは気のせいだろうか？　あたりが暗くなったように思える。彼女は背の高い窓を振り返った。すると、真っ黒な雲が太陽の前を横切っていくところだった。進みつづける雲の動きを彼女はじっと見守った。そしてついに太陽がふたたび輝きだした。けれども、それは空の本来あるべき位置より低いところにあった。携帯電話で時刻を確認し、彼女はもう夕方の五時になることを知った。どうしてこんなに速くこんな時間になってしまったんだろう？　確かに彼女はジョージのことを考えていた。そして、そういうときは、いつのまにか時間が経っていることがある。ちょうど、あのクロゼットのなかで、暗闇によって、時間そのものによって、蝕《むしば》まれていたときのように。いまの彼女が思い出すとき、あの場所はクロゼットですらない。あれはひとつの部屋、ものすごく小さな部屋だった。そして彼女はいまだにそこから脱出していない。あたりは暗く、四方の壁が彼女を圧迫している。

外に出なさい。ケイトは自分に命じた。きちんと食事をするのよ。そして気がつくと、彼女は立ちあがっていた。頭が空腹でくらくらしている。あれこれ考える暇を自分に与えず、コートと用心のための傘を取り、彼女は敢えて部屋を出た。

第十章

アランはずっと行きつもどりつ部屋を歩き回っていた。向こうの棟のコービンのうちに行き、彼の親戚のケイトと話がしたい。でも、その決心がなかなかつかない。オードリーとコービンについて彼女が何を知っているのか、彼は確かめたかった。彼女と話すというまさにその行為が自らの興味を暴露するとわかってはいても。ケイトにはすでに、自分はオードリーをほとんど知らなかったと言ってしまっている。今度はなんと言おうか？　真実を話す？　真実の一部を？

朝から何度もしてきたように、彼は窓の外を眺めた。警察はあれ以来、来ていない。中庭は森閑《しんかん》としていた。

玄関のドアの横にクインが掛けた鏡に、アランは歩み寄った。目の下の黒ずんだくぼみをこすり落とせるかのように、彼はその部分の皮膚《ひふ》をさすった。鏡のなかの彼は、お気に入りの古いブレザーを着て、カシミアのマフラーを結んでいた。マフラーを巻いたのは――出かける支度をしたのは――もうずっと前なので、首すじは汗ばんでいる。彼はマフラーをはずした。向こうの棟の部屋に行くだけなのに、なんだってマフラーがいるんだ？

アランはゆっくりと窓辺にもどった。すると、道に向かって中庭を横切っていくケイトの姿が目に入った。何も考えずに、彼は寝室に飛んでいき、財布をつかみ取った。玄関のドアから飛び出すと、ロビーまで二段抜かしで階段を下りていった。

中庭に着いたときには、ケイトはすでにいなかったが、ベリー・ストリートに出ると、一ブロック半先にチャールズ・ストリートへと向かう彼女の姿が見えた。彼はあとを追いはじめた。外は思っていたよりも寒く、マフラーをはずしたことが悔やまれた。彼はブレザーの三つのボタンを全部かけ、襟を立てた。雲がふたたび空に広がりだしており、雨になるのだろうかと彼は思った。

チャールズ・ストリートに着くと、ケイトはしばらく足を止めた。アランは歩調をゆるめた。ふたりの距離はわずか半ブロックほど。彼女の左の手に小さなオレンジ色の傘があるのがはっきり見える近さだった。彼女は左に曲がった。食事をするところをさがしているのだろうか、それとも、ただ散歩をしているだけなのだろうか？　いずれにせよ、あとを追おう、と彼は思った。彼女に近づくのは、レストランの店内のほうが簡単だ。自分も夕食に来たふりをすればいいのだから。怪しくは見えるだろうが、実際、彼はこの近所に住んでいるのだ。

チャールズ・ストリートは閑散としていた。歩いているのは、ほとんどが犬の散歩の人かベビーカーを押す母親だった。男がひとり顔を引き攣《つ》らせ、高そうな花束を手に、急ぎ足で通り過ぎていった。きっと記念日を忘れていた誰かの夫だろう。ケイトはときおり足を止め、チャールズ・ストリートのこの区間に軒《のき》を連ねる小さなビストロのウィンドウをのぞきこみながら、ゆっくりと歩いている。まちがいなく食事の場所をさがしているのだ。アランも強いてゆっくりと歩き、途中、古い馬車置き場を改造したいやに高級そうな住宅の前で足を止めた。彼は身をかがめて、靴紐を結んだ。少し前に降ったにわか雨で、煉瓦の歩道はまだ濡れており、あたりには土っぽいにおい、春のにおいがした。ニューイングランドの冬はいつも長いが、この年はとりわけ寒さが厳しく、一月の終わりには二週にわたり四フィートを超える雪がどっと降っていた。

アランは通りを渡るケイトを見守った。車がどちらから来るのか思い出せないといった様子で、彼女は左右に目を向け、ためらっていた。アランはそのあとを追って、チャールズ・ストリートを渡り、ガス灯に照らされた狭い脇道をのぼっていった。彼女はそこで、〈セント・スティーヴンズ・タバーン〉という店に入った。それは、よく通り過ぎはするものの、アランが行ったことのない店だった。

彼はそのまま歩きつづけた。いかにもつけてきたように見えてはまずい。彼女はおそらく食事をするのだろう。ということは、少なくとも一時間は店にいるはずだ。アランは〈セブンス〉でまず軽く一杯やってから、〈セント・スティーヴンズ〉に行くことにした。ものすごく急なその脇道を、彼は足早に下っていき、チャールズ・ストリートにもどった。お気に入りのバーのドアを開け、狭い店内の奥に進むと、ライ・ウィスキーのジンジャーエール割りを注文し、木のカウンターに肘《ひじ》をついて立ったままそれを飲んだ。

神経が昂《たかぶ》っていることに彼は気づいた。それは、よく知らない女性のあとをつけたせいだった。自分はどうなっているんだろう？　もしかすると、オードリーに対する執着は、オードリー自身とはなんの関係もなく、遠くから彼女を見られるという点だけが重要だったのかもしれない。

これが初めてではないが、いやな思い出がよみがえってきた。当時、彼は十三歳だった。彼の姉は十六歳で、夏のアルバイトにメイン州でキャンプの指導員をしていた。ある週末、父母は彼をバスに乗せて姉のもとへと送り出し、そこで彼は、指導員のエリアの空き部屋をあてがわれた。それは、本部のロッジの二階に一列に並ぶ寮風の部屋の一室だった。その部屋での最初の夜、彼は木の厚板のひとつに節穴があいていて、そこから隣の寝室が見えることに気づいた。自分の部屋の明かりを消して、彼は、姉と同じ年ごろの女の指導員、胸の小さな太った少女が服を脱ぐのをのぞき見した。キャンプのロゴが入ったぶかぶかのTシャツを着ると、少女はベッドに入って日記に向かった。だが、書いていたのは三分ほどだ。そのあと彼女は日記を胸に置き、明かりを点けたまま、自分の脚のあいだに触りはじめた。アランは心を奪われ、ぼうっとなって見つめていた。自慰のことは知っていたし、恥ずかしながら自分でもやったことがあったが、女の子もそういうことをするとはそれまで知らなかった。少女はさらに激しくさすりはじめ、それから不意に手を止めて、日記を閉じた。ベッドの下に日記をすべりこませると、彼女は明かりを消した。

アランは真っ暗ななかに横たわり、松材の壁ごしに何か聞こえてこないかと耳を凝《こ》らした。ベッドの安いスプリングがリズミカルにギシギシいっている気がしたが、やがてそれは止まった。それから、長いため息が聞こえてきた。ずっと呼吸を止めていたかのように、少女が息を吐くのが。そして音は途絶えた。

翌日、アランは、食堂で年下のキャンプ参加者数名とともにテーブルに着いているその指導員を見つけた。前夜はほとんど見られなかった彼女の顔を、初めて彼はじっくりと見た。その顔はすべてのパーツが丸かった。頰はふっくらしているし、目も丸い。ピアスの穴のない小さな耳までもがまん丸だった。キャンプ参加者の赤毛の女の子がいましがた口にした言葉に、彼女は大笑いしていた。女の子は赤くなり、指導員はその子に腕を回して、自分の脇に引き寄せた。彼女は――その指導員は綺麗だった。ほほえむと、なおさら。アランには、前夜、あんな彼女を見たことが信じられなかった。それは、いまの彼女の振る舞いにしっくり合うとは言えなかった。

「大丈夫か、弟くん?」

アランはビジターのテーブルで食べていたが、姉のハナがそこに会いに来てくれたのだ。

「大丈夫だよ」彼は言った。

「なんか催眠術にかかってるみたいな顔をしてたよ。きょうはキャビン5の人たちと一緒にブルーベリー狩りに行く? それとも、ただビーチでうだうだしていたい?」

アランはビーチを選び、指導員用の宿舎で見つけた『レッド・ドラゴン』を持っていった。湖では、ロープで仕切られた浅瀬で泳ぐことができたが、まだディープウォーター・テストを受けていなかったため、桟橋より先で泳ぐことは許されなかった。彼はそれでかまわなかった。あの隣室の指導員の姿をまた見られるよう願いながら、本を開いてビーチにすわっているだけで、充分に楽しかった。水辺では結局、彼女の姿は見かけなかったが、そのあと彼は、参加者数名にテニスを教えている彼女を見つけ、さらに、夕食のときにも（それは野外でのバーベキューだったが）彼女を見つけた。どちらのときも、吐き気を誘う一方、癖にもなりそうなアドレナリンの噴出を彼は感じた。ふたたび節穴から彼女を見られると思うと、夜が待ちきれないほどだった。その日は、姉に腹痛がすると言い、早めに部屋に引き取った。あの指導員が部屋にもどったらどんな行為に及ぶか大興奮で想像しながら、彼は明かりを消して待った。

ところがようやく姿を現すと、指導員はローブとシャワーバッグを取って、シャワーを浴びに行ってしまった。もどってきたときは、ローブの下にナイトシャツを着ており、そのまますぐにベッドにもぐりこんだ。彼女は壁から一フィート足らずのところにいた。アランにはその腿の金色の産毛まで見えた。彼女はあくびとともに深く息を吸い込んだあと、ひとしきりゴホゴホ咳き込み、それから、明かりを消した。アランはベッドに横たわったまま、彼女がまた自慰をしてはいないかと耳をすませたが、何も聞こえなかった。饐《す》えたタバコのにおいがかすかにするような気がした。指導員は深く呼吸しはじめた。そしてついに、アランは眠りに落ちた。

それっきりアランが彼女を目にすることはなかった。つぎの朝、彼女が朝食に来ていたとしても、その姿を見つけることはできなかった。朝食後、ハナが車でバス発着所まで彼を送ってくれた。ダッダッダッとバスが動きだすとき感じたあの虚《うつ》ろな気分を、アランはいまも覚えている。名前も知らないあの指導員に、自分は二度と会えないのだ。彼女は永遠に消えてしまったのだ。

彼はウィスキーを飲み終え、支払いをすませ、〈セブンス〉を出た。

外に出ると、花を咲かせはじめた木々が新たに濡れているのがわかった。彼がバーにいるあいだに、通り雨が降ったにちがいない。空気は新鮮なにおいがしており、煉瓦の歩道はどれも黒っぽくなっていた。

アランは〈セント・スティーヴンズ〉に向かって坂道を登っていき、曇りガラスのドアから店内に入った。さりげなく振る舞うよう、まっすぐカウンターに行くよう、彼は自分に言い聞かせた。まずは、ライ・ウィスキーのジンジャーエール割りをもう一杯、ブルーインズ（ボストン・ブルーインズ。プロ・アイスホッケー・チーム）のタイトなTシャツを着た美人バーテンダーに注文し、それから、回転スツールの上で少しうしろに身を傾けて、あたりを見回した。〈セント・スティーヴンズ〉も〈セブンス〉よりずっと広いというほどではない。それでもそこには、長い木のカウンターと、ブース席が六つほど収まるだけのスペースがあった。カウンターには男の客がふたりいて、それぞれスタウトを飲みながら、それぞれ携帯電話を見ていた。彼らが一緒に来ているのか、たまたま隣り合わせにすわっただけなのか、アランにはわからなかった。

ブース席のほとんどは空いていたが、ひとつには子供をふたり連れた夫婦が、もうひとつには、ノートパソコンを見ている連れのない女がいた。女は髪を赤く染めており、背がすごく低いため、ブースの木の座席から足をぶらぶらさせていた。

注文の品を前に置かれ、アランは顔をもどした。彼はバーテンダーに礼を言い、その飲み物を口にした。ストローで飲んだのだが、最初のひと口はアルコールそのものだった。彼は酒をかきまぜ、干からびたV字形のライムをどけた。ケイトはどこにも見当たらなかった。たぶん彼女は一杯、飲みに来ただけで、すぐに帰ったのだろう。でなければ、ここからは見えない奥のほうにダイニングルームがあるかだ。バーテンダーに訊いてみようとしたとき、甲高《かんだか》い金属音とともに女性用トイレのドアが開いた。彼は振り返った。するとそこにケイトがいた。

第十一章

薄汚れたトイレを使用したあと、ケイトはドアを押し開けてフロアにもどった。するとそこには、アラン・チャーニーがいた。カウンター席にすわって、彼女のほうを見ている彼が。ふたりの目が合った。頭のなかで警報が鳴りだす。彼はここまでわたしをつけてきたのだろうか？　もしそうなら、なんのために？

わずかに椅子を回し、彼は眉を寄せた。彼女が誰なのか思い出そうとしている顔だ。ケイトは前に進み出た。

「どうも」彼女は言った。

「こんにちは」アラン・チャーニーは答えた。彼はとてもいいツイードの上着を着ていた。その下は、襟が擦り切れたシャツだ。

「ケイト・プリディーです。同じアパートメントの。コービン・デルの部屋に住んでいる」

「ああ、そうだね。そうだよ。わかってる。僕はアランです」

「ええ、覚えてます。ここには飲みに来ただけ？　よく来るお店なんですか？」この質問のあと、ケイトはなぜか笑った。初対面のとき、ふたりのあいだにあった気安さはもう消えていた。それはたぶん、店の薄明かりのなかのアランが、大勢の聴衆を前に緊張している演説者のように見えるからだろう。

「いやいや」彼は言った。「前にも来たことはあるよ。たぶん一度。でも、しょっちゅう来るわけじゃない。きみはどうやってこの店のことを知ったの？　僕がここを見つけたのは、このへんに住みだして一年もしてからなんだけど」

「コービンがすすめてくれたの。わたし、夕食を食べるところなんです」彼女は頭をめぐらせ、店に一台しかないテレビの真下に当たる、いちばん遠いブース席を示した。テレビは無音で、どこかよく晴れた暖かいところでやっているゴルフの試合のハイライトを映している。

「そうか、お邪魔しちゃ悪いよね――」

「ううん。一緒にどうぞ」自分でも驚きながら、ケイトはそう言った。「もちろん、無理にとは――」

「いや、ぜひそうさせてもらうよ」

アランは飲み物を手に移動してきて、ケイトの向かい側にすわった。彼女は二杯目のワインを半分ほど飲んだところだった。トイレに行っているあいだに、テーブルにはチキンのチリが来ていた。巨大なその深皿は、色とりどりのトルティーヤ・チップスに飾られたプレートの上にどんと載っていた。「食事はもうすませた？」ケイトは訊ねた。

「ううん、まだ。だけど……」

「だけど、わたしの料理をひと目見たら、もうげんなり……」

アランは笑った。「いやあ、ただお腹がすいてないだけだよ。僕はずっとオードリーのことを考えていたんだ。覚えてるかな、彼女のこと、ふたりで話したよね」

「ええ、わかる。怖いわよね。警察がうちに来て、わたし、話を聞かれたのよ」

「うん、こっちも。供述を取られたよ」

「部屋の捜索もされた？」

「いや、きみのところはされたの？」

「ざっとね」

「ふうん」アランは腰をずらして、テーブルの下で脚を組み、その拍子に天板に膝《ひざ》をぶつけた。

そのあとケイトは、道ばたで話をしたオードリーの友達、ジャック・ルドヴィコのことをアランに話した。ちびちびと飲みながら、彼は熱心に聴いていた。

「その男、どんなやつだった？」急速に冷めていくチリを食べるため、ケイトが話を中断すると、アランは訊ねた。

ケイトはためらった。アランの熱中ぶりは、なんとなく不安を誘った。たぶん彼を席に招《よ》んだのはまちがいだったのだろう。「まず、なぜそんなに興味があるのか、教えてもらえない？」ついに彼女は言った。「オードリーとは知り合いじゃないってあなたは言ってた。でもそれを信じていいのかどうか、どうもわからないのよ」

彼女はアランをじっと見つめた。彼は決心をつけようとしていた。その表情豊かな顔は何もかも暴露してしまうようだ。本人はそのことを――彼の心を読むのがどれほどたやすいかを知っているのだろうか。「オーケー」彼は言った。「事実、僕はオードリー・マーシャルと知り合いじゃない。僕たちは会ったこともないんだ。でも僕のうちの窓からは、彼女が見えるんだよ。僕のうちは彼女のうちの向かい側で、どっちも中庭を見おろす位置にある。だから僕はときどき彼女を見ていた。そう聞くと、気持ち悪いよね。だけど、そういうんじゃないんだよ。彼女の寝室や何かが見えたってわけじゃないから。でもときどき僕は、彼女がリビングで読書しているのを見ていた。すごくいい人そうだったよ」

「窓から見ただけで、それがわかったの?」

「いや、わからないよ、もちろん。でもそんな気がしたんだ。そんな想像をしたってことだね。気持ち悪いのはわかってる。うん、確かに気持ち悪いよ。たぶん僕は彼女にちょっと執着してたんだろうな」

「どんなふうに?」

「どういう意味?」

「どんなふうに執着してたの? たとえば、どうなることを想像していた?」

アランは口を引き結んだ。強くぎゅっと、唇が白くなるほどに。彼はグラスの縁《ふち》をぐるりと指でなぞった。「僕は、いつか彼女と出会って、つきあえるんじゃないかと想像していた。そういうことだよ。実は、偶然、出会えるように作戦も練っていたんだ。ところがその矢先、彼女はきみの親戚のコービンと会うようになったんだよ」

「ええ、それは聞いた。例の友達から」

「彼も知っていたの？」

「知っていた。ええ。断続的な関係だったって。それと、コービンのことを疑っているみたいだった。きっと、コービンが何かのかたちで事件に関与していると思っているのね」

「その男、どんなやつだった？」

「ジャックのこと？」

「うん」

ケイトは彼の容姿を説明した。くしゃくしゃの赤い髪、筋張った体、紅潮した肌。

「その男は知らないな」アランは言った。「オードリーの部屋にいるのは、見たことがない」だからと言って、彼がそこに行っていないことにはならない。そう言いかけて、ケイトは思い留まった。アランの強い確信が、彼は本当にオードリーに執着していて、おそらくは窓から彼女を見ることに相当の時間を費やしていたのだ、とケイトに悟らせたのだった。

「彼女のうちには行ってないということもありうるんじゃない？」ケイトは言った。

「うん、ありうる。コービンがいるのはよく見たけどね」

「オードリーのうちに？」

「うん。それで僕はあのふたりが会っているのを知ったんだ。彼はかなり頻繁《ひんぱん》にあの部屋に行っていたよ」

「ふたりがただの友達同士じゃなかったってどうしてわかるの？」

「何度かふたりがキスしてるのを見たかも」アランは、いかにもきまり悪げに言った。

「あなたはコービンを知ってたの？」

「知ってたよ、少しね」アランは言った。「一緒にラケットボールをしたことがあるんだ。何度もじゃなく、ほんの二、三回。そういう機会に僕は一度、オードリーのことを訊いてみた。つまり、彼女と会ってるのかどうかをね。ところが彼は否定した。これはおかしなことだよ。だって僕はもう窓からふたりを見ていて、彼らのあいだに何かあるのを知っていたんだから。彼がなぜそれを否定するのか、僕には理解できなかった」

「理由はいくらでも考えられるでしょ」大きな皿のなかで冷めてしまったチリをようやくふたくちみくち食べて、ケイトは言った。「彼は別の誰かと同時につきあっていたのかもしれない。または、オードリーのほうがそうだったのかもしれないし。なんだってありうる。もしかすると、コービンはただ、あなたを詮索好きのいやなやつだと思って、打ち明けたくなかっただけかもしれないでしょ」

アランは、不気味に痩せたその顔に相反する、美しい笑顔を見せた。「たぶんそれだね」

「どれ？　詮索好きのいやなやつ？」

「うん、それ。よくわからない。きっと僕は妄想に駆られていただけなんだろうな。そのときは、オードリーに会ってるのは確かなのに、彼がそれを認めないのが怪しく思えたんだけどね」

「じゃあ、あなたもコービンを疑っているの？　あなたが言いたいのは、そういうこと？」

「彼がロンドンに発ったのはいつなの？　正確に言うと？」

「ジャックもそれを知りたがっていた。コービンは木曜の夜の夜行便に乗ったの。正確な時間はわからない。でもロンドンには朝早く着くことになってたから。つまり理論上は……」

「理論上は、彼はオードリーを殺すことができたわけだね」

「そう思う」

「それに警察も興味を持っているようだし」アランは言った。それからグラスを傾けて、自分の飲み物の最後のひと口を飲んだ。「連中はきみのうちを――つまり彼のうちを捜索したんだものな。ところで、どんなふうなの？　彼のうちは？」

「建築雑誌から抜け出てきたみたい。時代遅れだけどね。あれは彼のお父さんのうちなの――彼があそこに住んでいるのは、だからなのよ」

「それは知らなかったよ」

他に何か注文がないか確認しに、ウェイトレスが足早にやって来た。アランはもう一杯、注文し、ケイトは水をたのんだ。「時差ボケがひどくて」彼女は言った。「こっちに着いてから、時間の感覚がまったくないの。午後はずっとものすごく疲れてるし、夜明け前に完全に目が覚めるし」

「問題。いまは何時だ？」かすかな笑みを浮かべ、アランは訊ねた。

「真夜中みたいな気がするけど、まだ六時ごろなんでしょうね」

アランはポケットから携帯電話を取り出して画面を見た。「ちょうど六時を回ったところだよ」彼は傷だらけの木のテーブルに携帯を置いた。ケイトはその待ち受け画面が、紫と黒の映画のポスター、「エクソシスト」のものであることに気づいた。それは好きな映画のひとつだったが、そのことには触れなかった。過去のトラウマや、自身の想像力の暴走に悩まされていながら、昔からずっと彼女はホラー映画が好きだった。本物の心配が心を鎮《しず》めるように、そういった映画も彼女の心を鎮めるのだった。それらはまた、他の人々にも悪夢が存在することを彼女に教えてくれる――たとえその人々が架空の人物であっても。アランの携帯の画面が黒くなり、ケイトは自分がずっとそれを見ていたことに気づいた。

「疲れてきたわ」ケイトは言った。「もうすぐ帰らせてもらうと思うけど。別にあなたから逃げようとしてるわけじゃありませんからね」

「そうだとしても、かまわないよ」アランはそう言って、にっと笑った。「気持ちはわかるから」

「なぜそんなことを言うの？」

「だってこっちはついさっき、窓から同じアパートメントの住人をのぞき見してて、その人に執着するようになったなんて話したばかりだからね」

「ううん。わたしはほんとに疲れているの。それに、何かに執着してるからって他人《ひと》様を批判する気はないし。わたし自身、こっちに来てからずっとオードリー・マーシャルのことばっかり考えてるんだもの」

「それは、彼女が自分ちのすぐ隣で殺されたからだよ」

「そうじゃなくて、その前から。彼女の行方がわからないって最初に聞いたとき、わたしには何かあったんだってわかった。わたしはいつもそんなふうに考えるの――生まれつきそうなのよ――でも今回はそれが当たったわけね」

ヴェイトレスがアランの飲み物を持って現れ、他に何か注文はないかと訊ねた。ケイトが勘定をたのむと、アランもそれに倣《なら》った。

「一緒に帰ってもいいかな?」アランは訊ねた。

この店から明るく賑やかなチャールズ・ストリートまでの長く細い道を、ケイトは思い浮かべた。アランは殺人者なのだろうか? 彼がオードリーに執着していたのは明らかだ――それも遠くから。でももし殺人者だとしたら、なぜ彼はケイトのところに来て、いま打ち明けたようなことを打ち明けたのだろう? 情報を得るため? 彼女が何を知っているか確認するためだろうか?

「気にしないで。無理にとは言わない――」ケイトの心を読んだかのように、アランが言いだした。

「ううん、一緒に帰りましょう。ごめんなさい、ぼんやりしちゃって」

それぞれ支払いをすませると、アランは飲み物を半分残し、ふたりは暗い通りに出た。雨はもうやんでいたが、木々からはまだしずくが滴《したた》っていた。歩道はマグノリアの落ちた花に覆われており、その濃厚な香りで空気は重苦しかった。

ふたりでこの道の端までたどり着き、アランがまだわたしの首を絞めていなかったら、この先、彼がそうすることはない。ケイトは自分にそう言い聞かせた。彼女は無言で歩数を数えはじめたが、その心を読んだかのようにアランは言った。「オードリーの身に起きたことに、僕は一切関係していないよ」

「わかってる」ケイトは言った。

「僕は警察に行って、自分の知っていることを話すべきなのかな?」

「つまり、コービンについて知っていることを?」

「うん」

「そうすべきなんでしょうね、たぶん。でもコービン自身がもう警察に話したかも。あなたはものすごく重要な情報を握ってるってわけじゃない。警察がもうつかんでいることを知ってるだけかもしれないでしょう? わたしが確認してあげる。今夜こそコービンにメールするから。警察が彼に事情を知らせたかどうかわからなくて、ずっと先延ばしにしていたの」

「確認できたら知らせてくれる?」

「そうします」ケイトは言った。彼らは急な下り坂の半ばまで来ていた。落ちた花と降ったばかりの雨で路面がすべりやすいので、ケイトはブーツでそろそろと歩いていた。転倒して、チャールズ・ストリートまですべっていき、アメリカ製の大型SUVに撥《は》ねられる自分の姿を彼女は想像した。けれどもふたりは、なんとか無事に坂の下にたどり着き、ベリー・ストリートまでの残りの道のりを歩きだした。途中、ふたりは少し話をし、ケイトはふたたび、初めて会ったときに感じたのと同じ心安さをアランに感じた。それはまるで、何年も何年もお互いを知っているかのような感覚だった。でも、自分はかつてこれと同じ感覚をジョージ・ダニエルズに対して抱《いだ》いたのだ。彼女は自らにそう指摘した。

ふたりはアパートメントのロビーで別れ、その際にケイトは、コービンから聞き出したことを知らせるとアランに約束した。

「うちに寄って知らせて。僕がどこに住んでるかは知ってるよね」彼は少し歪《ゆが》んだほほえみを見せた。

「そちらの棟はわたしの側とまったく同じ？」

「うん、まったく」ふたりはさよならを言った。

ロビーには猫のサンダースがいて、ケイトと一緒に階段をのぼり、うちの前までついてきた。彼女は細くドアを開け、猫を阻止すべく脇柱の際《きわ》に片足を置いたが、彼はすばやくその足を飛び越え、室内に侵入した。彼女はなかに入ってドアを閉めた。猫の姿はどこにも見当たらなかったが、彼のことは気にすまいと決めた。彼がこの建物全体に属していることは明らかなのだ。

彼女はまっすぐノートパソコンへと向かい、Ｅメールの画面を開いた。コービンからメールが入っていた。

たったいま警察から事件のことを聞いた。大ショックだよ。彼女とは特に親しくはなかったが、もちろん多少は知っていたからね。何があったか、きみは知っているんだろうか。警察から聞けたのは、彼女が死んだということだけなんだ。自殺なのかな？　きみはどうしている？　アメリカでの最初の数日が不安なものとなってしまい、申し訳ない。もし帰ってきたくなったとしても、無理はないと思う。新居に着いたとたん、隣人が死んでいたのがわかるなんて、恐ろしいことにちがいない。でも嘘じゃない。そのアパートメントは本当に安全なんだよ。

こんなのはどうでもいいことだが、僕はロンドンでの毎日をとても楽しんでいる。それに、きみのフラットは大切に使っているからね。何かニュースがあったら、メールをください。

本当にごめんよ。コービン

ケイトはそのメールを二度、読んだ。彼はなぜオードリー・マーシャルと関係があったことを否定するのだろう？　なぜ彼女の名前を出さないのだろう？

返事を書く前に、ケイトは他の受信メールに目を通した。ほとんどがセールスや勧誘。でも、マーサ・ランバートからのメールも一件あった。彼女はロンドンでケイトと同じ住居ビルに住んでいる。ケイトが入居したばかりのとき（もう一年近く前だが）、マーサはすぐさま新しい親友の役を買って出た。ケイトも別に抵抗は感じなかった。マーサの興味と言えば、パブに行って男をつかまえることだけだったけれど。ロンドンに移るとき、ケイトはもう少し社交的になろうと決心していた。そしてマーサは、絶え間ない誘いにより、とりあえずその面だけは容易にしてくれた。彼女のメールは、意外でもなんでもないが、コービンの件だった。

ケイトが行っちゃって淋《さび》しいけど、代わりの人のことはメチャ気に入ってます。彼ってすごいイケメンだもんね。〈プディング〉で彼を見て、マイケルの顎ががくんと落ちるとこ、見せてあげたかったな。それに彼、フレンドリーだったよ。いまのとこ、ずっと先まで行く気はないけどね。そっちはどう？　彼のフラットってどんな感じ？　キスキス、ダーリン、ほんとにあんたが恋しいよ。マーサ

ケイトは返信のウィンドウを開き、しばらくじっとそこを見つめていた。何を書くべきなのかわからない。マーサに警告すべきだろうか？　視界の隅で何かが動いた。心臓がドクドクッとスタッタースステップを踏む。それはサンダースだった。住居内をひとめぐりしてもどってきたあの猫。彼はおすわりして、もの問いたげにケイトを見つめた。

「コービンはいないのよ」彼女は声に出して言った。

驚いたことに、サンダースは返事をした。不満げに、ニャアと。

ケイトは立ちあがり、玄関に行ってドアを開けた。サンダースは悠然と歩み去った。その尻尾が彼女の脚をすうっとかすめていく。ケイトはドアを閉め、猫がどこに行ったか確かめようとのぞき穴に目を近づけたが、その姿はすでに廊下から消えていた。

彼女はEメールにもどった。マーサにコービンには用心するように言うべきだろうか？　もちろんそうすべきだ。でも彼女はマーサをよく知っている。言うだけ無駄なのはわかっていた。そこで彼女はこう書いた。

わたしのベッドでは絶対、なんにもしないでよね。それだけはお願い。ボストンはいいところです。コービンのフラットはわたしのより広いし。詳しいことはまた今度ね。まだ時差ボケなの。ケイト

このフラットのことは、あまりいろいろ言いたくなかった。コービンがどれほどリッチか知ったら、マーサの狩猟本能は一層、荒立つにちがいない。

コービンへの返信のウィンドウを開き、ケイトはそこで手を止めた。彼に何を伝えようか？　彼女はアランから聞いたことを除き、アラン自体を丸ごと除いて、基本的な事実のみ伝えることにした。そこでその返信には、警察が彼のうちの捜索を要請し、自分が同意したことを書いた。また、例の鍵のことにも触れた。この情報により、彼は少なくとも、令状なしにうちに警察を入れたくないとケイトに知らせるチャンスを得られる。彼女は〝送信〟をクリックした。ロンドンは真夜中を過ぎたところだろう。コービンはまだ起きているだろうか？

ノートパソコンをしまう前に、ケイトはオードリー・マーシャルの死に関して何か新たな情報がないか検索した。ベリー・ストリート一〇一から搬出された遺体がオードリー・マーシャ

ルのものと確認されたという記事が一件見つかった。そこには、警察は彼女の死を不審死として扱っているとも書かれていた。

どれも同じ乏《とぼ》しい情報しか載せていないその他の報道記事をいくつかクリックしてみたあと、ようやくケイトはパソコンをしまった。彼女は寝室に行って、スケジュール帳を手に取った。ケンブリッジのデザイン学校での最初の授業は、明日の午後一時に始まる。わかってはいたが、再度、そのことを確認した。公共交通機関のルートやポーター・スクエア・T駅から学校までの道がわかりにくいといけないので、余裕を持って早めにうちを出ることは、すでに決めていた。突然、疲労に襲われ、彼女はベッドの縁にすわった。それでもそのまま横になり、ベッドにもぐりこみ、眠りにつくことはせず、きのう読みはじめたディック・フランシスを手に取った。それに、すっかりくたびれた自分の本、『カサンドラの城』も。こちらはもう何度も読んでいる。

彼女は二冊の本とキルトの掛け布団を持って、広々した住居内を横断していった。書斎の革のソファに至ると、そこに寝そべって、ディック・フランシスの小説を開いた。一段落読んだところで、まぶたが下りてきた。本はまだ胸にもたせかけたままだった。

彼女はふたたびオードリーの部屋にいた。そしてアランもそこにいた。彼は床にうずくまり、首をそらせて、彼女を見あげている。**あれはアランじゃない。**ケイトは思った。**あれはジョージにちがいない。**でもそれは本当にアランだった。その指がオードリーの部屋の床を搔いている。まるで木材のなかに埋まっている何かを見つけようとしているようだ。彼は口を開けた。

するとそこから、ニャアと猫の声が漏れた。爪で床をむしる音を立てながら、彼はまたしばらく床を掻いた。それからもう一度、今度は前よりも大きな声で、ニャアと鳴いた。ケイトはぎくりと目を覚ました。二冊の本が掛け布団もろとも床にすべり落ちた。

サンダースが室内にもどって、ソファの肘《ひじ》掛けを引っ掻いていた。

第十二章

コービン・デルはタクシーを降り、昼前の涼しい外気へと足を踏み出した。雨は降っていなかったが、空気はじっとりしており、空には低く白く雲が垂れこめていた。コービンがロンドンに来るのは、ハッチンソン・ビジネス経済専門学校で過ごした、大学三年の春学期以来だ。そのため、この悪夢の町にもどったときどんな気持ちになるか、彼はよくわからずにいた。しかし、どうやら大丈夫なようだ。疲れてはいる。これは、ボストンからダブリンまでの飛行機で一時間程度しか眠れなかったためだ。乗り継ぎの長い待ち時間のあいだに、彼はまずいコーヒーを飲んだ。そのせいで、いまは神経が昂《たかぶ》り、口のなかに苦い味が貼りついていて、少し吐き気もした。ヒースロー空港から長いこと車に乗ってきたあとなので、外気が心地よかった。

運転手がコービンの荷物一式をタクシーから下ろして歩道に置いた。シープスカー・レーンは長い灰色の道で、歩道は枝を刈り込んだ木々に縁《ふち》取られていた。作業員らが道路の一区間を修理しており、あたりには温かなタールのつんと来るにおいがした。ロンドンの記憶をどっとよみがえらせたのは、他の何よりもそのにおいだった。学生時代のコービンは、ここと同じノース・ロンドンの、カムデン・タウンに住んでいたのだが、その町にはいつも、あの粘っこい、ほのかに甘いタールのにおいがしたものだ。そういったことをすべて彼は忘れていた。ふたたび二十歳にもどり、夜明けの寒さのなか、ついに童貞を失って、リージェンツ・パークの向こう側のクレアのフラットから歩いて帰るところのような気がした。あのときの彼は幸せで、舞い上がらんばかりだったが、その思い出は、実にたくさんの理由により、胸の痛むものだった。ふたたびこの地を訪れたのは、やはりまちがいだったのかもしれない。コービンはそんな気がした。

ケイトのフラットが入っているのは、ずんぐりした石造りの建物で、正面に中サイズの茂みが収まるくらいの庭がついていた。縁取りは白で、玄関ドアは濃いブルーに塗られ、小さなガラス板に囲われている。通路内には、郵便受けが三つ取り付けられていた。コービンは二号室の郵便受けから封筒を取り出した。外から触れると、鍵の形が確認できた。彼は鍵を振り出し、玄関のドアを開け、天井の高い狭いホワイエのなかにビクトリノックスの大型スーツケースを引っ張り込んだ。玄関のドアがガタガタと閉まると、小さな窓が複数あるというのに、なかは暗くなった。コービンはスイッチを見つけた。そのスイッチで、黄色い光を落とす吊り下げ式の照明が点灯した。ホワイエの床は白黒のリノリウムで、壁には水色のペンキが厚く塗られていた。彼は荷物を持って、二階のエントランスまで急な階段をのぼっていき、二号室に入った。

ケイトはメールのひとつで、自分のフラットを描写していたが、それでもその間取りには驚かされた。入口のドアが開くとそこは寝室で、その先の短い階段がバスルームへとつづいている。それは階段の半ばにあり、残りの部屋、キッチンと湾に面したリビングは、階段をのぼりきったところにあるのだった。リビングには通りを見おろす窓、階段の下の寝室には、舗装された裏のパティオが見える窓が複数あるが、建物は両側とも隣の建物とつながっているため、窓はそれで全部だった。閉所恐怖症を引き起こしそうな住居だが、コービンはそんなふうには感じなかった。その住まいは居心地よいと言ってもいいほどで、内装も女っぽくはなく温かな感じがした。派手な色の敷物があちこちに置かれ、ベッドにもリビングのカウチにも大きな枕が載っており、白く塗られた壁にはグラフィック・アートが掛かっていた。

　コービンはトイレに行き、そのあと、衣類を全部出して、ケイトが付箋紙で印《しるし》を付けた、彼用に空けられた引き出しにしまった。シャワーを浴びようかとも思ったが、それにはあまりにも疲れすぎていた。こめかみが鈍くずきずき痛みはじめているうえ、長いフライトのせいで肩と首は凝《こ》っていた。彼はイブプロフェンを四錠飲んだ。水道水はひどい味だったので、早急に水を一ケース買うことを忘れないよう頭に入れた。彼は服を脱いで、ボクサーパンツとTシャツだけになり、ケイトの長い手書きの手紙を持ってリビングのカウチに体を伸ばした。近所のパブやレストランのわかりやすいガイドを書くためにケイトが時間を割いたことがわかると、胸のなかで不快感が燃えあがった。だが不快になったのは、自分が同じことをしなかったためにすぎない。まあ、こっちもEメールを送って何軒か店をすすめることはできる。それに、彼は冷蔵庫にシャンパンを入れてきた――これはものを言うだろう。そのうえ、あのうちだ。あれを見たら、彼女は感銘を受けるにちがいない。その点については確信があった。

ケイトはいまごろ機上の人となり、大西洋上空のどこかにすっぽり収まっているだろう。コービンは彼女の顔を思い浮かべようとしたが、うまくいかなかった。ケイトの写真は二枚しか見たことがなく、それはどちらも数年前の写真なのだ。その一方は、彼の父が、亡くなる一年前、イギリスに旅したときに撮ったものだ。父は一族の集まる大きな結婚式に行ったのだった。コービンは、父が自分と兄のフィリップを一緒に来るよう説得したことを覚えている。フィリップが行くわけはなかった。行けば、彼らの母親ががっかりするし、フィリップは母をがっかりさせることは絶対にしないのだから。コービン自身は仕事の都合で行けなかった。帰国すると、リチャード・デルは自分の撮ったデジタル写真をプリントし、写真の定型サイズにカットして、アルバムに収めた。リチャードはコービンにそのアルバムを見せ、星の数ほどのイギリス人の親戚たちをつぎつぎと指し示した。コービンが初めてケイトを見たのはそのときだ。彼女は父親と、リチャードの従妹《いとこ》である母親に左右からはさまれていた。「わたしのお気に入りの従妹だよ」彼はコービンに言った。「わたしたちはほんとに兄と妹のようだったんだ。そしてこの女の子、ケイトは昔の彼女そっくり……」

言葉が途切れた。リチャードは離婚した数年後に引退しており、それ以来、目に見えて老け込んでいた。身体的にというだけではない。それもあったが、精神的にだ。彼は弱々しくなり、ときには涙さえ見せた。

「たぶんわたしはイギリスを離れるべきじゃなかったんだろうな」写真をすべて見終えると、リチャードは言った。

「うーん、その場合――」

「その場合、そうだな、わたしが可愛い息子たちを授かることもなかったわけだよ。だがなあ、おまえたちのお母さんは……」

母の話は聞くまでもなかった。コービンはすでにたっぷり聞かされていた。

それ以外にコービンが見た唯一のケイトの写真は、彼女のEメール・アカウントに付いているものだ。それは小さな四角いカラー写真で、顔の四分の三は読んでいる本の陰に隠れている。彼女はカメラに向かって目だけをのぞかせていた。

このうちにはきっと写真があるだろう。コービンはそう思い、カウチから立ちあがりかけた。だが、彼は自分に言い聞かせた。時間はいくらでもある。ここには六カ月いるわけだからな。この考えは彼を少し怖気づかせた。顎をカクカク鳴らしながら、彼は何度かあくびした。雨の飛沫《しぶき》が頭上の窓のガラス板をたたく。やがて眠りが訪れた。

いつものように、彼はいきなり目覚めた。目が自然に開くと、頭は冴え切っており、夢は見ていたとしてもすでにかき消され、黒く焦げたマッチと化していた。彼は身を起こした。頭痛は消えていたが、その穴を激しい空腹感が埋めていた。彼は携帯電話をチェックした。もう午後も半ばだった。

彼はキッチンに行って、リンゴをひとつ見つけ、それをがつがつ貪《むさぼ》り食って、鉛筆並みに細い芯が残るばかりにした。他に何か食べるものがないか、引き出しをつぎつぎ開けてさがしたが、ほとんど何もなかった。そのキッチンにあるものは何もかも小さかった。寮の小型冷蔵庫とさして変わらないサイズの冷蔵庫から、隅の一箇所に押し込まれた陶の天板のちっぽけなテーブルから、食器洗い機のように見えるが実は洗濯機と判明したものまで。さがしてはみたが、乾燥機は見つからなかった。そのことはケイトにメールで訊けばいい。いずれにせよ、メールをチェックしなくては。彼はリビングにもどって、ケイトの歓迎の手紙のなかの、無線でネットに接続する方法を説明している箇所を見つけた。ノートパソコンを開いて、受信メールをチェックするとき、彼の目は猛スピードでオードリー・マーシャルの名をさがしていた。彼女からメールが来るわけはないとわかってはいたが。兄が一件、メールを寄越し、母が知りたがっているからとして、いつロンドンに向かうのか訊ねていた。

　コービンは、前夜のレッドソックスのボックススコアをチェックした。それからケイト宛に、あの長い手紙への礼を述べ、乾燥機のことを訊ねる短いメールを書いた。そのあと彼は、パソコンをシャットダウンし、ふたたび服を着て、食糧をさがしに出かけた。

＊

　まだ四時半にもなっていなかったが、ケイトおすすめの最寄りのパブ、〈ビーフ＆プディング〉はお客で一杯だった。コービンは、低いテーブルの前のクッション入りのベンチをひとつ、すばやく確保して、何分かウェイトレスが来るのを待った。それから、イギリスではカウンターで注文するのだということを思い出した。彼は席に上着を残し、人混みを肩で押し分けてバーのエリアに入っていった。まずギネス・エキストラ・コールドを注文してから、どんな料理があるのか訊ねると、緑のチョークでメニューが書かれた大きな黒板を示された。彼はスパゲッティ・ボロネーゼを注文して、席にもどった。

ギネスをちびちびと飲み、料理が来ると、本当は犬みたいにひと飲みにしたいところだったが、できるだけゆっくりと食べた。食べ終えると、もう一杯ビールをもらうため、ふたたびカウンターに行き、飲んだことのない樽エールを飲んでみることにした。彼は、グリーンキング・アボットエールというやつを手に席にもどった。そして、それを半分まで飲んだときだ。タイトなジーンズをはき、柄《がら》入りのセーターを着た女が、こんにちは、と声をかけてきて、あなたはケイト・プリディーの親戚じゃないかと訊ねた。「さっきカウンターですぐ横にいたんだけど、アメリカ訛《なまり》が聞こえたから。あたし、お宅の上の階に住んでるのよ」

ふたりは一緒に何杯か飲み、女は彼をバーテンダーの何人かと自分の友達数人に紹介した。女の名前はマーサといった。彼女はトイレに行くたびに、真っ赤な口紅を塗り直してもどってきた。彼はアボットエールを飲みつづけ、女は夜の終わりに、白ワインからウォッカの入った何かに切り替えた。ふたりは弱い霧雨のなか、一緒にうちへと向かい、最後は、シープスカー六八四番地の前で、仮置きの大型ゴミ容器に貼りついて、体をまさぐりあうに至った。彼女は彼の耳を噛み、あなたの訛が好きだと言った。彼は彼女のジーンズのうしろ側をなでおろした。すると、パンツの薄い繊維に指が触れた。彼の酔いを醒《さ》ましたのは、他の何よりもそのことだった。例によって恐怖と嫌悪が混ざり合い、全身に広がった。人に見られている可能性はほぼない。そうとわかっていてもなお、心の奥にはその恐れがあった。これまで常にあったように。

酔った女を押しのけたいのをこらえるには、意志の力を総動員せねばならなかった。とりあえず彼は、キスするのをやめた。

「疲れてへとへとだよ」彼は言った。

「そうだよね、かわいそうに」女は答えた。その口には口紅の汚れの輪ができており、目の焦点はわずかにずれていた。雨のなか、遠くから笑い声が運ばれてきた。夜の外出からもどってくる酔った人々の声だ。冷たい雨のしずくが一滴、襟の内側に流れ込み、背中を伝い落ちてきて、彼はぶるりと身を震わせた。それから、恐ろしい一瞬、喉の奥にスパゲッティの味がし、嘔吐するんじゃないかと思った。やがてそのひとときは過ぎ、彼はマーサに、本当に少し眠らなくては、と言った。ふたりは一緒に家に入り、マーサはコービンの階の踊り場でもう一度、彼にキスした。彼女の舌先が歯の前にちろりと出たのを感じながらも、彼はしっかりと唇を閉じていた。

うちに入ると、キッチンで生ぬるい水をごくごく飲み、また四錠、イブプロフェンをのんだ。実を言えば、疲れはなかった。その日の午後は、眠りすぎるほど眠ったのだ。それに、ロンドンでは真夜中でも、ボストンの時間ではまだ八時にもなっていない。ケイトはいまごろ彼のうちで、眠るまいとがんばっているだろう。彼はボストンの自宅にいる彼女を思い浮かべようとしたが、うまくいかなかった。なぜか、そのことには違和感があった。

寝室のオレンジ色の敷物の上で腕立て伏せを百回したあと、コービンはシャワーを浴びた。バスタブの高い縁を慎重にまたぎ越し、いまひとつ熱くなりきらないお湯の流れの下に立つと、彼は目を閉じ、低い水圧の飛沫にうなじをたたかせた。あまりにも長いことそうしていたので、ついにお湯はただの水になった。コットンのパジャマのズボンをはき、ケイトのベッドにもぐりこむころには、彼は震えていた。シーツはやわらかなフランネル地で、マットレスの四隅の下にしっかりたくしこまれていた。コービンはシーツの下から足を蹴り出した。たとえ寒いときでも、そうしないと眠れないのだ。ベッドは彼の好みよりもやわらかかった。ベッドサイドの明かりを消したが、カーテンが開いているため、室内はまあまあ明るく、目が慣れてくると、最後にはベッドの向かい側の額に入ったポスターの文字が読めるまでになった。**片隅の顔——動物の肖像、ナショナル・ポートレート・ギャラリー、ロンドン、一九九八**。そこには婦人がひとり描かれており、前景に、金魚鉢に前足をひょいと入れた黒猫の姿があった。彼は自分のうちにいつも来ている猫、サンダースのことを考えた。サンダースのことを考えると、あとに残してきたあらゆるもののことが頭に浮かんできたが、それらの考えはシャットアウトした。彼は目を閉じて、なんとか眠ろうとした。シャワーを浴びたというのに、まだ、パブで会ったあの女、マーサのにおいが体じゅうに残っているのがわかった。彼は上の階にいる彼女のことを考え、彼女のほうも自分のことを考えているだろうかと思った。そうしたければ、いますぐ上に行って、彼女とやることもできる。この考えは、他の何よりも悲しみで彼を満たした。彼女がドアを開けたとき、酔ったその顔に表れる歓《よろこ》びの表情を彼は思い描いた。あの小さなパンツを彼に下ろさせるため彼女が腰を浮かせるさま、あの目に浮かぶものすごい期待の色を。それから、同じ目に恐怖の色が浮かんだところを想像した。

その考えを消去すると、彼はうつぶせになり、柔軟剤の花の香りがするなじみのない枕に顔を埋めた。ここしばらく、そういうことは考えなかった。これはたぶんロンドンにいるせいだ。たぶんここに来たのは大きなまちがいだったのだろう。十五年も経てば充分だと思ったが、どうやらそうではなかったらしい。彼女のことは一日じゅう頭から離れなかった。だから彼は自らの戒《いまし》めを解き、彼女のこと、クレア・ブレナンのことを考えた。すべてを変えたあの女のことを。

第十三章

コービンが大学三年の春学期を過ごしたハッチンソン・ビジネス経済専門学校は、地下鉄のモーニントン・クレセント駅のすぐ南、ジョージア王朝風の集合住宅が立ち並ぶ醜悪なブロックにあった。その学校はまた、〈スリー・ラムズ〉というパブを所有し、経営していた。それは、学生会館内にある鏡板の壁の酒場だった。コービンはクレア・ブレナンとそこで出会った。彼女はその夜、カウンターでバーテンダーを務めていた。

「おすすめは何?」スピーカーから流れてくるコールドプレイの歌に負けまいと、彼は大声で言った。

彼女は真っ黒な髪をかきあげて、カウンターの向こうから身を乗り出してきた。「はい？何にします？」

コービンはもう一度、おすすめを訊ねかけたが、彼女の冷ややかな青い目に気をくじかれた。彼はビールのポンプを見渡して、適当にひとつを選んだ。

「一パイント、それとも、ハーフ？」彼女は訊ねた。その発音は訛《なまり》が強く、軽快だった。

「ハーフを」意味もわからず、コービンはそう答えた。

飲み物を受け取ると、彼は小さなグラスから麦芽の味のする液体をちびちびと飲んだ。彼にとってそれはロンドンでの二日目の夜だった。その日、彼は他のアメリカ人留学生たちとともに、オリエンテーションに出席した。オリエンテーションはほぼ、ロンドンで住む部屋《フラット》の見つけかたを教えることに終始しており、そのあと、他の留学生たちは不動産屋のリストを握り締め、不安げに住まいさがしの小グループを作っていた。しかしコービンにはすでに住むところがあった。そこで彼は、誰とも知り合わないまま、オリエンテーションを抜け出した。彼の父は、友人の住居の空いている一室に息子が住めるよう手配していた。それは、テムズ川南の住宅街に立つ細長い煉瓦の建物の三階に収まったちっぽけなフラットだった。彼が間借りする空き部屋はクロゼットに近いサイズで、他の部屋部屋の乏《とぼ》しい家具（ステレオ、飲み物のそろったバー、主寝室のサテンのシーツが掛かったベッド）から見て、どうもそのフラットは父の同僚が女を連れ込むのに使う隠れ家にすぎないようだった。「彼がそこに行くことはないからな」

父は言ったものだ。「おまえは、ロンドンに独身男の夢の住みかを持てるわけだよ」

コービンは早くもその住まいに嫌気が差しており、他の学生との出会いを求めて〈スリー・ラムズ〉に行ったのだった。飲み物を受け取ったあと、彼はカウンターに寄りかかって、店内を見渡した。フロアの半分は学生で埋まっており、そのほとんどが二、三人のグループで来ていた。そして彼は、苦い屈辱感とともに、小さなグラスでビールを飲んでいるのは女子学生ばかりであることに気づいた。男は全員、一パイントのグラスを持っている。突然、あのバーテンダーに対する深い憎しみが湧きあがった。なぜ彼女は、どちらのグラスにするか訊ねたのだろう？　彼が一パイントのグラスを希望するのは明らかではないか。

彼はフロアに背を向け、生ぬるいビールをがぶがぶとふた口で飲み干した。例のバーテンダーは、男子学生三人の注文を聞いているところだった。三人はそろってフォスターズのパイントグラスをたのんでおり、コービンは自分もそれをたのむことにした。バーテンダーが三人に飲み物を出し終えるのを、彼は辛抱強く待った。彼女はグラスのてっぺんから泡を捨てては何度もビールを注ぎ足していた。ようやく作業を終えると、彼女はコービンに目を向けた。彼はフォスターズを注文し、大きなグラスにしてほしいと付け加えた。それを聞くと彼女はほほえみ、コービンはその口をぶん殴ってやりたい衝動に駆られた。

彼は、前のビールよりずっとうまいフォスターズを、カウンターに近い、鏡張りの壁ぞいの高いスツールに持っていき、退屈と無頓着を装った。フロアを見回したが、アメリカ人と判別できる学生はひとりもいなかった。カウンターが一時《いっとき》、閑散とすると、バーテンダーがフロアに出てきて、あちこちのテーブルから空いたグラスを回収しはじめた。コービンのそばを通って引き返すとき、彼女は足を止め、あなたはアメリカ人なのかと訊ねた。

「そう、留学生なんだ」彼は言った。

「フラットの一室に住みたい人を誰か知らない？　ひと部屋、又貸ししたがっている友達がいるんだけど」

「場所は？」

「カムデン。ここからそんなに遠くないのよ」

コービンは彼女に、自分が借りる気になるかもしれない、住むところはもうあるけれど、気に入っていないから、と言った。また、そこは父の友人のセックス・ルームなのだと言い、室内はコンドームの入った器や張形だらけだという作り話をしてやった。女は頭をそらし、乳白色の喉を見せて笑った。「それじゃ、いま言ったフラットを見てみる？」彼女は訊ねた。

コービンは同意して、住所を教わり、授業二日目にはもう、前のところと同じくらい薄汚いものの、学校にはずっと近いその部屋に引っ越していた。フラットをシェアした相手は、陰気臭いアイルランド人の女の子で、その主《しゅ》たる長所は、いつもうちにいないこと、いるときも、寝室に閉じこもって、めそめそと電話していることだった。もうひとつの長所は、彼女が黒い髪と青い目を持つあのバーテンダーと知り合いだということだった。バーテンダーの名前はクレア・ブレナンといい、〈スリー・ラムズ〉でしばらく話したあと、コービンが最初に感じた憎悪は、強い執着へと変わっていた。

ロンドンに来る前、コービンは、海外にいるあいだは、絶対に恋愛なんかしないぞと自分自身に宣言した。前の学期――大学三年の第一学期、彼は、寮の同じ階に住むセアラ・シャーフエンバーグという一年生の女の子とつきあっていた。彼女はマザー大学では稀有《けう》な存在、オリエンテーション・ウィーク中に出会った社交クラブの男子学生全員と寝ようとする他の女子学生らとは毛色がちがう、中西部出身の女の子だった。彼女はコービンに、自分は実質バージンのようなもので、ゆっくり進みたいのだと言った。彼はそれでかまわなかった。家族の誰もそこにいないとわかっているある週末など、彼女を車でニューエセックスに連れていき、母の家を見せてやりさえした。彼女は感銘を受けていた。広々した家、海の眺め、彼の母の美術コレクション。それらを目にしたときの彼女の顔を見て、彼は大きな満足を覚えた。

その夜、寮にもどると、彼女はコンドームを取り出して、彼の耳もとでささやいた。「あなたに抱かれたいの。いますぐに」その言葉は、稽古した台詞のように聞こえた。それに声のほうも、息が混じっていて芝居臭かった。ふたりは服を脱いで裸になったが、コービンには嫌悪感しかなかった。寮のひどい照明のもと、彼女が突然、安っぽい、丸々太った女に見えた。コービンは、それまで気づかなかった一本だけ変色している歯に気づいた。彼は硬くならず、そういう気分じゃないと彼女に言った。彼女が何度も、気にしないで、と言うせいで、空気はさらに悪くなった。彼女は彼の首をさすろうとさえした。

その後、コービンは彼女に会うのをやめた。もっとも一学期の最後の夜には、酔っ払って彼女の部屋に行き、ドアをドンドンとたたいたが。最終的に、彼は彼女のほしいものをくれてやることにしたのだった。ドアに出てきたセアラのルームメイトは、たぶんセアラは彼氏の寮の部屋で夜を過ごしているんだろうと言った。彼を見る顔つきから、そのルームメイトがすっかり話を聞いていることは明らかだった。「あのくそ女」コービンはそう言ってから、自室にもどって意識を失った。

そしていま、彼はロンドンにいる。女やセックスとは無関係に過ごそうと決めていた町に。その町で、彼は早くもクレア・ブレナンに恋をしていた。

クレアと会うのは簡単だった。彼女はほとんど毎晩、〈スリー・ラムズ〉で働いていたからだ。コービンはさりげなく、たいていはひとりで店に行った。やがて彼とクレアが同じ授業、マクロ経済学入門を取っていることがわかった。彼はときどき店に教科書を持っていき、ふたりはそれを話題に話をした。コービンはいつもフォスターズを飲み、クレアはカウンターの向こう側でワインを飲んだ。コービンと同い年の二十歳でありながら、彼女はもっと大人に見え、アメリカの女の子とはちがって垢抜《あかぬ》けていた。第一、彼女は働いて自力で学校に通っている。そのため、毎学期ロンドンに来て、三カ月間、飲み会ばかりして過ごすアメリカの学生たちをほぼ全員、軽蔑していた。「あなたは別だけどね、コーブス」彼女は言った。「あなたは、あの阿呆どもより一段上。でも、すごく小さな一段だからね」大きな笑みを顔に浮かべ、彼女は二本の指を立てて、ほんの少しだけ離してみせた。

〈スリー・ラムズ〉か、一緒に取っている前述の授業以外で、ふたりが顔を合わせることはめったになかった。しかし最初の試験が迫ったある日、彼らはクイーンズ・パークのクレアのうちで一緒に勉強をすることになった。それは、ベッドと机と椅子がひとつずつ収まる程度の、小さなワンルームの住まいだった。ふたりはベッドの上で一緒に勉強した。「ここで寝ちゃって」ついに切りあげることになったとき、彼女は言った。すでに夜の一時を回っており、地下鉄はもう動いていなかった。

「タクシーで帰れるよ」コービンは言った。

「馬鹿ねえ」彼女はアイルランド言葉で言った。「ここに泊まんなさい」

「実はね、なんと言うか、僕は自分に約束したんだよ。ロンドンにいるあいだは、誰とも関係を持たないって」

クレアは笑った。「やだな。そういうんじゃないから」

ふたりはお互いに手も触れずに眠りに落ちた。しかし夜が明けたころ、彼らは無言のままキスを交わしはじめた。そしてコービンが、女性との関係について自分がさっきああ言ったのは本気だったのだ、と告げる間もなく、ふたりはセックスを始めていた。あまりにも展開が速すぎて、コービンには考える暇もなく、あわてふためく暇もなかった。そのあと、彼らはさらにキスを交わし、クレアはふたたび眠りに落ちた。コービンは、それが初体験であったことは黙っていた。

露《つゆ》を帯びた朝の冷たい空気のなか、家まで歩いていくあいだ、彼は単に高揚していただけでなく、身の証が立ったようにも感じていた。これまでのことは、彼のせいではない。問題は実は、彼が過去につきあってきた、救いようのない、未熟な女の子たちだったのだ。彼に必要なのはただ、本物の女を見つけることだけだった。そしてついに、そういう女が見つかったのだ。

彼は試験で（驚くまでもないが）Aを取り、その後もクレアと会いつづけた。ふたりの関係は、コービンが過去に経験したどの関係とも、まったく異なっていた。まず第一に、彼らは自分たちのことをめったに話題にしなかった。これは、コービンがそうしたくなかったからではなく、彼女がそうしたがらなかったからだ。彼がふたりのことを持ち出すと、彼女はいつもジョークではぐらかすか、彼を馬鹿と呼ぶかだった。コービンは、彼女がどう思っているのか、四六時中考えずにはいられず、彼女の気持ちを知るよすがとなりそうな些細なヒントにしがみつくようになった。そんな自分に腹が立ったが、同時に、自分が恋をしていることもわかっていた。彼は一度、酔っ払って、彼女に想いを伝えた。それは、学校主催のテムズ川の酒盛りクルージングから帰るときのことだった。家路をたどるうちに雨になり、閉店したパン屋の天幕の下に飛び込んだふたりは、そこに立ってキスしはじめた。

「あなた、ビール臭いわ」クレアは言った。

「愛しているよ」彼はそう応じた。

クレアは笑った。つれないばかりではない笑いだ。それから彼女は激しく彼にキスした。

「あなたは、わたしのお気に入りのアメリカ人よ」彼女はそう言って、さらに笑った。

「ありがとう」コービンは言い、彼女には二度と気持ちを伝えまいと心に決めた。

そのとおり彼は気持ちを伝えず、ふたりの関係は（少なくともコービンは頭のなかでそれを〝関係〟と呼んでいた）その学期の最後の週までつづいた。今後ふたりはどうなるのかと思うと、コービンは気が気ではなかった。夏休み中、アメリカに自分に会いに来ないかと彼女を誘うべきだろうか？　彼は思い悩んだ。ところが、その話を持ち出す決心がまだつかないうちに、すべてが変わった。それは木曜日のことだった。コービンはうちの近所のなんの変哲もない大型パブでビールを飲みながら、教科書のひとつを読み返していた。すると、同じプログラムで来ているアメリカ人留学生、ヘンリー・ウッドが彼のテーブルにやって来た。

「勉強？」ヘンリーは訊ねた。

「うん」コービンは本を掲げてカバーを見せた。

「この学校の授業、超ハードだよなあ」

「言えてるね」コービンは答えた。

ロンドン滞在中に知り合った学生の仲間はあまり多くなかったが、それでもコービンはヘンリーを知っていた。ヘンリーのことは誰もが知っているのだ。彼はなんの苦もなく人と仲よくなれるタイプ、誰の名前でもすぐ覚え、常に会話をつづけられる人間だった。オリエンテーションウィーク後まもなく、ヘンリーは自身の借り部屋、ハムステッドのだだっ広い一階のフラットでパーティーを開いた。ひどく寒い夜だったが、ヘンリーは共有部分の庭にライトの綱を渡し、どこで買ったのか、ビールの樽までひとつ持ち込んでいた。そのパーティーには、アメリカ人だけではなく、ヘンリーがロンドンに来てからそれまでの短期間のあいだに、突如、彼の年来の友となった、近所のイギリス人たちもいた。

その夜は雪も降りだしていた。落ちるなり溶けてしまう小さな白い結晶が。それでもみんな帰ろうとはせず、真夜中を過ぎてもまだ柵に囲われた庭に群がっていた。最初の二時間、そのパーティーはコービンにとって居心地の悪いものだった。だがそのうちにビールの酔いが回りだし、気づいたときはすでに深夜二時で、彼はリッチモンド大学の女の子と、その子の肩にタトゥーの入ったむきだしの腕をだらんと掛けたベイラー医科大の筋肉男を相手に、大学アメフトの話に興じていた。そろそろ帰る頃合いだと思い、コービンはふたりにことわってその場を離れた。彼はぶらぶらと室内に入っていき、バスルームをさがして横手の廊下の奥をのぞいた。すると、火の点いていないタバコをくわえたヘンリーが寝室の入口に立っていた。コービンは概して男の長髪というものが嫌いだった。だがヘンリーの黒っぽい髪――少なくとも肩の二インチ下まであるやつは、彼に似合っていた。ヘンリーは背が低めだった。その胸や肩は頑丈そうで、目鼻立ちは小さかった。コービンは、生意気でハンサムな人間化したキツネを連想した。

バスルームのドアがふわりと開き、ミニスカートの背の高い赤毛の女が現れた。彼女はコービンの脇をかすめて寝室へと向かい、ヘンリーのシャツを片手ですうっとなでて部屋のなかに入っていった。

相変わらずタバコをくわえたまま、ヘンリーはほほえみ、寝室の奥に向かって首を傾けながら、眉を上げてみせた。コービンは一瞬、わけがわからなかった。それから、ヘンリーが仲間に加わるよう誘っていることに気づいた。コービンはさりげなく両手を上げて、首を振った。顔にどっと血がのぼってくるのがわかり、彼は急いでバスルームに飛び込んだ。出てきたときには、ヘンリーの寝室のドアは閉まっていた。

パーティーのあと、コービンは何度かヘンリーに会っていたが、向こうに廊下でのこの出来事を覚えている様子はなかった。コービンは自分の目を疑いはじめた。彼は本当に三人でのプレイに誘われたのだろうか？　あの夜のことは細部がぼやけてしまっていて、もはや確信は持てなかった。それでもヘンリーに会うたびに、コービンは胸に不安が萌《きざ》すのを感じ、言葉につかえている自分に気づくのだった。もっともヘンリーの前でたくさんしゃべる必要があるというわけではない。なにしろ向こうは話し好きなうえ、あらゆる人間についてあらゆることを知っているのが自慢なのだ。コービンは、ヘンリーを意地汚い目立ちたがり屋とみなそうとした。しかし、いざ顔を合わせると、いつも彼は、なんとかヘンリーを喜ばせようとしている自分に気づいた。ジョークを言おう、ヘンリーがまだ知らないことを教えようと彼は努める。そして、ヘンリーが喜ぶと、気恥ずかしいほど誇らしい気分になるのだった。他の人々も同じように感じるのだろうか、と彼は思った。

驚いたことに、ヘンリーはそのパブにひとりで来ていた。そして、ゲーム理論の試験を目前に、半ばパニック状態にありながらも、コービンは彼に会えたのがうれしくて、そこにすわるよう彼を誘った。

「あのな、その試験なら俺が力になってやれるぜ」パイントグラスを手に、ヘンリーはコービンの向かい側にだらんとすわった。

「きみはこの授業、取ってないよな？」

「うん、でも極秘情報を握ってるんだよ。毎年、同じ試験ってやつ。あの教授は、絶対に、何があろうと、試験の内容を変えないんだ。問題を知りたいだろ?」

「もちろん」

ヘンリーは、前の年、同じプログラムに参加した学生から聞いたという話をコービンに語った。「俺は問題を全部暗記した。なのに結局、定員オーバーでその授業は取れなかったんだ。これできみは助かる。そうだろ?」

「でも本当の話なのか?」

「九十パーセント確かだ。九十五パーセントだな。心配ないさ。もう一杯飲もうぜ」

コービンは自分と彼に一杯ずつビールを買ってきた。問題は本物らしく思えた。それらはみな、ヒンチリフ教授(よく見かけるような、両頬に破れた静脈が蜘蛛《くも》の巣状に浮き出している老人)が延々と解説した事柄に関連するものだったのだ。コービンはヘンリーを信用することにした。そうすればずっと楽になれるから。

コービンは本をしまい、ヘンリーとともに何杯か飲んだ。そんなに長時間、ふたりが一緒に過ごすのはそのときが初めてだった。

「こっちに来てからずっと、きみはどこにいたんだよ?」ヘンリーは訊ねた。

別に自分は隠れていたわけじゃないと思い、コービンはこう答えた。「最初の週に住むところをさがす必要がなかったから、すぐには誰とも知り合いになれなくてね。ずっとイギリス人学生の何人かとつきあってたんだよ」

「裏切り者め。外国留学プログラムに参加しているあいだは、外国人と親しくなっちゃいけないんだぞ」

「その通達は受け取ってないな」

「ほんとに？　それが必須条件なんだぜ。嫌味な野郎としてヨーロッパに来ること、アメリカ人留学生以外、誰とも親しくならないこと、そして、前以上に嫌味な野郎になって帰国すること。みんな、四学年目は、『この前の夏、ヨーロッパにいたとき……』で始まるエピソードを語りながら過ごさなきゃいけないのさ。そう言えば、学校が終わったら、この夏はどうするんだ？　旅行に行くのか？」

「いや、そうならいいんだけどね」コービンは言った。「ニューヨークでインターンとして働くんだ。六月の第一週目から」

「嘘だろ。俺もなんだよ。場所はどこ？」

ふたりは夏のインターンシップについて情報を交換した。入る会社はちがったが、場所はマンハッタン、ミッドタウンの同じブロックだった。

「やったね」ヘンリーは言った。「俺たち、親友になれるぞ。俺はもうめぼしいバーを把握してるしな」

それぞれが知るニューヨーク・シティーのバーやレストランについてふたりで語り合っているあいだ、コービンの頭には〝親友〟という一語がこだましていた。ヘンリーがなんの気なしにその言葉を使ったことはわかっていたが、コービンは、これまでも常に友達はいたものの、親友はひとりもいなかったことを痛感した。毎晩、同じバーに行き、前もって約束せずに顔を合わせるヘンリーと自分を、彼は思い描いた。

「最高だろうな」ヘンリーは言った。「つまりさ、ロンドンもすごくいいけど、そろそろひと息入れなきゃ。そうだろ？　パブじゃなく、カクテル・ラウンジで飲むとか、日焼けした女たちと仲よくなるとかさ？」

彼らは一緒に笑い、めいめいビールをひと口飲んだ。ヘンリーが身を乗り出し、少し声を落として言った。

「なあ、コーブス、きみと俺には共通点がありそうなんだ」

「へえ？」

「クレア・ブレナンだよ」ヘンリーは歯列の上に唇を薄く伸ばしてほほえんだ。

「ああ、クレアなら知ってるよ」コービンは、たったいまテニスボールを呑み込んでしまったような感覚を覚えた。

「ああ、そうだよな。いい仲なんだろ？」

「どうして？」コービンは訊ねた。

「うん、そうじゃないかと思ったよ。彼女、俺たちふたりをだましてるみたいなんだ」

「どういう意味だよ？」

「まさにきみが思ってるとおりの意味さ。おいおい、なんて顔をしてるんだ。心臓発作を起こしたりしないでくれよな」

第十四章

「きみがここに話をしに来たのは、だからなのか？　クレアのことがあったから？」しばらくの後、コービンは訊ねた。

ヘンリーは少し考えた。「いや、ただ話をしに来ただけだよ。でも確かに、クレアの件を持ち出そうとは思ってた。そうすべきだという気がしたんだ」

ヘンリーのクレアに関する爆弾発言から少し時間が経ち、コービンはいくらか平静を取りもどしていた。吐き気を伴う腸《はらわた》がねじれるような感覚は、怒りへと変わり、それは徐々に高まっていた。ヘンリーも同じ気持ちのようだった。

「あのくそ女、俺たちの両方に嘘をついてたんだ」彼は言った。

ふたりはそれぞれここまでの出来事を順を追って振り返り、彼女がどんな手を使ったのかきちんと解明しようとした。ヘンリーとクレアは、一カ月以上前、コービンが土日に休みを加え、マザー大学の友人ふたりに会うためにアムステルダムに行ったとき、知り合っていた。コービンと同じく、ヘンリーがクレアと出会ったのも〈スリー・ラムズ〉だ。彼はクレアを食事に誘い、彼女は同意した。そのデートはうまくいき、ヘンリーは過去数週間、ときどき彼女に会っていた。

「どれくらいの頻度で？」コービンは訊ねた。

「木曜の夜は、いつも会うことになってる」

「こっちは、木曜の夜はセミナーがあるんだ」

「それと、日曜の午後もときどき川辺のパブに行くよ」

「彼女、僕には、日曜はいつも勉強の遅れを取りもどすのに忙しいって言ってたな」

「俺たちはだまされてたわけだよ」ヘンリーはそう言って首を振った。「あの女、〈スリー・ラムズ〉では彼氏みたいな顔はするなって言わなかったか？　他の連中にお客とつきあってると思われるとまずいって？」

「うん。そう言ってたよ。くそ」

ヘンリーはいまあるビールをぐうっと一気に飲み干すと、手の甲《こう》で口をぬぐった。その唇は、まるで楽しんでいるかのように、片端がわずかに上がっていた。

「きみは僕ほど動揺してないみたいだな」コービンは言った。

「してるさ。嘘じゃない。ただ、この件についちゃきみよりもだいぶ前から考えてるからな。いまじゃ動揺ってよりは、腹が立ってるわけだよ」

「どうしてわかったんだ？」

ヘンリーは、この前の土曜の夜、地下鉄のカムデン駅から出てくるクレアを偶然、見かけたことを語った。彼は手を振ったが、クレアは気づかなかった。彼女は急いでいた。ヘンリーはふと思い立って、市場の露店の前を行く彼女のあとをつけ、インド料理の店にたどり着いた。

店の前ではコービンが待っており、クレアとコービンは道端でキスを交わした。

「彼女には何も言わなかったのか？」コービンは訊ねた。

「俺は彼女に告白するチャンスを与えた。つぎの日に会って、俺たちは特別なのかって訊ねたんだ。彼女は、そうだって言ったよ。特別でありたいってな。単なる失望感に代わって、怒りが湧いてきたのは、そのときなんだ。俺は、彼女にはもう会わないことにし、理由は言わずに、やきもきさせてやろうと決めた。そして今夜、ここできみに出会ったわけだ。でもな、このことは言わずにすますとこだったよ。だって、ほっときゃきみは知らずじまいだし、大局的に見れば、何もちがいはないんだろうから。でも、きみはいいやつみたいだからさ。教えてやるべきだって思ったんだ」

「話してくれてよかったよ。なんだかすごく馬鹿みたいな気分だ」

「きみは馬鹿じゃない。ただ女を信用したってだけさ。マジに言うけどな。二度と女を信じるなよ」

「そのつもりだよ」

「で、これからどうする？」ヘンリーは訊ねた。

「どういう意味だ？」

ヘンリーは空いたグラスをもてあそび、それを逆さにして、木のテーブルに濡れた輪っかをいくつも作った。「どうやってあの女に仕返ししようか？　ボールはこっちの手にあるんだ。彼女は俺たちにばれたなんてぜんぜん知らないわけだから」

「確かに」

ヘンリーは勢いよく立ちあがった。「もう一杯、飲もうぜ。そうすりゃきっと、あの女を痛い目に遭わせる最高のアイデアが浮かぶ」コービンが答える間もなく、彼はカウンターへと向かった。

＊

彼らは計画を練りあげた。ヘンリーは、ハムステッド・ヒースの北のボディントン共同墓地という廃墟となった墓場を知っていた。彼はロンドンに来た最初の週、日曜の午後の散歩のさなかに、それを見つけたのだ。その墓石のほとんどは、破壊行為の犠牲となっており、墓地は全域、繁茂する草木に埋もれている。ヘンリーはすでにクレアにその墓地のことを話していた。彼は、アメリカに帰る前に一緒にそこに行きたい、カメラを持っていき、写真を撮りたい、と彼女に言った。彼女は同意し、水曜日の午後に行こうということで話は決まった。晴れた日曜でさえ、ヘンリーはそこでは誰も見かけていない。だから、週の半ばに人がいるわけはないと踏んでいた。いるのは、コービンだけだ。彼は墓地の中央で待ち伏せし、そこで彼らは、ふたりの男と同時につきあうのはもうこりごりと思うくらい、クレアを脅《おど》かすことになっていた。いや、ふたりでもひとりでも、男とつきあうのはもうこりごりと思うくらい、だ。

コービンはヘンリーから、墓地の詳しい見取り図を渡された。中央近くで、その土地は急傾斜して、浅い谷を形作る。墓石のひとつには、頭部のない苔《こけ》むした天使像が立っていた。ヘンリーは、見取り図に〝首なし天使〟と書き込み、そこを完璧な場所と評した。

「人がいたらどうする?」コービンは訊ねた。

「誰もいやしないさ。それに、いたらなんだって言うんだ? 俺たちはただ、彼女を脅かすだけなんだぜ」

水曜日は典型的なロンドンの天気となった。空は、高速で流れていく低い雲で一杯で、ときおり雨がぱらぱらと冷たい空気のなかに交じった。コービンは墓地の入口を見つけ、そっと門をくぐった。腐りかけた落ち葉に覆われてはいたが、そこにはまだ小道とわかるものがあった。彼はその道をたどって、墓地の中心部に分け入った。ヘンリーの言うとおりだった。きょう、ここに人が来ることはないだろう。天気のいい週末なら、写真を撮る人が姿を見せるかもしれないが、雨降りの平日にそれはない。コービンは自信を持った。自分はひとりきりだ。

ヘンリーの見取り図に従って進んでいくと、分かれ道が見つかり、彼は左に曲がった。その先は、奥深く隠れた開けた場所まで、濡れた枝をかき分けて進まねばならなかった。〝首なし天使〟はすぐにそれとわかった。像はローブをまとい、木の葉のガーランドを持っていた。その石はすっかり苔に覆われており、天使は頭部だけでなく、左右の翼の先端も失っていた。それはまるで切り取られたかのように見えた。不安の震えが体を駆け抜けた。これはやり過ぎではないのか? だがそのとき、自分のベッドとヘンリーのベッドを行き来するクレアの姿が頭に浮かび、怒りがふたたび燃えあがった。この程度ではまだ足りないかもしれない。

彼はバックパックを下ろし、天使像のそばの濡れた地面に伸縮自在のシャベルを置くと、水のボトルを取り出した。いま、そこには、ヘンリーの作った偽物の血が詰めてあった。「すごく茶色いんだな」初めてそれを見たとき、コービンは言った。

「ああ、完璧だよ。血液は空気にしばらくさらされると茶色くなるんだ。きみがつい二十分前に死んだみたいに見えちゃまずいだろ」

「そうだな」

コービンは腕時計を確認した。ヘンリーがクレアを連れて現れるまでに、まだ三十分あった。彼は天使像の前の地面にすわり、その台座に寄りかかると、偽物の血を首やTシャツに塗りたくった。血はシャツに寄ったひだの部分に溜まった。彼はバックパックからナイフを出して、そこにも血を塗った。それはヘンリーのナイフ、バックの折りたたみ式のやつで、驚くほど鋭利だった。指の腹でその刃をなでると、それは皮膚《ひふ》の薄皮一枚だけを切り裂き、血は少しも出なかった。彼はナイフを膝《ひざ》に置いた。

水のボトルはもとどおり、持ってきた着替えのあいだに埋め込み、バックパックのなかにしまった。それから、バックパックを背中の下のほうにはさんで、見えないようにした。ここに現れたとき、クレアは、儀式殺人の生贄《いけにえ》さながら天使像の前に据《す》えられた彼の遺体を目にするわけだ。この考えに、コービンはくすくすと笑いだした。その笑いは止まらなくなり、いつしか彼は激しく肩を震わせて、大笑いしていた。おいおい、しっかりしろよ。そう思い、彼は体内から笑いをすべて放出することにした。一声、ギャッと吐き出すと、それは自らの耳に妙に動物的に聞こえた。誰かに聞かれたのではないかと心配になり、彼は笑うのをやめた。もしも無関係の人間が天使像の写真を撮りに来たら？　彼はさらに少し神経質に笑い、それから、自分自身に告げた。いいや、現れるのはヘンリーだ。いいものを見せてやると約束し、彼はクレアを連れてくる。彼女はどんな反応を見せるだろう？　気絶するだろうか？　悲鳴をあげるだろうか？　この考えに、またしてもコービンの心は浮き立った。それは、何年も前、屋根裏で見つけた、誰かが隠した写真一式を兄に見せたときと同じ気分だった。写真は、革のフェイスマスクをかぶった男たちに鞭《むち》で打たれ、尻をたたかれる裸の女たちを写したもので、兄はもちろん、母のところに飛んでいき、母は罰としてコービンに二週間以上シャワーを浴びさせなかった。彼は潔癖な子供だったので、清潔でいられないと思うといやでたまらなかった。シャワーを浴びさせないと言われることは、拷問にも等しかった。「外側が内側と同じくらい汚くなったら、シャワーを浴びていいわよ」母は彼にそう言った。彼は毎日、いつになったらいいの、と訊ね、母は毎日、まだあんたの外側は充分汚くなっていないと答えた。ようやく母がシャワーを許可したのは、学校の先生が、コービン君はきちんと体を洗えていないようです、という手紙を彼に持たせ、うちに帰してからだった。その間《かん》、コービンの父はどこにいたのか？　彼の両親はまだ離婚していなかったが、事実上すでに別れており、父は主にニューヨーク・シティーのアパートメントで暮らしていたのだ。当時コービンは、それも写真のせいなのだろうか、と思った。たぶん父もまた、写真を見たことで罰せられているのだろう、と。あの写真が母のものであった可能性にコービンが思い至ったのは、ずっとあとになってからだった。

風が木々を揺らし、雨粒がぱらぱらと体に降りかかってきた。そろそろヘンリーがクレアを連れて現れるころだ。写真と母の一件を思い出したことで、陽気な気分は多少削がれていたが、それは好都合だった。いまは真剣になるべき時なのだ。彼は緊張と怒りをエネルギーに変え、一点に集中させた。するとやがて、一歩退《ひ》いたような感覚だけが残った。高校時代、野球の試合でバッターボックスに立っているときに感じたのと同じ、自分自身から少し離れて浮揚しているような感覚だ。集中力が高まりだした。

茂みからガサガサと音がした。首輪を付けた大きな鳩が一羽、歩み出てきて、その後、飛び去った。ふたたび雨粒が、今度は空から、ぱらぱらと降ってきた。コービンは頭上を覆う一群の雲をじっと見あげた。特に、そのまんなかのインクの色をした雲を。それは、いまにも土砂降りの雨を放出しそうに見えた。ヘンリーはどうしたのだろう？　もしかすると、雨になりそうだからということで、クレアが墓地に来るのをことわったのでは？　コービンは姿勢を変え、小道を見張れるよう、少し体を起こしてすわった。もし本当に来るとすれば、ふたりはそこから現れるはずなのだ。

彼はふたりの姿を見るより先に、まずその声を耳にした。クレアがキャッと声を漏らし、つづいて笑い声をあげたのだ。たぶん斜面を下りてくる途中、足をすべらせたのだろう。その笑い声はコービンの肌をチクチクと刺すようだった。クレアの本性を知ってから、彼は一度も彼女に会っておらず、言葉も交わしていなかった。コービンの側が、ひどいインフルエンザにかかっているから、会うのは無理だと主張し、ふたりはメールだけでやりとりしていた。

ヘンリーが先に、開けた場所に出てきた。彼はコービンのほうにちらりと目をくれてから、クレアを振り返った。彼女は足もとに視線を向け、すべりやすい小道を慎重に歩いていた。

コービンはまぶたを閉じ、湿っぽい土臭い空気を深く吸い込み、できるかぎりじっとしていようと努めた。雨脚は強まっており、そのために周囲の音は聞き取りにくくなっていた。ふたりはいま彼を見ているにちがいない。声が――ヘンリーの声が聞こえる。それは何かこんなふうなことを言っていた。**手伝ってほしくて、きみを連れてきたんだ。**そして束の間、静けさが訪れ、聞こえるのは葉っぱをたたく雨の音だけとなった。それからクレアの声がした。「あなた、何をしたの?」

「きみのためにやったんだよ、クレア」ヘンリーは答えた。ふたりは前より近くに来ていた。コービンは目を開けたくてたまらなかった。クレアの顔に浮かぶ苦痛とショックの色をなんとしても見たかった。それでも彼は目を閉じたままでいた。雨が襟の内側に溜まりだしており、偽物の血から染料のにおいがするのがわかった。

「あなた、何をしたの、ヘンリー?」彼女の声はヒステリーすれすれの高さになっていた。

「きみをここに連れてきた理由はふたつあるんだ、クレア。俺は、もうひとりの彼氏がどうなったか、きみに見せたかった。それに、死体を埋めるのをぜひきみに手伝ってほしかったんだよ」ヘンリーの声は平静で、穏やかと言ってもいいほどだった。コービンはその演技力に驚いた。クレアの表情、目に浮かぶパニックの色は、想像するしかなかった。彼女が何か言うのが聞こえたが、内容は聞き取れなかった。それは一語だった。

「いいや、クレア。ここにいてもらうよ」ヘンリーが言い、何か音がした。彼は薄目を開けた。雨が視界をかすませている。ヘンリーがクレアの肩をつかんでいるのが見えた。彼女は顔を伏せ、顎を胸に埋めて、左右に首を振っている。コービンは身を起こした。髪を伝って雨が流れ落ちていく。

顔を上げろよ、クレア。彼は思った。**顔を上げて、僕を見ろ。**

彼女は顔を上げなかった。だがヘンリーが両手で彼女の顔をとらえ、前に向けた。「シーッ」彼は言った。「落ち着いて、クレア」

ヘンリーの両手に顔をはさまれ、彼女の目がコービンを見つけた。彼はすでに完全に身を起こしてすわっており、彼女を見つめ返していた。彼女の目が大きくなり、顔に残っていたわずかな色も消え失せた。その悲鳴は甲高《かんだか》く、鳥の叫びのようだった。ヘンリーはコービンを振り返った。それからクレアを解放し、膝に両手をついて、わっと笑いを爆発させた。コービンはただじっと見つめていた。クレアから目を離すことができなかった。たったいま顎にパンチを食らったボクサーのように、彼女はよろよろとあとじさった。

ヘンリーは笑いやんで、クレアに言った。「仕返しって痛いよなあ?」

彼女は向きを変えて立ち去ろうとし、すべりやすい地面に一歩、足を踏み出したとたん、がくりと片膝をついた。

コービンは立ちあがった。ナイフが膝からすべり落ちていく。大きな笑みをたたえ、ヘンリーがふたたびこちらに顔を向けた。コービンは前に進み出た。ヘンリーがてのひらを差し出し、コービンはその手を取った。握手のさなか、ふたりの目が合った。ヘンリーはたったいまトロフィーを勝ち取ったかのような顔をしていた。「やったな、相棒」彼はコービンに言った。「やったな」全音節、等分にアクセントをつけて。

「ろくでなし！」クレアが叫んだ。彼女はもとどおりまっすぐに立って、彼らを見つめていた。

「このろくでなしども！」

「淫乱！」コービンはどなった。

クレアの視線がさっと彼に飛んできた。彼女は首を振っていた。「もうコービンたら。どんな手で丸め込まれたの？　あなたはまともな人なのに」

彼女はスクープネックの白いシャツを着ていた。そのシャツが雨の重みに引っ張られ、ブラジャーの縁《ふち》がのぞいている。露出した胸の肌は濡れており、青白かった。「ああ、俺はまともな男だとも。そして、おまえは淫乱なくそ女だ」コービンは言った。その声は甲高くなっていた。

クレアは息を吸って、肩をぐいと引いた。「わかった」静かにそう言うと、彼女は濡れた髪を額《ひたい》からかきあげ、シャツをきちんと引っ張りあげた。

「きみと知り合えてよかったよ、クレア」ヘンリーが言い、コービンはその声の普通さ、平静そのものの響きをうらやましく思った。

クレアはヘンリーを見つめた。それからコービンに目をもどして、首を振った。コービンは、彼女の顔にかすかに悲しげなほほえみが浮かぶのを見た。**この女、俺を憐れんでやがる。**彼は思った。**こいつ、俺を憐れんでやがるんだ。**クレアは向きを変え、立ち去ろうとしていた。コービンは彼女に突進し、その背中を力一杯、突き飛ばした。彼女はつんのめってよろめいたすえ、頭をぐらつかせながら、ばったりと倒れた。コービンは彼女に襲いかかり、その体をあおむけにひっくり返した。彼女は鋭い石の縁で頭を打っており、真っ赤な血が垂れ蓋《ぶた》状に裂けた皮膚から流れ出て、雨と混ざり合っていた。「どんな気分だ」コービンはそう言って、彼女をゆすぶった。クレアはうめき声をあげ、傷口を手で押さえた。彼女は――いつものように――クラダリング（ふたつの手がハートをつかんでいる形の指輪。愛のしるし）をはめており、そのハートは彼女のほうを指していた。コービンはずっと、彼女がこの指輪をしているのは自分のためだと思っていた。鞭形アンテナをさざなみが伝っていくように、体のなかを波動が駆け抜けていった。コービンはさらに激しく彼女をゆすぶり、その頭を何度も何度も地面にたたきつけた。

「まあ待てよ。俺の番だぜ」それはヘンリーの声だった。彼が肩に触れている。その手にはナイフが握られていた。

第十五章

彼らはその場所に遺体を埋める穴を掘った。地面は雨でやわらかくなっており、黒い泥から引き抜くたびにシャベルはシュパシュパと音を立てた。クレアの遺体が穴に収まると、それを土で覆う前に、ヘンリーがあの穏やかな淡々とした声で言った。「写真を撮っとくべきだな。遺体と一緒に、きみのを一枚、俺のを一枚」

「どういう意味だよ?」コービンは訊ねた。

「この瞬間の記念にさ」

「気は確かか?」

「まあ、聴きな。それは、俺たちの信頼関係のシンボルになるんだ。俺たちはお互いに相手の関与の証拠を持つ。そうすりゃふたりとも、俺たちがこの件で永遠に結びついてるってことを忘れないだろ」

コービンはまだショックのただなかにあり、ついさきほど起きたことを懸命にのみこもうとしているところだった。自分たちはクレアを殺してしまったのだ。自分たちふたりが力を合わせ、彼女の命を絶ったのだ。しかも始めたのは、こっちじゃないか? 自分たちふたりが力を合わせ、彼女の命を絶ったのだ。しかも始めたのは、こっちじゃないか? 彼女の後頭部を力一杯、地面にたたきつけたのは? 自分がどれほど逆上していたかを彼は思い出した。アドレナリンが全身を駆けめぐっていたことや、彼女を痛めつけるのがどれほど快感だったかを。自分は彼女を死なせたかったのではないか? それとも、ただ彼女に苦痛と恐怖を与えたかっただけなのだろうか? 自らの味わった痛みを彼女にも味わわせたかっただけなのだろうか? いまとなっては、もうわからない。とにかくそのとき、ヘンリーがナイフを手に割り込んできて、クレアの喉を切り裂いたのだ。そして、彼女の体の上に弧を描いて噴きあがる血飛沫《しぶき》を目にしたとき、非現実感がコービンを襲った。まるで突如、歪《ゆが》んだレンズが出現し、それを通してあらゆるものを見つめているかのようだった。それは夢だった。だがそうではない。それは現実だった。そのすべてが。雨も、血も、地面の上でひくひく引き攣《つ》る死体も。彼女の眼窩《がんか》、まだ見開かれたままのその目には、雨水が溜まりだしていた。

ヘンリーが背中のバックパックからポラロイド・カメラを取り出した。

「そんなもの、なんで持ってるんだ？」コービンは訊ねた。

「クレアに、ここに写真を撮りに来たいって話したからさ。だったらカメラが必要だろ？」

それがポラロイド・カメラであることが、なんとなく気になった。殺人の写真を撮るのにぴったりのカメラじゃないか。それでもコービンはカメラに向かった。まずヘンリーが穴の前に立つコービンの写真を撮り、その後、ふたりは交代して、今度はコービンがヘンリーの写真を撮った。カメラは写真を吐き出し、コービンはその映像が浮かびあがるのを見守った。ヘンリーは胸を張り、歯を見せて笑っていた。その顔は誇らしげだった。

コービンはヘンリーにカメラを返したが、写真は握り締めたまま放さなかった。彼の手は震え、指先が骨のように白くなり、皺《しわ》みだしていた。彼は、ヘンリーが撮った自分の写真を見せてほしいと言いかけたが、思い直した。そんな映像を記憶に留めたくはない。

ヘンリーはもとどおりカメラを折りたたんで、バックパックにしまった。それから、ふたりはクレアを埋めて土を均《なら》し、濡れた落ち葉をそこにかぶせた。その場所は、まるで誰も来なかったかのように天然自然のままに見えた。遺体がもはや見えないこと、クレアの痕跡が残らず消え失せたことは、救いとなった。

「まるで誰もここに来なかったみたいだな」ヘンリーが、コービンの考えをそっくりそのまま言葉にして言った。「行こうぜ」

それぞれ自分の荷物を持ち、彼らは縦一列で小道を進んでいった。移動していることと、今後どうするかを話していることで、コービンは多少、気が楽になっていた。雨脚は弱まっており、曇り空もそれまでよりは明るかった。墓地の門で、彼らは左右に分かれる前にしばらく足を止めた。「お互い、接触は厳禁だよ」ヘンリーは言った。「絶対必要なときは別として」

「わかった」コービンは言った。

ヘンリーはほほえんだ。「俺たちがこれをしたとはなあ。とても信じられないよ」彼は言った。そして、その顔には真の歓《よろこ》びが表れていた。まるでふたりがたったいま大きな試合に勝利したかのように。自分も同じ気持ちだと伝えたくて、コービンは笑みを返した。

ひとりになり、ごく普通の歩行者たち、仕事帰りの人々や早めの食事に行く人々に交じって歩きだすと、自分のしでかしたことの重大さが次第に高まるパニックと驚きとで彼を一杯にした。クレアは死んだ。今朝、彼女は生きており、生活していた。それなのに、いまは土のなかに埋められているのだ。コービンは足を止めた。すると、傘を差した男がうしろからぶつかってきた。「すみません」コービンはそう言うと、路地に飛び込み、そこで両手を膝《ひざ》についた。吐き気がする。胸のなかでは心臓が激しく鼓動していた。彼は深呼吸を繰り返し、町の煤《すす》けた空気で肺を満たそうとした。

しばらくすると、いくらか気分がよくなってきた。彼はクレアがしたことを思い返し、前に感じていた憤《いきどお》りを呼び覚まそうとした。それは効きはじめた。墓地で彼女が見せた憐れみの表情、ド阿呆を見るようなあの顔を思い出すと、より一層。それらのことをしっかり念頭に置いて、彼は自宅に向かった。早くシャワーを浴びたかった。

コービンが最初にクレアの噂を聞いたのは、二日後だった。留学生仲間のＵＣＬＡの女子学生が彼に訊ねた。

「あなた、クレア・ブレナンを知ってるよね？」

「うん。知っている。どうして？」

「彼女、行方がわからないんだって」

「ほんとに？」コービンは、クレアについてあれこれ訊かれることをずっと恐れていた。だが、現実にそうなってみると、どうということはなかった。彼の声は自然に聞こえた。

「そうなの。〈ラムズ〉に出勤しないから、誰かがうちに行ってみたけど、彼女、いなかったんだって」

「早めに帰省したんじゃないか」

コービンは警察の来訪にそなえ、身構えていたが、そういう事態にはならなかった。数日後、彼は故郷《くに》に向かう飛行機に乗っていた。ファーストクラスでつぎからつぎへビールを飲んでいると、胸や腹の筋肉もようやくゆるみはじめた。自分では気づいていなかったが、ロンドンでの最後の数日間、彼はひどく緊張していたのだ。その間《かん》はほとんど眠れなかったし、仮に眠りが訪れても、それは夢と記憶が重なり合うあの浅い領域にあった。目覚めるとき、彼はいつも汗びっしょりで、罪悪感にとらわれていた。その瞬間は、墓地での出来事が現実なのか空想なのかも確信が持てなかった。そして、あれは現実なのだと気づくと、悪夢が引き起こしたものよりもはるかにひどい恐怖が覆いかぶさってくるのだった。飛行機のなかにいて、イギリスを離れつつあるという事実は、彼を大いに安堵させた。自分はこれで自由なのだろうか？　自分たちは逃げおおせたのだろうか？　もちろん、いつかは遺体が発見されるだろう。それに伴い、殺人の捜査も行われるはずだ。警察は自分をさがしに来るだろうか？　ヘンリーのことも？　それはクレアが友達に自身の日常について何を話していたか、どの程度まで打ち明けていたかによる。彼女は日記をつけていただろうか？　コービンとクレアのあいだにはEメールのやりとりがあった。だが、それはほんの数回のことで、そこではプライベートな話はまったくしていない。デートの約束のほとんどは、パブで直接会ったときにしていたのだ。彼女の異性関係については本人以外誰も知らないということも充分にありうる。彼女が秘密主義だったのは明らかだ。ひとりの男をもうひとりの男から隠していたわけだから。もしかすると男は他にもいたのかもしれない。彼女はかかわった人間全員に対して秘密主義だったのかもしれない。

ボストンにもどったコービンは、ビーコン・ヒルの父のもとに一週間、滞在した。そこへ母が訪ねてきて、彼をランチに連れ出した。コービンはもうひさしく母に会っていなかったのだが、母がまた顔をいじったのは明らかだった。その唇は前よりもふっくらしていたし、額《ひたい》には皺ひとつなかった。母はいつものように、コービンから父のことを聞き出そうとした。彼は具体的なことは何も話さず、ただ父は幸せなようだとだけ言った。母が聞きたがっているのとは反対のことを。

その後、彼はニューヨーク・シティーに行き、ブライアー-クレイン社でインターンとして働きだした。そのころには前よりよく眠れるようになっており、ロンドンの墓地の幻影も少し薄れかけていた。彼はどこかにヘンリー・ウッドがいないかと常に目を配りつづけた。ヘンリーもニューヨークでインターンをしていることはわかっていた。ふたりは各々の道を行き、今後は一切、連絡を取らないと決めていた。いや、そればかりか、もし警察に尋問されたら、お互いをほとんど知らない、パブで一度か二度、雑談したことがある程度だ、と言うことにしていた。コービンは、ヘンリーが警察に尋問されたかどうか、知りたくてたまらなかった。彼の考えでは、それはないはずだった。捜査が彼自身に及んでいないなら、警察はヘンリーのもとにも行っていないと見ていい。

だがそれは、ヘンリーが尋問されたかどうか知りたいというだけのことではなかった。コービンは、もう一度ヘンリーに会いたくてたまらなかったのだ。なぜなのかは彼自身にもわからなかった。一部には、ふたりで一緒にとんでもなく背徳的な内密の経験をしたため、そのことがヘンリーにどんな影響を及ぼしているか、ぜひ知りたいということもあった。ヘンリーもやはり、クレアの亡骸《なきがら》の幻に悩まされているのだろうか？　彼は眠れているだろうか？　自分たちのしたことをいくらかでも後悔しているだろうか？

マンハッタンの貸し部屋ではインターネットが使えたが、コービンは、検索の履歴が証拠になることを肝に銘じ、クレアの記事をネットでさがすことは一切しなかった。その代わり、毎日、外国の新聞を売っている近所の売店に行き、〈タイムズ〉紙を買って、クレアのことが何か出ていないか目を走らせた。六月十五日、彼女の遺体が発見された。散歩であの墓地に連れていかれたアイリッシュ・ウルフハウンドが掘り出したのだという。事件は大きく取りあげられていた。記事には、薔薇《ばら》色の頰をした、美しいクレアの写真が数点、添えてあった。それに加えて、遺体の確認のためにロンドンに到着したクレアの両親の報道写真も一枚。容疑者に関する記述はなく、クレアがアメリカ人学生とつきあっていたという記述もなかった。読み終えると、彼はその〈タイムズ〉紙をいつもどおり公共のゴミ容器に捨てた。

七月初旬、同僚たちと〈ジミーズ・コーナー〉で飲んでいたコービンは、ビジネスウェアの年上の女とブース席にすわっているヘンリーに気づいた。ヘンリーは明るい灰色のスーツを着ていた。栗色のネクタイはゆるめてあり、髪は短くカットしていた。コービンはインターン仲間のバリーと話している最中だったが、ヘンリーに気づいたとたん、しゃべるのをやめた。

「大丈夫か？」バリーがそう訊ね、コービンが見ているほうをちらりと振り返った。

「ああ、失礼。知り合いがいたような気がしたんだ。どこまで話したっけ？」

それ以降は、どうすればよいのかわからないまま、話しながらずっとヘンリーのほうを気にしていた。自分たちはまだ知らない者同士のふりをしつづけるべきなのだろうか？　同僚たちが場所を変えることにしたとき、コービンはそこに残った。ヘンリーに近づくべきなのかどうかは、まだわからなかったが、彼の近況を知りたくてたまらなかった。コービンはオールドファッションドを飲み終え、もう一杯注文した。そして、それをひと口飲んだとき、肩をたたかれた。

「よう。いつ出くわすかと思ってたよ」

「やあ、ヘンリー。さっきから気づいてはいたんだ。でも声をかけたものかどうか、わからなくて――」

「来てくれりゃよかったのに。アンナに会ってくれればさ。彼女、行かなきゃならなかったんだ。俺のほうは、きみがここに潜んでるのを見たときから、押しかける気満々だったしな」彼は笑い、コービンもほほえんだ。「この席、いいか？　えーと、きみが飲んでるのは――なんだよ、それ？――オールドファッションドか。この町に来て数週間でもうそこまで……」

ヘンリーも同じものを注文し、ふたりは軽くグラスを触れ合わせた。「俺たちに」彼は言い、声を落として付け加えた。「それと、逃げおおせたことに」彼は手の関節で木製のカウンターに触れた（木材をコツコツたたくのは、幸運がつづくように、というまじない）。

＊

それぞれの会社で夏を過ごすうちに、毎晩、仕事のあと〈ジミーズ・コーナー〉で会い、カクテルを飲むというのが、彼らの習慣となった。ときには、他の者たち、同僚や大学時代の友人がそこにいることもあったが、たいていはふたりきりだった。通常、彼らは、最良の調合法を発見すべく夜毎に割合を変えながら、マティーニを一杯、飲んだ。その最初のカクテルのあとは、場所を移し、飲み物も切り替えた。ヘンリーにはルールがあった。「常に、夜の深まりとともに、ダウンタウンに向かうこと」「どのバーでも、飲むのは二杯まで」「真夜中になるまでは、女としゃべってみんなの時間を無駄にしないこと」

彼らはこれらのルールを破ったが、頻繁《ひんぱん》にではない。

ともに過ごす彼らの夜々はやがてぼやけて溶け合い、きらきらした長いひとつのパーティーとなった。ふたりが通うどのバーでも、ヘンリーは友人を作ったが、彼がコービンをなおざりにすることは絶対になかった。夜の終わりには、彼らは必ずお互いを見つけ出した。もちろん、ヘンリーはときおり誰かとうちに帰った。だが、それは一夜かぎりのお遊びと決まっており、真剣なつきあいに変わることは一度もなかった。七月のうだるように暑いある夜、〈バルコニー〉というバーに行ったとき、ヘンリーはそこで出会った中年男と若い女のカップルとともに店を去り、コービンはロンドンでのパーティーのことを思い出した。あのとき、ヘンリーは彼を寝室に誘ったのだ。この先、また似たような誘いがあるのだろうか、と彼は思った。ヘンリーと自分がひとりの女とベッドに入って終わる夜が？　コービンはクレア以来、誰ともつきあっておらず、どんな種類のものであれ、セックスのことを考えると、不安と欲望とで胃の腑《ふ》がおかしくなった。だが結局、そういうことは一度も起こらなかった。ヘンリーは、女における数々の成功にもかかわらず、少なくとも話のネタとしては、セックスには興味がないようだった。その一方、殺人の話となると、彼は常に興味を見せた。

ふたりきりになると、彼らはよくクレアの身に起きたことについて、順を追って語り合った。それは、新たに生まれたカップルが、自分たちが出会った経緯《けいい》を、前にもどったり先に進んだりしながら、細部まですべて思い起こして語り合うのに似ていた。

「そのとき、あの女が例の顔できみを見たんだよな。まるできみが小さな男の子で、誰かにそそのかされてやっちゃいけないことをしでかしたみたいにさ」ヘンリーは言う。

「うん、あの顔のことはよく覚えているよ」

「あの女、きみを見くびってたんだな。その点は確かだよ」

その会話は、コービンの気持ちをものすごく楽にし、罪の意識を和らげてくれた。相変わらず、墓地での出来事を恐怖とともに思い返しはしたが、その話をすると、特にヘンリーのような口ぶりで話すと、なんと言うか、あの一件が若干、正常化されるのだった。彼らは不当に扱われ、復讐を果たした。そして、無事に逃げおおせた。それがこの話のすべてだった。

「考えてみな。俺たちがクレア・ブレナンから救った大勢の男のことを」ヘンリーはよくそう言った。

「一生分だぞ。どれだけけいたか知れない」

夏が終わるころ、ふたりが大学四年になる直前に、コービンはヘンリーをニューエセックスの母の家に連れていった。母と兄はヨーロッパ旅行に行っており、ときおりにわか雨が降る、暖かな三日間、ふたりはその家を独占することができた。彼らは映画を——主に六〇年代と七〇年代のスリラーを鑑賞し、雨のため誰もいないビーチを独占して、天候に関係なく泳いだ。雷雨の夕暮れ時にも、憩潮《けいちょう》のあいだに、土砂降りの雨に打たれつつ、海水が泡立つなかで。

最後の晩、彼らは「水の中のナイフ」を見、そのあとデッキにすわって、コービンの母の高価なボルドーを飲みながら、マリファナを吸った。ヘンリーが言った。「またやらないとな」

「何を？　ここにまた来るってことか？　いいとも。いつでも歓迎だ」

「いや。俺が言ってるのは、クレアのことだ。俺たちがクレアにしたこと。いつかまたあれをやらなきゃいけない」

それは日没のころで、家は砂丘とその向こうの平坦なビーチに細長い影を落としていた。

「でも、それ相応の相手じゃないとな」ヘンリーが何を提案しているのかはっきりわかると、ついにコービンはそう言った。

「ああ、もちろん。相応の相手さ」ヘンリーは椅子の前のほうに尻をずらし、パーラメントを一本、パックから取り出して火を点けた。「クレアみたいな誰か。ふたりの男、俺たちの両方と関係して、ただですむと思うやつだな。この夏、アンナはどうかって思ってたんだ。あの女にはもう一時《いっとき》も我慢できないってわかるまではね。きみがある夜、彼女に接近し、向こうがどう出るか見て――いや、彼女がどう出るかはわかってるんだが――そのあと、クレアを罰したみたいに彼女を罰するってわけさ」

コービンの胃袋はぎゅっと縮んでいた。だが、ヘンリーの興奮には伝染性の何かがあった。そしてヘンリーと親しくなればなるほど、彼を喜ばせたいというコービンの気持ちは強くなるのだった。「慎重にやらないとな。クレアのときは運よくうまくいったんだ」

「わかってるさ。俺は始終、あのことを考えてる。でも忘れるなよ――俺たちにはお互いがいる。いつだってお互いを護れるんだ。いつだって、助け合えるんだからな」

眼下のビーチで、中年女がひとり、スピード・ウォーキングをしており、恐ろしい一瞬、コービンは母が家にもどったのではないかと思った。目が慣れると、その女が少しも母に似ていないことがわかった。彼は灰皿から火の点いたタバコを取って、ぐうっと長くひと吸いし、そのあとでそれがヘンリーのタバコであることに気づいた。「ごめん。いまきみのタバコを吸ってしまった」彼はふたりが吸ったマリファナの吸い殻の横にタバコをもどした。

「気にすんなよ。それは俺のタバコじゃない。俺たちのタバコだからな」

「こっちはタバコを吸いもしないのにな。僕は酔っているんだろう」

「ああ、知ってるさ」ヘンリーはそう言って、笑いだした。コービンもそれに倣《なら》い、ふたりの笑い声が、絶え間ないカモメらの鳴き声と混ざり合った。

＊

彼らが候補者を見つけたのは、それから十カ月後だった。彼女の名前はリンダ・アルチェリ。ヘンリーは、アウレリウス大学卒業後に引っ越したハートフォード（コネチカット州の州都）で彼女と出会った。コービンは、ブライアークレイン社から初歩的な仕事のオファーがあったため、ニューヨーク・シティーにもどっていた。

「その女に関して重大な点はだな」ヘンリーは電話口で言った。「会うようになって約一週間後に、俺を愛してるって言いだしたことなんだよ。でも、こっちにはわかってる。そんなのは大嘘さ。その女がそう言いだしたのは、俺が超高級レストランに連れてってやった夜なんだ。こりゃあ偶然じゃないよな」

「だからって、彼女が浮気女だということにはならないがね」

「いやいや、あの女はそれが自分の得になると思やあ、誰とだって寝るだろう。ブルックスブラザーズのシャツを着たきみをひと目、見りゃあ、熱いジャガイモみたいに俺を放り出すだろうよ」

そんなわけで、コービンはある週末、リンダ・アルチェリが自宅アパートメントで自分の誕生日パーティーを開いたときに、そこに行った。リンダはウェスト・ハートフォードの団地に住んでおり、パーティーの会場は共用部分の屋上のデッキだった。ヘンリーは理由を作って早く引きあげたが、コービンは夜が更けるまで留まり、最終的に残っているのは彼とリンダだけになった。「どうやってハンクの家に帰るの?」リンダはコービンに訊ねた。彼女はどちらかの手を屋上のデッキの手すりに突っ張らせなければ、立っていられない状態だった。

「きみは彼をハンクと呼んでいるんだね」

「あなたはちがうの?」

「うん、僕はヘンリーと呼んでいる」

「ヘンリー。ハンク。なんでもいいんじゃない?　彼はどこにいるのよ?」ヘンリーがまだ屋上にいるとでも思っているのか、彼女はあたりを見回した。

コービンはリンダを寝室まで送っていった。彼女は彼にだらんともたれかかっていた。「ありがとう、コービン」そう言って、彼の口の端にべちょっとキスすると、彼女は部屋に入ってドアを閉めた。コービンは携帯でヘンリーに電話した。

「どうだった?」ヘンリーは訊ねた。

「彼女は僕におやすみのキスをした。いまごろもう寝室で酔いつぶれてるだろうな」

「どんなキスだよ?」

「まるで罪のないやつ」

「ベッドにもぐりこんで、どうなるか見てみろよ」

「彼女、相当酔ってるよ」

「だろ」

「いや、たのむよ。迎えに来てくれ」

「朝早くに行ってやるから。カウチで眠りな」

コービンはボクサーパンツ一枚になると、フリースの毛布をかぶってカウチに横になった。もともと眠りは浅いほうで、彼の場合、飲みすぎるとそれはよくなるどころか逆にひどくなる。彼は目覚めたまま横たわり、古いアパートメントの天井をじっと見あげた。ざらざらの漆喰《しっくい》にはきらめくものが入っていた。また殺すというヘンリーの計画に彼は不安を覚えていたが、もっと心配なのは、ヘンリーの友情を失うことだった。彼らの計画にコービンがためらいを見せるたびに、ヘンリーはひどくがっかりした顔をするのだ。

「それが俺たちなんだぜ、コービン」ヘンリーは言った。そのときふたりは、土日に休みを加えて冬の休暇を取り、サンデーリバーでスキーをして過ごしていた。「第一、クレア・ブレナンの身に起きたことについて、きみが思い悩んで過ごす時間はどれくらいなんだよ?」

「ゼロだよ」コービンは言った。それは本当ではなかった。彼はクレアのことを考えた。だが以前ほど頻繁ではないし、考えるときは、クレアが自分とヘンリーを結びつけたことを思い出すようにしていた。クレアもそれだけは与えてくれたのだ。親友というやつを。

「だろ」ヘンリーは言った。「またクレアみたいな女を見つけようぜ。この世の誰も惜しまないような女をさ。それなら虫けらを踏みつぶすようなもんだからな」

空が白みだしたころ、コービンはまぶたが重くなるのを感じた。彼は目を閉じ、体をひねって横向きになった。そうして、すーっと眠りに落ちかけたときだ。寄木張りの床を裸足《はだし》で歩く音が彼を目覚めさせた。見あげると、リンダがすぐそばに立っていた。身に着けているのは、腰の半ばまで届くハートフォード・ホエラーズ（ハートフォードを本拠としていた北米プロ・アイスホッケー・リーグのチーム）の古いジャージだけだった。彼女はコービンの手を取って、寝室に連れていった。「震えてるじゃない」シーツの下に一緒にもぐりこむと、彼女は言った。

「温めてくれないかな」コービンはそう答え、これで彼女の運命が決まったことを知った。

二週間後、ヘンリーが、ハートフォードから西へ四十五分の沼地にある、打ち捨てられたボーイスカウトのキャンプ場に、リンダをおびき出した。友人の豪華キャビンに連れていくというのがその誘い文句だった。コービンは前と同じく刺殺体の格好をして、そこで待っていた。その感じは、例のロンドンの墓地にいたときとそっくりに思えたが、同時にまったくちがうようにも思えた。今回は、そこに身を横たえ、衣類に地面の湿気を染みわたらせ、鎖骨のくぼみで偽物の血が乾いていくに任せているさなかにも、彼自身、自分たちが何を企んでいるかを知っている。リンダが苦痛に満ちた恐ろしい死にかたをすることも知っているのだ。すると、何かがさーっと全身を駆け抜けた。それは恐怖に——麻痺《まひ》をもたらす冷たい恐怖によく似ていた。幼いころ、明かりを消されたのに眠ることができず、壁のなかに潜む化け物たちがささやき始めたとき、いつも感じた恐れに。彼はめまいを覚え（もう十八時間、眠っていないし、何も食べていなかった）、上体を起こして、松の香りの空気を深く吸い込んだ。

ヘンリーとリンダが十ヤード先にいた。ヘンリーの手はリンダの腕にかかっている。

血飛沫にまみれ、すわっているコービンを目にするなり、リンダはヘンリーの手を振りほどき、絶叫しながら、森に駆け込んでいった。ヘンリーは彼女を追って走りだした。そしてコービンも、へなへなの脚でどうにか立ちあがると、そのあとを追った。もしかすると、まだ手遅れではないかもしれない。これはひどいジョークだったのだと、まだ彼女に言えるかも。だが、彼が追いついたとき、ヘンリーはすでに、縁《ふち》の鋭い大きな石で彼女を殺していた。「ごめんよ。彼女、死んじまったみたいだ」笑みを浮かべ、女の陥没した頭蓋骨を見おろして、彼は言った。冷や汗が全身からどっと噴き出し、一瞬、コービンは気を失うかと思った。ヘンリーがパチンと指を鳴らした。「おい、大丈夫か？」

「ああ、大丈夫」彼は答えた。すべて終わった。リンダは死んだのだ。

力を合わせ、ふたりは森から彼女の遺体を引きずり出した。それからヘンリーが、彼の持参したシャベルを取ってこさせるため、乗ってきたＳＵＶへとコービンを送り出した。

ヘンリーが車を駐めた地点は、四分の一マイル先だった。そこまで歩いていきながら、コービンは、自分たちのしたことはふたりを特別な存在、他の人間たちより優れた存在にするのだ、と自らに言い聞かせた。シャベルを手にキャンプ場にもどったときには、遺体を埋めるという儀式的行為に喜んで臨む気になっていた。しかし、満面に笑みをたたえ、贈り物を披露するように両手を広げ、リンダの遺体の前に立つヘンリーの姿に、彼の足は止まった。コービンは遺体を見おろした。ヘンリーはナイフでリンダを切り裂いていた。深い裂け目が、その髪の生え際から、顔の中央を通って、衣類と皮膚《ひふ》を切り開きつつ、上半身を下へと向かっている。

コービンは向きを変えて両膝をつき、雑草のはびこる砂利の地面に胃袋の中身をぶちまけた。

「ごめんよ」ヘンリーが言った。「でも、気に入ってもらえると思ったんだ。半分はきみのもの、半分は俺のもの。俺たちは何もかもまんなかから分け合ってるわけだよ」

「これは……」コービンは言いかけたが、最後まで言うことはできなかった。

「ちょっと芝居がかってるかな」ヘンリーはそう言って笑った。

コービンは顔を上げた。ヘンリーはゴム手袋を差し出していた。彼自身がはめているのと同じ、肌色のやつを。また、ヘンリーがさっきまでかぶっていなかった薄手のスキー帽をかぶっていることにも、コービンは気づいた。

「彼女を埋めて、とっとと帰ろう」手袋を受け取りながら、コービンは言った。

リンダを埋める穴を掘っているあいだも、そのあと、遺体を転がしてそこに落とすときも、コービンはできるかぎり彼女を見ないよう努めていた。ただ、一度だけちらりと見たもの、彼女の顔の中央から左右にめくれた皮膚や、七月の明るい日差しのもとに集まりだした黒いハエどものことは、ヘンリーと彼が犯行現場を去り、別々の道に分かれたあとも、頭から離れなかった。その像は——まぶたの内側に焼き付けられ——それから何週間も消えなかった。目を閉じるたび、瞬《まばた》きするたびに、そこには彼女がいた。彼の不眠症は悪化した。妄想症のほうもだ。

警察が訪ねてくるものと思い、彼は絶えず身構えていた。ヘンリーに、リンダ・アルチェリが〝ヘンリー・ウッド〟という名を知らなかったことを聞いてからは特に。ヘンリーは彼女に、自分の名はハンク・ボーマンだと言い、勤め先や出身地についても嘘をついていたのだ。

「こっちはあのパーティーのとき本名を教えてしまったんだがな」コービンは電話口で言った。

「大丈夫、あの女は誰にも言ってないさ」

「友達の誰かに言った可能性はあるだろ。どこかにメモした可能性も……」

「ごめんよ。偽名を使えって言っときゃよかったな。でも、あの女にはただ、コービンって言っただけなんだろ？　姓は名乗ってないんだよな？　落ち着いてくれよ」

「あのときは、何人か彼女の友達にも会ってるんだ」

「こっちもさ。俺たちは同じ船に乗ってるんだ。でも、悪い船じゃないぜ。そうとも、ぜんぜん悪くない。警察はまだ遺体すら発見してないんだしな。俺たちがあの女に結びつけられるわけはない」

結局、ヘンリーの言うとおりだった。

ロンドンのクレア・ブレナンのときと同じく、リンダ・アルチェリの件も、多くのメディアが取りあげる失踪事件となった。彼女の遺体は八月の初旬、ティーンエイジャーのグループがイールリバー池の雑木林で小火《ぼや》を起こし、消火の必要が生じた際に、発見された。だがコービンの読んだどの記事にも、ヘンリー・ウッドに関する記述は（それを言うなら、ハンク・ボーマンに関する記述もだが）なかった。それに、ニューヨークのコービンのうちを刑事が訪ねてくるということもなかった。彼らはふたたび逃げおおせたのだ。もっともその事実にも、コービンの胃のなかに生まれた拳サイズの塊《かたまり》は解消されなかった。リンダのケースは、クレアを殺したときとはちがう。大ちがいだった。クレアのときは、彼女の非道と自らの憤りとがコービンを駆り立てたのだ。彼がどれほどクレアを愛しているか、彼女は知っていた。そしてそのうえで、彼女も同じ気持ちだろうと彼に信じさせたのだ。第一、彼らにはクレアを殺すつもりさえなかった。あれは偶発的に起きたこと、クレアが彼にほほえみかけたせいで起きたことなのだ。コービンに向けられたあのかすかな憐れみの笑いのせいで。

そう、リンダの件はまったく別物だ。まず第一に、計画性があった。それに、あれはむしろ病的な歪んだゲームのようだった。コービンは疑いはじめた。そもそもヘンリーは本当にリンダとつきあっていたのだろうか？　ヘンリー自身はつきあっていると言っていた。だが、たぶんそれは嘘だったのだろう。

コービンはあのパーティーの夜のことを何度も繰り返し思い返した。ヘンリーが屋上のデッキを去るまで、リンダは彼に対してどんな態度を見せていただろう？　ヘンリーが着いたとき、彼女は彼にキスし、会えたのを喜んでいるふうだった。だが、ずっとまとわりついてはいなかったし、彼に対して格別愛情深く振る舞っていたわけでもない。彼女は他のお客たちとたわむれて歩いていた。たぶんヘンリーは、彼女がつるんでいる男たちのひとり、ただの遊び相手にすぎなかったのだ。そして、もしそうだとしたら、あの夜、彼女がコービンとしたことは完全な浮気とは言えない。ヘンリーは、彼女との関係の深さに関してコービンに嘘をつき、工作を行ったわけだ。それとも、ちがうのか？

偏執的な細かさで、コービンはリンダの死につながった出来事を逐一思い出そうとあがいた。彼女が自分をカウチから起こし、寝室に引っ張り込んだあと、何があったか、彼は思い出そうとした。

「ひとりで寝るのは嫌いなの」彼女は言った。「それだけで、ふしだらってことになるのかな？」

コービンは、彼女の毛穴から発散されるきついアルコール臭を思い出した。そしてまた、彼女が手を下にやって自分に触ったこと、そのあと、ただくっついて寝るだけにしようよ、と言ったことを。

「ヘンリーはいいの？　ハンクは？」

「ああ」それを訊かれたことに少し驚いたような声で、彼女は言った。「彼なら大丈夫よ」

「彼女は実に楽しい人でした。それは確かです」遺体が発見されたあと、リンダ・アルチェリについて多くの友人がそう述べた。それはもっともよく引用された言葉だった。交際相手に関する話はまったく聞かれなかった。

考えれば考えるほど、真相がはっきりしてきた。ヘンリーはもう一度ふたりで殺しをやりたくて、ロンドンでの出来事を再現したくてたまらなかったのだ。だから、コービンに嘘をつき、彼が誰とでも寝そうな女と一夜を過ごすよう画策し、自分の望みをかなえたのだ。あれはクレアのケースとはまるでちがうものだったわけだ。

ヘンリーはすべてを計画していたのだ。リンダの死後、その顔に何をするかも、最初から決めていたのだろう。

ロンドンでのクレア殺害のほうも計画的だったのでは？

彼はナイフとシャベルを墓地に持っていこうと言っていたじゃないか？

でも、ナイフとシャベルを持っていくことにはちゃんと理由があったのだ――コービンは自分にそう言い聞かせた。それらの道具は、クレアをだまし、ヘンリーがコービンを殺したものと思い込ませるために必要だったのだ。

でも、あのナイフの刃はなぜあんなに鋭かったんだ？

いや、とコービンは思った。ヘンリーが全部、計画していたわけはない。きっかけを作ったのは――クレアを突き飛ばし、そのあと彼女の頭を地面にたたきつけたのは、彼自身なのだから。

それでも、夏の盛りのある夜、酒を飲んだあとに、コービンはヘンリーの携帯に電話をかけた。

「よう。よく連絡してくれたな」ヘンリーは言った。

「もう終わりだ」コービンは言った。「おしまいにする。ああいうことはもうやりたくない」

「まあまあ。落ち着けよ。いったいなんの話なんだ？」

「なんの話かはわかってるだろう」

しばらく間があった。コービンのミッドタウンの小さな部屋でエアコンのスイッチが入り、ブーンと低く唸《うな》りだした。「なあ、この話を電話でするのはよそうぜ」ヘンリーが言った。

「話は終わりだ。なんのことかはわかってるだろう。僕はもうこれ以上、かかわりたくない」

「いいとも。よくわかったよ。俺たちは、えー、もうこれ以上、遊ぶ女をさがさないってことだよな」

「それに、つるんで歩くのももうやめるべきだと思う。危険が大きすぎるし、それに……」

ヘンリーは沈黙していた。

「聞いてるか?」コービンは言った。

「ああ、聞いてる。きみがいま何を言ったのか、理解しようとしてるところだ」

「つまり……つまり、少なくとも当分は、きみとはつきあわないってことだよ。僕はきみとつきあいたくないんだ」

「どうとでも好きにしやがれ。よくわかったよ。だが、馬鹿はやるなよな、相棒。ポラロイドのことを忘れるな」ヘンリーの声は変わっていた。冷静な声。それに近い。

コービンは電話を切った。てのひらが汗ばんでおり、彼はその汗をシャツでぬぐった。

ヘンリーから二度と便りがないよう、彼は願った。

便りはなかった。実に長いこと。彼がレイチェル・チェスと出会うまでは。

第十六章

もしも父の死後、母や兄との関係を改善する必要を感じなかったなら、コービンがレイチェルと出会うことはなかっただろう。その年、母と兄はともに七月から八月までマサチューセッツ州ノースショア、ニューエセックスの家で過ごす予定でおり、当時すでに父の遺したボストンのアパートメントに住んでいたコービンは、二週間、そこに泊まりに行ってもよいかと訊ねたのだった。

兄フィリップの返答――「正面の寝室はこっちが使うからな、コービン。僕はいつもそこに泊まっているんだ」

母のほうはこうだ――「あんたはニューエセックスの家が嫌いなんじゃなかったっけ？ ビーチには虻《あぶ》がいるのよ。覚えてる？」

それでも、とにかく彼は行った。着いたその日に、それはまちがいだったとわかったが。フィリップはボートで――明らかに弟の到着時に居合わせまいとして――海に出ていた。母のほうは礼儀正しく振る舞おうと努めていた。しかしコービンは、母がジントニックを作りながら鏡に映る自分を見ているのに気づいた。その顔にははっきりと嫌悪の色が表れていた。への字に曲がった皺《しわ》の寄った口にも、かすかにふくらんだ薄い鼻孔にも。母は一度も彼を愛したことがない。彼はごく幼いころからこのことを知っており、子供が自分たちの宇宙の法則を必ず受け入れるように、その事実を受け入れていた。少し大きくなると、コービンは、母が自分を蔑《さげす》むのは、自分が父に似ているからであり、母がフィリップを愛するのは、彼が母自身に似ているからであることに気づいた。コービンが父の死後、母を訪ねたいと思ったのは、ひとつには、母が多少なりとも気持ちを和らげていないか、その態度が変わっていないか、それを確かめたかったからだ。だが母の態度に変化はなかった。コービンはすぐさまそれを感じ取り、奇妙にも、そのことは彼を安堵させた。仮に母が、フィリップに対するのと同じように、愛情深くなっていたら——そう、それを考えると、彼は本当に吐きそうになった。

とにかく彼は二週間滞在した。何がなんでもその家とそこから望める大西洋の景色を楽しみ、家族とは極力、離れて過ごすつもりだった。ニューエセックスでの二日目の夜、彼は、母の家から歩いて行けるバー&グリル、〈ラスティ・スカッパー〉で夕食を取った。彼がレイチェル・チェスと出会ったのはその店だった。レイチェルもやはり家族から逃れてきたのだ。彼女は毎年、町の南にある海辺の実家に二週間滞在することになっており、ちょうどそこに来たばかりだった。コービンは彼女を家まで送り、ふたりはその家の玄関ポーチにすわって、何時間も話をした。彼は父が前の年に亡くなったことや、自分に残されたひどい家族のことを話し、彼女のほうは自分の通っている看護学校の教師である既婚男性と寝ていることを話した。

日が昇るころには、ふたりはキスを交わしていた。そして彼らは、付帯条件なしで二週間の情事を楽しむという合意に至った。夜明けの乳白色の光のなか、家に向かってビーチを歩いていくとき、コービンは不思議と穏やかな気分になっていた。世界が自分によい方向に動きだしている——彼はそんな気がした。

彼とレイチェルは、翌日、ランチをともにすることにしていた。彼女は約束の時間に遅れ、コービンは彼女と会ったのは夢だったのかと思った。だが彼女はちゃんと現れ、それから二週間、ふたりはほとんどの時間を一緒に過ごした。レイチェルは一切隠し事をせず、その複雑な人生のごくプライベートな部分までコービンに打ち明けた。コービンもそのお返しに、ついに父が去るまで、母が何年にもわたり自らの情事を父やフィリップや彼自身につぎつぎ見せつけてきたことを彼女に話した。彼は大学時代の自らの性的問題の一部まで、彼女に打ち明けた。彼女は憐れむことなく、同情を表し、気がつくとコービンは、ロンドンでクレアに何があったか、またその後、コネチカットでリンダ・アルチェリに何があったか、レイチェルに打ち明けたくてたまらなくなっていた。それができないことは、もちろんわかっていたが、あのふたつの事件について人に話したくなったのは、初めてのことだった。そして、クレアとリンダのことが頭にあるがために、いつしか彼は恐ろしい夢に悩まされるようになった。自らの犯した二件の殺人が融合した夢——そこに、折りたたみ式ナイフを手にビーチでレイチェルを追いかけるイメージが混じったやつだ。二週間が終わり、レイチェルと彼がともに普段の生活にもどるとき、彼は淋《さび》しさに駆られつつも、ほっとしていた。

二カ月後、レイチェルが携帯メールで、コロンブス記念日（アメリカ大陸発見の記念日。十月の第二月曜日を休日とする州が多い）の週末、実家に帰る予定だけれど、あなたも来ないか、と言ってきた。彼は、仕事で出かける予定だから、と返信した。これは本当のことだ。その週末は社員旅行でケイマン諸島に行くことになっていたから。だが、何も予定がなかったとしても、もう一度レイチェルに会いたいかどうかは、自分でもよくわからなかった。彼の頭には例の夢がまだ残っていたのだ。

社員旅行からもどったあと、ローカル・ニュースを見て、コービンはレイチェル・チェスが殺されたことを知った。遺体は月曜の朝、ビーチで貝殻拾いの人が発見していた。

コービンは職場に連絡して、一週間、病欠を取り、その間《かん》、父が遺してくれたビーコン・ヒルのアパートメントから一歩も外に出なかった。彼の上司は、ケイマン諸島で遊びすぎたな、とジョークを言った。殺されたノースショアの女を知っていたことを、コービンは誰にも話さなかった。もっとも警察は、レイチェルの友人からレイチェルとコービンが関係していたことをつかみ、すでに彼の供述を取っていた。電話で事情聴取を行った警官は、おそらくそのあとブライアー-クレイン社に問い合わせ、彼のアリバイを確認しただろう。コービンは、彼女とは一時《いっとき》、軽く楽しんだが、それ以来、連絡はほぼ取っていないと話した。

だが彼は、レイチェル・チェスを殺した犯人を知っていることは話さなかった。もちろん彼女は、ヘンリーに殺されたのだ。そうすることであの男は、コービンに明白なメッセージを送っているのだった。レイチェル・チェスが死後に傷をつけられていたという事実が公表される前から、彼はきっとそうだと確信していた。警察は、それが具体的にどういう傷なのかは明かさなかったが、コービンにはわかっていた。レイチェルは、リンダ・アルチェリと同じく、一本の深い傷によりまんなかから左右に切り裂かれていたにちがいない。

レイチェルのこと、自分と彼女の関係のことを、ヘンリーはどうして知ったのだろう？　あの男は八月のあいだ、ニューエセックスで自分を見張っていたのだろうか？　その考えに、コービンは慄然《りつぜん》とした。彼はグーグルでヘンリー・ウッドを検索したが、何も見つからなかった。確認できた直近の情報は、ヘンリーがアウレリウス大学にいた当時の、クロスカントリー競技のタイムだった。コービンは、ヘンリーがリンダ・アルチェリと会っていたとき使った名前、ハンク・ボーマンも検索してみたが、その名前でもやはり何も見つからなかった。このとき初めて、彼は、警察に行って何もかも告白することを考えた。いまも手もとにある、あのポラロイド写真、ロンドンの墓地でクレア・ブレナンの遺体の前に立つヘンリーの写真を、警察に見せようかと。だがそうした場合、彼自身はどうなる？　たとえ嘘をつき、自分は単なる従犯者にすぎないと言ったとしても、彼はやはり長いこと刑務所で過ごすことになるだろう。彼はやはり人目にさらされ、その残虐行為と卑劣さとで世間に知られることになるのだ。

いや、告白などできない。コービンは悟った。ヘンリーはレイチェル・チェスを殺すこと、自らの存在をコービンに知らしめることで、彼を罠に陥《おとしい》れたのだ。彼は監視されている。なおかつ、彼からは監視者が見えない。コービンはヘンリーに対して、いまだかつて感じたことのないほど深い憎しみを感じた。彼は自分にあると思える唯一の選択肢を採ることにした。目立たないように生活し、二度と女とはかかわらない。ヘンリー・ウッドが自ら現れたら、または、あの男の居所を突き止められたら、この手で彼を殺す。自分は一度やっているのだ。もう一度やれないわけはない。

第十七章

コービンと同じ棟、同じ階の空き部屋にオードリー・マーシャルが越してきたのは、レイチェル・チェスの死の翌年のことだった。ベリー・ストリート一〇一の住人はほとんど年配の夫婦ばかりなので、3Cの部屋に荷物を運び込んでいるオードリーを見て、彼は大いに驚いた。彼女は、彼の好みのタイプではなかった。色白で、いかにもはかなげな、華奢《きゃしゃ》なブロンド。だが、細い腕で懸命に段ボール箱をかかえこみ、ドアと格闘しているその姿を見たとき、コービンは愛おしさがどっとこみあげるのを感じた。引っ越し用のバンは道に駐めてあり、彼はそこから荷物を運びあげるのを手伝おうと申し出た。驚いたことに、彼女は喜んでその申し出を受け入れた。そこには何箱分もの本があった。オードリーは彼に、自分はニューヨークで著作権エージェントとして働いていたのだが、ボストンの出版社で編集の仕事を始めるため引っ越してきたのだと語った。バンが空になると、彼女は言った。「お礼をしないとね。落ち着き次第、夕食をご馳走させて。ここのキッチンを早く使ってみたくてうずうずしているの」

「お礼なんか必要ないよ」コービンはそう言って、自分のうちに引き返した。この冷淡な対応でこれ以上の交流を避けられれば、と思ったのだ。

しばらくは、うまくいった。彼は廊下や中庭でオードリーとすれちがい、彼らは常に、非常に親しげとは言わないまでも、感じよく振る舞った。彼が見かけるとき、彼女はいつもひとりで、たいてい原稿か本を携えていた。彼は、新しい町での彼女の孤独な日常を想像するようになり、彼女が越してきた日によそよそしい態度を取ったことに、少しうしろめたさを覚えた。

　オードリー入居後の二度目の冬は、ボストン史上最悪の冬のひとつで、雪が深く降り積もり、来る日も来る日も気温は零下だった。最強の嵐は一月の木曜の夜に発生し、週末と月曜のほぼ全日、町全体を麻痺《まひ》させた。オードリーが一階ロビーでコービンにハローと言い、二十分後、彼の部屋を訪れたのは、その週末のことだ。

「わたし、すっかり頭がおかしくなって、このアパートメントの全員が食べられるくらい大量にチリを作ってしまったの。お願いだから、うちに少し食べに来て」

「僕は……」

「ことわりは受け付けない。他に何か予定があるなら別だけど——それに、わたしはあなたに言い寄ろうとしてるわけじゃない。本当よ。すぐ帰ってくれてかまわないから」

　コービンは六時に行くと約束した。彼は赤ワインのいいやつをさがし出し、スポーツウェアからジーンズとフランネルのシャツに着替えた。六時五分過ぎにオードリーのうちのドアをノックすると、彼女が彼を迎え入れた。それは、コービン自身のものすごく広い角部屋に比べると、かなり小さな部屋だった。スピーカーからはナ《N》ショナル・パ《P》ブリック・ラ《R》ジオの放送が流れており、コービンは、この選択は、ふたりの食事があまりロマンチックに見えないようにするためなのだろうかと思った。仮にそうだとしたら、それは逆効果だった。オードリーがチリを温め、コービンがサラダを作り、背景にはその日のニュースの音声が流れている——このことが、なぜかふたりをにわか作りのカップルに仕立てたのだ。彼らはお互いになじみ、自然体でくつろいでいた。コービンは真夜中までそこにいた。ふたりは彼のワインを飲み干し、もう一本、オードリーのボトルを開けた。彼女はボストンでの暮らしが淋《さび》しいことを認めつつも、不幸せではないと言った。コービンのほうは彼女に、現在の孤独なライフスタイルが自分は大好きなのだと話した。部屋にもどり、歯を磨いているとき、コービンは胸に鋭い痛みを覚えた。胸焼けだろうと思い、彼は胸筋に手を押し当てた。すると、恥ずかしいことに、涙がどっとあふれてきた。オードリーとの夜は、自分がどれほど孤独を感じていたかを彼に悟らせたのだった。

それから一週間以上、ふたりは顔を合わせなかった。ところがある日、コービンが、少なくとも十分はドア板を掻いていたサンダースを入れてやるため、玄関のドアを開けたとき、新たな雪に濡れた綿入りの長いジャケットを脱ぎながら、オードリーが廊下を歩いてきた。

「ひさしぶり」彼女は言った。

コービンは彼女を招き入れた。オードリーは彼のうちをまだ見ていなかったから。そしてふたりは最終的に、ワインを飲み、ピザを注文することになった。

「わたし、あなたが好きよ」夜の終わりに、オードリーは言った。「何を考えてるのか、まるで読めないけどね。あなたは謎の人物だわ」

「そんなことはないよ」コービンは言った。

「いいえ、そうよ。わたしにキスしたら?」

彼はキスし、オードリーはその夜、泊まった。彼女が寝入ったあと、コービンはアパートメントのいちばん遠い側のバスルームに行き、トイレの蓋《ふた》にすわって、また泣いた。胸のなかにナイフが入っているような感じがした。ナイフが何本も。

「少し話したいんだけど、いいかな」翌朝、オードリーが服を着ているとき、コービンは彼女にそう訊ねた。彼は一睡もしていなかった。

「早くもそう来たか」彼女は言った。「つきあってる人がいるとか? 自分はゲイだとか? それとも、最近、ひどい関係から抜け出したばかりなのかな?」

「そのどれでもない」コービンは言った。「でも、きみにおかしなたのみがあるんだ。そして、もしそのたのみを聞いて、きみが僕とかかわりたくないと思ったとしても、僕はそれをちゃんと受け入れるからね」

「わかった」オードリーは言った。用心深い声で。彼女はジーンズと、まだ背中のホックを留めていない薄地のピンクのブラジャーだけを身に着けて立っていた。コービンは、その右の脇腹に残る虫垂炎《ちゅうすいえん》の手術痕に気づいた。

「僕はぜひきみとつきあいつづけたい。でも、お互いに会うのは、このアパートメントの建物内だけに留めるべきだと思っている。公共の場所ではなく、僕のうちかきみのうちかだね。きっとひどい話だと思うだろうな。でも、これにはちゃんと理由があるんだ。きみには話せない理由だけれど」

「つまり、つきあってる人がいるってことよね」オードリーは言った。

「ちがうよ。もちろん、信じてもらえないだろう。でも、本当にちがうんだ。きみに話せない別の理由があるんだよ。ぎりぎり言えるのは、僕には過去に何人かつきあった女性がいるってこと、それにからんでまずいことが起きて、もう二度と誰とも恋愛関係にはならないと心に決めたってことだけだ。でも、この関係はうまくいきそうな気がする。ここに――この建物のなかだけに留めておくかぎり」

オードリーはブラジャーのホックをかけ、深く息を吸い込んだ。「わかった」彼女は言った。「便利でいいんじゃない?」彼女は笑ったが、コービンは、その笑いには少し無理があるような気がした。

しばらくは実際、その取り決めが機能した。たいていはコービンがオードリーの部屋に行くかたちだった。彼はワインを持っていき、ふたりはテレビで映画を見たり、一緒に料理をしたりした。オードリーには彼を惹きつける要素が実にたくさんあった。彼女は実際的で、裏表がまるでなく、自分の気持ちをいつも素直に彼に伝えた。寝室ではよく応えてくれる一方、がつがつしてはいなかった。卑猥《ひわい》なことは決して言わなかったし、彼と同じく明かりは消すほうが好きだった。しかし彼女は、あの取り決めのことをよく持ち出した。ときにはジョークとして――「で、どっちがアイスを買いにセブンイ－レブンに行ってくる? 一緒に行けないとなると?」ときにはまじめに――「今度、妹が訪ねてくるの。あなたを紹介できないなんて、すごく変よ。わかってる?」

コービンはいつも同じ返事をした。一緒にいる姿を人に見られてはならないというのは絶対条件なのだ、と。また、それは完全に彼の側の事情であって、彼女にはなんの非もないのだ、と。だが、そう言わざるをえなくなるたびに、ヘンリーに対する彼の怒りと怨念はふくれあがった。ヘンリーはコービンを殺人者にした。そして、それだけではまだ不足とばかりに、今度はコービンの人生を、幸せになるチャンスすべてをぶち壊そうとしているのだ。で、その理由は？ 彼らがもう友達でないからか？

時間のあるときに、コービンはネット上でヘンリー・ウッドをさがしまわった。ロンドン留学のときの仲間たちに連絡して、ヘンリーの消息を知る者がいないか確かめさえした。なかのひとりは、ニューヨーク・シティーで偶然、彼に出くわしたと言ったが、それは二年も前の話だった。ヘンリーを見つけ出すという考え、彼に報いを受けさせるという考えに、コービンはとりつかれていた。オードリーがいるいまは、前以上に。ヘンリーが死ねば、人に見られることへの不断の恐怖なしに彼女と会うことができる。そしてそう、それこそここにあるものだ。不断の恐怖。オードリーと一緒にいたいと思いながらも、彼は始終こう考えてしまう。いつか自分は帰宅して、彼女が殺されたのを知ることになるのではないか？ 目に見えない化け物、ヘンリーがふたりの関係を嗅ぎつけ、その代償をオードリーに命で支払わせたのを知ることに？

最悪の瞬間が訪れたのは、同じアパートメントのもうひとりの若い住人、何度か一緒にラケットボールをしたことがあるアラン・チャーニーという男と飲んでいたときだった。アランは単刀直入に、オードリーとつきあっているのかと訊いてきた。噂を耳にしたのだ、と彼は言った。どこで聞いた噂なのかは、言わなかったが。コービンは冷静に対処した。しかしそのやりとりは、つぎの二十四時間、頭のなかで繰り返し再生されつづけた。ふたりの関係がもしアランに知られたとすれば、他の人々にも知られる可能性はある。そして、他の人々に知られれば、ヘンリーにも（彼がどこにいるにせよ）知られるかもしれない。あの男はレイチェル・チェスを襲ったように、オードリーを襲うだろう。

約束していなかったにもかかわらず、つぎの晩、コービンはオードリーのうちに押しかけ、アパートメントの誰かにふたりの関係を漏らしただろう、と彼女を非難した。

オードリーは驚いて目を丸くした。「まったくもう、コービン」首を振り振り、彼女は言った。

「笑いごとじゃない。向かいの棟の男と飲んでいたら、僕たちのことを訊かれたんだ。彼は知っていた」

「だったらなんなの？」

コービンは二秒、間《ま》を取って、奥歯を嚙み締める力をゆるめた。「もちろん、きみは気にならないだろう。僕が理由を言わないわけだからね。でも、僕たちの仲を誰も知らないってことが僕にとってどれほど重要であるかは、きみにもわかってるはずだ。大したことじゃないようなふりはしないでくれ」

「ねえ、わたしを信じてよ。大事なことなのはわかってる。いったいなんて言えばいいの？

わたしは誰にも話していない。わたしたちは一緒に出かけてないし。だから、どうして彼がわたしたちのことを知ったのか、わたしにはさっぱりわからない」

「でも、彼は知っていた」

「その人は誰なの？　わたしの知ってる人？」

「アランなんとか。向こうの棟に住んでるんだ」

オードリーは窓の外に目を向けた。「うちの真向かいに住んでる人ね。ここから彼の部屋のなかが見えたことがあるわ。たぶん彼にもこの部屋が見えたのよ。そのときに、たまたまあなたを見たんじゃない？　それだけのことよ」

コービンはリビングの窓から、中庭の向こう側の暗い窓を眺めた。「そう思う？」彼は言った。

コービンが部屋に来て以来初めて、オードリーはほほえんだ。大きな笑みではなかったが、それでも笑みには変わりない。「うん。そうとしか考えられないでしょ。たぶん彼はわたしを監視してるのね。それで、あなたが来てるのを見たってわけ。一件落着」

「彼に見られてても平気なのか？」

「さあねえ。ちょっと刺激的かも。あなたの代わりに、彼とデートしようかな」彼女はまだほほえんでいた。コービンは窓辺に歩み寄り、カーテンを閉めた。

その夜、そのやりとりが、終わりの始まりだった。

コービンにとって、それは驚くほどのことでもなかった。この関係が長つづきしないことは、最初からわかっていたのだ。ふたりはさらに何度か一緒に夜を過ごしたが、オードリーは関係を秘密にする訳を教えるよう彼に迫りつづけた。彼にはこう答えることしかできなかった。

「きみの安全のためなんだ。どうか僕を信じてくれ」

「ねえ、わかってる？　その説明、すごく気味が悪いんだけど」

正式に終わりが決まったとき、コービンはある意味、ほっとした。彼は、長時間働き、毎日ジムに通う、以前の孤独な生活にもどったが、少なくともそれはオードリーに危害が及ぶ恐れのない生活だった。ある日、新聞を広げると、そこにヘンリー・ウッドの死亡記事が載っている――彼はときおりそんな場面を夢想した。昼日中に街でオードリーを見つけ、人目もはばからず彼女にキスする自分を、彼は思い描いた。彼の嫌いな陳腐な映画のシーンのようだが、そのときはそれも気にならないだろう。彼にはその空想を頭から追い出すことができなかった。

ロンドンへの転勤の機会が訪れたとき、彼はそれに飛びついた。ベリー・ストリートから、また、オードリーの隣室での暮らしから、半年間、遠ざかるのは、自分にとってよいことだし、オードリーにとってもよいことだろう。クレア・ブレナンに恋をし、ヘンリー・ウッドに出会ったあの町にふたたび行くのだと思うと不安が湧いたが、そこはまた父の育った町でもある。たぶん彼は父方の親戚とのつながりを再生できるだろう。父が見せてくれたたくさんの写真のことを、コービンは思い出した。亡くなる前の年、父がイギリスを訪れたとき撮った写真。そこには何枚か、父の従妹《いとこ》ルーシーとその夫と娘の写真もあった。それらが撮影されたあと、その娘は事件に見舞われている。彼女は別れた男にストーカーされ、殺されかけたのだ。少なくとも、コービンの母はそう言っていた。母がどうやってその件をさぐり出したのかは、わからなかったが。コービンは父の従妹ルーシーにメールを書いて、ロンドンに行くことになりそうだと伝え、そのうち会えますね、と記した。ケイトと住まいを交換してはどうかと提案したのは、そのルーシーだった。彼女は、冒険は娘のためになるだろうと言った。話はすんなりまとまった。自分のうちにケイトが入居すると思うと、なぜかコービンはなぐさめられた。たぶん彼女はオードリーと親しくなり、いろいろ報告してくるだろう。それもひとつのつながりだ。たとえ、ちっぽけなものであっても。

ケイトの小ぢんまりしたフラットで丸一日を過ごす初めての日、コービンは一度だけ外出し、最寄りの食料品店まで歩いていって、食べ物とボトル入りの水とワインを買った。この遠征のあいだ、上の階の新しい隣人、マーサに出くわさずにすんだことに、彼は大いにほっとした。前夜、酔って彼女とイチャついたのは、大失敗だった。今後、彼女を避けるのはむずかしそうだが、不可能ではないだろう。

その日は終日、雨が降ったりやんだりで、フラットの表側の大きな出窓をバタバタとたたいていた。彼はイギリスのテレビ番組を見ながら、腕立て伏せとスクワットをやり、そのあと、買ってきた鶏の胸肉を料理した。それから、Eメールをチェックしたが、オードリーは、彼が最後に送ったメール（自分が国を離れたことで多少なりとも安らぎが得られるよう願い、彼女がふさわしい相手に出会うよう願ったもの）にまだ返事をくれていなかった。彼はケイトのメールに返事を書き、近所のパブを教えてくれたことに礼を述べたあと、マーサに会ったことにまで触れた。マーサに関し、ケイトに何か言いたいことがあるかどうか興味があったのだ。マーサは自分はケイトの親友だと言っていたが、彼はなんとなくその言葉を疑っていた。

日曜の午後になっても、ケイトからの返信はなかった。そのことはなぜか、彼に不安を抱《いだ》かせた。まだ雨が降っていたにもかかわらず、彼は長距離のランニングをし、最終的にプリムローズ・ヒルという公園にたどり着いた。その場所からは、遠く霞《かす》むロンドン中心部の景色が望めた。公園の濡れた土がランニングシューズにシュパシュパと吸いつき、墓地でのあの日、ヘンリーと穴を掘ったことが思い出された。彼は走ってうちに帰り、シャワーを浴び、その後ふたたびメールをチェックした。

ケイトからはまだ何も来ていなかったが、ボストン警察のロバータ・ジェイムズなる人物から連絡が入っていた。お宅の隣人、オードリー・マーシャルが不審な状況下で死亡しているのが発見されました。至急、ご連絡いただけますか？

第十八章

ケイトがいきなり身を起こしたので、サンダースは驚いて、部屋から飛び出していった。

あの猫はどうやってなかにもどったんだろう？　彼はさっき外に出したはずでは？　脳みそが思い出そうとあわただしく記憶をさぐる。猫がこちらに向かってニャアと鳴き、そのあとわたしは、彼のためにドアを開けてやった。そして彼が立ち去るのを見送ったのでは？　でもここでケイトは思い出した。彼女はのぞき穴をのぞいて彼をさがしたが、廊下にその姿はなかったのだ。あのときはちょっとおかしいと思いつつも、彼女はただ、サンダースはこちらが確認する間もなく猛スピードで廊下を走り去り、視界から消えたものとみなしたのだった。でもたぶん彼は、ドアの外に出てもいなかったんだろう。たぶんそういうことだ。その可能性を考えると、呼吸ができるようになり、彼女は何度か肺一杯に息を吸い込んだ。

それから立ちあがって、じんじんする脚で書斎の入口まで歩いていき、棚やキャビネットに沿って並ぶ埋め込み型照明のスイッチを入れた。「誰かいる?」理性的な声を出そうと努めつつ、彼女は叫んだ。やはりうちじゅう見てまわり、誰もドアを開けていないこと、誰も室内にいないことを確認しよう。念のために、いちおう。サンダースは実は外に出なかったにちがいない。彼女は自分にそう言い聞かせた。

いいや、出たとも。その目で見たろう。そう言ったのは、頭のなかのジョージの声だった。彼はくすくす笑った。それは、彼女のなかのジョージがときどきやることだった。本物のジョージ、死んだジョージは決してくすくす笑ったりしなかったけれど。

わたしは見てない。彼女はジョージの声に言った。「ただドアを開けて、あの子が出ていく途中、脚をかすめたと思っただけ。それは勘ちがいだったの」

彼女は書斎を出て、リビングに向かい、廊下を進みながらつぎつぎ明かりを点けていった。サンダースはまた玄関の前に立ち、ドアを見つめていた。まるで、それが魔法みたいに自らの意志で開くのを待っているようだ。

「神出鬼没の猫ちゃん」そちらに歩いていきながら、ケイトは言った。「さっき出てったのかと思ったよ」

彼はニャアと答えた。ケイトはドアを細く開け、今度こそ、猫が尻尾をくねらせつつ出ていくのを見届けた。それから、ドアを閉めて鍵をかけると、ドア板に背中を押しつけ、リビングに目を向けて、うちのなかに誰かいないか、気配を感じ取ろうとした。ううん。彼女は自分に言い聞かせた。わたし以外、誰もいない。サンダースはずっとここにいたのよ。それでも彼女は、リビングの向こうの、本物の薪《まき》が火格子に積まれた暖炉に行き、煉瓦の囲いに立てかけてあった火搔き棒を拾いあげた。その重みを手に感じると、たちまち気持ちが楽になった。すばやく移動しながら、見つかるかぎりすべての明かりを点け、すべての部屋をのぞきこんで、彼女はうちじゅうを調べた。確認できたかぎりでは、住居内には誰もいなかった。玄関のドアには鍵がかかっているし、裏階段に出るキッチンのドアのほうも同じだった。

彼女は火搔き棒をもとの場所にもどした。手のなかの、棒を握っていた箇所は汗ばんでいて、てのひらには煤《すす》のすじがうっすらと残っていた。

リビングと廊下の明かりを点けっぱなしにしたまま、ケイトは書斎にもどった。そのあいだも、ここには他に誰もいない、サンダースは謎のストーカーによってなかにもどされたわけじゃない、あの子は外に出なかったんだ、と自分に言い聞かせていた。わたしはひどく疲れている。眠らなくてはいけない。そう思って、身をかがめ、ソファの前の床から掛け布団を拾いあげた。すると、彼女の本、『カサンドラの城』がドサッと床に転がり落ち、ページのあいだから写真が一枚、飛び出してきた。ケイトはその写真を拾いあげて見つめた。それは、何年も前、両親や家族の友人たちと休暇でトーキーに行ったときの写真だった。写っているのはケイトと母で、ふたりは荷物をかたわらに置き、泊まっていた宿の階段にすわっていた。それが到着したところなのか出発するところなのかは思い出せなかった。写真のとらえている細長い空は、陰鬱《いんうつ》で不吉な感じがした。その週はずっと雨が降りどおしだったことを、ケイトは思い出した。また、その休暇中に(当時、彼女は十三歳だったのだが)自分が初潮を迎えたことも。母は宿の混んだ食堂でフル・イングリッシュ・ブレックファストを前にこの事実を発表し、父のほうは、まるでケイトが何かの賞を獲ったかのように、彼女にほほえみかけた。あれは、すごくいやな一週間だった。

でも、自分と母のその写真が彼女は好きだった。母子は木の階段に並んですわっている。どちらも笑顔だけれど、カメラに向かってほほえんでいるわけではない。明らかにふたりは何かおもしろい話をしているのだ。ケイトがその写真を好きなのは、そこに写る自分が不安げに見えないからだ(ということは、写真が撮られたのはあの週の初めにちがいない)。彼女がそれを取っておき、お気に入りの本のなかに隠したのは、たぶんそのためだろう。どうすればよいのかわからない写真を、彼女はよくそうしておく。本にはさんでおいて、あとで発見するのだ。あるいは、発見しないかもしれないが。

ケイトはふとあることを思いついた。コービンも彼女自身のように、あとで発見するために、または、隠しておくために、秘密の写真を本にはさんでおくのではないだろうか？　この考えが頭をよぎるなり、彼女にはわかった。自分はこのうちの本を一冊残らず調べなければ、気がすまないだろう。彼女はいつもそうなのだ。いったん何かが気になりだすと、最後まで徹底的にやらずにはいられない。一昨年、アガサ・クリスティの本からの引用句、殺人者はすべて誰かの古い友であるとかいう言葉を半分思い出したものの、その句がどの本のものなのか思い出せなかったときなどは、クリスマスの期間、子供時代の自分の部屋にこもって、それが見つかるまで、持っているクリスティの本すべてを強迫的に調べまくったものだ。

ケイトは立ちあがって、本の壁に囲まれたテレビのところに行った。棚は、空の旅向けのスリラーやビジネス書で一杯だった。そのところどころに、狭い棚に収まるよう積み重ねられ、大型本も置いてある。リビングの本と同じく、これらの本もコービン自身ではなく、父親のものらしく見えた。それでも彼女は思った——そのページをぱらぱら繰ってみたら何が出てくるのだろうか？　棚にはたくさんの本があるが、彼女にはたくさんの時間がある。眠るべきなのはわかっていたが、実は彼女は疲れていなかった。サンダースに起こされてからは、少しも。

棚の最上段の左端から最初の一冊を抜き取るには、オットマンにのぼらねばならなかった。それはジョン・グリシャムの『法律事務所』のハードカバー版だった。まず、親指でぱらぱらとページを繰り、それから、逆さまにして振ってみる。何もなし。彼女はそれを棚にもどして、つぎの本に移った。

書斎の棚の本を全部、調べ終えるころには、しおり多数、レシート五枚（どれも十年以上前のもの）、雑誌から切り抜いた下着姿のアシュレイ・ジャッドの写真一枚が見つかっていた。写真の切り抜きは、『チーズはどこへ消えた？』とかいうペーパーバックの本に折りたたんではさんであった。

　ケイトは革製のオットマンにすわった。わたしはいったい何をさがしていたんだろう？　顔に赤い文字で〝殺す〟と書かれたオードリー・マーシャルの写真とか？　いや、そうじゃない。でも、コービンになんらかの秘密の生活、おそらくはオードリーにかかわるものがあることを証明する何かだ。これまでのところ、ケイトはふたりの関係について、三つの話を聞いている。自分たちはお互いをほとんど知らなかったというコービンの話。ふたりはときどき寝る仲だったというオードリーの友達の話。そして、第三の証言、アラン・チャーニーの話もある。彼はコービンがオードリーのうちに始終行っていたと主張した。アランにそのことで嘘をつく理由があるだろうか？　ケイトは彼を信じていた。少なくとも、彼自身はそう信じていると。彼がオードリー・マーシャルに執着していたのは明らかだが、ケイトは彼を信用していた。単に彼が魅力的で話しやすかったためだけではなく。

　彼女は書斎を出て、リビングに移動した。その部屋はいま、乳白色の朝の光に満たされていた。もう夜明けなのだ。彼女はEメールをチェックした。マーサがコービンのことを詳しく長々と書いた返信を寄越していた。ふたりは〈ビーフ&プディング〉で出会い、うちへの帰り道、〝ちょっとだけ〟抱き合ってキスしたという。だがコービンは疲れているからと言い、ケイトのフラットにひとりで入っていったらしい。マーサはそれっきり彼の姿を見ていないとのことだった。「あの人、そっちに彼女がいるのかな?」マーサは書いていた。「メールして訊いてみてよ。お願いしまーす」

それこそわたしがさぐり出そうとしていることだ。ケイトは思った。コービンがマーサを避けているようだと知って、彼女はほっとした。この様子なら、友人への警告は必要なさそうだ。あのホットなアメリカ人は女を殺しているかもしれない、などと伝えることもないだろう。

コーヒーが飲みたかったが、彼女はまずリビングの本のチェックにかかろうと思った。こちらには書斎よりもっとたくさん本があり、その棚がはるか上の天井までつづいていた。窓のひとつの前に頑丈そうなデスクがあったので、彼女は踏み台にするためにそれを引きずってきた。デスクの上に乗ると、いちばん上の棚にちょうど手が届き、そこからまず一冊目の、埃《ほこり》をかぶったハードカバーを抜き取った。そうして、そのページをぱらぱら繰っているときだ——突如、彼女はデジャヴの波に襲われた。それはほとんど物理的感覚のようだった。膝《ひざ》ががくんと折れた。彼女には、以前この棚の本を調べたという鮮明な記憶があった。このデスクに立っていた記憶、足の裏がきめの粗い天板の木材に触れていた記憶が。胸のなかに不安の泡が生まれた。彼女は心のなかで呪文を唱え、呼吸のエクササイズを行った。デジャヴは消え去り、それに代わって、前夜の夢がどっとよみがえってきた。その夢のなかでも、やはりケイトはこれらの本を調べていた。少なくとも、彼女の記憶ではそうだ。本をつぎつぎ逆さにし、なかのページを振り落とし、アパートメントの床を埋め尽くし、空っぽのプールを雪が満たすように、ページで室内を一杯にしている。

わたしは本当にこれだけの本を残らず調べた夢を見たの？　そのうえでいま、それを実行しているということ？　ケイトは考えた。そして、恐ろしい一瞬、自分はいまもまだ夢を見ているのだ、と思った。それからその感覚は消えた。

彼女はコーヒーを入れ、その後、残りの本を調べた。ようやく興味深いものが見つかったのは、もう何百冊もチェックしたにちがいないというころだった。

そのとき彼女は、低い棚のひとつの、これまでとちがう感じのする一群の本に至っていた。これらの本（スティーヴン・キング作品多数、ロバート・ジョーダンの「時の車輪」シリーズ、チャック・パラニュークの小説）は、コービンのものだという気がした。彼女はそれまでに見た本よりも入念にこれらの本を調べ、その努力は報われた。オースン・スコット・カードの『エンダーのゲーム』という小説のペーパーバック版のなかから、同じ若い女の写真が三枚出てきたのだ。それは、前に書斎のクロゼットで見つけた写真の女と同一人物のようにも見えた。新たな三枚はどれも少しピンボケなので、確実にそうだとは言えないけれど。女は、狭い寝室らしき部屋の狭いベッドの上にいた。壁は白く、ポスター（ピカソの複製画？）が一枚、フレームなしでそこに留めてあった。

一枚目の写真では、女は声をあげて笑いながら、わざとらしいピンナップ風のポーズで、片《かた》肘《ひじ》をついて、撮影者を見あげていた。服装は、色褪せたジーンズに、ピンクのキャミソールだ。つぎの一枚では、彼女はもっと自然な格好で、ベッドにあおむけになり、まじめな顔をしていた。ケイトはコービンの指示を（これは彼の写真にちがいないから）想像した。だめだめ、ふざけないで。もっと自然に。とっても綺麗だよ。本当に彼女は綺麗に写っていた。殊《こと》に、三枚目の最後の写真では。それはクローズアップだった。肌にはそばかすが散り、口はわずかに開かれている。それらの写真を見ていると、ものすごくプライベートな場面をスパイしているような、親密な性的なひとときをのぞき見しているような気がしてきた。ケイトは三枚の写真をもとどおり本にはさみ、本を棚にもどした。それから、コービンの残りの小説を手早く調べたが、何も見つからなかった。

本棚に背中をもたせかけ、ケイトは束の間、目を閉じた。彼女は疲れ果てていた。アパートメントの捜索にどれだけ時間を費やしたのか、よくわからない。そして結局、見つかったのは、忘れられた本のなかにしまってあった昔のガールフレンドの痕跡だけだった。いったいわたしは何を期待していたんだろう?

炉棚の上には時計が載っており、ケイトは時刻を確認した。七時ちょっと過ぎ。いまのうちに軽くひと眠りすべきだろう。きょうは学校があるのだから。彼女はリビングのいちばん近くのソファで、刺繡《ししゅう》入りのなめらかな枕に頭を乗せて丸くなった。目を閉じると、ほとんどすぐに夢のない眠りへと落ちていった。

＊

ノックの音が鋭く三回、響き、ケイトはハッと身を起こした。まだ半分眠ったまま、立ちあがって、玄関へと足を運ぶ。ドアの近くには鏡があり、ケイトは自分の姿をチェックした。二日洗っていない髪は、力なくひょろひょろと垂れ下がっている。彼女は耳のうしろへと髪をなでつけた。のぞき穴から廊下をのぞいてみると、そこにはミセス・ヴァレンタインがいた。金曜日、ケイトが到着したとき、住居内を案内してくれたあの年配の婦人だ。ケイトはドアを開けた。

「ああ、ケイト、起こしちゃったかしら?」

「いえいえ、どうぞお入りください」

キャロル・ヴァレンタインは、まんなかにベルトが付いている複雑なデザインの白いセーターに身を包んでいた。「お邪魔はしませんよ。でも、前にお話ししたように、うちに一杯、飲みに来ていただけないかと思って。今夜のご都合はいかが?」

脳みそがことわりの言い訳をつぎつぎと検討していく。ところがそのとき、彼女は自分の声を聞いた。「今夜ならちょうどいいです。ぜひうかがわせてください」

夜の七時ということで話が決まり、キャロル・ヴァレンタインは、ジーン・ネイトの香りを残して、廊下を去っていった。そのアフターバス・オイルのにおいに、ケイトは、自分もたぶんきょうじゅうにシャワーを浴びるべきなのだと気づかされた。それから突然、その日の午後に授業が始まることを思い出した。彼女は携帯電話へと走り、時刻を確認した。十一時ちょうど。いったいわたしはどれだけ眠っていたんだろう?

すばやくシャワーを浴びると、いちばんいいジーンズとお気に入りのセーターを身に着けた。午前を丸ごとうたた寝に使ってしまったことの唯一のメリットは、もう最初の授業のことを心配する時間も、地下鉄による移動のことを心配する時間もあまりないということだった。彼女はパンの厚切りをトーストにせず、ハチミツとバターをつけて食べ、よくないとわかっていながら、二杯目のコーヒーを飲んだ。肌はすでに不安でぞわぞわしている。それに、午後に対する恐れから、親指と人差し指の腹を打ち合わせる癖《くせ》も出はじめていた。

　彼女は寝室に行き、大きなバッグから空っぽのバックパックを引っ張り出した。授業の確認のEメールで、講師は何も持ってこなくてよい、教室にはコンピューターがあると言っていた。それでも、彼女はノートパソコンを持っていくべきかどうか迷った。結局それはやめることにしたけれど、ベッドの下からスケッチブックをつかみ取って、木炭鉛筆のケースと一緒にバックパックに入れた。もし暇な時間があったら、スケッチをすればいい。その作業はいつも心を鎮《しず》めてくれる。

　彼女のめざすレッドラインの駅に行くには、チャールズ・ストリートから数ブロック歩かねばならなかった。空は半分、高速で流れていく雲に覆われていた。雲間から日が射すと、外気はまるで初夏のように暖かく感じられたが、雲が太陽を覆い隠し、風が吹くと、気温は六、七度下がるように思えた。

　チャールズ・ストリート駅は、絶えず車の行き交う交差点を渡った先の、巨大なガラスの建物だった。ボストンの歩行者はみな、車の流れが少しでも途切れれば、全力疾走で道を渡るのだが、彼女は信号が青になるのを待った。駅に入ると、チャーリーカード（ボストンの公共交通機関で使えるICカード乗車券）を購入し、二十ドル、チャージした。それは思っていたより簡単だった。そして、エスカレーターに乗り、屋外のプラットホームに向かっているとき、突如、ケイトは幸福感の大きな波に満たされた。彼女はここボストンにいて、インデザインの授業に出ようとしている。人生は悪くない。それに、こうしてアパートメントの外に出てみると、自分がオードリー・マーシャルの死とコービンの関与の有無にひどくこだわっていたことが、急に馬鹿馬鹿しく思えてきた。本当に彼が容疑者なら、警察がまたやって来て、住居内を再捜索したはずではないか。

　列車が入ってきて、ゴトゴトいいながら、ゆっくりと停止した。ケイトは車内に乗り込み、スライド式のドアにいちばん近い端の席にすわった。座席は半分ほど埋まっていた。乗客の大半は連れのない通勤者で、イヤホンを着け、携帯電話を見つめている。同じ車両には、だぼっとした水色の看護服の女がふたり、ケイトとともに乗り込んでいた。電車が動きだすと、その一方がもう一方に何か言い、ふたりは一緒にわっと笑いだした。電車は橋を渡っていき、その上からは川とバックベイ（ボストンのチャールズ川ぞいの地区）の景色がよく見えた。川には、入江を周遊するヨットの姿がいくつか見られた。それから、一瞬のうちに電車がトンネルに入り、光がちかちかしはじめた。ケイトは震えた。

　電車がケンダル駅で止まった。あと三駅で、彼女の目的地、ポーター駅に到着する。ケンダル駅では降りるお客がほとんどいない一方、大勢が乗り込んできた。ファストフードのにおいのする男がケイトの隣に落ち着いた。その大きな膝は、彼女の膝に押しつけられていた。ケイトは脚を引っ込め、仕切りにぎゅっと体を寄せた。半白の頭の割に若々しい顔の女が、ケイトの正面の汚そうな手すりをつかんだ。この人はいくつくらいだろう？　ケイトは迷った。席を譲るべきだろうか、それとも、譲れば失礼に当たるだろうか。彼女はじっとしていることにした。ドアがシューッと閉まり、電車がガタゴトと動きだした。深く息を吸い込んだが、空気が薄く感じられ、彼女はすぐさま、こういうときいつも言い聞かせることを自分に言い聞かせにかかった。パニックを受け入れるのよ。それは害を与えはしないし、わたしを変えることもできない。すると、少し気分がよくなった。彼女は両手を働かせておくために、膝に載せたバックパックのジッパーを開け、スケッチブックを取り出した。これまでに描いた絵を見てみたかった。スケッチブックを細く開くと、そこには、アラン・チャーニーの顔があった。彼女の受けた彼の第一印象。なかなかよく描けていると思った。前夜、またしばらく一緒に過ごした結果、いまの彼女には、彼の頬骨はもう少しくっきりしているし、唇はこれよりわずかに薄いように思えた。あとで彼の新しい絵を描こう。

彼女はページを繰って、そこに描かれた自画像を見た。それから、すばやくもうひとつページを繰り、ジャック・ルドヴィコの絵を見た。そしてじっと見つめた。それはもう彼らしくはなかった。少なくとも、彼女が記憶している彼とはちがう。似てはいるけれど、目はこうじゃないし、顔の形も異なっている。いったいどうしてこんなふうに描いてしまったんだろう？それとも、これが実際に見えたとおりの彼の顔で、わたしの記憶のほうがまちがっているんだろうか？

心臓が早鐘を打ちはじめる。今度はもっと本格的にその絵をチェックした。やはりまちがいない。それは彼女が描いたもとの絵ではなかった。誰かがスケッチブックに手を出し、絵を描き換えたのだ。**まさか**。彼女は自分に言い聞かせた。**ありえないでしょ**。そして、もしそれがありえないとすれば、その絵は彼女自身が描き換えたことになる。なぜかそこにもどって、その顔立ちを変えたことに。でも、どうしてわたしがそんなことをするっていうんだろう？ それに、もし自分でそうしたのなら、なぜそのことを覚えていないんだろう？

電車がキーッと音を立てて止まった。スピーカーからアナウンスが入ったが、内容は聞き取れなかった。ポーター駅のことで何か言っていたのかもしれない。ケイトは立ちあがって、電車の汚れた窓から外をのぞいた。そこはハーバード駅だった。あともうひと駅だ。さらに多くの人が車内に無理やり体をねじこんできた。なぜ誰も降りないんだろう？

心臓は激しく鼓動していた。ケイトは乗客を押し分けて前進し、どうにかプラットホームに出た。スケッチブックをかかえたまま、大きく空気を吸い込むと同時に、ドアが閉まり、電車は出ていった。

第十九章

ケイトは授業開始五分前に教室に到着した。ハーバード駅を出たあとは、ただマサチューセッツ・アベニューを道なりに進めば、そのグラフィックス専門学校が何室かを占める、ヴィクトリア朝風の灰色の大邸宅にたどり着くことができた。それは、歩くのに遠すぎる距離ではなく、ほんの一マイル足らずだった。外気のなかを足早に歩いているうちに、頭もいくらかすっきりし、やがて彼女は、ジャック・ルドヴィコの絵に関しては自分が過剰反応していたのだと結論づけた。要するに、彼と短時間会ったあと、その顔を実物と少しちがうふうに描いてしまった――ただそれだけのことだ。彼女は知らない国に来たばかりだったし、時差ボケの状態でもあったのだ。

授業は思っていたより気楽なものだった。講師が生徒たちに教室内を回らせ、お互いに自己紹介させるのではないか、と心配していたのだが、二階のその部屋――マックが一台置かれた席が十二ある教室に入っていくなり、彼女は、席のどれかに着くよう言われた。ショウガ色の大きな顎鬚《あごひげ》を生やした、南部訛《なま》りの講師は、即座にインデザインのツールの説明に入った。ケイトはそのソフトのことをほんの少し知っていた。ジョージ・ダニエルズの事件後、入院していた病院で、ある美術教師と知り合い、その人から手ほどきを受けていたためだ。ケイトには昔から美術の才能があった。彼女が初めて熱中したことは塗り絵だった。そしてときどき彼女は思う。晩年もわたしはそうやって過ごすんだろうか？　朝から晩まで番号入り塗り絵《ペイント・バイ・ナンバー》をやっている老婦人として？　幼いころから、彼女は気づいていた。美術に打ち込むこと、あるいは、単にノートの余白に落書きをするだけでもいい――自分にとっては、それが確実なリラックス法なのだ。もし使いかたがわからなかったら？という初期の恐れをクリアすると、コンピューター・グラフィックスでもそれは同じだとわかった。彼女はフォトショップの腕をかなり上げ、サウス・ロンドンにあるグラフィック・デザイン専門の人材派遣会社を介して、フリーランスの仕事をいくつか獲得した。何があろうと、自分はこれを職業にするのだ。彼女はそう決めていた。それは、かねてから母が強くすすめていた、肖像画家になるという道よりも、ずっとよい選択肢だ。肖像を描くというのは、本質的にその相手と、ケイトが考えただけでナーバスになるようなかたちで、密接にかかわることなのだ。そのうえ、肖像画を描くときは、どういうわけか、クライアントをがっかりさせる確率が他のときよりはるかに高い。

授業のあと、隣の席にすわっていた生徒——あまりに小柄なので、最初は子供かと思った若い女の子が、ケイトに自己紹介してきた。

「わたしの母もイギリス人なの」ケイトのアクセントを聞いて、女の子は言った。「パキスタン系のイギリス人」

ふたりは一緒に教室を出て、外の道でしばらく立ち話をした。ケイトはスメラというその女の子に、住まいの交換のことや、六カ月、ボストンで暮らす予定でいることを話した。

「こっちに友達はいるの？」

「いいえ」ケイトは言った。

「わあ、すごい。勇気があるのね。わたしだったら、そんなこととてもできないな」

ケイトは笑った。「誰かに勇気があるなんて言われたのは、これが初めてよ。たぶんこれが最後だろうし」

「ううん、本当に勇敢」スメラは言った。「心からそう思う」

「わかった。そういうことにしときましょう」

「あなたのアパートメントは、どこなの？」

ケイトは、チャールズ・ストリートの少し手前の、川に近いところだと教えた。すると、スメラが言った。「向こうで起きたあの殺人事件のこと、聞いてる？　アパートメントの室内で若い女の子が殺されたっていう？」

「その事件、うちのアパートメントで起きたのよ」ケイトは言った。隣室で起きたということは、付け加えないことにした。

スメラは手で口を覆った。「えーっ。大変じゃない」

「その人が殺されたってこと、どうやって知ったの？　確か、新聞には、死体で発見されたとしか書いてなかったでしょう？」

「レディット（アメリカ最大級のソーシャル・ニュース・サイト。ユーザーがニュース記事等を投稿してコメントを付けることができる）に載ってたの」スメラは言った。「チェックしてみて。ひどい話なんだから。その人、切開されてたんだって」

「どういうこと？」

「ほんとかどうかはわからないけどね。その人、上から下までまんなかから左右に切り開かれてたんだって。たぶん、何かの外科手術みたいにってことじゃない？　どう見ても、これはシリアルキラー的なやつだよ。だってレディットだもんね、実際に何人やられてるかなんて、誰にも――」

「わたし、レディットというのがなんなのか知らないんだけど」ケイトは言った。

スメラが説明しているあいだ、ケイトは切り開かれたオードリー・マーシャルのイメージを頭から払いのけようとしていた。この瞬間まで彼女は、なんとでも考えられるという単純な理由から、オードリーの死に関して具体的なことを想像してこなかった。ところが、何があったかがわかったいま、脳みそは勝手にその図を思い描いていた。オードリー・マーシャルの部屋に忍び込んだとき、なぜ自分が何も——血痕のひとつも見なかったのか、彼女は不思議に思った。あれは夢だったんだろうか？

「ねえ、そこにはいないほうがいいんじゃないかな。その同じ建物には」

「まあ大丈夫でしょう」ケイトは言った。突然、その場を立ち去りたくなった。殺人の話になってからというもの、スメラの目は恐ろしさに大きく見開かれており、そのせいでケイトはいらいらしはじめていた。「これからもよろしくね、スメラ。今夜は同じアパートメントのご夫婦に招待されているの。だからもうそろそろ行かないと」

「もしかすると、その人たちが事件についてもっと何か知ってるかもね」

「そうね。じゃあまた。水曜の授業で会いましょう」

「わかった。あなたはポーター駅まで歩くの？」

そのつもりだったが、ケイトは言った。「たぶんハーバードまで歩くと思う。ちょっと用事が……」

ケイトのいらだちにようやく気づき、スメラは彼女を解放した。ケイトはマサチューセッツ・アベニューを歩きだした。風は弱まっていたが、空はいまや雲に埋め尽くされており、その光は霞《かす》んでいた。うちまでずっと歩いて帰れないだろうかと彼女は思った。いま歩いている活気に満ちた広い道は、ボストンまでつづいているにちがいない。それでも、ハーバード・スクエアが近づき、駅が見えたとき、地下鉄に再度、乗るのは大事なことだと彼女は判断した。往路で起きたパニックは、電車内での閉所恐怖症よりむしろスケッチブックに起因するものだった。それに今回、向かう先は自分のうち――比較的安全な自宅アパートメントなのだ。

彼女は躊躇《ちゅうちょ》なく地下鉄の駅に入ると、降りてくる人々のあいだを縫って進み、がらがらの電車内に乗り込んだ。往《い》きよりも帰りはずっと楽だった。早く帰って、オードリー・マーシャルについてインターネットで何がわかるか、調べてみたかった。スメラの話には確かな根拠があるんだろうかと彼女は思った。オードリーの死に関し、本当に真の情報が出回っているんだろうか？　気がつくと、電車はもうチャールズ・ストリート駅に着いていた。うちまでの道の途中で、彼女は店に寄ってまた食料を買い込んだ。つぎに授業があるのは水曜なので、火曜は丸一日うちにこもって過ごせるよう、とりあえず準備だけはしておきたかった。

部屋にもどった彼女は、ベッドに這いあがって、バックパックからスケッチブックを引っ張り出し、あのオードリーの友達の絵をもう一度、確認した。もしかすると往きの地下鉄では、自分が過剰反応していたのかもしれない。でも、ちがった。改めて見ても、それは明らかにおかしかった。アパートメントの明るい光のなかだと、前以上にはっきりわかる。目が完全に変わっている。

誰かが目を描き換えたんだ。またジョージの声がした。

彼を無視しようと努め、ケイトはページをひとつ繰ると、木炭鉛筆をケースから取り出して、手早くスメラをスケッチした。丸い顔、整えていない太い眉、まんなかで分けた髪。〝スメラ〟

のスペルがわからないので、絵の下には、〝ケンブリッジのグラフィック・デザインの教室で会った女の子〟と書き込んで、日付を添えた。それから、またひとつページを繰って、ジャック・ルドヴィコの新たなスケッチを描きはじめたが、どうもうまくいかなかった。ケイトはめったにしないことをした。絵の道具と一緒にしまってある剃刀《かみそり》でそのページを切り取ったのだ。彼女はそれをぎゅうぎゅうに丸めて放り出した。

ベッドを下りると、ノートパソコンのところに行き、あの殺人事件の新たな情報が何かないか検索したが、何も出てこなかった。レディットのページまで見て、そこで何かしら見つけようとしたが、ケイトにはその使いかたはもちろん、それがどういうサイトなのかもよく理解できなかった。

彼女はEメールをチェックした。コービンからの返信はなし。警察が彼のアパートメントを捜索したことまで伝えたというのに。

夜七時。夏っぽいドレスに着替え、カーディガンをはおると、ケイトはうちを出て、ロビーまで階段を下り、反対の棟への階段をのぼっていった。たぶんキャロル・ヴァレンタインかその夫が事件の捜査について何か知っているのではないか。彼女はそう思った。今夜はきっとそのことも話題になるだろう。

角を曲がって、ヴァレンタイン夫妻の住居のある廊下に入ったとき（こちらの棟の壁紙は黒と銀色の二色だった）、ちょうどアラン・チャーニーが自室から出てきた。ドアに鍵をかけると、アランはこちらを向き、ケイトは彼が手にしているワインのボトルに目を留めた。一瞬、どこに行くのだろう、と思い、それから気づいた。たぶん彼もヴァレンタイン夫妻のうちに招かれているのだ。

「いまからきみの歓迎会に押しかけるんだ」ケイトが近づいていくと、彼は言った。

「わたし、何も持ってこなかったわ」ワインのボトルを見つめて、ケイトは言った。「考えつきもしなかった」

「じゃあ、はい」アランはボトルを差し出した。「ずっと前に、僕はもうあのご夫婦に最悪の第一印象を与えてるからね。これはきみが持っていって」

「だめよ、そんな」ケイトは言った。

「僕が招《よ》ばれたのは、ただ、きょうの午後、ロビーでたまたまキャロルに出くわして、きみとちょっと仲よくなったって彼女に話したからなんだ」

「大きな集まりになるのかしら？　わたしひとりが一、二杯、ご馳走になるだけかと思ってたんだけど」

「大丈夫、きみだけだよ。それとたぶん、下の階のミセス・アンダービー。プラス、僕だね。これはまあ、ベリー・ストリートの伝統みたいなもんなんだろう。新しい入居者はみんな、ヴァレンタイン夫妻に招かれる。僕は手ぶらで来るのもなんだから、いちおうワインを持ってきた。でも、あのご夫婦がご馳走してくれるのはマティーニで、きみはそれを一杯だけ飲めばいいんだよ」

「本当に？」

「クインと僕が招ばれたときは、そうだった」

「そろそろなかに入ったほうがいいんじゃない？」

「そうだね」

アランがノックをし、ドアはミスター・ヴァレンタインによって開かれた。それは美しい白髪をした背の低い男性だった。背の低いのが昔からなのか、長寿のなせる業なのかは、判然としなかった。彼はスーツのズボンと水色のカシミアのVネック・セーターを身に着けており、細長い銀色のスプーンを振ってふたりを招き入れた。「オリーブ？　ツイスト？」彼は訊ねた。

〝オリバー・ツイスト〟と言ったのだと思い、ケイトはとまどって、アランの顔を見た。

「僕はツイストでお願いします」ミスター・ヴァレンタインにそう言うと、アランはケイトを振り返って訊ねた。「マティーニに入れるのは、オリーブとレモンのツイストとどっちがいい？」

「ああ、オリーブでお願いします」ケイトが言うと、ミスター・ヴァレンタインは踵《きびす》を返して立ち去り、そこへキャロルが現れた。いまも今朝と同じ、ラップアラウンドの白いセーターを着ていたが、いつもアップだった灰色の髪は下ろして、うしろに流し、何かの整髪剤でがちがちに固めてあった。

「おふたりとも、お入りなさい。なんてすてきなドレスなの、ケイト。ビルのことは大目に見てやってね。あの人は夜の一杯目のマティーニを飲むまで、しゃべらないの。それ以降は、黙らせるのは絶対不可能だけれどね」

ふたりはキャロルのあとから優美なリビングに入っていった。その部屋の家具はほとんどが白で、壁紙は薄い金色だった。奥に進んでいきながら、アランがケイトに耳打ちした。「彼女、この前、僕がここに来たときも、そっくり同じことを言ったんだよ」彼が耳打ちしたとき、ふたりの体はぶつかりあい、ケイトは彼がいてよかったと喜んでいる自分に気づいた。

リビングでは、ビル・ヴァレンタインがサイドバーの前に立ち、ふたりを迎えたとき持っていたあの長いスプーンでピッチャーを掻き回していた。その脚のあいだを猫のサンダースがくねくねと行ったり来たりしている。猫は立ち止まって、新たな来訪者をじっと見つめた。

「ああ、サンダース」ケイトは言った。

「この子はここにいたわけね」キャロルも目を留めて言った。「きっともうあなたのおうちに入ろうとしたでしょうね？　でも、もしいやだったら、別に入れてやらなくてもいいのよ。この子は、この建物は丸々全部、自分の家で、住人は全員、自分のスタッフだと思っているの」

「飼い主の女性にはまだお会いしてないんですが」ケイトは言った。

アランとキャロルが口をそろえて「フローレンス・ハルペリンね」と言った。

「彼女は誰とも会わないの」キャロルはつづけた。「わたしの知るかぎりでは、部屋から一歩も出ないのよ。食料品は配達させてるし」

「僕もその人は一度も見たことがないんだよ」アランが言った。

またノックの音がし、キャロルが言った。「きっとミセス・アンダービーよ。ちょっと失礼するわね」

その場に取り残されると、アランは何か手伝いが要《い》らないかミスター・ヴァレンタインの様子を見に行き、ケイトのほうは豪華なその部屋のさらに奥にぶらぶらと歩いていった。あたりには、きつくて不快なライラックのにおいが漂っていた。ケイトは頭をめぐらせて、ウエストほどの高さの、天板が代理石のテーブルに大きな花束が飾ってあるのを見つけた。テーブルの上の壁には、丈の長い油絵が掛かっていた。二十五年ほど前に描かれたと思しきビルとキャロルの肖像。ビルはすわっており、キャロルはその肩に手をかけて彼のうしろに立っている。ふたりはいまと変わりなく見えた。ただし髪だけはちがう。ビルは黒髪で、白髪が交じりだしたばかりだし、キャロルは完全に金髪なのだ。アランがマティーニをふたつ持って隣に現れた。ひとつはレモン・ツイスト入り、もうひとつはオリーブ入りだ。彼はケイトに飲み物を渡した。彼女の手が少し震え、なみなみと注がれた飲み物の表面がグラスの縁《ふち》からこぼれた。ケイトは首をかがめて、氷のように冷たいジンをずるりと飲んだ。すると、その一部が顎に垂れてきた。

「うわ。いまのを見たのがあなただけでよかった」

アランは笑った。ちょうどそこへ、キャロルがミセス・アンダービーとともに入ってきて、彼はそちらに向き直った。ミセス・アンダービーは、ビルとキャロルのどちらよりも年を取っていた。背は低く、わずかに脊柱後湾《せきちゅうこうわん》の徴候が見られ、髪はてっぺんが薄くなりかけていて、ピンクの地肌が透けて見える。キャロルは彼女をケイトに紹介し、ケイトはミセス・アンダービーのふくよかな手の力強い握手に驚かされた。

「ええ、確かにお綺麗《プリティー》なかたね」ミセス・アンダービーは言った。

「いいえ」ケイトは言った。「それはわたしの名前なんです。ケイト・プリディー。P、R、I、D、D、Y」彼女はその説明には慣れていた。

「ああ、なるほど。でもね、あなたはやっぱりお綺麗ですよ」

「ありがとうございます」

少し時間がかかったものの、ついにお客の全員が、ナッツやオリーブの小鉢がいくつか載ったラッカー塗りの白いコーヒーテーブルを囲んで、椅子やソファに落ち着いた。ケイトは、こぼれるのを防ぎたいがために、すでにマティーニの半分を飲み終えており、早くも酔いを感じていた。ジンならずいぶん飲んできたけれど、トニックなしのは初めてだった。ひと口飲むたびに小さな震えに襲われながらも、この飲み物は好みに合うと彼女は思った。

ビル・ヴァレンタインのマティーニもすでに半分になっており、飲みながら、彼は自分たちがいまいる建物の歴史をケイトに語っていた。「この建物が、丘の平地《フラット・オブ・ザ・ヒル》にある他の似たような建物と大きくちがうところは、あのイタリア風の中庭なんだよ」

「フラット・オブ・ザ・ヒル？　それはなんです？」ケイトは訊ねた。

「われわれが住んでいるこの近隣――」

「ビーコン・ヒルのことよ。正しく言えば」キャロルが言った。

「いやいや、そうじゃない。みんな、われわれはビーコン・ヒルに住んでいると言うがね、ここは丘の上じゃないだろう？　われわれが実際にいるのは、川に進出した宅地造成のための埋め立て地だ。だからここは平地《フラット》なのさ」

「名前は何にしろ、わたしはこんな美しいところには住んだことがありませんよ」ケイトは言った。

ビルは、ケイトがぜんぜん知らない、著名な住人の名を長々と列挙し、彼女に向かって地元の歴史を語りつづけた。一方、キャロルはアランの注意をとらえ、彼とミセス・アンダービーを相手に話しはじめた。ビルのひとり語りがつづくあいだも、もう一方の会話は切れ切れに聞こえており、ケイトは彼らがオードリー・マーシャルの話をしていることに気づいた。以降、彼女は、主《あるじ》の話に興味を持とうと努力しつつも、キャロルの言っていること――警察の無能がどうとかいう話にずっと聞耳《ききみみ》を立てていた。ケイトのグラスにはまだ半オンスほどジンが残っていた。ビルが空のグラスに気づいて、もう一杯すすめてくれることに期待して、彼女はそのジンを（もうぬるくなっていて、前より味がきつかったけれど）飲み干し、つづいてオリーブを食べた。空いた彼女のグラスにちらりと目をくれ、ビルがすばやく自分のグラスを空けた。もう一杯飲みますか、と彼に訊ね、ケイトが立ちあがろうとすると、ビルは急いで彼女を押しとどめ、自分が作るからと言った。彼は少し苦労してカウチからえいやと立ちあがり、空のグラスふたつを手にバーへと向かった。うしろめたさにちょっと胸が疼《うず》いたが、他の三人が何を話しているのか、ケイトはぜひとも聞きたかった。彼女はカウチの上で少し体をずらして、彼らのほうに接近した。

キャロルが振り向いて言った。「わたしたち、オードリー・マーシャルの話をしていたの。あのことであなたが不安を感じていなければいいんだけれど。アメリカに着いたとたん、お隣の人が殺されていたのがわかるなんてねえ」

「それじゃあれは公式に殺人ってことになったんですね？」

「ええ、そうだと思うわ」キャロルの目が確認を求め、お客からお客へ飛ぶ。

ミセス・アンダービーが、低音の男性的な声で言った。「そうですとも、あれは殺人だったの。たぶん性犯罪ね。要するに、この町はもう安全じゃないってことですよ。たとえドアマンがいても。うちの息子にも言ったんだけど、こうなったら、スカウトのために、フルタイムの犬の散歩係を雇わなきゃならないでしょうね。だって、安心して道を歩けるのかどうかわかりませんもの。いまじゃご近所の人だって、誰が誰だか見分けがつかないし」

「この近隣がこれまでより物騒ってことはないと思うわよ、ライラ」キャロルが言った。

「どうかしらねえ」

「オードリー・マーシャルはどんなふうに殺されたんでしょうね。どなたか何か聞いていらっしゃらない？」ケイトは訊ねた。授業で一緒になったあの女の子から聞いたことについて、何か裏付けが得られればと思ったのだ。

「いいえ、ボブでさえ、よくわからないと言っていたわ。そして、ボブが知らないとなると……」

「ナイフでやられたんですよ。それに彼女は、体に傷をつけられていたんです」アランがそう明かした。その無頓着な口調は、まるで今後五日間は天気がよくなるらしいとでも言っているかのようだった。全員の目が彼に向けられた。

第二十章

アランの言葉を聞いたあと、ミセス・アンダービーは実際、一方の手を胸に当て、ハッと息をのんだ。「とにかく、そう書いてありましたよ」アランはつづけた。「ネット上に」

「レディット？」ケイトは訊ねた。

「いや、〈グローブ〉紙の記事のコメント欄で読んだんだ。そう聞くと、あんまりあてにならないと思うよね。たぶん、そのとおりなんだろうし。でもコメンターのひとりは、オードリーを遺体保管所《モルグ》に搬送した救急車の運転手と知り合いだって言っているんだ。その運転手は、あんなひどい現場はこれまで見たことがないって言ってるらしいよ」

「まあ」キャロルが言った。

「わたしもきょう同じことを聞きました」ケイトは言った。「ネットで見たんじゃなく、クラスの女の子に教わったんです。彼女はそのことをレディットで読んだそうです。わたしはレディットというのがなんなのかも知りませんけど」

「とにかく、それがほんとじゃないよう祈りましょうよ」キャロルが言った。「そのことが知れ渡ったら、野次馬や記者がこのアパートメントに押し寄せてくるわよ。ほら、前にチャールズタウンでそういうことがあったでしょ――えーと、ほら、あの事件のときよ……」

「もう誰か逮捕されたのかしら？」ミセス・アンダービーが、ケイトとアランのどちらにともなく訊ねた。

「いいえ」アランが言った。「少なくとも、僕の見た範囲じゃ、そういう話はなかったですね。僕もそんなにいろいろ知ってるわけじゃないんですよ」

「あなたは彼女と知り合いだったの？」キャロルが訊ねた。

「うーん……」アランはちらりとケイトのほうを見た。「そうは言えないかな。他のみなさんと同じで、見かけることはありましたけど、そうですね、やっぱり知り合いとは言えません」

「わたしたちは、彼女が入居したとき、うちにお招きしたのよ。そうよね、ビル？」

ビル・ヴァレンタインは、新しい飲み物をケイトに手渡し、もとの席に落ち着こうとしていた。「とっても綺麗な人だったわよ」キャロルがつづけた。「でも、どういう人なのかあの夜にちゃんとわかったとは言えないわね。そもそも彼女は何をしている人だったの、ビル？　出版関係か何か？」

ビルは肩をすくめて首を振った。

「わたしの印象だと、彼女は――」

「だけど、わからないわ。傷をつけられていたっていうのは、どういうことなの？」ミセス・アンダービーが低いしわがれ声でキャロルをさえぎった。

「いやいや、ただの噂ですから」アランが言った。「本当じゃないに決まってますよ」

「警察はずいぶん長いこと現場を調べていたわよねえ」キャロルが言った。

「こちらにももう話を聞きに来ました?」ケイトは訊ねた。

「ええ、供述を取っていったわ。警察はこの建物にいる全員から供述を取ったのよ」

ケイトは一同に、警察が現場到着後すぐに自分の住居を捜索したことを話した。

「連中は捜索令状を持っていたのかね?」ビルが訊ねた。

「いいえ。わたし、どうしていいのかわからなかったんです。まだ着いたばかりだったし――」

「大丈夫、コービンには隠さなきゃならないものなんて何ひとつありませんよ」キャロルが口をはさんだ。「事件が起きたときは、ここにいもしなかったんですからね。だけど警察はなぜ、彼のうちだけ捜索して、他のうちはしないのかしらね」

「たぶん彼のうちがすぐ隣だからってだけじゃないですか」アランが言った。

「きっとそうだわね。あのふたりは知り合いだったの、ケイト? オードリーとあなたのお従兄《いとこ》さんは?」

ケイトはちらりとアランを見やった。「知り合いではあったんです。どの程度の知り合いかはわかりませんけど。でも、警察はコービンにメールして、事件のことを知らせています。ただし、ボストンにもどるように依頼した、とかじゃないと思いますよ」ケイトは二杯目のマティーニをまたひと口飲み、ペースを落とせ、と自分に命じた。二杯目は一杯目よりはるかにおいしく思えたけれども。

「でも、やっぱりわからないわ。さっきの傷をつけられてたっていう話」ミセス・アンダービーが言った。

「誰にもわかりゃしませんよ、ライラ」キャロルが急いで言った。「それがほんとのことなのかどうかもわからないんだし。だけど、もう話題を変えたほうがいいかもしれないわね。ケイト、あなたのことをみんなにすっかり話してちょうだい」

全員の目がケイトに注がれ、彼女は頰が赤くなるのを感じた。コーヒーテーブルにマティーニを置いて、何か言おうと口を開いたが、何を言えばいいのかわからなかった。キャロルが、イギリスのどこの出身なのかという質問により、さらに彼女を促した。

「エセックス州ブレイントリーです」ケイトは言った。「でも、だからって白い目で見ないでくださいね（エセックス州には、「貧しい」「ダサい」等のイメージ、エセックス・ガールと言えば、「頭の悪い尻軽」のイメージがあるという）」ぽかんと見つめ返すみなの顔から判断すると、この一団はエセックスに対してどんな意見も持ち合わせていないようだった。ケイトは、自分の生い立ちや、しばらく肖像画を描いていたこと、いまはグラフィック・デザインの仕事をしたいと思っていることを少しだけ話した。自らについて語るときいつもそうであるように、経歴にぽっかり空いた空白の数年を、彼女はひどく意識していた。大学中退後、ジョージの事件後のあの期間——入院しているか、外に出られず両親と家にいるかだったころのことを。

「それで、アメリカに来るのは今回が初めてなの？」ミセス・アンダービーが訊ねた。

「そうなんです」

「ケイトのために、滞在中にやるべきことのリストを作ってあげましょうよ」こう言ったのはアランで、ケイトはすぐさま、この提案が彼女から注意をそらすための策であることに気づいた。それはうまくいった。全員がいっせいにしゃべりだし、ボストンにいるあいだにケイトが絶対しなければならないことを口々に提案したのだ。目顔で感謝を表そうと、アランのほうに視線を向けたが、彼はケイトを見ていなかった。彼女はしばらく彼の横顔を観察し、その下唇がふっくらしていることに初めて気づいた。この人はわたしを護ろうとしてくれたのだ——そう思うと、愛情がどっと湧きあがるのを感じた。ふたりはまだ三回会っただけなのに、生まれたときから彼を知っているような気がした。急に人目が気になって、ケイトは彼を見るのをやめ、テーブルからグラスを取ると、またひと口マティーニを飲んだ。自分が酔っていることに、彼女は気づいた。まだ冷たいグラスの表面で、指先は感覚を失っている。彼女はカシューナッツをかなりたくさん小鉢からすくい取り、ひとつずつ食べはじめた。

　約二十分後、アランの指揮のもと、一同はボストンにいるあいだにケイトが見るべきもの、やるべきことのリストの決定版をまとめあげた。リストには、イザベラ・スチュワート・ガードナー美術館の見学、フェンウェイ・パーク球場のレッドソックスの試合観戦、〈ネプチューン・オイスター〉のロブスター・ロールを食べること、プロヴィンスタウンへのフェリーの旅、〈コモン〉（ボストン中心部にあるアメリカ最古の公園）の向こう端の私立図書館、〈アシニーアム〉の見学が入っていた。いちばん最後のはアランのおすすめで、その提案をしたあと、彼はケイトに、自分が喜んでお供する、と言った。

　ビルが立ちあがって訊ねた。「帰る前にもう一杯飲みたい人は？」

ミセス・アンダービーが手を挙げ、同時にキャロルが言った。「ビル、お若い人たちはきっと夕食の予定がおありよ」

アランがもの問いたげな目をして、ケイトに顔を向けた。しばらく口を開いていなかったケイトは、全員に向かって言った。「マティーニ二杯が、わたしのマティーニ・リミットみたいです」みんなが笑い、呂律《ろれつ》が怪しかったのだろうかと彼女は思った。

キャロルが玄関までアランとケイトを見送りに来た。ビルのほうはミセス・アンダービーにもう一杯、作っていた。「ごめんなさいね。オードリー・マーシャルの話が途中になってしまって。でも、きっとあれだけで、ライラは何日も眠れないでしょう」キャロルは言った。「わたしからこのアパートメントの管理者に話をしておきましたからね、ケイト。それと個別に、ボブと、サニベルと、あの新しい人、なんと言ったかしら……?」

「オスカー」アランが言った。

「そう、オスカーにもね。三人ともこれから数カ月は、特に用心すると言っていたわ」

廊下でふたりきりになったあと（キャロルは、ぜひまた来てね、今度は夕食にでも、と言っていた）、アランとケイトは無言で見つめ合い、しばらくその場に立っていた。会話のその間《ま》はケイトに、二杯のマティーニでどれほど自分が酔ったかをますます強く意識させた。廊下の壁は、水中で見るもののようにゆらめいていた。

「何か食べたほうがいいみたい」彼女は言った。

「あのグラスは大きかったもんね」アランが言った。

「あなたは何杯飲んだの？」

「二杯。でも、こっちはプロだから」

「ああ、そうよね、わたしはアマチュアなんだわ」

「僕はさほど料理がうまくないけど」アランは言った。「朝食向けのものを作るのは得意なんだ。オムレツを作ってあげようか」

「それはうれしいな」

アランのうちのキッチンには、ケイトのところと同じく、御影石《みかげいし》の天板の大きなアイランドがあった。ケイトはすわって、アランがオムレツを作るのを見守った。彼はワインをすすめてくれたが、ケイトはその代わりに水をもらった。すでに卵を泡立て終えて、彼はいま、ヤールスバーグ・チーズのブロックを裂いている。「野菜がぜんぜんなくて悪いね」彼は言った。

「そんな。そのチーズを食べられたら幸せよ」

「よかったら、パンも焼いてあげるけど」

「ええ、お願いします。もしパンのありかを指さしてくれたら、わたしが焼いてもいいし」

ケイトが全粒粉パンを焼いているあいだに、アランはリビングに行って音楽をかけた。かすかに聴き覚えのあるジャズっぽい曲。テナーサックスとピアノとドラムによる演奏だ。アランがもどってきて、熱いフライパンにバターの大きな塊《かたまり》をすべりこませ、オムレツを作りはじめた。彼は集中しきった表情を浮かべており、それを見たとたんケイトには、子供のころ、学校でスペルのテストをやっているとき、彼がどんな顔をしていたかがわかった。彼女が彼と寝ようと決意したのはそのときだった。

ジョージ・ダニエルズ以来、ケイトは誰ともつきあっていない。もう五年近くもだ。また誰かと親しくなることを思うと、ひどく怖かったけれど、しばらく前から、それが必要なことであるのはわかっていた。自分を殺そうとした男以外、誰とも寝たことがないまま、この世を去る気など、彼女にはなかった。ただし、タイミングは重要だ。まずい時にまずい相手を選んで、またトラウマを負うことを彼女は恐れていた。しかしいま――まさにこの瞬間――条件は完璧だった。彼女は酔っていて、よその国にいる。もし急に逃げ出したくなったら、自分の住まいが同じ建物のなかにある。それに彼女は、アランに惹かれている。また、彼のほうも彼女に惹かれているようだ。また、少々変なところ――たとえば、オードリーに対する執着とか――があるとはいえ、彼は優しそうに見える。いまこそその時だ。彼女は自分にそう言い聞かせた。

この先の展開が見えてくると、食欲はなくなった。それでもケイトはオムレツとバターを塗ったトーストを食べ、そのあいだ、ふたりはキャロルとビルの話をした。アランは彼女に、ビルは昔、大手の航空会社を経営していて、夫婦は毎冬、パームビーチで過ごしていたのだと言った。

「どうしてそんなにいろいろ知っているの?」ケイトは訊ねた。

「前の彼女のクインが聞き出したんだよ。僕たちもあのご夫婦と飲んだんだ。あれはまさに今夜のレプリカだったよ、そう言えば。どうやらクインはテストに合格し、僕はだめだったらしい。キャロルとクインは友達みたいになっていたからね。ふたりは、ビルがゴルフに行く日に、ランチをしたことがあるんだよ。僕のほうはゴルフに誘われなかったけど」

「あなたはゴルフをするの？」

「いや」

「それじゃなぜ自分が悪い印象を与えたなんて思うの？」

「余計な意見を述べたからね。ビーコン・ヒルのアパートメントにはドアマンなんか要《い》らんだろうとか、なんとか。その結果、レクチャーを受けた。それに、あのふたりが僕の鼻の形を気に入ったかどうか、怪しいもんだし」

「ほんとに？　まじめな話？」ケイトは言った。

「いや、そうじゃない。要するに、僕がユダヤ人だからってことだよ」

「ああ」

「僕がユダヤ人だって気づかなかった？」

「ええ。そんなこと考えてもみなかった」

「もしかすると僕の被害妄想だったのかもしれない。でも、あの夜、あそこにすわっているあいだ、僕はずっと考えていたんだ。ふたりに見えているのは、非ユダヤの美女を連れたこの醜いユダヤ人だけなんだ、彼らは自分たちのアパートメントに僕がどうやって入り込んだのか、不思議に思っているんだってね。たぶんあのご夫婦は今夜もまた同じことを考えていたんじゃないかな」

「それってちょっと被害妄想っぽいかも」

アランは笑った。「いや、確かに被害妄想だよ。だからって彼らがそう考えていなかったことにはならないけどね」

「それに、わたしはあなたが醜いなんて思わない」ケイトは言った。「ぜんぜん」

ふたりは皿洗いをし、ケイトはすすめられるままに白ワインを受け取った。食事のおかげで酔いが醒《さ》め、少し前の感覚をちょっとだけ取りもどしたくなったのだ。キッチンがかたづくと、アランはリビングにつぎのレコードをかけに行き、ケイトも彼についていった。音楽（今度もジャズだけれど、女性のヴォーカルが入るもの）が始まり、ケイトは木製のサイドテーブルにグラスを置いた。アランはその横に自分のグラスを置き、ほんの少しためらってから、ケイトを抱き寄せてキスした。ケイトはちょっと身を硬くし、それから緊張を解いて、唇を開いた。ふたりの舌の先が触れ合い、ケイトの脚はへなへなになった。彼女は少し体を離した。

「大丈夫?」アランが訊ねた。

「こういうことは、ずいぶんひさしぶりなの」

「わかった」

「しかも、それにには理由があるの。わたし、厄介なものをかかえてるのよ」

「わかった。よかったら、その話を聞こうか」

「ううん、そのことは話したくない。ただ、変な感じになるといけないから、前もってあなたに知っててほしかっただけ」

アランはほほえんだ。「教えてくれてありがとう」彼の声は少しかすれていた。「備えあれば、憂いなしだ」

レコード・プレイヤーの横に立ったまま、ふたりはまた少しキスをした。レコードの曲のひとつ、「魅せられて」をケイトは知っていた。それは古い歌なので、彼女は自分たちが別の時代、はるか昔の世界に行って、キスしているような気持ちにさせられた。そのことは、ケイトが別の誰か、四六時中、怯えてなどいない誰か、毎週、気軽に熱い情事を楽しんでいる誰かを演じる助けになった。

「どうする……?」アランが言いはじめた。

「泊まりたいかどうか?」

「うん」

「そうする」

ふたりは寝室に移った。うちの他の部分と同じで、その部屋もよくかたづいていた。ダブルベッドはきちんと整えられ、床に放り出された衣類もない。ベッドの上には、シャガールのものとわかる、額入りの複製画が掛かっていた。アランのものなのだろうか、それとも、彼の壊れてしまった関係の形見なのだろうか、とケイトは思った。アランが先にバスルームを使い、そのあとでケイトが使った。部屋にもどってみると、アランはすでにベッドのなかにいた。酔いもいまやすっかり醒め、彼女は緊張していたが、パニックを起こしてはいなかった。心の準備はできている。ジョージ・ダニエルズはもちろん、意識の奥を這いずり回り、ふたりをじっと見ていたが、それにはなんとか対処できた。彼は常にそこにいるのだし、彼女はその存在に慣れていた。

ベッドの裾《すそ》側にTシャツとパジャマのズボンのようなものがきちんとたたんで置いてあるのに、ケイトは気づいた。アランが言った。「何か着るものがほしいかなと思って」こういうことはひさしぶりだと彼女が打ち明けてからずっと、彼はものすごく気を遣っているのだった。ケイトはドレスを頭から脱ぎ、ホックをはずしてブラジャーを取り去ると、彼の隣にもぐりこんだ。シーツはパリッと乾いて、ひんやりしていた。アランはその痩せた温かな体に彼女を引き寄せた。彼の手が一方の胸をそっと愛撫する。彼の口はまだワインの味がした。

＊

彼女は明け方に目を覚ました。寝室にひとつだけある窓は、真珠色のほのかな光に満たされていた。アランは軽くいびきをかいており、その一方の手が彼女の脇腹に載っている。そしてふたりのすぐそばに、ジョージ・ダニエルズが立っていた。彼は狩猟用ライフルを片手に持っていた。もう一方の手で、ズボンのジッパーを下ろしながら、ジョージは彼女に笑いかけた。その口はぽっかり開いた穴にすぎず、歯もなかった。彼の歯はどこに行ったんだろう？　ケイトは不思議に思い、やがてそれが自分の口のなかにあることに気づいた。歯がひと山。小さな尖ったビー玉のように、カラコロと転げ回り、彼女の喉を詰まらせている。

＊

彼女はふたたび目を覚ました。窓は暁《あかつき》の光のなかでほのかに輝いており、前と同じに見えたが、そこにジョージの姿はなく、アランの手ももう脇腹に載ってはいなかった。心臓の鼓動がやや速すぎる。それに、肌はじっとり汗ばんでいた。さっきのは、また夢に現れたジョージにすぎない。夢のなかは、彼が彼女に到達できる唯一の場所なのだ。ケイトはベッドをそっと抜け出し、裸のままバスルームに向かった。明かりのスイッチを入れると、強すぎるまぶしい光——洗面台の上の馬鹿に大きい四つの電球の光が、バスルームにあふれた。彼女は目を閉じ、それからまぶたを細く開いて、徐々に目を慣らそうとした。口が乾いていたので、冷たいブリキ臭い水を蛇口からじかに飲み、そのあと、姿見の自分を見ると、その裸がついさっきあったことを強烈に意識させた。それはよかった。いや、よいどころではない。ふたりはしばらくキスを交わし、シーツのなかでおずおずとお互いに触れ合った。アランが慎重になっているのは明らかで、厄介なものをかかえていると彼に話したことをケイトは後悔しはじめた。しかし彼女が下着を脱ぎ、コンドームがあるかどうか訊ねたあと、アランはリーダーシップを発揮した。最初はゆっくりと、そして、いったん入ってきたあとは、不器用で要求の多いジョージには絶対ありえなかった強い意志を見せて。彼女は楽しんだ。少し離れて成り行きを見守っているような——いま起きていることに大きな幸せを感じつつも、その瞬間に没入してはいないような気分ではあったけれど。終わったあと、アランは彼女の肩の上に顔を埋め、全体重を彼女の体にあずけてきた。彼女には、彼の肺の息の出入りや、ふたりの肌のあいだのべたべたするぬくもりが感じられた。それは彼女にとって愛おしいひとときだった。彼を味わいたいがために、彼女は舌先で彼の首すじに触れてみた。そのことを思い出すと、ついにジョージ・ダニエルズ以外の誰かと交わったのだと、いまも彼女は安堵を覚える。でも、同時に不安でもあった。アランがもたらすあの幸福感にもかかわらず、彼女は彼をほとんど知らないのだ。

明かりを消すと、バスルームは真っ暗になった。ケイトはドアノブをさぐりあて、ほの暗い廊下に出た。寝室にもどると、アランはまだ眠っていた。その顔は枕に埋もれ、一方の脚は掛け布団から蹴り出されていた。

手早く衣類をかき集め、ケイトは服を着るためにバスルームに引き返した。そこに横たわるアラン――無邪気に眠るその姿を見たために、胸のなかで恐怖が暴れだしていた。それはジョージ・ダニエルズが眠るときの格好だった。うつぶせになり、顎の下に片手を入れるというその姿勢は。

ただアランがそういう寝かたをするってだけのことよ。ケイトは自分に言い聞かせた。彼はジョージじゃない。

それでも、ついさっきアランに対して抱《いだ》いたよい感情が、消えていくのがわかった。それは天候の急激な変化のようだった。

ケイトは服を着て、アランの住居を抜け出し、反対の棟へと歩いていった。誰にも会いはしなかったが、タイルの床に響く靴の音は、彼女がどこにいたかはアパートメントじゅうの人が知っているのだと言っているようだった。

部屋にもどってドアを閉めると、自分の心が暴走しはじめるのがわかった。彼女はアランをほとんど知らない。彼はこのアパートメントの女性にずっと執着しており、その女性は死んでしまった。中庭で一度、会ったあと、彼はケイトが夕食を食べている店に現れた。たぶん彼女をつけてきたのだろう。それにたぶん、ヴァレンタイン夫妻の飲み会にも招かれるよう手を打ったのだろう。少なくとも彼は、彼女を口説くことに決め——それに成功したわけだ。しかも、あっという間に。最悪の場合、彼は異常な殺人者ということになる。親指の腹で他の指を三回ずつ、順繰りに連打している自分に気づき、彼女は自らを止めた。

ノックの音がした。そっと、ためらいがちに、誰かがドアをたたいている。のぞき穴をのぞくまでもなかった。**アランだよ。**ジョージの声がした。**追いかけてきたんだ。**それでもケイトは穴をのぞいた。するとそこにアランの顔があった。深刻な、悩ましげな顔。それに、他にも何かがうかがえるのでは？　たぶん小さな怒りが？

ケイトはそうっと靴を脱ぎ、できるだけ静かにドアからあとじさった。ジョージはまだ耳もとでささやいていた。

第二十一章

ケイトはもう少し眠ろうとした。そして、それが無理だとわかると、その日は部屋から出るつもりはなかったが、シャワーを浴びて、服を着た。

Eメール・ボックスを開いた彼女は、マーサもログインしているのを見て、メッセージを送った。おはよう。

五分経過。そのあいだに、ケイトは父からのメールを読んだ。父は、彼女がひどいストレスを感じていなければよいが、と言っていた。それが口述筆記された文章であることは明らかだった。そうでなければ、ただ単純に母が、同じことをまた自分で言うのがいやで、父の名前を使ったかだ。ケイトはアラン・チャーニーを検索しようとした。するとそのとき、マーサから返事が来た。おはよう。

ケイト　調子はどう？　わたしの又従兄《またいとこ》とまたイチャついたりしてないでしょうね？
マーサ　そうしたいけどね。彼、どっか行っちゃったのよ。
ケイト　どういう意味？
マーサ　ずっと姿を見てないの。物音もしないし。別に聞耳《ききみみ》を立ててるわけじゃないけど（真っ赤な嘘）、彼、いないんだよね。
ケイト　いつから？
マーサ　こないだ、会ってからかな。よくわからない。土曜日には音がしたような気がする。
ケイト　おかしいね。
マーサ　彼、わたしのことをあんたに訊かなかった？　あんたが、山に逃げろって言ったんじゃないの？
ケイト　なるべく遠くに逃げるようにすすめたけど。

マーサ　だろうねえ、この性悪女。
ケイト　たぶん彼は、どこかの豪華なフラットを借りて、わたしのうちを出たんじゃないかな。でも、姿を見たら教えてよ。
マーサ　いったいどうなってるの？
ケイト　どうもなってない。ただ知りたいってだけ。じゃあね。

ケイトはEメール・ボックスを閉じた。コービンはどこに行ったんだろう？　こっちにもどる途中なんだろうか？　もしそうなら、なぜ知らせてくれないんだろう？

ケイトはアラン・チャーニーの検索にもどったが、わかったことはごくわずかだった。彼はかつてフェンシングをやっていたらしく、その名前はトーナメントの結果に出てきた。それと、タフツ大学代表チームの一枚の写真、十年前のものにも。前夜、アランがカクテル・パーティーで言っていたことを彼女は思い出した。彼は、オードリー・マーシャルの体に傷がつけられていたことを〈ボストン・グローブ〉紙の記事で知ったのだ。いや、記事じゃない。記事のコメント欄だ。ケイトは〈グローブ〉のウェブサイトに行き、オードリー・マーシャルの記事を見つけた。コメントはいくつかあったが、彼女がどんなふうに殺されたかに触れたものはなかった。彼女は見つかるかぎりの記事とコメントを残らずチェックした。やはりない。そのコメントは削除されたのだろう（考えてみると、大いにありうる）。または、オードリーが何をされたかアランが知っているのには、何か他の理由があるかだ。

パソコンを膝《ひざ》からどけて、ケイトはいきなり立ちあがり、とたんに立ちくらみを起こして、またすわった。昨夜ジンを飲みすぎたせいで、口はまだ乾いていた。もう一度、今度はゆっくりと立ちあがると、キッチンに行き、オレンジ・ジュースを紙パックからじかに飲んだ。いったん飲みだすと、どうにも止まらなくなり、ジュースが顎に垂れてくるまでごくごくと飲みつづけた。つぎに彼女は、バニラ・ヨーグルトを食べた。それでいくらか気分がよくなってきた。

ふたたびリビングにもどって、窓から空模様を見た。よく晴れていて、見渡すかぎり雲ひとつない。ボストンに来て以来、そんな日は初めてだった。ただし川のここから見える区間は、風で小さく波打っており、新しい葉をたくさんつけた近くの樹木は繰り返し幹をたわませていた。ケイトはてのひらを窓ガラスに押しつけた。それは肌に冷たく、彼女は手を通して風の振動を感じ取ることができた。

きょうは散歩でもしてみようか。彼女はそう思い、すぐその考えを退《しりぞ》けた。鍵のかかったうちにいれば安心だ。外界には――外のどこかには、オードリーを殺した犯人がいる。そしてたぶん、その人殺しはいまケイトに興味を抱いているだろう。

考えすぎよ――そう思おうとしたが、うまくいかなかった。オードリーに起きたことは、自分にもかかわりがある。最初はちがったかもしれないが、いまは確かに。コービンはオードリーと関係していた。なのに、そのことで嘘をついている。そしてここ、コービンのアパートメントに、自分はいる。警察だってコービンに興味を持っているのだ。

そして、アランという要素もある。アランと寝るなんて、いったいわたしは何を考えていたんだろう？　仮にオードリーの事件に関与していないとしても、彼は彼女に執着を抱き、なんとか親しくなろうと計画を練りながら、何カ月も何カ月ものぞき見をしていたのだ。まともな人間のすることじゃない。ケイトは思った。でももしかするとわたしは、まともな人間には惹かれないのかもしれない。もしかすると、わたしが惹かれるのは、異常者と決まっているのかも。ジョージ・ダニエルズの一件も、異常者を好む傾向をわたしの内部から消し去りはしなかった。わたしにはまったく別の国にいき、別の異常者を見つける必要があったのだ。ほんの数時間前、のぞき穴から見たアランの歪《ゆが》んだ顔を、ケイトは思い浮かべた。そして彼女は怖くなった。たぶん彼はいま、仕事に出ている。でも、今夜にはまたこの部屋を訪ねてくるだろう。彼女には確信があった。

リビングで電話が鳴った。鋭い耳障りな音だ。ケイトはそちらに向かった。心臓の鼓動は少し速くなっていた。アランはここの電話番号を知っているだろうか？　その可能性はある。番号簿に載っている可能性さえ。彼女は電話をそのまま放置し、やがてベルは鳴りやんだ。数秒が経過し、それはふたたび鳴りだした。まちがいなくアランからだ。ケイトはそう思い、受話器を取るよう自分に命じた。いずれ彼と話さねばならないなら（彼と寝たわけだから、そう、やはり話をする必要はある）、直接会うより、電話のほうが話しやすい。

彼女は咳払いし、受話器を取り、そして言った。「もしもし？」

「ケイト・プリディーさん？」それは女の声だった。

「ええ」

「ボストン市警のジェイムズです。きょうの午前中にそちらにうかがって、もう一度、お宅を見せていただけないかと思いまして」

「いいと思いますけど。あの、令状はありますか？」

「ありませんが。そのほうがよければ、取ることもできますよ」

「いえ、なくても大丈夫でしょう」

「うかがったときに、またお話しさせてください。そのあいだに、うちの警官が前より念を入れてコービンの部屋を調べますので。つまり、いまのあなたのお宅を、ですね」

「ああ。わかりました。コービンは容疑者なんでしょうか？」

「ご質問にはそちらにうかがったときにお答えしますよ。いいですね、ケイト？」

「わかりました」

ケイトは電話を切った。警察は大人数のチームでやって来るんだろうか？　ゴム手袋をはめ、証拠収集用の小さな袋を持った男たちが大挙して？　令状を取っていないなら、それはないだろう。とはいえ、コービンとオードリーとのあいだになんらかの関係があったことを彼らはつかんでいるようだ。前回と同じく、もうすぐ警察が来るのだと思うと、ケイトはまた自分自身で住居内を調べたくなった。ただ同時に、むやみにあちこち手を触れてはいけないのではないか、とも思った。彼女は電話の前で凍りついて立っていた。警察はオードリーのうちの鍵を見たがるはずだ。あの鍵はどこだろう？　ケイトは一瞬、思い出せなかった。それから、もともと入っていた引き出しに鍵をもどした記憶がぼんやりとよみがえった。彼女はキッチンに確認しに行った。そこにその鍵はなかった。印《しるし》のない鍵が複数、そして、ラベル付きのものが数本あったが、〝AM〟のラベルのあの鍵が見当たらない。ケイトは懸命に考えた。オードリーの部屋に行った夜、はいていたジーンズ。まだあのポケットに入っているのかも。そう思って寝室に飛んでいき、衣類を調べてみたが、やはり鍵はなかった。彼女はキッチンにもどって、もう一度、引き出しをさがした。カトラリーのトレイを持ちあげ、その下に鍵が入り込んでいないかも確認した。懸命に頭をしぼったが、何も浮かんでこなかった。記憶にあるかぎり、最後にあの鍵を手にしていたのは、オードリーの部屋を見に行って、もどってきたときなのだ。あのとき、ケイトは向こう側にいたアランの姿を見ている。彼女はちょっと身を震わせ、頭から彼を追い出した。

ラベル付きの鍵をもう一度、全部チェックし、〝倉庫〟と記されているものを選び出した。その鍵は前にも見たことがあった。そのときは、コービンか彼の父親が借りた倉庫の鍵だと思ったのだが、もしそうでなかったら？　もしこれが、この建物の地下にある倉庫の鍵だとしたらどうだろう？　各戸がこんなに広い住居ビルに追加の収納スペースなど必要なさそうだが、考えれば考えるほど、絶対にそうだという気がしてきた。彼女は鍵をぎゅっと握り締めた。この住居内にコービンの私生活を表すものがほとんど見つからなかったのは、そのせいかもしれない。それはすべて彼の倉庫に入っているのだろう。ジェイムズ刑事が来るまでには、まだ一時間ほどある。地下室をざっと見てまわり、何が収納されているか調べるくらいはできそうだ。この考えが頭に入り込むなり、自分がそうせずにはいられないことがケイトにはわかった。それはおなじみの強迫観念だった。もし見なければ、その倉庫には恐ろしいものがあるということになる。その恐ろしいものを追い払うためには、どうしても見なくてはならないのだ。でも、その恐ろしいものとは、なんなんだろう？　殺害された女たちの二分割された死体が果てしなく並んでいるとか？

ケイトは指の腹をトントンと打ち合わせ、その拍子に鍵を落とした。それはスレートの床に当たって、カーンと鋭い音を立てた。

彼女はそれを拾いあげ、キッチンのドアの鍵を開けた。ミセス・ヴァレンタインは、うちのなかをケイトに見せて回ったとき、キッチンのドアからは地下に下りられるのだと言っていた。ケイトはドアを開いた。壁のスイッチを入れると、ほのかな黄色い光が狭くて急な階段室に広がった。まず、そのドアが自然に閉じてしまわないか確かめてから、ケイトは三階下まで下りていった。下に行くにつれ、空気は冷たくなった。階段を下りきった先には、鍵のかかっていないドアがあった。彼女はそれを押し開けて、地下室に入った。薄暗い明かりや湿っぽい壁を予想していたのだが、ぜんぜんそんなふうではなかった。それは、照明の明るい、すっきりかたづいた、広々としたスペースだった。コンクリート打ち放しの床は汚れひとつなく、壁は工場っぽい灰色にきちんと塗ってある。一方の壁ぞいには給湯器の列があり、その向かい側には、パーティクルボードで造られた木のドアが並んでいた。それらのドアはすべて、ステンシルの文字で印が付けられ、南京錠がかかっていた。倉庫だ。ケイトは〝３Ｄ〟と印の付いたドアを見つけ、鍵を試してみた。それはすんなり南京錠に入った。鍵を回すと、錠がカチッと開いた。

ケイトはドアを開けた。それはなめらかに動いた。なかは暗かったが、目の前に何があるかわからないほど暗くはなかった。そこには、血飛沫《しぶき》の散った、オードリーの祭壇などなかった。死体もなければ、血溜まりさえもない。あるのは、山積みの箱、スポーツ用品やＣＤが入ったプラスチック製の籠《かご》だった。ケイトはなかに足を踏み入れ、目が慣れるのを待った。ドーム型の金属の蓋《ふた》が付いたバーベキュー・グリルが、倉庫内に埃《ほこり》っぽい木炭のにおいを添えている。一方の壁際には、安物のフレームに入ったポスターが五、六枚、積んであった。彼女はそのポスターをざっと見ていった。なかのひとつは、ウィーンというバンドのアルバムのジャケットに使われていた下卑た写真だった。女の胴部の写真なのだが、その女はバンドのロゴが入ったプラスチックのベルトを締め、乳房が隠れるか隠れないかのシャツを着ているのだ。ケイトはじっとそれを見つめた。釘付けになって、でも、なぜなのかはわからずに。それ以外のポスターは主《しゅ》として、大学の寮の部屋に飾られていても安っぽく見えそうな、イタリアのスポーツカーのものだった。また、「ファイト・クラブ」のポスターと、「女よりビールのほうがいい十二の理由」を列挙したポスターもあった。

ケイトはいちばん近くの箱を開けた。なかは、ビニールカバーのかかった漫画本で一杯だった。彼女はその一冊を抜き取り（「ファンタスティック・フォー」だ）、もとの場所にまたもどした。それ以外の箱も、中身はビニールカバーに保護された漫画本だった。ひとつの箱には、スポーツカーの雑誌がひと山と、そのなかに隠され、読み古された〈ペントハウス〉が一冊、入っていた。コービンの私物を漁り回っていることに、ケイトは一瞬、うしろめたさを覚えた。

自分のフラットのクロゼットのこと、古いスケッチブックがぎっしり詰まった箱のことが頭に浮かんだ。スケッチブックのなかには、ボーイバンドとユニコーンの絵ばかりが描かれているものもある。コービンがあの箱を漁ったりしないよう、ケイトは祈った。でも、自分は興味本位でのぞき見しているわけじゃない。証拠をさがしているのだ。そしてそう思うと、突然、彼女は馬鹿らしくなった。警察がまもなくここにやって来る。その目的もまた証拠をさがすことであり、彼らは仕事のしかたを心得ているだろう。それに、この倉庫には見るべきものなど何もない。あるのは、コービンがまだ捨てる気になれないという、ただそれだけの品々だ。誰の倉庫だってそんなものではないか。

ケイトは倉庫を出てドアを閉め、同時に、安い木材の削《そ》げが親指に刺さるのを感じた。すぐさま指を口に入れ、それから、目で見て確認した。黒っぽい削げは皮膚《ひふ》の下に透けて見えた。削げの底の隆起部を人差し指でさぐり、押し出そうとしたが、それは深く刺さっていた。上にもどってからなんとかしよう。そう思って、南京錠をかけようとしたときだ。不意に彼女は、ポスターをもう一度、見なくては、という強迫観念に駆られた。あの胸の大きな女のポスター。あれにはどこかおかしなところがあった。彼女はドアを開けて、ポスターの積まれたところに行き、問題のポスターを引き出した。そのフレームは驚くほど軽かった。ポスターの中央には黒っぽい線が縦に走っていた。それがケイトを呼びもどしたものだった。ポスターの四辺はプラスチック製の細い枠にはめこまれている。ケイトはそのてっぺんの枠を抜き取った。すると、左右の枠がはずれた。ポスターにかかっていた薄いビニールもまた、すべり落ちていった。そしてケイトは気づいた。ポスターは中央で切り裂かれている。彼女が目を留めた線は、切れ目だったのだ。ポスターの半分がひらひらと落ちていき、表を上に床に着地した。そしていま、ケイトの目の前には、まんなかから左右に切り裂かれた女の半分がある。

頭からさっと血が退《ひ》いていき、全身が冷たくなった。ケイトは本能的にしゃがみこみ、ポスターの半分を拾いあげて、すべてをもとどおりにしようとした。それからその考えは捨て、とにかくこの倉庫、この地下室を出ることにした。

あともどりして、ドアを閉め、今度こそ南京錠をかけた。

そして、立ち去ろうと向きを変えた。ところがそのとき、給湯器のうしろの暗がりを影がさっとよぎるのが見えた。彼女は立ち止まって、耳をすませた。カリカリという音がする。しゃがみこむと、口に何かくわえてサンダースが出てきた。彼はこちらを振り返った。その目は、光を反射する黄色いふたつのボタンだった。猫が何をつかまえたのか、彼女は見定めようとした。それは、小さなクマネズミか大きなハツカネズミだった。サンダースは獲物を床に落とし、そいつはのろのろと逃げ出した。猫は飛びかかって、前足で獲物を押さえつけた。それから、まっすぐにケイトを見つめ、シューッと威嚇《いかく》の声をあげた。

力の抜けた脚で、ケイトは地下室をあとにした。あの切り裂かれたポスターは何を意味するんだろう？　ずっと折りたたまれていた紙が、時を経て、折り目で裂けてしまったということは、ありうるだろうか？　いや、それはない。あのポスターは破れたんじゃなく、意図的に切り裂かれたのだ。入念に切り裂かれたうえ、もとどおりフレームに収められたのだ。コービンは、女の体を切るという行為にからむ、なんらかの病的妄想を抱いているんだろうか？　そして、ついにオードリー・マーシャルでその妄想を実演したということだろうか？　ケイトはふたたび室内に入った。しばらくは立ったまま、凝《こ》ったパターンで指先を打ち合わせつつ、考えに耽《ふけ》っていた。

リビングにもどった彼女は、外の廊下の騒がしさに気づいた。のぞき穴をのぞくと、制服警官を二名従え、ジェイムズ刑事がやって来るのが見えた。ケイトはのぞくのをやめ、キッチンに行って、水を一杯、飲んだ。

ノックの音がした。ケイトはジェイムズ刑事を二名の制服警官とともに迎え入れた。

「お話ししなければならないことがあるんです」刑事が入ってくるなり、ケイトは言った。

「いいですとも。すわりましょうか」

制服警官たちは、指示されなくても、やるべきことがわかっているようだった。彼らは手袋をはめながらキッチンに向かった。ケイトは彼らのベルトに収められた銃に目を向けまいと懸命に自制した。

刑事はカウチに浅くすわり、黒いパンツスーツの脚をなでつけ、それから言った。「大丈夫ですか？　動揺なさっているようですが」

「オードリー・マーシャルは体に傷をつけられていたんですか？」

刑事の顔は変わらなかったが、ケイトはその目に変化を認めた。興味の色、それと、懸念を。

「どこでそれを聞いたんです？」

「いま行っている学校である女性と知り合ったんですが、彼女がインターネットでそういう話を読んだと言うんです。そのあとにも、やはりネットで見たという人から話を聞きましたし。彼が読んだ記事のコメント欄に、そのことが出ていたらしいんです」情報源の一方はアラン・チャーニーだと自分が言わなかったことを、ケイトは意識していた。でも、もしも刑事に訊かれたら、言うつもりだった。何もかも刑事に話そうと彼女は決めていた。

ジェイムズ刑事はケイトの言葉にゆっくりとうなずいた。彼女は選択肢を検討しているようだった。「あまり詳しくはお話しできませんが、そうなんです、ケイト。オードリー・マーシャルは、死んだあと、複数箇所に傷を負わされていました。このことは誰にも話さないようお願いします。わたしたちはまだそのことを報道機関に発表していませんので。どうやら誰かがすでに漏らしたようですけれどね」

「わかりました。誰にも言いません」ケイトは言った。「彼女はどんなふうに切られていたんでしょう？　つまりですね、どこを切られていたんですか？」

「なぜそれを知りたいんです？」

「コービンが――親戚のコービンが、オードリーの死に何かのかたちで関与しているのは、確かなので。わたし、地下の倉庫に行ってみたんです――」

「この建物の地下の？」

「ええ」

「それはいつのことです？」

「きょう。ついさっき、刑事さんが来る前に」

ケイトは自分が何を見つけたかを話した。あのセクシーな女のポスターのこと、それがまんなかから縦に切り裂かれ、その後またフレームに収められていたことを。説明しながら、彼女は思った。この話は妄想っぽくはないだろうか？　しかし刑事は興味を見せており、浅くすわったカウチの上で、その背は前より少し高くなっていた。ケイトが話し終えると、刑事は礼を述べ、一本、電話をかけさせてほしい、と言った。彼女は立ちあがり、携帯電話を取り出して、窓辺に歩いていった。誰に電話したにしろ、話は一分足らずで終わり、刑事は携帯をしまいながら、ケイトのところにもどってきた。

「オードリー・マーシャルの死因は、ナイフによる喉の裂傷です。しかし死後に負わされた傷もありました。頭から胴のいちばん下まで走る一本の裂傷です」刑事は自分自身の中央に上から下へ指を走らせた。

「ああ」ケイトは言った。脳みそがただちに、めくれた皮膚、露出した頭蓋骨を描きはじめる。喉の奥に苦いものがこみあげてきた。

「そもそもあなたはなぜその倉庫に行ったんですか？」ジェイムズ刑事が訊ねた。「あなたには他に何か、従兄さんを疑う理由があるんでしょうか？」

ケイトは長く深く息を吸い込んで肺を一杯にし、それから息を吐き出した。この刑事にすべて話さねばならないことはわかっていた。彼女は口を開き、まず、アラン・チャーニーから聞いたことを話した。アランのうちからオードリー・マーシャルのうちのなかが見えることや、彼がコービンとオードリーがつきあっていると確信するようになったこと、ふたりがキスするのを見たことを。

　きっと、アラン・チャーニーがなぜオードリー・マーシャルをのぞき見していたのか訊かれるだろうと思ったが、その質問は出ず、刑事はこう訊ねた。「コービンとオードリーのあいだに男女の関係があったとしても、あなたにはなぜそのことがそんなに疑わしく思えるんでしょう？　他にも何かあるはずですよね」

「それは、彼がそのことを否定したからですよ。でもアランは、ふたりはつきあっていたと言っています。それに、オードリーの友達のジャックも――しかも彼は、コービンが事件に関与していると思っているようなんです」

「あとでジャック・ルドヴィコの話にもどって、彼との会話についてぜひもっとうかがいたいんですが、まずは、この点から――従兄さんに疑いを抱くようになった理由は他にも何かありますか？　どうやらあなたはあちこち調べ回っていたようですが……」

「前に、従兄が持っていたオードリー・マーシャルのうちの鍵のことをお話ししましたよね」

「ええ」

「そのこともあります。もちろん、それについてはいくらでも理由が考えられますけど。なんと言っても、彼はお隣だったわけですから。あとは、倉庫で見つけたものですね。切り裂かれたポスター」

「その倉庫の鍵は、いまお持ちですか？」

「ええ、ここに」ケイトはジーンズの前のポケットに手を入れたが、そこに鍵はなかった。彼女は立ちあがって、他のポケットをさがした。やはりない。

「引き出しにもどしたのでは?」ジェイムズ刑事が訊ねた。

「ああ、きっとそうですね」ケイトはそう言って、キッチンに向かいかけた。

「大丈夫」刑事は急いで言った。「こちらで見つけますから」

ケイトはまた腰を下ろした。そう、いま思い出した。鍵はキッチンの引き出しにもどしたのだ。「すみません」彼女は言った。「ずっと眠ってないものですから。それにこのアパートメントで事件が起きたことで、気が動転しているんです」

「当然ですよ」ジェイムズ刑事はそう言うと、ケイトを安心させるため、手を伸ばして、指を二本、ちょっと彼女の膝に乗せた。ケイトはそのしぐさに覚えがあった。それに、刑事の見せたかすかなほほえみにも。これまでの短い人生で、何十人もの精神科医やカウンセラーとかかわってきたから。でも自分は頭がおかしいわけではない。いまはちがう。その証拠に警察がここにいる。本当に隣室で殺人事件が起きたのだ。そして、コービンがなんらかのかたちで事件に関与している。

「ルドヴィコについてもっと教えてください。彼の名前のスペルはわかりますか?」

「わかりません。聞こえるまんまじゃないかしら」ケイトは言った。「でも、どうして?」

「なぜなら、前回あなたとお話しして、あなたがその男と話したことをうかがったあと、彼について調べようとしたところ、なんの情報も出てこなかったからです」

「彼は警察署に行っていなかったんですか？」

「ええ、来ていません。彼は、行ったと言ったんですね？」

ケイトは思い出そうとした。鍵をどこに置いたか思い出せなかったことで、彼女はまだ動揺していた。突然、記憶のすべてが非現実的に思えてきた。「そうです」ついに彼女は言った。「まちがいありません。彼は情報がほしくて、このアパートメントに来たんです。警察に行ったけど、何も教えてもらえなかったと言っていました。確か、聴取を受けたと言っていたと思います」

「そのときの会話の内容は、もう全部、話していただきました？」

ケイトは思い返してみた。「ええ。彼はオードリーの友達なんです。でも彼女に対して特別な感情があるのは明らかでした。それと、ホテル関係の仕事をしていると言っていました」

刑事は猛スピードで手帳にメモを取っていた。彼女は顔を上げて訊ねた。「彼がどんな男だったか説明できますか？　容姿はどんなでした？」

ケイトは懸命に考えた。なぜか変わってしまったあの自分のスケッチを、彼女は何度も目に浮かべた。もう少しでそれを取りに行くところだったが、気を変えてこう言った。「よかったら、彼の絵を描きましょうか？　口で説明するより、そのほうが得意なので」

「ええ、ぜひ」ジェイムズ刑事は言い、ケイトに手帳と鉛筆を渡した。

彼女はすばやくジャック・ルドヴィコの絵を描いた。彼を男というより少年ぽく見せる小振りな目鼻、突っ立った髪の毛。描いていると、スケッチブックのあの奇妙な絵が絶えず脳裏に飛び込んできて、彼女の記憶の通り道をふさぎ、おかげで今回の彼の目も、どこがいけないのかはわからないが、なんとなくおかしくなってしまった。それでも彼女は刑事にその絵を渡した。

「髪の色は赤です。前にお話しすべきでしたね」

「覚えておきますよ。絵がとてもお上手なのね。助かります」刑事は言った。

「完璧じゃありませんけど。彼とは一度、会っただけなので」

「これで充分ですよ。ありがとう。もうひとつ、お訊きしてもいいですか？ あなたとコービンが住まいの交換を決めたのはいつのことでしょう？ 彼が最初に連絡してきたのがいつなのか、わかります？」

ケイトは思い返してみた。日曜の夕食のあと、母が住まいの交換の件を切り出したことを、彼女は思い出した。あれは二月の終わりだった。または、三月の初めか。日はまだ短かった。

「二月の終わりごろです」彼女は刑事に言った。

「どの日かまではわかりませんか？」

「うーん。二月の最後の日曜か、三月の最初の日曜ですね。母に訊いてみましょうか。きっと覚えていますから。もし覚えてなくても、たぶんどこかに書き留めているでしょう」

「それはありがたいですね」ジェイムズ刑事は手帳を閉じ、立ちあがろうとして、うしろに軽く身を傾けた。ケイトは、刑事の姿勢の完璧さ――まっすぐ伸びた背中、うしろに引かれた広い肩に気づき、自分も少しいずまいを正した。

刑事が立ちあがるより早く、ケイトは訊ねた。「つまり、コービンはオードリー・マーシャルと関係していたんですね？　刑事さんがここにいらしたのは、だからなんでしょう？」

「そうです。オードリーは日記をつけていました。そこに彼のことが書かれていたんです。それに、わたしたちはオードリーの友達のひとりから、ふたりがこの数カ月、つきあっていたという証言を得ています」

「まあ」そうではないかと思っていたのに――いや、実は知っていたというのに、はっきり告げられると、やはりそれは驚きだった。「じゃあ、ふたりはほんとに関係していたんですね？　彼はほんとに容疑者なんですね？」

刑事はほほえんで、ごつい腕時計のバンドの下の手首を掻いた。「彼はほんとに重要参考人なんです、ケイト。わたしたちはぜひ彼と話したいと思っています」

「もう話したのかと思ってました」

「Eメールのやりとりはありました。でもロンドンの警官があなたのフラットに事情聴取に行ったところ、彼は不在だったんです」

「ええ。彼はそこから消えてしまったんですよね」

「どうして知っているんです？」

ケイトは友達のマーサのことを刑事に話し、彼女がずっとコービンを見ていないことを伝えた。

「もしマーサとまた連絡を取るなら、彼が出入りするのを見ていないか、訊いてみていただけますか?」

「そうします。彼は逮捕されるんでしょうか?」

「わたしたちはただ、ぜひ彼と話がしたいだけです。なるべく早くですね」

刑事の携帯電話が鳴り、彼女はポケットからそれを取り出した。「よかった。着いたのね。上がってきて。オードリー・マーシャルの部屋のすぐ先。廊下の突き当たり」彼女は通話を終えたが、ケイトに話しかけたときも電話は持ったままだった。「いま、一緒に捜査に当たっているFBI捜査官も上がってきますので」

「どうしてFBIが?」

「実はね、ケイト、今回の犯行は過去に起きた二件の事件と関連している可能性があるんですよ。そのうち一件はコネチカット州で起きていて、そのときにFBIが捜査にかかわったわけです。わたしたちはあらゆる手がかりを追っています。あなたが下の倉庫で見つけたものにも、わたしは大いに興味があります」

ノックの音がし、刑事はパッと立ちあがって、ドアを開けに行った。白のトップの上に黒い革のジャケットを着たアジア系の女性が入ってきた。彼女はケイトとさして変わらない年に見えた。刑事がその女性、アビゲイル・タンをケイトに紹介し、それから言った。「では、ケイト、一緒に倉庫に行って、あなたが見つけたものを見せていただけますか?」

第二十二章

目を覚まして、ケイトがいなくなっているのを知ったとき、アランには何かがおかしいことがわかった。彼女の気持ちが変わったのは明らかだ。そうでなければ、行く前に、さよならくらいは言っただろう。携帯電話で彼女にメールを打とうとし、初めてアランは彼女の番号を知らないことに思い至った。彼はベッドを出て、ジーンズをはき、Tシャツを着た。それから森閑《しんかん》とした建物のなかを通って反対の棟まで歩いていき、ケイトのうちのドアをノックした。彼女はそこにいた。そのドアの向こうに。彼にはそれがわかった。音はしなかったが、気配が感じられたのだ。黒いのぞき穴がじっとこちらを見つめている。すると突然、彼女を追ってきた自分に対し、怒りが湧きあがった。彼は部屋に帰って、靴を脱ぎ捨て、つぎにどうすべきか考えた。いつもより何時間か早く起きてしまったが、神経が昂《たかぶ》りすぎていて、再度ベッドにもどることなど考えられない。胃はむかつき、妙に虚《うつ》ろな感じがするし、頭のどこかに鈍い痛みもあった。彼は水を二杯飲み、アスピリンを何錠か流し込んだ。

彼が軽い二日酔いなら、おそらくケイトも二日酔いだろう。たぶんこっちよりもひどいはずだ。もしかすると彼女は目を覚まし、気分が悪くなって、うちに帰ったのかもしれない。あるいは、目を覚まし、自分たちのしたことが恥ずかしくなったのか。彼女は厄介なものをかかえているとと言っていた。それに、もう長いこと誰ともつきあっていない、とも。彼はその点に気を遣い、強烈な欲望とともに情緒的な何かに圧倒されつつも、ゆっくり事を進めたのだ。終わったあと、ふたりが胸を合わせ、双方の呼吸が同調しているとき、彼は、いままでその存在に気づいてさえいなかった自身の傷が癒《いや》されるのを感じた。

なのに彼女は逃げてしまった。

じっとしていられず、彼はポットにコーヒーを作り、空腹でもないのに、インスタントのオートミールをレンジで温めた。それから、コンピューターを起動し、仕事用のEメール・アカウントにログインして、起きたときからどうも胃の具合が悪いので、きょうはうちにいようと思うと上司にメッセージを送った。窓辺にすわって、中庭を眺めながら、彼はコーヒーを一杯飲んだ。そこにすわっていて、なおかつ、オードリー・マーシャルの窓に釘付けになっていないのが、不思議に思えた。亡くなってまだ一週間足らずなのに、アランの人生における彼女の重要性はすでに小さくなりだしていた。

その日はよく晴れていたが、風が強かった。アパートメントの中庭では、ビニールの袋がひとつ、くるくる飛び回っていた。七時ちょっと過ぎ、ロビーのドアがふわりと開き、ビジネス・スーツの男がひとり、新聞を小脇にかかえて、外に出てきた。アランの知っている男だったが、名前は思い出せなかった。金融アナリストだな、と彼は思った。まったく姿を見せない妻と暮らす一階の住人だ。男が中庭を進んでいくとき、さきほどのビニール袋がその右の靴にからまった。男は身をかがめて、袋を引きはがすと、まるで毒物でも持つように大きく手を伸ばしてそれを持った。その格好のまま、男はしばしためらっていた。男が選択肢を検討していることが、アランにはわかった。この袋は中庭に放り出して、誰かに始末させるべきなのか、それとも、自分で捨てに行くべきなんだろうか？　男は袋を放り出し、スーツのズボンで指をぬぐうと、そのまま歩きつづけた。

アランは見張りを続行した。もしもケイトがきょう外出するなら（しない可能性も大いにあるが）、そのとき彼は駆けおりていき、彼女を質《ただ》すことができる。彼女は自分と話をすべきだ。この部屋から逃げたくなるような何があったのか、きちんと話すべきなのだ。彼女を追いかけ、つかまえるという行為が、どう見えるかはわかっていたが、それでもかまわなかった。それに、再度、部屋を訪ねてドアをノックし、彼女がなかにいるのに応えないのだと気づかされるより、そのほうがましだ。こうなったのは、彼女の側の羞恥心のせいだろうか、それとも、こっちが何かまずいことをしたせいなんだろうか？　彼は前夜の記憶を浚《さら》って、ヒントをさがしたが、思い当たるふしはなかった。

その朝、彼は一度だけ窓辺を離れ、大急ぎでバスルームに飛んでいって、ざっと顔を洗い、歯を磨き、きれいな服に着替えた。もどってくる途中、キッチンに寄って、深皿のなかで凝固《ぎょうこ》している食べなかったオートミールをのぞきこみ、その後、七面鳥の肉ひと切れをスイス・チーズひと切れと一緒に丸めて、それを手に窓辺の持ち場にもどった。郵便配達人が現れ、サドルバッグから大きな小包を取り出しながら、えっちらおっちら中庭を歩いてくるのを、彼は見た。アパートメントの住人が何人か通り過ぎ、火曜の朝の日差しのなかに出ていくのも。また、ミセス・アンダービーが飼い犬と一緒に中庭に出てきて、リードからそのパグを解き放ち、植え込みを嗅ぎ回らせて、おしっこの場所をさがさせるのも。一度、大風が吹き寄せ、ミセス・アンダービーは転倒すまいとしてスタッタースステップを踏んでいた。

十一時ごろ、アランは、グレイのセダンが二台、ベリー・ストリートに停まるのを見た。車はどちらも道路に突き出した格好で、並んで斜めに駐車された。アランにはそれが警察であることがわかった。じっと見ていると、一方の車から黒っぽいスーツを着た長身の女性が、もう一方からは制服警官が二名、降りてきた。しばらく打ち合わせをしたあと、三人は中庭を進んできてロビーに入った。アランは、その女性刑事を以前に見て知っていた。理由はわからないが、彼らはオードリー・マーシャルの部屋にまた行くのだろうと思った。彼の目があの部屋の窓へと向かう。なかは暗かった。それでも、彼はかすかな動きをとらえた。まるで、誰かがたったいま、寝室の窓のカーテンから手を離したかのようだった。アランはいずまいを正し、カーテンが動いたような気がする箇所を凝視した。この建物のうしろにぬっと立ち、さらさら揺れているカエデの巨木。彼はその影を認めた。さっき見えたのはそれ――窓に映る木の動きだったのだろうか?

アランは真正面のリビングの窓に視線をもどした。そのカーテンは途中までしか引かれていない。彼は警察が入ってくるのを待った。室内にすでに誰かいるとしたら、警察がその人物を見つけるはずだ。仮に誰かいるとしても、おそらくそれは別の警察官だろう。アランは理性的に考えるよう自分に命じた。ただ、いまの気分はとても理性的とは言えなかったが。

数分後、警察が来た目的がオードリーの部屋の再捜索でないことがはっきりした。となると、彼らはどこにいるのだろう？　またケイトの部屋に行ったのか？　もう一度、捜索を行うために？

向かいの窓に集中しきっていたアランは、ロビーから出てきた男を危うく見逃すところだった。男は足早に中庭を歩いていく。それはアランの知らない男で、このアパートメントの住人なのかどうかも判然としなかった。髪は赤く、筋肉質で小柄だった。その外見は、ケイトが話してくれたジャックなんとかの容姿に一致していた。オードリーの元恋人を自称する男。彼女の部屋にいたのは、こいつなんだろうか？　しかし、仮にそうしたくても、アランが追いかけ、追いつくには、男のスピードは速すぎた。彼はオードリーのうちの窓に注意をもどした。やはり動きはない。アランは通りに目を向けた。車が一台ぎりぎり通れるスペースだけを残し、警察車両が駐まっているところに。その二台の近くに、ついさっきロビーから出てきたあの男がいた。そいつは歩道に立って、建物を見あげている。ちょうどケイトのうちの窓があるあたりをじっと。

アランは靴をはき、キーホルダーと革のメッセンジャーバッグをつかみ取って、ドアから飛び出した。その男にどんな言葉をかけるのか、具体的なことはまだ決まっていなかったが、ただ窓辺にすわって何かが起こるのを待っているよりは、こうするほうがましな気がした。彼は階段を一気に駆けおりた。しかしロビーと中庭を通り抜けるときは、イカレたやつに見えないよう、さりげなく歩いていった。ベリー・ストリートに出ると、右手を見たが、ジャックの姿は消えていた。彼はチャールズ・ストリートの方角に目を向けた。すると、歩道をはずむように歩いていくジャックの姿が見えた。アランはあとを追った。

ジャックは（もしそれが本当にジャックならば、だが）チャールズ・ストリートまで行かずに、左に折れてブリマー・ストリートに入った。アランは相手を見失わないよう少し足を速めた。しかし彼がブリマー・ストリートに入ったとき、そこに人影はひとつもなかった。アランはそのまま歩きつづけた。あの男が建物の隙間のどれかに飛び込んだ可能性を考え、絶えず左右に目を配っていたが、ブリマー・ストリートは両サイドともほぼずっと、赤煉瓦のアパートメントの連続だった。隠れる場所はどこにもない。

「僕をさがしてるのかな？」

その声にアランは振り返った。ジャックが背後にいた。アランは通りに目を走らせた。この男はどこに隠れていたんだろう？　大きく枝を広げた木——イチョウが一本、そこにあった。たぶんジャックはそのうしろにいたのだ。

「そうなんだ」アランは言い、自分の声が少し震えているのに気づいて、きまり悪さを覚えた。

「きみの名前を訊いてもいい？」

「訊いてもいいさ。だけど、教えるかどうかはわからないよ」よく目立つ犬歯をむきだし、彼はほほえんだ。くしゃくしゃの短い髪が風にそよいでいる。

「ジャックっていうんだよね？」アランは訊ねた。「オードリー・マーシャルの友達でしょう？」

「どうしてそれを知ってるんだよ?」ジャックは訊ねた。相変わらずほほえみながら。だがいま、その目にはとまどいの色があった。

「あてずっぽう。僕はきみがあのアパートメントを出ていくのを見たんだ。僕もあそこに住んでいて、きみのことを聞いたことがあるんだよ。きみは前にもあのアパートメントを訪ねてるよね?」

ほんの一拍、ジャックはためらった。「うん。何回か」

「やっぱり。僕はアランだ」

ジャックが手を差し出し、アランはその手を握った。

「じゃあ、きみはオードリーと知り合いだったんだな? 彼女からきみの話を聞いた記憶はないけど」

「いや、知り合いじゃない。でもコービンのことはちょっと知ってるし、いまコービンのうちにいる、彼の親戚のケイトとは友達なんだ。彼女が僕に、きみと会ったと話してくれたんだよ。きみはいつからオードリーを知ってたの?」

「大学時代から。でも、そのうち疎遠になってしまってね。彼女がここに越してきたとき——ボストンに来たときに、また連絡を取り合うようになったんだ」風で何かが目に入ったのか、ジャックは何度か瞬《まばた》きした。

車が一台、角を回って現れた。運転手が特定の場所をさがしているのか、それはゆっくりと進んでいる。ジャックは去っていく車を見送ったあと、そのもの問いたげな黒い目をふたたびアランに向けた。「それで、いったいなんの用なのかな？　きみはあのアパートメントから僕をつけてきたんだろ？」

「あそこで何をしてたんだ？」

「どこで？　オードリーの部屋でってことか？　そんなこときみには関係ないね」

「じゃあ、きみはやっぱりオードリーの部屋にいたわけだ」

「それもさ。きみには関係ないことだ」言葉こそ攻撃的だったが、ジャックの態度はそうでもなかった。彼は相変わらず、あの凝《こ》り固まった狼みたいな笑いを顔に浮かべていた。アランは、ジャックをつけてきた理由を思い出そうと自分があがいているのを意識した。

「わかった」ついに彼は言った。「じゃあ、僕がきみを見たことを警察に知らせても、きみは気にしないわけだな？」

「どうぞどうぞ、いますぐそうしてくれ。なんなら僕が自分で警察に話そうか。こっちには隠すことなんて何もないんだからな」

　ますますばつが悪くなりながら、アランは言った。「いいかい、僕はきみを責めてるわけじゃないんだ。でも、うちのアパートメントで殺人事件があったあと、きみがこそこそうろついてるのを見たもんだから……」

「うん、わかってる。いやな思いをさせて悪かったね。かまわないから、僕を見たって警察に言ってくれ。僕があそこに行ったのは、ただ……」その声が途切れ、アランはジャックの目が涙に曇るのを見た。

「ごめんよ」アランは言った。

ジャックは顔をそむけて、向かい風を受けながら、拳で一方の目をこすった。アランが何か会話を締めくくる台詞をひねり出そうとするなか、ふたりはしばらく無言で立っていた。

ついにジャックが言った。「警察から何か聞いてない？　コービンはイギリスから連れもどされるのかな？」

「いや、僕は何も聞いてない。きみはコービンが事件に関与してると思ってるの？」

まるでわかりきった馬鹿なことを訊かれたかのように、ジャックの顔にとまどいの色がもどってきた。「そうとも。やつがやったのさ。オードリーはやつとの関係についてすっかり僕に話してくれた。やつが一緒に外出しようとしないことや、嘘ばっかりつくことをね」

「そのことを警察に話した？」

「うん、警察にも話したし、いまやつのうちに住んでるあの若い女の子にも話した。やつがもどってくる前に、彼女はあそこを出たほうがいいんだ……」

「きみは彼がもどってくると思ってるんだね」

「いや、それはないだろ」ジャックは言った。「つまりね、もどってくることはくるさ。警察が連れもどすだろうから。でも、自らもどってくるとは思えない。僕ならもどらないもんな。仮にやつがもどってきたら、僕がこの手でやつを殺してやるよ。冗談じゃなくね」

あのユーモアのない奇妙な笑いがもどってきた。それを見て、アランは思った——彼は殺意を抱《いだ》く男というより、バーベキュー・パーティーでちょっと卑猥《ひわい》なジョークを言っている郊外の若いお父さんみたいだ。

第二十三章

ケイトがふたたび部屋にひとりになったのは、夕方近くになってからだった。ジェイムズ刑事とあのFBI捜査官を倉庫に案内し、例の切り裂かれたポスターを見せたあと、彼女は上の自宅に送り返された。リビングで、ノートパソコンを見ながら、彼女は待った。制服警官二名は全部の部屋を徹底的に捜索していた。

「わたしはここに住みつづけてもいいんでしょうか?」ジェイムズ刑事が帰るとき、ケイトは彼女にそう訊ねた。

刑事はまっすぐにケイトの目を見て言った。「さっきも言ったとおり、コービン・デルは重要参考人です。オードリーの日記によれば、ふたりは交際しており、別れかたはあまりいいものではなかったようです。わたしたちと話したとき、コービンは彼女のことはほとんど知らないと言いました。当然ながら、そのことはわたしたちの興味を引き、他には容疑者がいなかったことから、彼はリストの上位に上がってきたわけです。そうは言ってもね、ケイト、あなたの従兄《いとこ》さんを隣室の事件に結びつけるものは、他に何ひとつない――本当の意味での証拠はひとつもないんです。もしコービンがこっちにもどってくる途中なら――実際はちがうわけですが――そのことはわたしが真っ先にあなたにお知らせします。彼がパスポートを使えば、警察には必ずそれがわかります。ですから、ここに住みつづけても、あなたは大丈夫だと思いますよ。ご自身が殺人事件の容疑者の部屋にいるのが、いやでなければ、ですが」ジェイムズ刑事は、その真っ白な歯がほんの少しのぞく程度に、ほほえんだ。

「なぜ彼はオードリーを知らなかったと主張しているんでしょう?」

「それこそ、わたしたちが解明しようとしていることですよ」

「理屈に合いませんよね。そんなことを言えば、怪しく見えるだけですもの。もし彼が犯人なら、なぜ嘘をつくんです? ばれるに決まっているのに」

「わけがわからないでしょう?」そう言ってから、刑事は付け加えた。「いいですか。わたしはあなたを蚊帳《かや》の外に置いたりはしません。コービンに関連することで何かあったら、真っ先にそれを知るのはあなたです。お約束しますよ」

「ありがとうございます」

「あなたと同じアパートメントに住んでいるという例の女性ですが、その人の電話番号はわかりますか? マーサでしたっけ……」

「ええ、マーサ・ランバート」

ケイトは携帯電話を取ってきて、マーサの番号を刑事に教えた。

刑事が去ったあと、ケイトは、どこをかきまわされたのか確かめようとしながら、住居内をさまよい歩いた。しかし、たぶん盗掘されたであろう書斎のクロゼット以外は、すべてが前と変わりなく見えた。彼女は窓からベリー・ストリートを眺め、刑事の車が発進し、川のほうに向かうのを目にした。空は翳《かげ》っていた。風が強まり、窓をたたいてガタガタと揺らしている。つぎに何をするかを決めかね、何分とも思える時間、ケイトはただ立ち尽くしていた。そうしている時が長引けば長引くほど、不安は増していった。何かしなくてはいけないことはわかっていたが、それでも動くことができなかった。昼食を作ろうか、学校で出た宿題をやろうか。あるいは、ちょっとスケッチを描いてもいい。たとえば、さっきの刑事を（フルネームはなんだっけ？　ロバータ・ジェイムズ？）まだ記憶が新たなうちに描くとか。だけど、アランのことはどうしよう？　彼が仕事からもどり、また会いに来たら？　きっと彼はそうする。でも、こっちもずっとうちにこもっているわけにはいかない。永遠に隠れているわけにはいかないじゃない？

ついに彼女は、意志の力で脚を動かし、ノートパソコンを取りに行った。マーサがネットに接続しているかもしれない。もしそうなら、コービンがフラットに現れたかどうか訊いてみよう。

ケイトはパソコンを寝室に持っていった。寒かったので、ベッドに上がって毛布の下にもぐりこんだ。

Eメール・ボックスを開いて、連絡先のリスト上でマーサの名前をさがしたが、彼女はログインしていなかった。そこでケイトは、短いEメールを送った。コービンの気配ある？　それとも、完全に消えちゃった？　彼女は他のメールに目を通した。ほとんどが、セールスや宣伝だった。

彼女は別のブラウザを開き、〝まんなかで切られた女性〟で検索をかけた。出てきた情報はなぜかほとんど、中年女性のヘアスタイルに関連するものだった。そこで、〝半分に切られた女性〟と入れてみると、動画（どれもケイトの見たくないもの）へのリンクが複数、現れた。マジシャン関連のリンクもいくつかあった。ケイトは「死体損壊」と入れてみて、報道記事を見ていった。膨大な件数だったが、スクロールしつづけると、ついに三年前の新聞記事が見つかった。「死体損壊事件。被害者は、メイン州ポートランドの看護学校生、レイチェル・チェス」。ケイトは記事をクリックした。それは、グロスターのある新聞のローカル・ニュースだった。遺体は、ニューエセックスのビーチで、早朝、貝殻拾いの人により発見されている。警察は詳細をすべては明かさず、ただ、死後につけられた傷があったとだけ述べていた。ケイトの思考はすぐさま、最初に住居内を調べたときコービンの箱で見つけたあの写真へと飛んでいった。ビーチの黒髪女性。写真の裏に記されていた彼女の名前は、レイチェルだった。

ケイトはからみつく毛布と格闘し、ベッドから下りた。うちのなかを駆け抜けていき、書斎のクロゼットの扉を開く。箱は全部、消えていた。あの写真が入った箱もだ。そうだろうと思っていた。証拠物件として箱ひと山が運び去られるのを見ていたから。もしコービンの写真の女性が、本当に殺害されたレイチェル・チェスなら、警察もそのことに気づくだろう。彼女は寝室へと引き返していった。それから途中のリビングで、自分の見つけた他の写真のことを思い出した。『エンダーのゲーム』にはさんであった数枚の写真。彼女はもう一度、その本を見つけ出し、なかの写真を取り出して、扇状《おうぎ》に広げた。そばかすのある綺麗な女性が徐々に近づいてくるカメラを見つめている。ケイトは写真を手に寝室に向かった。ところがキッチンの前を通りしな、ガリガリという音を耳にし、足が止まった。地下に通じるキッチンのドアに歩み寄り、彼女は耳をすませた。ふたたびガリガリという音、そして、ニャアと鳴く声が聞こえた。二インチほどドアを開けると、サンダースが隙間から無理やり入ってきて、一直線にリビングに向かった。ケイトはドアを閉め、鍵をかけた。サンダースがもうあの瀕死のネズミをくわえていないのがありがたかった。

寝室にもどった彼女は、レイチェル・チェスの事件について、ネットの情報をさらに調べた。この件では逮捕者は出ていない。レイチェルは看護学校の既婚の教師と不倫関係にあったことが明らかになっているが、その教師、グレゴリー・チャペルには、レイチェル殺害の夜の確かなアリバイがあった。コービン・デルの名はどこにも載っていなかった。また、被害者のよい写真がないという点も注意を引いた。このニュースでは、記事の大半が同じ画像、粒子の粗い白黒写真を使用しているのだ。そこに写る若い女は、卒業式のガウンに角帽という姿で、カメラに向かって大きな笑みを見せていた。おそらくレイチェルの両親が提供した写真なのだろう。ケイトはそれを本にはさんであった写真とじっくり見比べた。同じ女性とは思えなかった。髪が黒いのは同じだけれど、顔がちがう。ケイトはビーチの女性を思い出そうとした。でも思い出せるのは、風に吹きなぶられた黒い髪とジーンズとセーターだけだった。写真の裏には、確かビーチの名前も記されていた――ケイトはそう思ったが、その名も思い出せなかった。でも、あの写真はレイチェル・チェスの写真にちがいない。ファーストネームの変わったスペルが同じだった。それに、あのビーチ、ニューイングランドの寒いビーチも両者を結びつけている。そうじゃない？

コービンにメールを送ってみようか？　そう思ってEメールのページにもどったとき、彼女は気づいた。左のバーの下のほう――コービンの名前の横に緑のドットが出ている。これは彼が彼女と同じEメール・サービスを使っていて、現在、ログインしているということだ。彼女は、彼宛のチャットボックスを開いて書いた。こんにちは。

そして待った。数分が過ぎた。

あきらめかけたとき、パソコンが大きくビーッと音を発し、彼女は画面に目をもどした。チャットボックスにコービンからの返信が出ている。そこには、やあ、と書かれていた。まるで彼が、パソコンの画面ではなく、いきなり戸口に現れたかのように、心臓が少しドキドキした。

彼女は一拍置いて、それから書いた。あなたがオードリーを殺したの？

そして、その文章を消した。

そしてもう一度、同じ文章を書き、〝送信〟を押した。長い間《ま》があった。コービンの名前の横でドットが点滅し、彼が返信を入力中であることを示している。

コービン　僕はやっていない。誓って本当だ。警察は僕がやったと思っているの？
ケイト　警察はまたここに来たのよ。あなたが彼女と関係していたと彼らは言っている。

ほんとにそうなの？
コービン　そうなんだ。
ケイト　なぜそのことで嘘をついたの？
ふたたび間があった。そして――習慣から、かな。つきあっていたとき、僕たちはそのことを秘密にしていた。だから、それについてはしゃべらない癖《くせ》がついていたんだ。彼女を殺したのは僕じゃない。
ケイト　誰がやったか知っている？
コービン　いや。それがわかればいいんだが。
ケイト　いま、どこにいるの？
コービン　うち。ロンドンのきみのうちだ。こっちは雨だよ。そっちはどんな様子？
ケイト　いいお天気。風が強いけど、晴れてる。警察は誰か送り込んで、あなたから話を聞こうとしているのよ。
コービン　大丈夫。ちゃんと話をするよ。
突然、別のチャットボックスが現れた。マーサだ。見てる？
ケイトはマーサに返信した。うん。ひとつお願いがあるんだけど。いま、自宅？

マーサ　そうだよ。
ケイト　わたしのうちのドアをノックして、コービンがいるかどうか確かめてくれない？　わたしにたのまれたなんて言わないでね。
マーサ　わかった。でも、彼はいないと思うよ。ずっとなんの物音もしないもの。
ケイト　お願いだから確認して。

ケイトはコービンのチャットボックスに注意をもどした。彼は書いていた。きみのほうは大丈夫？

ケイト　問題なし。サンダースがよろしくって。
コービン　ハハ！

もう少しでレイチェル・チェスのことを訊ねるところだったが、ケイトは思い留まった。それを訊けば、彼女がうちのなかをあちこちのぞいて歩き、彼が殺人犯なのかどうか見極めようとしたことがばれてしまう。

そこで彼女はこう書いた——オードリー・マーシャルはどんな人だったの？

コービン　彼女はすばらしい人だった。こんなことになるなんて、本当に恐ろしい。そのことが頭から離れないよ。
ケイト　彼女の友達のジャックを知っている？
コービン　いや、知らないな。それは何者？
ケイト　大学時代のお友達ですって。あなたのことを知ってたわ。
コービン　フルネームは？
ケイト　ジャック・ルドヴィコ。
コービン　どんなやつだった？
ケイト　ごく普通。背は低くて、髪は赤っぽい。眼鏡をかけてる。
コービン　で、きみは彼と話をしたんだね？
ケイト　彼は、何が起きたのか知ろうとして、ここに来たの。それで、道ばたでわたしを呼び止めて、いろいろと訊いてきた。
コービン　警察に彼のことを話した？
ケイト　話したけど、警察はまだ彼と話していないみたい。

マーサがもう一方のチャットボックスにもどってきた。彼女は書いた。いなかった。
ケイトはマーサに返信した。確かに？

マーサ　ドアをガンガンたたいたもの。隠れてるのかもしれないけど、そうね、やっぱりいないいな。出入りする音も聞いてないし。
ケイト　ありがとう。そっちのお天気はどう？
マーサ　きょうの午前は、あんたが発って以来、初めて日が射した。最初は、この光は何？　って思ったよ。
ケイト　ごめん、マーサ、ちょっと用事があるの。またね。

コービンが書いていた。もう行かないと。

ケイト　マーサによろしく。
コービン　彼女と話した？
ケイト　少しだけね。あなたのほうがわたしより上等だって。
コービン　彼女、いい人そうだね。

ケイトは返事を書かなかった。すぐには何も。コービンのほうもだ。それは気づまりな沈黙のようだった。もし、チャットに気づまりな沈黙があるとするならば、だけれど。
ついにケイトが書いた。何かあったら、また連絡します。

コービン　わかった。じゃあまた。

ケイトはEメールのアカウントからログアウトした。毛布をかぶっているのに、まだ寒くてならず、パソコンを閉じ、その温かなプラスチックを胸に押しつけた。なぜ、コービンはロンドンのわたしの部屋にいるなどと嘘をついたんだろう？　ブラインドを下ろして室内に身を潜め、ノックにも応えずにいるというなら、話は別だけれど。もちろんその可能性はある。マーサは少し強引すぎるきらいがあるから。

サンダースが入ってきて、ベッドに飛び乗り、ニャアと鳴いた。ケイトが身を起こすと、猫は床にぴょんと下り、玄関に駆けていった。彼女はそのあとを追い、彼を外に出してやった。それから、キッチンに水を飲みに行った。電子レンジのデジタル時計には、六時二十五分と表示されていた。ずいぶん遅い気がする。知らない間にベッドでうたた寝していたということだろうか？

水を二杯、飲んだあと、ケイトは自分の空腹に気づき、カビ臭いサワーブレッドを一枚、焼いた。バターとハチミツをたっぷり塗ると、そのトーストを手に、つぎつぎと明かりを消し、カーテンを半ばまで閉めながら、住居の向こう側へと向かった。予備の寝室の一方は、記憶より大きくドアが開いていた。彼女はその室内に入った。それは、薄れゆく外の光が屋内を実際より暗く感じさせる、夜のあの時間帯だった。ケイトはベッドサイドの明かりを点け、トーストの残りを食べた。指についたハチミツは舐《な》め取らねばならなかった。この寝室は、壁には花の絵が、ベッドにはクリーム色の毛布が掛かっていて、ほんの少し女性的な感じがした。ケイトは毛布のわずかなくぼみに気づき、近くからよく観察した。そこには白い毛――サンダースの毛が落ちていた。ベッドに手を押しつけてみると、彼が寝ていた場所がまだ少し温かかった。ドアが開いていたのは、そのせいだったのだ。彼女は少し深く息を吸うと、明かりを点けたままにして、部屋を出た。

窓のない暗い書斎の穴の奥をのぞきこみ、少しテレビを見ようかと思ったが、そうするには神経が昂《たかぶ》りすぎていた。そこで絵を描くことにし、寝室からスケッチブックと木炭鉛筆を取ってきて、リビングに移動した。カウチにゆったり身を横たえ、彼女はスケッチブックを開いた。アランの絵を見る心の準備はできていた。ボストンで初めて丸一日過ごした日の作品。まだ一週間も経っていないあの日が、もう一年も前のことのように思える。彼女はその絵をじっくりと見た。彼の顔立ちをよくとらえている、と思った。でも目がちがう。本当は力がこもっているはずなのに、その目は虚《うつ》ろ――少しぼうっとしている。彼女はそれを凝視《ぎょうし》した。頭皮が粟立ちはじめる。この目は少し変えられてはいないだろうか？　まさか。彼女は胸の内でつぶやいたが、その目はぼかされたように見えた。たぶん自然にそうなったんだろう。

そうとも、目だけがぼかされている。顔の他の部分はどうもなっていないのに。

わたしがやったの？　ケイトは考えた。**もちろん、ちがうさ。**ジョージが言う。ケイトは彼を無視した。ボストンに着いてからというもの、毎日がひどくぼんやりしているので、思い出すのはむずかしい。でも、彼女が前に描いた絵にもどって、ほんの少し、たいていは指先で、手を加えることもなくはない。線を整理したり、質感を加えたり。馬鹿な考えは捨てることにし、ケイトはページを繰った。彼女はもう一度、今度こそ目を正確にとらえようと努めつつ、手早くアランを描いていった。描き終えると、腕を一杯に伸ばしてスケッチブックを持ち、出来栄えを見た。それは確かにアランだった。ただ、目の力強さをちゃんと出そうとがんばりすぎたせいで、その彼は怒っているように見え、ほんの少し怖かった。それから彼女は気づいた。それはまさに、その朝、彼女がのぞき穴からのぞいたとき――彼をなかに入れなかったときの、アランの顔だった。わたしはまちがいを犯したんだろうか？　彼はただ、わたしがさよならも言わずに帰ったために、心配になっただけなのかも。でも、ううん、このスケッチは的確だ。彼は怒っていた。確かにわたしは大きなまちがいを犯した。よく知りもしない相手と寝たというだけじゃなく、のぞきが趣味の変質者と――悪くすると、それよりはるかに恐ろしい何者かと寝てしまったという意味で。彼女はもうひとつページを繰り、ロバータ・ジェイムズの顔を手早く描いた。その絵は、刑事の高い頬骨や黒っぽい目をしっかりとらえ、かなりうまく描けていた。完璧でないのは、口もとだ。きつすぎるし、唇にふくらみが足りない。ケイトはその部分をこすって消し、刑事をかすかにほほえませた。これでよし。彼女はその絵にタイトルをつけ、日付を書き添えた。それから、つぎの絵に取りかかった。

ミセス・ヴァレンタイン、ミスター・ヴァレンタイン、あのカクテル・パーティーに来ていたもうひとりの婦人（名前は忘れてしまった）を描き、最後に、ジョージ・ダニエルズを描き終えるころには、外は真っ暗になっていた。ジョージを描くのを彼女はずっとやめられずにいる。何人ものカウンセラーが、彼の顔に固執するのは不健全だとほのめかしたが、そうせずにはいられなかった。彼は常に頭のなかのどこかにいる。だから、自分の内部から彼を引き出し、紙の上に表すと、気持ちが楽になった。きょうの絵で彼女が描いたのは、このあいだ夢で見た彼、歯のない口で笑っている彼だった。

その絵はよく描けていた。きょう、彼女が描いたなかでいちばんの出来だ。彼女は親指の腹《そ》で額《ひたい》の線をぼかし、とたんにチクリと痛みを感じた。指のその部分には、倉庫のドアのあの削げが刺さったままになっている。彼女はすっかりそのことを忘れていたのだ。注意して見ると、削げの周囲の腫れた皮膚《ひふ》はピンクがかった赤に変色していた。彼女はキッチンに行って、手についた炭を洗い落とした。それから、あちこちの引き出しをかきまわし、安全ピンとマッチをひと綴《つづ》り、見つけ出した。安全ピンの尖った先端を火で炙《あぶ》ると、彼女はリビングにもどった。こちらのほうが、キッチンよりも照明が明るい。そのリビングで、彼女は指の傷口をピンでつつき、皮膚の破れ目を広げていった。削げはかなり深く刺さっていた。口で吸うと、血の味がしたが、吸い出すことはできなかった。ピンセットを見つけなくてはならない。でも、そう思っただけで、彼女はひどい疲れを覚えた。指に刺さった削げを放置したら、どうなるのだろう？　最終的には自然に出てくるのだろうか？　それとも、そのまま永遠にそこに留まり、体の一部となるのだろうか？

キッチンからガリガリと音がし、ケイトはびくっとした。サンダースは外に出してやったはずでは？　安全ピンをスケッチブックの上に置き、彼女は立ちあがって、再度キッチンに行った。ふたたび音がした。それは地下室に通じるドアの外から聞こえていた。やっぱりサンダースだ。地下室経由で一周してもどってきたにちがいない。ケイトはドアを開けた。するとそこに、アランがいた。両の手を差し出し、ぼうっと目を霞《かす》ませ、必死の形相をした彼が。「お願いだよ。なかに入れて」回らぬ舌でそう言うと、ケイトがドアをたたきつける間もなく、彼は一歩、キッチンのなかに足を踏み入れた。

第二十四章

どうしてそこまで酔ってしまったのか、アランにはよくわからなかった。でも、現実にそうなった。ほとんど事故のように。そしていま、彼は暗闇のなか、うちに向かって歩いている。なんとしても——向こうがいやでもなんでも——いまからケイトに会うつもりだった。

その日、ブリマー・ストリートで彼がジャックと対決し、本人からオードリー・マーシャル殺しの犯人はコービン・デルだと思っていると聞いたあと、ジャックは口が軽くなり、一緒にどこかに行ってもっと話さないかと誘ってきた。アランのほうは、ケイトが中庭に出てくるかもしれないと思い、すぐにもうちに飛んで帰りたかったが、結局、ジャックが何を言いたいのかしばらく聴いてみることにした。アランは〈セント・スティーヴンズ〉はどうかと言った。店に着き、背もたれの高いブース席に落ち着くと、彼はコーラのLを、ジャックはハイネケンを注文した。ウェイトレスが踵《きびす》を返し、彼らの飲み物を取りに行くと、ジャックはすぐさまレイチェル・チェスという女性の話を始めた。その女性は、数年前、ニューエセックスのビーチで殺害されたのだという。

「その女は体に傷をつけられていたんだ」ジャックは言った。「ちょうどオードリーみたいに」

オードリーの名を口にするたびに、彼の声はうわずった。

「オードリーに傷がつけられていたなんて、どうして知ってるの？」アランは訊ねた。

「そのことならネットのいたるところに出てる。それで僕は他の事件をさがしはじめたんだ。体の中央から左右に切り開かれてたってやつを。そしたらレイチェル・チェスが出てきたんだよ」

「それで、その人とコービンの関係は？」アランはジャックがなんと言うかに興味があったが、同時に少し警戒もしていた。ジャックは活気づく一方で、その話しぶりは躁《そう》病的でさえあった。ウェイトレスが飲み物を持ってもどってきた。ジャックはボトルからぐうっと長くビールを飲んだ。

「いいかい」彼が強くどんとビールを置いたので、ボトルの口から泡があふれ、ガラスの側面を流れ落ちた。「コービン・デルは以前、ニューエセックスに住んでいた。そして彼の母親はいまもそこに住んでいる。まさにそのビーチに家があって――」

「どうしてそこまで知っているんだよ？」

「オードリーが少し話してくれたし、ネットで調べてわかったこともあるからね。だけど、問題はそこじゃない。肝心なのは、レイチェル・チェスの両親もニューエセックスに住んでたってことだ。そのビーチじゃないが、すぐ近くにだよ。コービンとレイチェルはそれで出会ったにちがいない。あいつは異常者だ。オードリーが話してくれたよ。ふたりがつきあっているとき、やつは彼女と一緒の姿を人に見られるのをひどく恐れていて、いつもうちのなかにいたがったらしい。彼には、自分がいずれ彼女を殺すことがわかってたのさ。ところがその後、彼女は僕と会うようになり、コービンとは縁《えん》を切ろうとした。だからやつは彼女を殺したんだよ。やったのはあいつだ。僕にはわかってる」ジャックは赤らんだ腕のみみずばれを掻いた。

「大丈夫か？」アランは訊ねた。

「蕁麻疹《じんましん》だと思う。春は苦手だよ」

「その情報だけど、全部、警察に持っていった？」アランは訊ねた。

「これから持ってくよ。必ずね。でもその前に、しっかり準備しておきたいんだ。やつが絶対に逃れられないように」

アランには、ジャックが警察に行っていないことがわかった。この男は素人探偵をやっているのだから。たぶん、自らの手で復讐したいとさえ思っているんだろう。

「きみは警察に行くべきだよ。彼らなら、コービンとそのレイチェルって人とのあいだにつながりがあるかどうかわかるんじゃないか」

「もうひとつ、あいつが始終オードリーに言ってたのは、自分は彼女にはふさわしくないってことなんだ。まるで自分が何をするかわかってたみたいだよな。きみ、何か食べたくない？

もう昼飯時だよ」

　アランはすでにコーラを飲み終えており、ランチをたのむことに同意した。ジャックが手を振ってウェイトレスを呼び、ふたりはそろってチーズバーガーを注文した。ジャックはもう一杯ビールをたのみ、アランも一杯、飲むことにした。

「きみはどれくらいの頻度でオードリーに会ってたの？」注文を終えると、アランは訊ねた。彼はオードリーの部屋にいるジャックを見たことがない。その謎を解く手がかりがほしかった。

「週一くらいかな」ジャックは言った。「一緒にカフェに行ったり、飲みに行ったり。オードリーは最初、僕がまた彼女とつきあおうとしていると思っただろうね」

「でも、きみにその気はなかった？」アランは訊ねた。

「どうだろう。あったかも。いや、ないな」

「あのアパートメントできみを見かけたことはないけど。あそこに行ったことはあるのかな……？」

「二、三回ね」

　ジャックは嘘をついているのだとアランは思った。この男はオードリーの部屋に行ったことなどない。ジャックの頭のなかでは、オードリーとの友情（二、三度、一緒にカフェに行き、何回かメールのやりとりをしたこと）は、彼女側が受け止めていたよりもずっと重要になっているんだろう。ふたりのビールが来た。ひと口、飲んでみると、それはとても冷たく、歯が痛くなるほどだった。

「この一杯を飲んだら、僕は会社に行かなきゃならない」アランは言った。「きょうは火曜日だからね」

「ありがとうよ」ジャックは言った。「ひととき一緒に過ごしてくれて。自分をイカレてるって思わない相手と話をするのは、いいもんだね。きみは、コービンのことで僕がおかしくなってるなんて思ってないよな?」

「もちろん」

「それじゃ、僕の意見に賛成なんだね?」

「コービンに動機があったという点ではね。それに、彼はたぶんオードリーのうちの鍵を持ってただろう。彼が町を発ったのは、彼女が殺された直後だし」

「なぜ彼が鍵を持ってたと思うんだ?」ジャックが訊ねた。

「たぶんそうじゃないかってことだよ。ふたりはつきあっていて、部屋は隣同士だったわけだから」ケイトから何を教わったかには触れたくなかった。なぜなのかはよくわからない。でも、なんとなく彼女は巻き込みたくなかった。

「なるほどね」ジャックは言った。

食べ物が来た。アランはふたたびジャックの説明に耳を傾けた。コービンが以前にも人を殺していると彼が信じる理由に。彼の言うことは全部すじが通っていた。

アランとジャックは、さらに数杯ずつビールを飲み、夕方まで〈セント・スティーヴンズ〉にいた。それは奇妙な数時間だった。気がつくと、アランはこの男にクインとのことを何もかも話していた。気がつくと、前夜のケイトとのことまで話しそうになっていたが、間一髪、自分にストップをかけた。なんだって僕はこんなにしゃべっているんだ？　アランはトイレに行って、鏡のなかの自分をじっと見つめた。そこに見えたものは、彼の気に入らなかった。火曜の午後に赤の他人と飲んでいるなんて、どういうことだ？　彼は、もう帰らなくては、と判断した。

バーの外で、さよならを言うとき、ジャックの目は涙で一杯だった。「つきあってくれて、ありがとう。本当に感謝してる。わかってるよ……こんなこと、きみにとっては……」

「楽しかったよ」アランはそう言って、ジャックの肩に手をかけた。

ジャックは手袋を脱いで、目をぬぐった。それから手を差し出して、アランの手を握った。ハグなしですんだことに、アランはほっとした。その握手、熱のこもった長いやつだけで、充分だった。「きみはどっちに行くんだ？」ジャックにそう訊かれ、突然、なんとしても逃れたくなったアランは、ジャックがすでにチャールズ・ストリートへと下る道に一歩、足を踏み出していたので、東に頭を傾けてみせた。ふたりは左右に分かれ、アランはこれまで通ったことのない住宅街を歩いていった。風はいくらか鎮《しず》まっていたが、木々の梢《こずえ》はまだざわめいており、あてもなく歩いていると、Tシャツが体にぺたりと貼り付いた。彼はふたたび空腹になっていた。それに、トイレにも行きたかった。州議会議事堂が目に入ったので、彼はそちらに向かった。そのあたりにバーがあることはわかっていた。最初に目についたのは、〈ロージー・マクリーン〉という、アイリッシュ・パブもどきの店で、日本人観光客のグループが早めの夕食を食べているテーブル席のひとつ以外、店内は空っぽだった。アランはカウンター席に着き、フィッシュ&チップスとコーラのLを注文した。そのコーラを飲んでしまうと、もう一杯たのんだが、今度はそこにオールド・オーバーホルト（アメリカのウィスキーのブランド）を加えてもらった。昼間に飲むとどうなるか、彼はよく知っている。いまやめたら、夜じゅうずっと割れるような頭痛に悩まされるにちがいないのだ。フィッシュ&チップスが来ると、その食事のおかげで前より気分がよくなり、酔いもいくらか醒《さ》めた。そこで彼はもう一杯、ライ・ウィスキーのコーラ割りを注文し、ジャックとの会話について考えはじめた。

携帯電話が鳴った。アランはバッグから電話を取り出し、画面をチェックした。姉からだ。“拒否”を押そうとしたが、気が変わり、出ることにした。ひょっとすると、ただの元気かどうかの確認じゃなく、姉には何か本当に電話を寄越す理由があるのかもしれない。

「ただ元気かなと思って」挨拶を終えると、ハナは言った。

「元気だよ」

「なんか声が変だけど。飲んでるの？」

「ちょっとね。いま食べてるとこだし。口のなかが一杯なんだ」

「母さんの誕生日に電話してあげるのを忘れないでよ」

「うん。それで電話してきたわけ？」アランは腹が立った。言われなければ、たぶん忘れていただろうけれど。

「ううん。あんたのことが心配だったの。おかしな夢を見ちゃったから」

ハナがその夢のことを詳しく語るあいだ、アランは黙って耳を傾けていた。夢のなかで彼女は、何年も音沙汰のなかったアランが、自宅アパートメントで死んでいるのを――その腐敗しつつある遺体を発見したという。聴いているあいだに飲み物がなくなり、アランはバーテンダーの視線をとらえて、空いたグラスを無言で指さし、もう一杯、注文した。

「ねえ」ハナが夢の話を中断したところで、アランは言った。「覚えてるかな？　姉さんがキャンプの指導員をしてて、僕が週末、訪ねていったことがあったじゃない」

少し間《ま》があった。姉の子供のひとり（たぶんイジー）が笑っているのが聞こえる。「そんなことあったかな。あったね。そうそう。母さんと父さんが、ふたりだけでケープコッドに行けるように、あんたをわたしにあずけたんだよね」

アランはそこのところは覚えていなかった。彼は言った。「実はね、僕はあのとき初めて裸の女を見たんだ。壁の穴からのぞき見したんだよ」

「え？　指導員を？」

「うん」

「アハ。誰だったか覚えてる？」

「名前も知らなかったんじゃないかな。ちょっと太めの人だった」

「アリーなんとかじゃない？」

「名前は知らなかった。でもその人のせいで、僕は変態になったんだと思う」

「いったい何を言ってるの？」

「その人をのぞき見して、気づかれなかったせいでさ」

「やれやれ。あんたも他のみんなもしょうがないな。あの変態キャンプときたら。どの壁も節穴だらけだったよね。たぶん彼女は見られてるのを知ってたんじゃない？　ねえ、酔っ払いの弟からもっと下ネタを聞きたいのはやまやまだけど、もう切らなきゃ。母さんに電話してね。それと、たまには連絡を寄越しなよ」

アランがついにパブを出たとき、店内は仕事帰りに飲みに来たお客で一杯だった。外の暗闇に、なぜか彼は衝撃を受けた。それに外気は冷たくなっていた。Tシャツ一枚のアランは、ベリー・ストリート一〇一に着くころには、震えんばかりになっていた。

酔いのせいか、それとも、その夜独自の光の加減のせいなのか、アパートメントの建物はいつもより高く、門の奥にそびえているように見えた。月明かりが隣の建物のスレート屋根に反射しており、道の向こう側では、ホームレスの男がひとり、建物の門口で暖を取ろうとしている。ケイトの部屋にはほのかな明かりが灯っていた。歩いているあいだに、彼は何がなんでも彼女に会おうと決めていた。彼女がなぜ、さよならも言わずに自分の部屋を去ったのか、どうしても知らねばならない。それに、ジャックから聞いたことを彼女に伝える必要もある。また、姉から電話があったこと——ついにあの重大な秘密、サマーキャンプで自分が何をしたかを姉に打ち明けたことや、姉のほうはほとんど取り合わなかったという事実も、ケイトに話したかった。彼は中庭を通り抜け、サニベルに会釈して、ロビーの奥へと進んだ。自分が南じゃなく北の棟への階段を使ったことに、あのドアマンは気づいてもいないんじゃないかと思った。オードリーの部屋のドアと、その室内で何があったかを頭の片隅で意識しながら、ケイトの部屋を一心に見つめ、アランは廊下を歩いていった。ノックしかけたところで、彼は自らを押しとどめた。もしも彼女が応えなかったら？　いや、むしろ応えるわけがないんじゃないか？　今朝、ドアのすぐ向こうにいて、おそらくのぞき穴から彼を見ていながら、彼女は応えなかったのだ。そこでアランは別の作戦を立てた。

彼は階段に引き返し、地下の階まで下りていった。蛍光灯に照らされた地下室は、ありがたいことに人気《ひとけ》がなく、そこを通り抜けると、ケイトの住居の勝手口に通じる裏階段が見つかった。少なくともアランは、それがその階段だと思った。彼はいつも自宅の勝手口の鍵をかけておらず、ケイトもそうであるよう願った。仮にドア越しにしか話せないとしても、裏口ならば、その外は共用の廊下ではない。自分の言いたいことが言えるだろう。

狭くて急な階段をてっぺんまでのぼり、彼はそっとノブを回してみた。鍵はかかっていた。ノックをしかけたとき、あるアイデアが頭に浮かんだ。猫のサンダースはいつもアランのうちの勝手口のドアを引っ掻いて、室内に入ろうとする。もしかするとあの猫は、ここでも同じことをしているんじゃないだろうか？　最低な考えなのはわかっていたが、とにかく試してみることにし、彼はドアを半ばノックし、半ば引っ掻いた。そして待った。

キッチンのなかでかすかな足音がし、ほどなくドアが開かれた。いま、彼の目の前には、恐怖をたたえたケイトの顔がある。彼は急いで両手を掲げ、室内に一歩、足を踏み入れた。「お願いだよ。なかに入れて」害のなさそうな声になるよう念じつつ、そう言った。

ケイトは胸に片手を当てた。その顔は、まるで血の気が全部退《ひ》いてしまったかのように青かった。

「どうしても話さなきゃならない。ここでもいいよ。でも、ちゃんと話さなきゃ。きみはこの部屋にいちゃいけないと思うんだ」言葉が考えていたとおりに出てこない。

「あなた、すごく酔ってるわよ」ケイトは言った。

「うんうん、そうだよね。きょう、ジャックに会ったんだ。彼がコービンのことを全部、話してくれた。彼のせいで僕は酔っ払ったんだよ」

「ジャックって誰？」

「ジャック。ジャックだよ。きみが話してくれた、オードリーの友達だったという男。ほら、道で——道で会った」

答えが返ってくる前に、アランはキッチンのさらに奥へと進みはじめた。ケイトはうしろに飛びすさった。「だめ。やめて。来ないで」

アランは一歩さがった。「まさか怖がってるんじゃないよね？　ああ、嘘だろ。きみは僕が怖いんだね」罪悪感で一杯になり、彼は何度も繰り返しあやまった。

ケイトが言った。「いいのよ。わかってる。悪かったと思ってるのよね。ジャックのことを話して」

「昼前に、彼が建物から出ていくのを見て——」

「どこから出ていくのを？　ここから？」

「うん。警察が来た直後にね。最初は誰なのかわからなかったけど、彼はきみのうちの窓を見あげていた。だからあとをつけたんだ。そしたら彼につかまって、そのあとふたりで話をしたんだよ。前にきみと行ったあのバー……〈セント・スティーヴンズ〉で。彼は自分の仮説を僕に話した。コービンはシリアルキラーだと言って」

「シリアルキラーってどういうこと？」

「ジャックは、コービンが殺した女性がもうひとりいるって言うんだよ。その人も体に傷をつけられてたって。彼は、オードリーを殺したのはコービンだと確信してるんだ。とにかく、きみがひとりでここにいるのが安全だとは思えないよ」

「仮にオードリーを殺した犯人がコービンなら、彼はここには帰ってこないんじゃない？　そんなのすじが通らないわよ」

「それじゃこのままここにいるつもり？　今夜も？」

「ごめんなさい、アラン。きのうの夜は、わたしたち、いろいろ急ぎすぎたと思う。あれは……わたしにとっては、あれはまちがいだった。ううん、最後まで言わせて。あした会いましょうよ、ね？　午前中にコーヒーでも飲みに行って、よく話し合いましょう。でも、いまはだめ。あなたがそんな状態のうちは、ね？」

〝ね？〟と言うときの、ケイトの表情。それを見て、アランは去らねばならないのだと悟った。彼女はいまにも泣きだしそうだった。彼は一言もなく向きを変え、階段を下りていった。身を支えるため、両のてのひらはずっと壁面に押し当てていた。

うちにもどると、履いていた靴を蹴り飛ばし、ジーンズとTシャツを身に着けたまま、ベッドに横たわった。目を閉じると、部屋が傾いた。目を開けると、世界は安定した。その日にあったことすべて、最近あったことすべてを頭のなかで再度、組み立てようとしながら、アランはできるだけ長いこと目を開けていた。やがて彼は目を閉じた。するとふたたび部屋が、今度は後方に傾き、彼は荒れ狂う深い眠りへと落ちていった。

第二十五章

もう、うちに帰らなくては――ようやくアランが立ち去ったとき、ケイトはそう思った。イギリスにもどろう。キッチンの調理台に片手をついて、彼女は身を支えた。

頭のなかでジョージの声が高まるのがわかった。彼の言葉が形を成しはじめる。彼女はキッチンを歩き回ることで、彼が自分に話しかけるのをどうにか食い止めた。

イギリスを離れるべきじゃなかった。実家を離れるべきじゃなかった。大学に行ったり、湖水地方で休暇を過ごしたり、ロンドンに引っ越したりすべきじゃなかった。ましてや、ボストンになんか絶対に来るべきじゃなかったのだ。わたしには必ず悪いことが起こる。

わたしには必ず悪い人間が寄ってくる。

ケイトは水のグラスにワインを注いだ。それを持って、窓の鍵を確認したりクロゼットをのぞきこんだりしながら、部屋から部屋へ移動した。アドレナリンのせいで両手は震えていた。それに、心臓もトクトクと鳴っている。でも大丈夫。暗がりだらけのほら穴じみたこのうちでもう一夜過ごせば、イギリスに向かえる、実家にもどれる、二度とうちを離れずにすむのだから。彼女は玄関のドアの施錠を確認し、静まり返った外の廊下をのぞいた。数日前、ひとりの殺人者がオードリー・マーシャルを殺すつもりで、隣のうちの前に立った。そして彼はなかに入り、それを実行した。ナイフでオードリーを殺し、遺体を切り裂いたのだ。

のぞき穴に歪《ゆが》められ、壁面が湾曲するトンネルと化したその廊下を、ケイトは長いこと見ていた。いまにも誰かが角を曲がって現れるんじゃないか——そんな気がしてならなかった。猫のサンダース。死者たちのなかからよみがえったジョージ・ダニエルズ。イギリスから帰ってきたコービン・デル。今度は裏口でなく玄関に忍び寄ってくるアラン。でも、何事も起こらなかった。照明の明るい、絨毯《じゅうたん》の敷かれた廊下は、がらんとしたままだった。

ケイトはネットに接続し、ロンドンに帰るための航空運賃を調べた。それから、両親に宛てて、うちに帰るというEメールを書きはじめたが、結局、最後までは書かなかった。これは明日、予約をすませ、すべてが確定してからでいい。

レイチェル・チェスに関する記事を、彼女は再度、ネットで調べた。アランが言っていた、殺されたもうひとりの女性というのは、レイチェルのことにちがいない。つまりジャックのほうも調査を行ったということだ。

ケイトはワインの補充のためにキッチンにもどったが、ボトルはもう空だった。そこで代わりにミルクを一杯注ぎ、グラスを手に書斎に移ってテレビをつけた。旧作映画の専門チャンネルで、よく知っている映画をやっていた。父のお気に入りの作品――ウェンディ・ヒラー、ロジャー・リヴシー主演の「うずまき」だ。彼女はソファに丸くなり、大きな枕ふたつに頭を乗せて、白黒の画面から安らぎを得ようと努めた。それでも、アランのこと、キッチンのドアの向こうにいた彼のことを、考えずにはいられなかった。明らかに酔って、そこに立つ彼を見たとき、ケイトは死ぬかと思った。あれはジョージ・ダニエルズの再来――自分を殺しに来た新たな男だった。でも、あの怒りと狂気はともかく、ジョージは酒飲みではなかった。それどころか、ケイトに許すのもワイン二、三杯程度で、それ以上飲むと、怒りだし、どうしてそんなに飲まなきゃならないのかと繰り返し訊ねたものだ。

映画では、ウェンディ・ヒラーの演じる女が必死でフィアンセのいるスコットランドの島にたどり着こうとしていた。しかし嵐で岸を離れることができず、そこで彼女は別の男と恋に落ちる。それでも女は小さなボートで島に行こうとし、渦巻が彼女を死へと引き込むのだった。

その映画が終わると、すぐさまつぎのが始まった。「ピグマリオン」。これもウェンディ・ヒラーだ。父のことが頭に浮かんだ。古い映画に特化したこの映画チャンネルを父は大いに気に入るだろう。ケイトは映画を見はじめたが、まもなくトイレに行きたくなった。それにジーンズがきつくて窮屈でたまらない。彼女はいやいや起きあがると、リビングを横切り、キッチンの前を通って、寝室に移動した。そこでパジャマに着替え、部屋専用のバスルームでトイレを使い、歯を磨くと、ふたたび寝室を通り抜けていった。窓からの強い月の光が、ベッドの上のもていた。

つれあうシーツにいくつもの奇妙な影を落としていた。このうちは呪われている。そう思いながら、彼女は足早に書斎へと向かった。室内は、大型テレビの白黒の画面にちかちか照らされていた。

レスリー・ハワードが雨のなかに立って、花を売るウェンディ・ヒラーのロンドン訛《なまり》に秘かに耳を傾けている。

いつ眠り込んでしまったのか、ケイトは覚えていない。いまテレビを見ながら、この俳優たちのなかにまだ生きている人はいるんだろうかと考えていたら、つぎの瞬間にはもうまぶたが下りていたかに思える。突如、彼女は映画の世界にいて、その音声は夢の一部となっていた。ソファが彼女をのみこもうとしている。彼女は、本物の眠りの漆黒《しっこく》にすべりこむ寸前にあった。とそのとき、夢が変化し、顔を押さえつける手が現れた。自分が深い淵から浮上してきて、ハッと目覚めるのを感じたが、その手は依然としてそこにあり、口を強く押さえつけていた。そして同時に、別の手が肩もつかんでいる。

これは現実なんだ。そう思い、完全に覚醒《かくせい》して、彼女はもがきはじめた。

部屋は暗く、テレビはいまもついていた。彼女を押さえつけている男は、シーッと声を発している。それはアランではなかった。レザーカットの髪と角張った顎が見え、その男の汗のむっとする粉っぽいにおいがした。心臓が早鐘を打つせいで胸が痛い。涙がどっと目にあふれ出る。彼女を殺そうとしているこの男は、まったく知らない人間だ。でも、街ですれちがうか、夢で会うかした人のように、どことなく見覚えがあった。

彼は低いささやき声でしゃべっていた。「ケイト、聞いてくれ。僕はコービンだ。きみの又従兄《またいとこ》だよ。きみに危害を加えたりはしない。ただ、絶対に音を立てないでほしいんだ。このうちのなかに男がいる。とても悪いやつだよ。シーッ。もし叫んだり、音を立てたりしたら、そいつがここに来てしまう。きみには隠れてもらわなきゃならない。そのあとで、僕がそいつを始末するからね。わかったら、うなずいて」

ケイトは首を振った。男の言葉の半分はまったく意味をなさなかった。この男は本当にコービンなのか、それとも、嘘をついているんだろうか？ ここに、このうちに、彼はどうやって入ったんだろう？ 男の手に嚙みつこうかと思ったが、その手は、唇が歯にぴったり貼りつくほど強く口に押しつけられていた。彼女には、男の目が見えた。その視線がソファの向こうへ、書斎の外の暗闇へと荒々しく飛んでいく。彼は怯えているようだった。**これはコービンだ。**ケイトは思った。その顔は以前見た写真のものと同じだった。

「シーッ」彼がまた言った。「僕を信じなきゃいけないよ。さもないとふたりとも死ぬことになる。わかったね？」その声は切迫感を増し、ややうわずっていた。言うとおりにするしかない。そう判断し、ケイトはうなずいた。この男は彼女を殺すかもしれないし、殺さないかもしれない。またしても同じことが起きている――予想とはちがい、アランによってではなく、会ったことのない男によって。

ケイトがうなずくのを感じると、コービンは彼女の目を見つめた。彼は口をふさぐ手をゆるめたが、完全にどけはしなかった。「僕を信じてくれるね？ 信じなきゃだめだよ」

彼女はもう一度うなずき、深く息を吸い込んだ。

「何も心配ないからね」コービンは言ったが、相変わらずその視線はしきりと廊下に飛んでいた。「この部屋のクロゼットのことを知っている？」

「いいえ」ケイトは口をふさがれたまま、しわがれたささやき声で言った。

「クロゼットの奥には偽物の壁があるんだ。それは僕の父が貴重品をしまっていた場所なんだよ。いちばん右端を手で押すと、カチッと音がして壁が開く。そこには充分、隠れられるスペースがあるから」

我知らず、ケイトはふたたび首を振り、コービンのてのひらに向かって「いや」と言った。

彼はつづけた——

「僕が迎えに来るまで、そこでじっとしているんだよ。もし僕がもどらなかったら、そのままずっとそこにいてくれ。やつにはきみを見つけられない。いずれあきらめるはずだ。僕を信じて。いいね？」

「わたし、できない」ケイトは言った。涙が頬を伝い落ちるのがわかった。彼女は鼻から深く息を吸い込み、胸をふくらませた。一瞬、自分が笑いだすんじゃないかと思った。

「やらなきゃいけない」コービンは言った。「大丈夫だよ。絶対だ」

ケイトは彼を見つめ、初めてふたりの目が合った。まるで、断崖絶壁で手をかける場所が見つかったかのようだった。意を決して、彼女は冷静にうなずいた。するとコービンが彼女の顔から完全に手をどけた。

「誰？」ケイトは訊ねた。「誰がここにいるの？」

「それはどうでもいい。あまり時間がないんだ」

彼女はクロゼットまで彼についていった。感覚のない脚はなぜか、体の他の部分から独立して動いていた。彼が背中をそっと押し、クロゼットの奥へと彼女を進ませた。なかは、ドライクリーニングされ、ビニールをかけて吊るされたスーツで一杯だった。「ただ右端を押すだけだよ。カチッと音がするからね」彼はまた言った。

「わかった」ケイトは言った。その声は遠くから聞こえてくるようだった。

扉を閉める前に、彼はささやいた——「僕が助けてあげるよ」そしてケイトは闇に包まれた。彼に言われたとおり、彼女は奥の壁を手で押した。すると壁がわずかに動き、カチリといって手前に開いた。彼女はなかに足を踏み入れ、周囲を手さぐりした。すると、金属の小さなハンドルがあったので、それを引いて偽装の壁をこちらへもどした。でも、完全に閉めたわけではない。この小さな空間は、生木とカビの生えたペーパーバックのにおいがする。そうしていると、まるで時をさかのぼって、別の国の別のクロゼットに入り込んだような——この外には別の狂った男がいるような気がした。ただ今回、彼女は前のときより冷静だった。いや、この感覚は冷静というのとは少しちがう。これは諦観だ。すべてが終わった。世界は常に最悪のやりかたで彼女を殺そうとしてきた。そしていま、ついにその目的を果たそうとしているのだ。ケイトは屈服し、その安らぎを全身に行き渡らせた。偽の壁を引き寄せ、完全に閉めてしまいさえした。ハンドルが回ったので、また出られることはわかったものの、それはたぶんどうでもよいことだった。彼女は壁の木材を両手でなでた。そのスペースの幅はクロゼットと同じで、彼女が両腕を一杯に伸ばした幅より広かったが、奥行きはせいぜい一フィートほどだった。奥の壁にぴたりと背中を押しつけると、前面の偽の壁に胸が軽く触れた。非現実感の波が押し寄せ、彼女はそれを歓迎した。そして待った。

耳をすませると、自分の息遣いと胸の鼓動の音が聞こえた。でも他にはなんの物音もしない。コービンはどうやってアメリカにもどってきたのだろう？　あるいは、もともとどこにも行っていなかったとか？　いや、彼は確かにここを発ち、ロンドンに行っている。マーサが彼を見ているわけだから。

彼はオードリーを殺したからもどってきたのだ。そして今度は、ケイトを殺そうとしているのだ。クロゼットのこの隠れ場所も、もうひとりの男とかいう話も、全部、彼がやっている凝《こ》ったゲームにちがいない。

それとも、うちのなかには本当に誰かいるのだろうか？

それはアランだろうか？　彼がまだ酔っていて、忍び込む別の手を見つけたとか？

あるいは、結局、ジョージ・ダニエルズがもどってきたとか？　またしても肺の奥から笑いがこみあげてくるのを感じ、ケイトは顎を引き締め、首の筋肉を硬くして、それを抑えつけた。死者たちのなかからよみがえり、別の国にいるジョージ・ダニエルズ。そうであっても、ある面では、ケイトは驚かないだろう。彼女がいつも自分に言い聞かせているように〝彼は常に一緒にいる〟〝どこにでもついてくる〟のだ。

頭のなかで彼の声がした――きみはクロゼットのなかで死ぬんだよ、ケイト。くすくすくす。

ケイトは目を閉じた。何も変わらない。世界は真っ暗なままだ。

父と母のことは考えまいと努めた。自分が殺されたと知ったら、ふたりがどんな気持ちになるかなど。

そして、アランのことを考えた。二十四時間前、彼女はアランのベッドにいて、心を解放し、何かを感じていた。ついに別の男性と出会えて、幸せだったし、浮かれてさえいた。たぶんジョージ・ダニエルズはずっとそれを待っていたんだろう。ケイトがついに彼を裏切る時、ついに彼女を罰することができる時を。たぶん彼は本当は生きていて、警察も父母も他のみんなも彼女に嘘をついていたのだろう。恐ろしい一瞬、ケイトはそう信じた。

そのとき、何かが聞こえた。うめくような人間の声。あるいは、いきなり断たれた叫びかもしれない。彼女は息を殺して待った。でも、それっきりなんの音もしない。ただ、建物がまわりで唸《うな》り、ささやいているばかりだ。突然、本当に何か聞こえたのかどうか、わからなくなった。彼女は一度、息をしてよいことにし、クロゼットのなかの薄い空気を小さく吸った。それから、偽の壁を少しだけ開け、閉じ込められてはいないと知ってほっと安堵した。彼女は指先をトントンと打ち合わせていき、やがてあの腫れた親指をたたいて、鋭い痛みを感じた。その指の腹にはいまも削《そ》げが深く埋まっている。そこで親指を口に入れ、歯で皮膚《ひふ》を噛みちぎると、とうとう削げを吸い出すことができた。彼女はシャツの裾《すそ》のほうで血をぬぐった。削げを取り除くという作業のおかげで、しばらくは日常にもどった気がしていたが、ここで彼女は考えた。

か？　自分はあとどれくらいこのクロゼットに耐えられるだろう？　外では何が起きているのだろう

彼女は作戦を立ててみた。とりあえず、頭のなかでどんな感じかつかむために。まずドアを開け、クロゼットを出て、できるだけすばやく静かに、書斎から廊下、廊下からリビング、リビングから玄関へと移動する。それから外の廊下に出て、全速力でフロントまで走る。ここは大きなうちだ。コービンであれ、他の誰であれ、なかにいる人間は、彼女の通り道にはいないかもしれない。脱出できる見込みはある。では、もし失敗したら？　それでもとにかく、クロゼットに縮こまっている状態からは抜け出せるのだ。

親指からはまだ血が滴《したた》りつづけている。彼女はその指をまたちょっと吸い、口のなかでその味を楽しみさえした。

ジョージ・ダニエルズが湖水地方で自分をつかまえ、クロゼットに閉じ込めたあの夜のことを、彼女は始終、考えてきた。仮に扉がブロックされていなかったら、自分は逃げ出せただろうか？　ジョージが外にいるあいだは無理としても、銃声を聞いたあとなら？　あのときの彼女は囚われていた。ただ待つ以外、なすすべはなかった。けれどもケイトはときどき思う。仮に扉が開いていたとしても、自分はずっとそこにいたんじゃないだろうか？　あのときの彼女は、手負いの獣さながら、体を丸めてうずくまり、じっと動かずにいた。怯え切った警官が扉を開け、彼女を連れ出そうとして手を差し伸べたときもなお。でもいま、ここには逃げるチャンスがある。そして結果がどうなろうと、そのチャンスをつかまねばならないことが彼女にはわかっていた。

偽の壁を完全に開け放つと、彼女はクロゼットの主要部に足を踏み入れ、扉に耳を押し当てた。しばらく耳をすませていたが、物音はまったくしなかった。彼女はノブに手をかけた。そうして、鼻から息を吸い、口から吐き出した。

子供時代に唱えた祈りを思い出そうとしたけれど、思い出せたのは祖母から教わった就寝前の祈りだけだった。いま彼女は目を閉じてひとりそれを唱えた——

悪霊に死霊
長い脚で蠢《うごめ》くもの
夜に騒ぐその他の物の怪《もののけ》から、
主《しゅ》よ、我らを救いたまえ

その文句、頭のなかの祖母の声で心が落ち着くと、彼女は扉を押し開けて、クロゼットから、いまもなおちかちかしている書斎の光のなかへと足を踏み出した。

第二十六章

月曜の朝、ロンドンの勤務先に電話を入れて、ひどく体調が悪いことを知らせ、出勤は翌週からでもよいかと訊ねたあと、コービン・デルはスコットランド王立銀行の支店から一万五千ポンド、現金で下ろした。その口座は、ボストンを発つ前、引き出しのたびに手数料を支払わなくてすむよう、オンラインで開設したものだ。窓口の銀行員――頭にスカーフを巻いたインド人の女は、彼の要望にほとんどなんの反応も見せなかったが、電話連絡やコンピューターへの打ち込みに十五分ほども費やし、その後ようやく二十ポンド紙幣でその金を手渡した。レインコートの内ポケットに分厚い札束の封筒を収め、コービンはタクシーでカムデン・マーケットに行った。そこで彼は、露店の前をぶらついて、候補者をさがしはじめた。別に急ぐつもりはなかった。時間なら丸一日あるのだ。それに、もっとも有望なのはパブの開店時だということもわかっていた。だがコービンには計画があった。彼はヘンリー・ウッドを見つけるつもりであり、あの男を殺すつもりだった。そしてこれは、彼にとって千載一遇のチャンスなのだった。

有望な候補者の第一号が見つかったのは、午後の二時近くだった。場所は、マーケット地区から数ブロック離れた、薄汚いパブの店内だ。その男は頬髯《ほおひげ》を生やしており、髪は長めでべとついていたが、その他の点ではコービンにかなり似ていた。目や髪や肌の色は同じだし、目鼻立ちも、くっきりした顎のラインも似通っている。それに、雨降りの月曜の昼下がりに、パイントグラスの氷入りシードルを飲むその姿は、ややうらぶれた感じがした。

コービンは、自分用のステラ（ベルギービール）のパイントグラスとともにシードルも一杯、注文し、男がすわっている、汚れた窓の近くのテーブルにその両方を持っていった。窓からは、男が手にした本、チャールズ・ブコウスキーの小説をかろうじて読める程度に光が射し込んでいた。

コービンは席に着いて、男のほうにシードルを押しやった。読み古されたペーパーバックを下ろしたとき、男の顔には警戒の色が浮かんでいた。彼は本当にコービンによく似ていた。とにかく、これなら充分だ。

「ちょっと訊いてもいいかな」コービンは言った。「きみはパスポートを持っている?」

「なんだってんだよ?」男は答えた。言葉は明瞭だったが、その訛《なまり》がどこのものなのかはわからなかった。

「ひとつ提案があってね。でも、それにはまずパスポートを持っているかどうか確認しなきゃならないんだ」

「ああ、俺はパスポートを持ってる」たぶんこれはドイツ訛だろう。

「それを貸してほしいんだ。他の身分証も全部一緒に。期間は一週間。それ以上にはならない。約束するよ。こちらにはいますぐキャッシュで八千ポンド支払う用意がある。そしてすべてを返却するときに、さらに二千支払う。きみのほうにはまったくなんのリスクもない」

男は笑った。「失せな」

「いいか。一万ポンド、リスクなし、だ」

「リスクなし?　あんたが使おうとしてるのは、俺のパスポートなんだぞ」

コービンはひと口、ビールを飲んだ。長年にわたり数々の金融商品を売ってきた彼には、この男がすでに食いついていることがわかった。こいつのパスポートを手に入れるのは、むずかしくはないだろう。「きみ、身長は?」コービンは訊ねた。「ちょっと立ってもらえるかな」

男はこの質問には答えなかった。その代わり、こう言った――「もしあんたが帰ってこなかったら?」

「そのときはパスポートを盗まれたと届け出ればいい。よくあることだよ。ところで、きみはどこの出なんだ? その訛がどこのかわからないんだが」

「出身はロッテルダムだ。オランダ人だよ」

「名前は?」

「ブラム。いいか、まだやると決めたわけじゃないからな」

「よく聴け、ブラム。報酬は一万ポンド、現金払いだ。きみはただ、パスポートを渡して、きみのクレジットカードで僕が航空券を買うのを手伝うだけでいいんだ。その代金も現金で払うよ。僕はちょっと旅をしなきゃならないんだが、行き先を知られたくない人がいるんだ。ただそれだけのことなんだよ。何もかも一週間以内に返却する。もし何かあったら、きみは、パスポートとクレジットカードを盗まれたが、すぐには気づかなかった、と言えばいい。この取引にデメリットはひとつもない」

ブラムはちょっと考えてから言った。「一万五千ポンドで引き受けよう」

コービンは立ちあがった。「他を当たってみるよ。僕に似たやつはまだどこかにいるだろう」

コービンは空いたパイントグラスをカウンターに持っていき、そのままパブを出た。ブラムは外の道でコービンに追いついた。「わかったわかった」彼は言った。「やるよ」

ブラム・ハイマンスは、その近所の建設中の大型アパートメントに無断で住みついており、寝袋で眠り、バックパックで生活していた。そんな状態でも、彼にはアップルのノートパソコンと無線のモバイル・ルーターがあった。コービンはブラムの栗色のパスポートを調べた。その写真のブラムはきれいに髯を剃《そ》っており、髪は額《ひたい》からうしろへ梳《と》かしつけていた。コービンは、写真のブラムが頬髯を生やしたバージョンであるよう願っていたのだが、髯のない写真でも悪くはなかった。特に注意を引くようなまねをしないかぎり、彼は充分ブラムで通りそうだった。その日はもうローガン空港行きの便はなかったので、コービンはブラムのビザカードを使って翌日の早朝の便を予約した。それから、ブラムに八千ポンドと、航空券代の八百ポンドを手渡し、パスポートを受け取った。

「きみは一週間後もまだここにいるかな?」コービンはブラムに訊ねた。彼はニコチンで染まった親指で紙幣を数えていた。

「え?　ここって?　このフラットってことか?」

「うん」

「ああ、どこにも行きゃしないさ」

「じゃあ、きょうから一週間後に、きみのパスポートと身分証を持ってまたここに来るとしよう。正午だ。きみはここにいるんだな?」

「いるとも」相変わらず札束に目を据《す》えたまま、ブラムは言った。

＊

ガトウィック空港のセキュリティ・ゲートの行列は、少なくとも旅行客百人分の長さとなっていたが、コービンは早くから来ていた。その混雑を目にして、彼はよかったと思った。これならたぶん、彼のパスポートをチェックするやつは、写真をじっくり見たりせず、さっさと仕事をかたづけるのではないだろうか。昨夜から今朝にかけ、コービンは本当にそれでいけるのかどうか気がかりでならず、ずっとその小さな写真を矯《た》めつ眇《すが》めつしていた。彼はいけると思った。写真が七年前のものである点も強みだった。ヘアスタイルはいまのままにしておくか、写真のスタイルをまねるべきかさんざん迷ったが、いまのままでいくことにした。もしヘアスタイルがぴったり一致していたら、出国審査の職員やボストンの入国審査の職員が顔の特徴に注意を向け、目が少しちがい、耳はまったく別物であることに気づくかもしれない。

列の行き着く先にいた、二日酔いっぽい顔の係員は、パスポートをスキャナーの上に置いたあと、ほとんどそれを見もせず、ただおざなりに写真からコービンの顔に視線を移すと、セキュリティ・ゲートへと手振りで彼を進ませた。

ボストンのほうは、それより少し危うかった。そこには最近、パスポート・チェックの自動化ゲートが導入されていたのだ。コービンはコンピューターの画面の前に立ち、パスポートを読み取らせ、その後、静止してカメラを見つめ、撮影されるのを待った。これは想定外のことで、待っているあいだに、彼の鼓動は速くなった。ところがフラッシュは閃《ひらめ》かず、その代わり、画面に〝顔の認識ができませんでした〟とメッセージが表示され、コービンは、万事休す、と思った。ソフトウェアが目の前の顔とパスポートの顔が一致しないことを見破ったにちがいない。彼は再度、写真を読み取らせたが、同じメッセージが出ただけだった。入国審査の職員がぶらぶらとやって来て、機械の高さを調節した。すると、それは機能した。光が閃き、機械から丸まった紙が出てきた。コービンの不安げな顔の白黒写真だ。彼はその紙とパスポートを別の職員、軍人みたいな口髭《くちひげ》を生やしたニキビ面の若い男のところに持っていった。男はどこに宿泊するのかとか、滞在期間はどれくらいかなど、合衆国への彼の旅についてあれこれ質問し、パスポートをじっくり調べたが、その割に写真にはさして注意を払わなかった。そしてようやく職員がブラム・ハイマンスのパスポートにスタンプを押し、コービンは脇に汗をかきながらも無事、両開きのドアを通過して、ローガン空港のビルに入った。その先には、ロビーと、大きなスライドドアと、外の歩道際でアイドリングしているタクシーの列が見えた。綱は解かれ、ここからは自由の身だ。彼はアメリカにいる。そして、それを証明できる者はひとりもいない。つかまらないかぎり、彼のアリバイは鉄壁だ。自分には強大な力があるのだ、と彼は気づいた。あとは、ヘンリーを見つけさえすればいい。

ここはもう地元なのだから、誰かに気づかれるかもしれない。そう思って、彼は急に不安になった。変装すべきだろうか？　泊まる場所はどうしよう？　細かなことまでは考えていなかった。自分のパスポートを使わずにアメリカにもどれるかどうか、それればかり気にしていたから。その目的は果たせた。となると、おつぎはどうする？

彼はタクシーでビーコン・ストリートのブティックホテルに行き、最近、クレジットカードを盗まれてしまったのだ、とひどいオランダ訛で主張して、ブラムのパスポートと現金でチェックインした。受付係は、追加の請求の発生に備え、クレジットカードも必要だと言ったが、コービンが二千ドルの保証金を出すと申し出ると（ブラムの身分証を使い、彼はローガン空港の両替所で約五千ポンドをドルに替えていた）、ようやくホテルの支配人がそれでよしとしたのだった。部屋にひとりになると、コービンは服を脱ぎ、意志の力で体の緊張を解こうとしながら、三十分近くシャワーを浴びた。警察からEメールを受け取ったとき、ついにやるべきことがわかり、それ以来、彼はずっと憑かれたような気持ちでいた。オードリーの事件のもたらす痛み、彼女が永遠に逝《い》ってしまったという悲しみは、まだ感じてはならないと自らを戒《いまし》めてきた。しかしいま、そうした想いが、抑えきれない、涙も出ない嗚咽《おえつ》とともにあふれてきて、顎は自然に堅く締まり、歯が砕けるのではないかと怖くなるほどだった。彼の心を鎮《しず》めるのは、ヘンリーをつかまえ、自らの手でたたきつぶし、相応の報いを受けさせるという考えだけだった。ヘンリーはボストンにいたのだ。それからまだ一週間も経っていない。**やつが見つかる見込みはある。**コービンは胸の内でつぶやいた。暗くなったらすぐに、自宅のアパートメントまで歩いていき、何か起こらないか、ヘンリーがなんらかの理由で現れないか、茂みに隠れて待つとしよう。

もう正午近かった。オードリーの事件のことを聞いてから、食事も睡眠もほとんど取っていなかったが、いま、胃袋は大きく鳴っていた。それに、食べていないせいで頭はくらくらしている。コービンはジーンズとTシャツと、ガトウィック空港で買ったジャック・ウィルスのフード付きスウェットシャツを身に着けた。フードは顔のまわりにしっかり引き寄せ、ゆるまないよう紐をぎゅっとしぼった。彼はホテルを出て、右に折れ、病院のあるほうへ向かった。これまで気に留めたことのなかった理髪店を通り過ぎると、引き返してドアを開け、なかに入った。そこにはふたり、理髪師がいた。一方は年寄りで禿《は》げており、明らかにその息子であるもう一方は、まだ若くて禿げている。薄暗いその店は、間口が列車の車両の幅くらいで、ポマードのにおいがした。若いほうの理髪師は手が空いていた。席に着くと、コービンは、短く刈り込んでくれとたのんだ。

「どのくらい短く?」理髪師は訊ねた。

「できるかぎり短く」

理髪師はバリカンをいちばん下の段にセットし、コービンの髪を刈り落としはじめた。高い棚に載った古い大型ステレオラジカセからは、ラジオのスポーツ・トーク番組が流れており、コービンは、電話を寄せる人々が今シーズンのレッドソックスのお粗末なリリーフのことで不平を述べるのを聴きながら、束の間、頭を空っぽにすることができた。

「髭も剃ります?」作業を終えると、理髪師は訊ねた。

コービンは顎をなでてみた。髭剃りはもう一週間以上していない。ここまで髭が伸びたのは初めてだった。「うん」彼は言った。「口髭以外、全部剃ってくれ」以前どこかで、もし外見を変えたいなら、男の場合、頭を剃って口髭を生やすのがいちばんだと読むか聞くかしたことがある。それは、何年も彼の頭にこびりついたまま離れない多くの事柄のひとつだった。もっとも彼はずっと、その真偽のほどを疑っていたが。しかし理髪師の仕事が終わり、自らの丸刈りに近い頭と、生えはじめの赤茶色の口髭を見つめたとき、実際に彼は、変わったなと思った。これなら、たまたま自分を見た人の目くらいはごまかせるだろう。上出来だ。

理髪店を出たあと、コービンはマサチューセッツ総合病院のほうに向かい、いままで行ったことのないギリシャ風のピッツェリアを見つけた。そこで彼は、大きなミートボール・サブを食べ、コーラを二杯飲んだ。それから、ターキー・サブをひとつ買い、それを持ってホテルに帰った。つぎにいつ食べられるかは、まったくわからないのだ。部屋にもどると、〈コモン〉へとつづく一群のスレート屋根に面した窓を細く開けた。それは風の強い日で、息苦しい部屋に吹き荒れる寒風を少し入れると、気持ちがよかった。彼はノートパソコンを開き、無線LANのパスワードを入れ、Eメールをチェックした。携帯電話は置いてきていた。GPS機能を切ってあっても、それを持っているのはやはり不安だった。しかしノートパソコンに関しては、それで位置を特定されることはないというかなり強い確信があり、気にせずに使うことができた。又従妹《またいとこ》のケイトからは新着メールはなく、日曜の夜に来た、警察が彼のうちの捜索を要望しているという知らせが最後の連絡だった。彼はいまもその件を不思議に思っていた。警察がなんらかの方法で彼とオードリーの関係を知ったことはまちがいないが、それがどんな方法なのかがわからない。たぶん彼らは他の居住者たちから話を聞き、その際にアランが何か言ったのだろう。だが実は、それはどうでもいいことだった。彼のうちからは何も見つかりっこないのだ。

コービンはブラウザをひとつ開き、これで千度目になるが、〃ヘンリー・ウッド〃、〃ハンク・ボーマン〃、〃ハンク・ウッド〃に関する情報が何かないか検索した。何もなし。彼はベッドにあおむけになり、高い天井とその凝《こ》った装飾を見あげた。風が室内をヒューッと吹き抜け、カーテンをはためかせる。コービンは目を閉じ、自分はふたたび子供になってアニスクアム・ビーチにいるのだと想像した。やがて彼は眠りに落ち、夢を見た。それは、自分にはなんの罪もないという夢、殺人者たちが彼を殺しに来ようとしており、彼自身は殺人者のひとりではない夢だった。

第二十七章

ノートパソコンのビーッという音で、コービンは目覚めた。ホテルの部屋は寒く、体はぶるぶる震えていた。彼は起きあがって、パソコンの画面を見た。Eメールのウィンドウが開いたままになっており、ケイト・プリディーからチャットボックスにメッセージが来ていた。こんにちは。彼はその文字を長いこと凝視《ぎょうし》していた。あまりの寒さに、歯がガチガチと鳴りだしている。まるで、パソコンの画面を通して、彼女に見られているような、自分の行動をつかまれているような気がした。彼は立ちあがって、窓を閉め、あのフード付きのスウェットを着た。

やあ。彼はそう返信した。

あなたがオードリーを殺したの？

コービンは、ほとんど息をせずに、キーボードに指を置いていた。オードリーを殺した犯人を知っていると書きたかったが、そこまでの勇気はなかった。そこで、自分はオードリーを殺していないと書き、警察は彼がやったと思っているのかと訊ねた。あなたが彼女と関係していたと彼らは言っている。ケイトはそう答え、コービンはそのことを認めた。彼はケイトに、ふたりの関係が秘密だったことを伝え、だからその点には触れなかったのだと説明した。説得力がないことは、もちろん、わかっていた。なぜ自分は、オードリーの死を知ったときに彼女との関係を明かさなかったのだろう？　あれはもう彼女を護るためではなかった。

彼はケイトに、オードリーを殺したのは自分じゃないと誓った。それは功を奏したらしい。いま、ふたりはお天気や猫のサンダースの話をしている。ケイトがオードリーはどんな人だったのかと訊ね、それから、彼女が会ったオードリーの友達のことに触れた。

コービンの肌が粟立った。その友達とは誰なのか、彼は訊ねた。

ジャック・ルドヴィコ。

コービンがその男の容貌を訊ねると、ケイトは、赤みがかった髪で、眼鏡をかけていたと答えた。ヘンリーらしくはない。しかし髪を染めるのは簡単だ。

コービンはすばやくその名前を検索した。何もなし。今度は、〝ヘンリー・ウッド〟と一緒に試してみる。やはり何も出ない。彼とケイトはさらにしばらくチャットしてから、さよならを言った。ヘンリーはおそらくケイトに会ったのだ――そう思うと、彼は吐き気を覚えた。なんとしてもあの男を見つけ出さなくては。

なぜルドヴィコなのだろう？ その名前には聞き覚えがある。そこで彼は、それを検索した。現れた最初の項目は、ルドヴィコ療法だ。「時計じかけのオレンジ」に出てくる忌避療法――その場面で、アレックスは目を無理やり開かされ、暴力的ポルノを見せられる。あれはヘンリーの好きな映画、あるいは、そのひとつだった。ヘンリーはスタンリー・キューブリックの映画に目がなく、コービンとヘンリーは、ふたりが親密だったニューヨーク・シティーでのあの夏、一緒にたくさん見ている。それは何十年も前のことのように思えた。ヘンリーがこの偽名をあの映画から取ったことは明らかだ。ハートフォードにいたころに使っていた、もうひとつの偽名、ハンク・ボーマンはどうだろう？ コービンは、〝キューブリック〟と〝ボーマン〟を検索エンジンに打ち込んだ。すると、ただちに「2001年宇宙の旅」が出てきた。心臓がドキドキしはじめ、興奮でカッと肌が熱くなった。彼はキューブリックの全作品のリストを見た。彼らは「シャイニング」を何度か一緒に見ている。ジャック・ニコルソンが演じたあの人物の名はなんといったろう？ コービンはそれを調べた。ジャック・トランスだ。彼は〝ヘンリー・トランス〟と打ち込んでみた。いくつかヒットがあった。B級映画にたくさん出ている俳優。コービンは〝ボストン〟を加えた。すると、調停コンサルタントがひとり現れた。ウェブサイトもあり、本人の写真は出ていなかったが、なぜかコービンにはすぐにわかった。長い年月を経て、自分はついにあの男を見つけたのだ。経歴は、アウレリウス大学とコロンビア大学で紛争解決学修士号取得となっていた。これはまちがいなくヘンリーだ。サイトには、電話番号とニュートンの事務所の住所も載っていた。

ついにやつを見つけた。

もう五時近くで、ヘンリーがまだ仕事をしている見込みは薄かったが、コービンはチャールズ・ストリートでタクシーを止め、ニュートンにあるヘンリーの事務所の住所を告げた。ボストンのラッシュアワーの道をのろのろ進んでそこにたどり着くのには、四十五分かかった。その事務所は、ニュートンヴィルのエリア内にあった。有料道路《ターンパイク》に平行する並木道に面したパン屋の店舗の上に。

道の向かい側にはベンチがあり、コービンはその建物から目を離さずに、そこにすわった。少し考える時間が必要だった。ついにここまでヘンリーに迫ったことが自分でも信じられなかった。いまこの瞬間、あの上の事務所に彼がいる可能性も充分にあるのだ。そう思うと、コービンは相半ばする希望と恐怖で一杯になった。もしヘンリーが実際あそこにいるなら、自分は素手でも彼を殺せる。彼の首を絞め、命を絞り出してやれるだろう。その点、コービンは、なんの疑《いだ》いも抱いていない。だがもし、ヘンリーが他の誰かと一緒だったら？　あるいは、誰かが同じ階にいて、騒ぎを耳にしたら？ ヘンリーが銃を持っていたら、どうする？

コービンは立ちあがった。木のベンチの湿気で、ジーンズの尻が少し湿っている。彼は商店街を眺め渡した。居酒屋、サブマリン・サンドの店、銀行が二店、宝石屋、そして、少し先の角に家族経営の金物屋らしきものが見えた。それこそさがしていたものだ。足早に歩いていって、入口のドアを開けると、お客の来店を店主に告げるベルが鳴り、彼はびくっと飛びあがった。店内は暗くて狭く、通路には人がひとり通れるだけの幅しかなかった。

「何かおさがしですか？」

その声がどこから聞こえてくるのか、すぐにはわからなかった。コービンは頭をめぐらせ、レジの向こうにカールのきつい灰色の髪の女がいるのを認めた。その顔はかろうじてカウンターの上にのぞいている程度で、そのため彼は一瞬、彼女はひざまずいているのかと思った。だがそのとき、女がするりと高い椅子に乗った。それはものすごく背が低い女なのだった。たぶん小人症的な何かだろう。

「いや、いいんです」コービンは言った。「ちょっと見ているだけなので」その声は彼自身の耳にも、不安げに、また、怪しげに聞こえた。

「おさがしのものが見つからなかったら、大声で呼んでくださいね」

彼は適当に通路のひとつに入った。それは配管部品の通路で、どの棚にも一面にプラスチック管や取り付け部品が並んでいた。**何をさがせばいいんだ？** コービンは考えた。工具で一杯の別の通路を彼は見つけた。ハンマー、スクリュードライバー、スパナ。そのなかに、長さ五インチ程度のゴム製の握りが付いた小さめのハンマーがあった。サイズは彼の手にぴったりだ。それを使えば、簡単にヘンリーを殴り倒せる。あとは、絞め殺すなり殴り殺すなりすればいい。だが、たとえハンマーとしては小ぶりでも、上着のポケットに入れれば、それはやはり目立ちそうで、持ち運びには不便に思えた。そこで彼は物色をつづけ、充分鋭利とは言えない鑿《のみ》の採用を検討し、その後ようやく、これぞというもの――ゴム製の握りが付いた頑丈なカッターナイフを見つけた。サイズは、刃を引っ込めれば充分に彼のポケットに収まるくらい。その小ささなら目立たないよう拳に隠して持ち歩くこともできる。

レジに向かいかけ、コービンはためらった。もしヘンリーが事務所にいたとして、自分が彼を殺したら、近所の金物店で働くあの女が、殺人事件の直前にカッターナイフを購入した怪しげな男のことを思い出すのではないか？　コービンは天井に目をやった。防犯カメラをさがしたが、カメラは見当たらなかった。そこでスウェットシャツのポケットにカッターナイフをこっそり入れて、ぶらぶらとつぎの通路に歩いていき、安いゴム糊の瓶をひとつ取ると、レジに持っていった。

女はディーン・クーンツのペーパーバックを下に置き、自分と同じくらい年季の入ったレジスターにゴム糊の値段を打ち込んだ。

「これなしじゃ生きられないってものを見つけたようね」女はほほえんだ。

「糊はいくらあっても足りないからね」目を合わさないよう努めつつ、コービンはそう応じた。ここはやはりポケットにカッターナイフを忍ばせて、そのまま店を出るべきだったのかもしれない。これで彼はまちがいなくこの女の記憶に残るだろう。
ゴム糊の入った小さなビニール袋を手に、ふたたび外に出ると、コービンはまっすぐにサブマリン・サンドの店に向かった。その角には大型ゴミ容器があり、彼はゴム糊をそこに放り込むと、カッターナイフの薄っぺらい紙の箱を引きむしって、これもゴミ容器に捨てた。まわりには大勢、人がいた。ほとんどが勤め帰りの人々、そして、スケートボードで遊ぶ子供が数人。だが、誰もコービンを見てはいない。もしヘンリーが事務所にいたら（いない可能性も大いにあるが）、彼はそのことを利用しなければならない。金物店の女が彼を覚えているかどうかはこの際どうでもいい。大事なのは、ヘンリーをつかまえることだけだ。

彼は横断歩道を渡り、ガラスのドアを通り抜けて、壁に水の染みがついた、リノリウムの床の小さな玄関ホールに入った。狭苦しいそのスペースは、焼き立てのパンと工業用洗浄剤のにおいがした。いちばん大きな壁にはボタンが三つあり、事務所の名前が三つ表示されていた。コービンは〝調停スペシャリスト、ヘンリー・トランス〟の横のボタンを押して待った。壁のスピーカーからヘンリーの声が聞こえてきたら、なんと言おうか？　血液中をアドレナリンが流れているのが感じられた。コービンは何も言わないことにした。もしヘンリーがいたら、ただ階段を駆けあがり、必要とあればドアをぶち破って、カッターナイフでやつの喉を掻き切ろう。そう考えると、指がぴくぴく引き攣《つ》った。

しかしブザーへの応答はなかった。コービンは再度ボタンを押し、前より長く待った。だがそこには誰もいないとわかった。

それでも彼は狭い階段をのぼっていった。踊り場の先は薄暗い短い廊下で、閉じたドアが三つあった。認定セラピスト、メラニー・ゲラー。公認会計士、ジョセフ・ハーン。そしてシンプルに、ヘンリー・トランス。そのドアには鍵がかかっていたが、手のなかのノブはいかにも脆《もろ》そうだった。まるで片手でつぶせるブリキ缶だ。事務所に押し入って、ヘンリーの住まいの手がかりをさがそうか。そう思ったとき、他の事務所の一方で電話が鳴り、男の声がそれに応えた。コービンはドアノブから手を離した。ヘンリーの仕事場はこれでわかった。もし事務所に押し入れば、ヘンリーを警戒させることになる。いまはただこの場を去ったほうがいい。明日の朝また来て、道の向こう側で張り込みをし、ヘンリーが現れるのを待とう。

外に出たコービンは、ホテルにもどる手立てのないことに気づいた。ニュートンは、ボストンのすぐ外とはいえ、やはりはずれではあり、簡単にタクシーがつかまる場所ではない。彼は道の向かい側のバー、〈エドマンズ・タバーン〉に目を留めた。店内では、仕事帰りの人々の小さな群れが、クッション入りの革椅子をすべて埋め、馬蹄形《ばていけい》のカウンターを囲んでいた。コービンはカウンターに寄りかかって、ラグニタス・ピルスを注文し、女のバーテンダーにタクシーを呼んでくれないかとたのんだ。女はまだ若く、せいぜい大学生といった年ごろで、長いうなじに神秘のシンボルのタトゥーを入れていた。まるで、馬をひと晩、店の裏に繋いでおいていいかと訊かれたかのように、彼女はまじまじとコービンを見つめた。

「携帯をなくしてしまったんだ」コービンは説明した。

女は自分の携帯を取り出し、スピーディーに親指を動かして、タクシー会社を見つけ出した。

その番号に電話すると、彼女はコービンに携帯を手渡した。彼は自分のいるバーの名前を告げ、十分待つように言われた。

「ウーバー（自動車配車アプリ）を入れればいいのに」彼が携帯を返すと、女は言った。

「もう入れてる。でも携帯のなかだからね」

「あっ、そうか」彼女は笑い、カウンターの内側を軽快に移動して、いま来たばかりでビールのメニューを見ている、ポロシャツ姿の頬髯《ほおひげ》の男二人組のほうに向かった。

　ホテルにもどるのはやめにし、タクシーの運転手に、ベリー・ストリート七五番地、と仮の住所を告げると、コービンはすり切れたビニールのバックシートに背中をあずけ、しばし目を閉じて、緊張を解こうとした。まず顔から始め、顎の筋肉をゆるめ、徐々に下へと進めていった。ヘンリーをつかまえるまであと少しだ。だから彼は、ごく短い夢を見ることを自分に許した。それはこれまでも何度か見た夢だった。もしもヘンリーを殺すことができ、つかまらずにすんだら、彼は人生を取りもどせる。少なくとも、人生に似たようなものを。もしかするといつか彼は、自分自身を許せるようになるかもしれない。自分たちがクレアにしたこと、リンダにしたこと、そして、レイチェルの死とオードリーの死に関し自らの果たした役割も。いや、本当に許すことは決してできまい。だがたぶん、償《つぐな》うことはできるだろう。具体的にどのように償うのかはわからない。しかし、ときおり彼の心には、家族を持った自分自身のイメージが浮かぶ。彼が庇護する彼自身の娘たち。そのイメージが浮かぶなり、彼はそれを押しのける。それはあまりにも楽観的すぎるから。そう、もしもヘンリーを殺すことができたら、そのとき彼が残りの人生に望めるのは、もうこれ以上誰も傷つけないこと、毎日、毎年を無傷で切り抜けていくことくらいだ。それで充分だろう。

*

　タクシーは彼を自宅アパートメントから一ブロックのところで下ろした。あたりはもう暗く、風は弱まっていたものの、気温は下がりつつあった。彼はフードをひっかぶって紐を絞った。それから、両手をジーンズのポケットに突っ込み、一〇一番地へと向かったが、住人の誰かに出くわしてはまずいので、門に着く前に道の反対側に渡った。身を潜めて建物を見張れる場所をさがしながら、彼はゆっくり歩いていった。もしヘンリーがすでにケイトを訪ねたなら、あいつはまた来るかもしれない。ホテルの部屋で朝が来るのをただ待つよりも、アパートメントを見張っているほうが気が楽だろう。

　ベリー・ストリートは赤煉瓦の住宅街で、建物の入口はどれも明るく照らされている。しかし一〇六番地は少し引っ込んだ古い馬屋《ステーブル》ドア（上下二段に仕切られていて、別々に開閉できるドア）の入口を保存しており、コービンはその低い石段にすわることができた。隠れた場所ではないものの、そこは街灯と街灯の中間あたりで、比較的暗かった。それ以上に重要なのは、その場所からなら自宅アパートメントの入口も、彼自身の住居のリビングの窓も見えるということだった。それらの窓は、カーテンが半分引かれ、ランプの光で輝いていた。コービンは足を思い切り引っ込め、木のステーブルドアに背中を押しつけて、なるべく人目につかないよう努めた。

　それから二時間のあいだに、コービンは何人かの人がアパートメントを出入りするのを見た。

そのほとんどは、彼の知っている人だった。ヴァレンタイン夫妻の友達の老女も現れ、ゼイゼイ呼吸する小さなパグを散歩させていた。彼女は犬を門のすぐ外の、隣の地所との境をなす短い生垣に連れていった。犬はあたりをクンクン嗅ぎ回ったすえ、最後に歩道におしっこをした。老女はコービンのほうにちらりと目をくれた。自分が白人であることがわかるよう、彼は少し顔を上げた。そうでもしなければ、彼女はすぐに警察に通報するだろうから。しばらくの後、コービンは、ミセス・ヒースコートが門の前でタクシーから降り立ち、運転手が彼女の日用品の袋ふたつをロビーへと運んでいくのを見た。その他にも数人、コービンの知らない人が出入りしたが、そのなかには又従妹《またいとこ》のケイトもヘンリー・ウッドもいなかった。

夜が深まるにつれ、街灯の落とす光の輪は明るく大きくなるように思え、コービンは、近隣に住む心配性の誰かが警察に不審者の通報をするまであとどれくらいだろうと思った。もし実際に警察が来たら、そのときはただ、休んでいるのだと言うまでだ。オランダ訛《なまり》でしゃべって、ブラムの身分証を見せてもいい。連中は彼を追い立てるだろうが、連行することはあるまい。とにかく彼はそう願った。

コービンは大きな不規則な足音を耳にした。見ると、彼と同じ年ごろの男がひとり、門の前で立ち止まった。酔っているのか、男は少しふらついた。それから彼は、コービンの（いまはケイトの）うちの窓をまっすぐに見あげた。あれはヘンリーだろうか？　うしろから見るかぎり、ヘンリーらしくはない——背が高すぎるし、頑丈すぎるが、もしかするとそうかもしれない。そのとき、男が月光と街灯の光のほうに顔を向け、コービンはそれがアランであることを知った。向かい側の棟に住むあの男、一度、コービンにオードリー・マーシャルとつきあっているのかと訊いたやつだ。なぜあいつがケイトのうちの窓を見あげているんだ？　たぶんそれがやつの趣味ということなんだろう。のぞきが好きな変態。そう言えば彼自身も、あの男はそうやってオードリーと自分の関係を知ったのだ、と判断したんじゃなかったか？　コービンは寒さを避けるふうを装って、さらに脚を引き寄せ、顔を伏せた。一歩踏み出すたびに倒れそうになり、危ういところで足を踏みおろしながら、アランはよろよろと門をくぐり、中庭に入っていった。

　通りはふたたび静かになった。さらに長い時間が過ぎ、コービンは脚を伸ばしたくなって立ちあがりかけた。そのとき、ブリマー・ストリートからベリー・ストリートに入ってくる新たな人影が目に入った。彼はすばやく腰を下ろし、戸口の暗がりに体を引っ込めた。

　それはヘンリーだった。

　コービンはほぼまちがいないと思った。全身が鼓動と同じリズムで脈打っている。男の顔は見えなかったが、その歩きかた――胸を張った姿勢、きびきびした速い足の運びは、なじみ深いものだった。あまりに強くヘンリーだと信じていたため、男が一〇一番地には顔も向けずにその門を素通りし、川のほうに歩きつづけたときは、わけがわからなくなった。コービンは立ちあがって目を凝《こ》らした。その男は（いまやヘンリーなのかどうか確信が持てなかったが）隣の建物を通り過ぎ、そこで突然、右に折れて姿を消した。コービンは道を渡って、軽く走りはじめ、スウェットシャツのポケットにまだ入っていたカッターナイフを握り締めた。男が消えた場所まで行くと、彼は速度を落とした。ふたつの建物のあいだには、狭い、ほとんど通れないほどの路地があった。コービンは左右の壁を肩でかすめながらその路地に入った。足もとの舗装はつるつるしており、腐った牛乳のにおいがつんと鼻を刺した。そのことは気にしないようにし、彼は少し体を斜めにして、両サイドの建物の向こう端まで歩いていった。路地を抜けた先は、もっと道幅の広い別の路地、ベリー・ストリートの住宅の裏手を走る道だった。彼が追っている男の気配はどこにもない。だが、左に行けば行き止まりなので、男は右に曲がったにちがいなかった。コービンは一〇一番地の裏手に向かって、ゆっくりと用心深く歩いていった。それまで自宅アパートメントの背面は見たことがなかったので、煉瓦の壁に大きな金属ドアが付いているのを目にしたときは驚いた。このドアはアパートメントの地下に通じているにちがいない。ドアの上には防犯カメラが設置されていたが、それは路地の入口のほうに向けられていた。

もうまちがいない。彼が追っている男はヘンリーだ。そして、ヘンリーはこの建物に侵入するためにふたたびここにやって来たのだ。だが、なぜ？　それに、どんな手でやつはなかに入ったんだろう？

コービンのアパートメントの鍵は、ホテルの部屋にある。いまがチャンスだ。もしヘンリーがまだ地下にいるなら、コービンはそこであの男を殺すことができる。もし地下にいなかったら？　その場合、やつはどこなのか？　どこにいようと、コービンは見つけ出すつもりだった。

急いだせいで少し息を切らし、ホテルの部屋にもどった彼は、旅行鞄の外側のジッパー付きポケットからアパートメントの鍵を取り出した。金属のリングには、三つ鍵がついている。ひとつは自分の住居の鍵、ひとつは倉庫の鍵、ひとつはアパートメントの正面口の鍵だ。正面口は常時ドアマンがいて施錠されないため、最後の鍵を使ったことはない。それでも彼は、その同じ鍵で地下に入る裏口のドアも開くのではないかと思った。やってみる価値はある。

部屋をあとにする前、コービンはバスルームで背の低いグラスに三杯、ごくごくと水を飲んだ。彼は鏡を見た。短い髪と伸びかけの口髭は、確かに彼の外見を変えていたが、それは上っ面だけのことだ。自分自身の目を、彼はじっと見つめた。怯えてはいる。だが覚悟はできていた。ヘンリーは死なねばならない。自分がやつを殺すのだ。

第二十八章

ベリー・ストリート一〇一番地の裏手にもどると、コービンはあのドアに鍵を挿し込んでみた。最初はつかえたが、しばらく左右にゆすっていると、鍵は回った。彼は重いドアを押し開けた。思っていたとおりだ。コンクリートの階段が地下の倉庫のエリアへと向かっている。彼は階段のてっぺんでためらい、地下に誰かいないか耳をすませた。最悪なのは、他の住人に顔を見られることだ。特に、ヘンリーを見つける間もなくそんなことになったら、目も当てられない。一分ほど耳をすませたあと、彼はフードを顔のまわりでぎゅっと絞り、蛍光灯のどぎつい白い光のなかへと下りていった。地下のエリアのメインルームに隠れる場所はほとんどない。壁の一面は鍵のかかった倉庫の列に、その向かい側はボイラーと貯水タンクに占められている。コービンは壁際を離れずに、貯水タンクのうしろ側が見える位置まで忍び足で進んだ。そこには誰もいなかった。

彼はフロアの反対側の、各戸の裏階段に通じる廊下へと向かった。コンクリート打ち放しの床の上で靴がカツカツ音を立てるので、ロンドンから持ってきたスニーカーに履き替えてくればよかったと思った。彼はドアを開け、がらんとした廊下をのぞきこんだ。ヘンリーは、もし建物に侵入したとすれば、住居のどれかの裏口にのぼっていったにちがいない。その行き先は、オードリーの部屋なのかもしれない。だが同時に、コービンの部屋ということも考えられる——ヘンリーがなんらかの理由でケイトをつけまわしているということも。

彼は、廊下の先の、自宅に通じる階段まで進んでいった。その狭い階段をのぼり下りしたことは何度となくあったが、各踊り場の低ワットの電球が足もとをほとんど照らさないことをこれほど意識したことはなかった。彼は盲目になったような心持ちで、ずっと両手を手すりに当てていた。自宅の裏口に着くと、ドアに頬を寄せ、何か聞こえないかと耳を凝《こ》らしたが、なんの物音もしなかった。正直なところ、どうしていいかわからなかった。ヘンリーは消えた。もしさっき鍵を持っていたら、すぐあとを追って地下に入れたのだが。いまとなっては、相手がどこにいるのか見当もつかない。

最善の道は、地下にもどって貯水タンクのうしろに隠れ、ヘンリーがふたたび現れることに賭けるというものだ。コービンはそう判断した。

彼は階段を下りはじめようとした。何かが聞こえたのはそのときだ。下のほうから物音がする。彼はぴたりと静止した。それは足音だった。静かだが、着実な足音。誰かが階段をのぼってくる。

パニックをきたし、コービンは大あわてでキーホルダーを取り出して、部屋の鍵をさぐりあてた。ノブに鍵を挿し込むと、できるだけ静かにドアを開け、暗いキッチンに入って背後のドアを閉めた。

何か聞こえないか、外の階段に耳をすませ、同時に、住居内にも耳をすませながら、コービンは微動だにせず立っていた。徐々に目が慣れてきて、窓から流れ込む月の光に照らされたキッチンの内部が見えるようになった。しばらくあたりはしんとしていた。それから、ドアの向こうで、ゆっくりと、用心深く、近づいてくる足音がした。それは踊り場で止まった。コービンはカッターナイフを握り締め、親指でスライダーを動かして刃を出した。急にその武器では心許ない気がした。刃は充分鋭いが、あまりにも小さすぎる。打撃を与えるためには、精確に狙いをつけねばならないだろう。ドアノブのきらめきに目を据《す》え、彼はゆっくりゆっくり近くの調理台まであとじさり、そこにぴたりと貼りついた。御影石《みかげいし》の調理台に左手をすべらせ、包丁が何本も差してあるナイフブロックが見つかると、いちばん大きな握りを手さぐりでさがし、その包丁を引き抜いた。彼はカッターナイフをポケットにもどし、包丁を右手に持ち替えた。

ドアの外はどうなっているのだろうか?

もしそこにいるのがヘンリーで、なんらかの理由でなかに侵入しようとし、待っているのだとしたら、こちらも待つとしよう。空いているほうの手を調理台の縁《ふち》にかけ、コービンはゆっくりと静かにさらに奥へと後退し、冷蔵庫の横のアルコーブに半ば身を隠した。規則的に静かに呼吸するよう、彼は自らの息遣いに神経を集中した。

何か音がした。ドアの外からではなく、アパートメントのなかからだ。衣類がさらさらこすれる音、木の床を裸足《はだし》で歩く足音。そして突然、ケイトがキッチンを通り過ぎ、寝室へと歩いていった。もし彼女がキッチンに入ってきていたら、いや、ただ振り向いてこちらを見ただけでも、コービンは姿を見られていただろう。彼はじっと静止したまま、耳をすませた。トイレの水が流れた。パイプがカンカンと鳴る耳慣れた音がし、蛇口が開かれた。コービンはすばやくキッチンを出て、ランプがひとつだけ点いている大きなリビングに入った。その部屋のいちばん暗いところに行き、彼はカーテンのうしろに隠れた。数分が経ち、ケイトがリビングを引き返していった。今回、聞こえたのは足音だけで、ジーンズがこすれる音はしなかった。彼女は寝るときに着る何かに着替えたにちがいない。

五分後、彼はカーテンのうしろから半分、足を踏み出した。書斎からテレビの音がかすかに聞こえる。少なくとも、いまの彼には、ケイトがどこにいるかわかっている。あとはただ待って、ヘンリーが現れるかどうか確認するだけのことだ。彼はその場に留まり、じっと耳を凝らしていた。一時間が――あるいは、一時間にも思える時が過ぎた。自分はいったいここで何をしているのか、何が起こることを期待しているのか、コービンは疑問を感じはじめた。階段の下のほうから音がしたことさえ、本当だったのかどうか、疑わしく思えてきた。たぶんあれは気のせいだったのだ。頭のなかをいくつもの考えが駆け抜けていく。ヘンリー・ウッドが無頓着に、まるでここに住んでいるかのように、リビングに入ってきたのは、そのときだ。コービンは凍りつき、彼を見つめた。包丁を握る手の指は痺《しび》れていた。それはまちがいなくヘンリーだった。髪は短く切って染め、襟の立った黒っぽい七分丈のコートを着ている。彼は書斎へと向かった。

コービンは片膝《かたひざ》を床につき、片方ずつ靴を脱いだ。なぜもっと前にこうしておかなかったんだろう？

ソックスの足で、すべらないよう用心しつつ、彼は廊下を移動して書斎に入った。白黒映画がテレビの画面を満たしている。ケイトは毛布をかぶって革のソファに横たわっていた。眠り込んでいるのは明らかだ。ヘンリーの姿はどこにもない。彼はくるりと向きを変え、リビングへとつづく廊下を振り返った。ヘンリーがいるのは、ふたつある予備の寝室のひとつか、第二のバスルームか、洗濯室だ。背後のソファでケイトが身じろぎし、鼻から小さく息を漏らした。コービンは、書斎のクロゼットの奥にあるスペースのことを考えた。このアパートメントを買ったとき、父が作った秘密の場所。ケイトを起こして、そこに隠れるように言わなければならない。そうすれば、もし彼にヘンリーを見つけて殺すことができなくても、または、彼がヘンリーに殺されても、ケイトだけは安全だ。何が起こるにせよ、すべて我が身に降りかかるわけだが、それなら彼も受け入れられる。

いま大事なのは、ケイトを生き延びさせることだけだ。

コービンはソファの前にしゃがみこむと、包丁を下に置き、フードを頭から押しのけて、ケイトの口を手でふさいだ。彼女が目を覚まし、もがきだしたので、肩にかけたもう一方の手で、その体を押さえつけた。自分が誰なのか（彼自身の希望としては、安心させるような声で）コービンは彼女に教えた。

「僕を信じなきゃいけないよ」彼はささやいた。「さもないとふたりとも死ぬことになる。わかったね？」

ようやくケイトがうなずいた。どうやら彼女も耳を傾けだしたようだ。コービンは彼女に、クロゼットの奥の秘密のスペース――父がITバブル崩壊のあと、金《きん》を隠すために備え付けた保管庫のことを話し、彼女はそのなかに入って、自分が迎えに行くまでじっとしていなくてはならないのだと説明した。ケイトはふたたびパニックの色を見せたが、前ほど激しくもがいてはいなかった。コービンは、やらなければいけないと繰り返し言いつづけ、ついにケイトも体の力を抜いた。彼女がうなずいたので、彼はその口から手をどけた。彼女の片頰には、涙と唾液で濡れた髪が扇《おうぎ》状に貼り付いていた。

「誰？」ケイトは訊ねた。「誰がここにいるの？」

コービンは、それはどうでもいい、とにかくクロゼットに行かなくてはいけない、と言った。ケイトは従順についてきた。コービンは、彼女の自我が崩壊したかのように感じた。彼女を引き寄せ、抱き締めたくてたまらなかった。よく知らない仲とはいえ、考えてみれば、ふたりは親戚同士なのだ。彼は自制したが、彼女がクロゼットの奥に向かう直前にこう言った。「僕が助けてあげるよ」その瞬間、彼はそうなると信じた。

クロゼットの閉じた扉を背に、彼はソファの前に行き、包丁を拾いあげた。背後ではまだ映画が流れている。イギリス英語の、白黒の何かだ。華麗な舞踏会の男と女。テレビの音がありがたい。おそらくヘンリーはまだ、ケイトと自分以外にこのうちに人がいることを知らないはずだ。

コービンは廊下の先に目を向けた。バスルームと洗濯室のドアは閉まっているが、客用寝室のドアはどちらも少し開いていた。一方のドアはもう一方よりも大きく。ヘンリーがそれら寝室のどちらかに入ったことはほぼまちがいない。廊下のペルシャ絨毯《じゅうたん》の上をそろそろと進んでいき、第一の寝室をのぞきこもうとしたときだ。リビングの何かの動きがコービンの目をとらえた。彼は振り返った。するとそこにヘンリーが立ち、こちらを見返していた。ランプひとつの光でも、その表情は充分に読み取れた。主に驚き。そしてたぶん、ちょっとおもしろがってもいる。

コービンは、平らな刃をジーンズにぴたりと押しつけ、包丁を隠した。そして、ヘンリーのほうに歩いていった。

「来たのか」ヘンリーはそう言ってほほえんだ。その上唇が引っ込み、大きな白い犬歯がむきだしになる。

「ここで何をしているんだ、ヘンリー?」コービンは訊ねた。彼の声は実際の気持ちよりも冷静に聞こえた。

「俺がここに来た理由はきみなんだぜ。まさかきみは……」

ヘンリーとあれこれしゃべってはいられない。行動しなくては。コービンは大きく二歩、進み出て、包丁を突き出した。しかしスピードが足りなかった。公園でタッチされまいとする子供よろしく、ヘンリーは腹を引っ込め、背を丸めた。コービンがバランスを崩すと、ヘンリーは彼に組みついてきた。ふたりは折り重なったまま床に倒れ、コービンの肺から一気に空気が吐き出された。ヘンリーはまだ包丁を握っているコービンの手を押さえつけ、もう一方の手で包丁をもぎとろうとして、その刃にてのひらを切り裂かれた。彼は痛みにヒッと声を漏らし、肺の機能が回復しだしたコービンは、なんとか包丁をつかんだまま、ヘンリーを押しのけてあおむけに転がしてやった。その顔を狙ったつぎの一撃は、大きくはずれ、包丁の先はヘンリーの頰の横の床板に突き刺さった。アドレナリンの噴出と、コービンが恐怖であってくれと願う何かとで、ヘンリーの目が大きくなる。コービンは硬材の床板から包丁を引き抜きにかかったが、手は汗でぬるぬるで、包丁の柄《え》は拳からすっぽ抜けた。その勢いで、彼はうしろによろけ、左のてのひらを床についた。包丁が音叉《おんさ》のように細かく震えた。ヘンリーがすばやく立ちあがり、包丁の柄をつかみ、床からその刃を引き抜いて、襲いかかってくる。コービンにできたのは、右腕で身をかばい、両脚を蹴り出すことだけだ。それでは足りなかった。包丁が彼の喉に届いた。

コービンはあおむけに転がった。両の手が本能的に傷口をつかむと、指のあいだから温かな血が漏れ出てきた。床を引っ掻く音が聞こえたが、頭を起こしてヘンリーをさがすことはできなかった。彼はただじっと格天井《ごうてんじょう》を見あげた。感覚のすべてが体から消えていく。目を閉じようとしたとき、彼は自分の上にケイトがかがみこんでいるのを見た。**きみはちょっと僕の父に似ているね。**コービンは言ったが、出てきたのは彼自身の血が喉のなかでゴロゴロいう音だけだった。**きみは父と同じ目をしているよ。**

第二十九章

アランは目を覚ました。耳のなかでジリジリと目覚まし時計が鳴っている。デジタルの表示のほうに、彼はそろそろと顔を向けた。その数字は十時三十分を告げていた。一瞬、いまが昼なのか夜なのか、わからなかった。時計をバシッとたたき、彼はふたたび目を閉じた。万力で頭蓋骨を締め付けられているかのように、こめかみがずきずき疼《うず》いていた。

またもやアラームが鳴った。今度は彼も起きあがって、あたりを見回した。鳴っているのは時計ではなかった。ドアのブザーだ。彼はベッドから飛び出し、自分がまだ服を着ていることに驚きつつ、リビングのインターコムまでだらだらと歩いていった。**ケイトだ**、と彼は思った。昨夜の断片がどっとよみがえってくる。ジャックとその長いとりとめのない語り。コービンが前にも人を殺しているという話。帰途のボストン横断。あのアイリッシュ・パブ。それから、すべてがぼやけはじめた。それでも彼は、ケイトに会ったことは覚えていた。ふたりは言い争っており、彼女は怯えた顔をしている。あれはキッチンのなかだった。そう思ったが、どうやってそこに行ったのかは覚えていなかった。また、どうやってうちに帰ってきたのかも。

彼はインターコムの応答ボタンを押した。

「あの人たちがいま上がっていきます」ドアマンが言った。

「誰が?」

「警察です。捜索令状を見せられました」

ドアをたたく大きな音がした。吐き気に襲われながらも、アランは玄関に行き、ドアを開けた。

「アラン・チャーニーさん?」それは前に会ったあの女性刑事だった。彼女のうしろには、制服警官二名(どちらも男で、どちらも彼女より背が低い)と、もうひとり、くっついてきた見習いみたいな私服の女性がいた。

「はい」

「わたしはロバータ・ジェイムズ刑事、こちらは連邦捜査局のアビゲイル・タン捜査官です。わたしたちには、あなたの住居を対象とする捜索令状があります」彼女はアランに、何度もたたんだり開いたりしたように見える紙を一枚、手渡した。

「わかりました」アランはそう言って、四人全員をなかに入れるため、一歩うしろにさがった。

「これはオードリー・マーシャルに関係することなんですか?」

「ええ、そうです」捜査官が言った。見た目と同じくその声も若かった。彼女は上着のポケットからラテックスの手袋をふた組、取り出して、制服警官たちに手渡した。「故人との関係について、何か話したいことはありませんか？」

じっと見つめる相手の目をまともに見られない自分を意識しながら、アランは勢いよく首を振った。またしても強い吐き気がこみあげてきた。「失礼」彼は言い、バスルームへと走った。なかに入ってどうにかドアを閉めると、硬いタイルに膝《ひざ》をつき、胆汁以外何もなくなるまで嘔吐した。それから、冷たい水で顔を洗い、歯を磨いた。鏡の自分を彼は見つめた。その目は血走っており、吐いたせいで下瞼《したまぶた》が涙で濡れていた。肌は蒼白だった。涙をぬぐいながら、彼はひどい恐怖感を覚えていた。それは、警察に自宅を捜索されているから、というだけではない。何か恐ろしいことが起きているのが、彼にはわかっていた。

リビングから警察の無線機の音が聞こえてきた。いったい彼らは何をさがしているんだろう？　引き返す前に、イブプロフェンをさがすために洗面台の戸棚を開け、彼はたまたまアレルギーの薬を手に取った。それを棚にもどしたとき、突然、その日に見た、バーで前腕を掻くジャックの不吉なイメージがパッと頭に閃《ひらめ》いた。蕁麻疹《じんましん》。本人はそう言っていた。春の季節がどうのこうのと。でも、あれはアレルギー性蕁麻疹には見えなかった。そして突然、それがなんだったのか、そのことが何を意味するのかに、アランは気づいた。眩暈《めまい》が全身を駆けめぐる。頭のなかで警報が鳴りだした。ケイトが恐ろしい危機にあることを彼は感じた。なぜなのか、はっきりとはわからない。それは単なる直感だったが、彼が過去に経験したどんな感覚にも負けないリアルな感覚だった。

彼はバスルームを出て、リビングに入った。ちょうどあの若い捜査官がこちらに歩いてくるところだった。彼女は手袋を脱ごうとしていた。その背後の、アルコーブ・キッチンで、もうひとりの警官が包丁を一本、証拠袋に入れているのが見えた。自分が何を言うつもりなのかよくわからないまま、アランはしゃべりだした。捜査官が上着のなかから手錠を取り出すのを見て、彼は口をつぐんだ。「アラン・チャーニー」無表情な目をして、彼女は言った。「オードリー・マーシャル殺害容疑で、あなたを逮捕します……」

アランにうしろ手に手錠をかけながら、彼女は被疑者の権利を読みあげた。

第二部　二等分

第三十章

コービン・デルとの友情（または、どう呼ぶにせよ、あの結びつき）は、特別なものだった。ヘンリー・ウッドは生まれて初めて、ノーマルな人間が恋に落ちたときや親と接するとき、新しい子犬がうちに来たときに感じる何かを自分も感じているんだと思った。それからその友情は——ふたりでリンダ・アルチェリという虫けらを殺したあと、コービンが寄越した電話一本で——終わりを告げ、ヘンリーは深く傷ついた。これもまた新たな情緒的体験だった。傷ついただけでなく、それはショックでもあった。なんと言っても、ヘンリーはコービンを新しいよりよい世界へと導いてやったのだ。彼はコービンをカンザスからオズへと連れていった。なのにコービンはなぜか、カンザスにもどりたがっているのだった。

ボディントン共同墓地での出来事が美しいものであることを、コービンはわかっていなかったんだろうか？　イールリバー池での出来事がさらに美しいものになりえたことも？

それがあのことに対するヘンリーの認識だった。特に、ふたりがロンドンでクレア・ブレナンを介して共有したひとときを、彼はそのように見ていた。美化された大学時代のなつかしい思い出という一面もあるのかもしれないが……いや、やはりちがう、彼はあの場でも息をのむほどの美を感じたのだ。犯行からロンドンを去るまでの短い期間も、そして、ニューヨークで過ごしたあのすばらしい夏も、世界は新たな色で構成されていた。ヘンリーは毎晩、眠りに落ちるとき、あの雨降りの水曜の午後、コービンとクレアと自分のあいだで起きたことを逐一思い返した。あれは自然発生的なダンスだった。参加者がみな、事前に稽古をしなくても、すべての振りを心得ているダンス。ヘンリーはあの出来事をそんなふうに記憶していた。クレアの死はクライマックスだった。そして彼女の流した血は、コービンと彼のあいだでぴったり等分に分配された。雨までもが、降るべきときに降りはじめ、血を洗い流し、空気を浄化して、その美をいや増したのだ。

ときおりヘンリーは、事実をいじって、よりよくなるよう改変した。たとえば、自分がつるつるする地面にすべって片膝《かたひざ》をつき、ナイフを取り落としたあのぎこちない瞬間は、いつも削除した。また、穴を掘るのにかかった時間は、実際にはコービンがいまに人が来るんじゃないかと焦りだすほど長かったが、必ず短く縮めた。また、シーンをひとつ、敢えて加えることもあった。そのシーンで、彼らはクレアを埋める前にその死体をまんなかから左右に切り裂くのだ。**半分はコービンのもの、半分は俺のもの。**ヘンリーは思う。**二等分だ。**それは、クレアがなぜ死んだのかを——彼女が愚かにも自らの愛を分割し、その報いを受けたことを、記念する儀式だった。でも同時にそれは、ヘンリーとコービンのあいだにあったことをも記念しているのだった。

もちろん、リンダ・アルチェリのあと、ヘンリーは、コービンが本当に理解してはいないこと、本当に理解する日は決して来ないことを知った。リンダの切開は、コービンには価値のわからないプレゼントだった。

それでも、あの電話が来たとき――ふたりの友情は終わったとコービンに告げられたとき、ヘンリーはショックを受けた。

そしてつぎに、怒りを覚えた。

コービンは何を考えているんだろう？　ふたりで一緒にああいうことをして、そのあとただやめられるとでも思っているんだろうか？　そのまま普通の生活にもどれるとでも？　彼は結婚したいんだろうか？　子供がほしいんだろうか？　カンザスにもどって、色のない世界で幸せに暮らせると、本気で思っているんだろうか？　そしてヘンリーは決心した。他のことはどうあれ、それだけは実現させまい。この世の中はそういうものじゃない。コービンは自分の同類だ。ちがうふりをするのは勝手だが、事実は変わらない。ヘンリーは、コービンに絶対にそのことを忘れさせないつもりだった。

ヘンリー・ウッドは、ミズーリ州セントルイスの調停コンサルタント、ヘンリー・〝ハンク〟・トランスとなった。専門はビジネス上のトラブルだ。それはたやすい仕事だった。人を操る簡単な手は山ほどある。特に、トラブルで参っている人間は御しやすい。馬鹿な人間はなおさらだ。

やがて彼は、ケイリー・ビューチャーという女と出会った。その外見やしぐさ、目の奥のみだらさがクレアを思い出させる女だ。彼はケイリーを食事に連れていき、彼女が、あの醜悪な中西部訛《なまり》で、あれこれ話すのに耳を傾けた。家族のなかで自分が大学に行った最初の人間であるという話。両親が少しも評価してくれず、なぜまだ結婚しないのか訝《いぶか》るばかりだという話。ヘンリーは二度とケイリーに電話しなかったが、一年半にわたり彼女をつけまわした。彼女はウェブスター・グローブスで、一世帯用の貸家に住んでいた。彼はケイリーのあとをつけ、その日々の行動を把握した。それから、ピッキングの道具を一式買い、その使いかたを独学で習得し、気が向いたときはいつでも彼女の家に侵入した。家のなかの物を置き換え、残り物のなかに唾を吐き、彼女のくだらない日記（〝ハイ、未来の私！〟）を読むのが、彼は好きだった。ある日の午後、彼女は早い時間に勤め先の男をひとり連れて仕事からもどった。ヘンリーは寝室のクロゼットに隠れ、ふたりがセックスするのを聴いていた。事が終わると、男は涙して、自分は結婚しているし、これまで一度も妻を裏切ったことはなかったのに、と嘆いた。とにかくそれが本人の弁だ。男が帰ったあと、ケイリーは電話を取り、友達の誰かに一部始終を打ち明けた。それから勤め先に電話を入れて、偏頭痛が始まったのでその日の残りは家にいると伝えた。ヘンリーは宵《よい》から夜の半ばまでずっと家のなかに留まり、明け方の三時に、ベッドで眠る彼女をそばからじっと見おろしたあと、そこを立ち去った。

ケイリーとふたりきりでその家で過ごす時間は実に楽しく、そんな気持ちを経験するのは、コービンと一緒に過ごして以来だった。

彼はできるだけ頻繁《ひんぱん》に訪問した。オランダ・コロニアル様式のその家の内部を知り尽くし、身を隠せる場所、床板のきしむ箇所や油の切れた蝶番《ちょうつがい》は残らず頭に入れた。するとやがて、ケイリーがいるときでも、家のなかを気楽に動き回れることがわかった。ただ、一度だけ危うく見つかりかけたこともある。彼は、ケイリーがまったく使わない階下のバスルームにいた。そのとき、夜の外出からもどった彼女が、用を足すためにバスルームに飛び込んできたのだ。かろうじてシャワー室に隠れることはできたが、カーテンを完全に閉めるだけの時間はなかった。ケイリーは便器にすわり、勢いよく放尿した。もし顔を上げて鏡を見ていたら、カーテンの陰にいるヘンリーの顔が見えたはずだ。でも彼女は顔を上げなかったし、ずっと携帯電話から目を離さなかった。それによってケイリーは救われたのだ。そのとき読んでいたもの、彼女を笑わせ、同時に泣かせたなんらかの文章によって。

その後、地価が高騰《こうとう》したため、ケイリーの家主がその家を売りに出し、ケイリーは町にもどって女友達と同居することになった。その家でのケイリーとの最後の夜、ヘンリーは彼女が二階で眠っているさなかに、リビングでトランプのカードをカットした。赤が出たらベッドの彼女を殺し、黒が出たら生かしておくつもりだった。出たのは、クラブの7だった。立ち去る前、ヘンリーは鋏を手に取り、ケイリー・ビューチャーの写真を見つかっただけすべて半々に切り分け、その二片をもとどおりフレームに収めるか、テープで貼り合わせて冷蔵庫に留めるかしておいた。それから彼は、たぶん何万ドルもする、アンディ・ウォーホルによる毛沢東像の直筆サイン入りシルクスクリーンを盗んだ。

ケイリーとのつきあいは楽しいものだったが、同時に一抹の淋《さび》しさもあった。ヘンリーは改良を施した写真を彼女に残してやったが、そうしたのが誰なのかケイリーが知ることは決してない。それは彼女の人生におけるひとつの謎にすぎないのだ。

そろそろコービンをさがすとしよう。ヘンリーはそう決心した。復讐の時だ。

それはむずかしくはなかった。リンクトインによると、コービンはニューヨーク・シティーで何年か過ごしたあと、ブライアー＝クレイン社の本社に勤務することになり、故郷のボストンに移っていた。夏の休暇中に、ヘンリーはコービンをさがすためにボストンへと飛んだ。ブライアー＝クレイン社のサウスエンドの小さなオフィスを、彼は見張った。コービンが町にいないのは明らかだった。そこで、そのオフィスのおしゃべりな受付係に偽物の名刺をあずけ、コービンが八月のあいだほぼずっと家族とともにノースショアにいることを突き止めた。ヘンリーはレンタカーを借りて北に向かい、夏のシーズンの盛りに空室のあった唯一のホテル、〈ニューエセックス・モーターコート〉に部屋を取った。彼は一週間にわたり、コービンとその恋人の黒髪美人をつけまわした。コービンはよく日に焼け、筋骨隆々だった。彼は毎朝ビーチを走っていた。そして、今回ひっかけた地元の女といるときは本当に幸せそうだった。ヘンリーはその女の名前をつかんだ。レイチェル・チェス。彼女は、クレア・ブレナンと同じく黒っぽい長い髪の持ち主で、コービンと一緒のときは、いつも笑みをたたえているか、彼の肩に腕をだらんとかけているかだった。また、一緒に海に入っているときは、いつも彼に両脚を巻きつけていた。夜も毎晩、あの脚を彼に巻きつけているんだろう、とヘンリーは思った。自らの輝ける神が、かつて女の頭を地面にがんがんたたきつけ、失神させた男だとは思いもよらずに。ヘンリーの怒りは、すぐにもコービンを殺《や》ってしまいたいと思うほど激しかった。夜なかに寝室に忍び込み、コービンの喉を切り裂き、彼が血を流して死ぬのをこの目で見たいと思うほどに。でも、だめだ。コービンにはその程度じゃ足りない。ヘンリーは、まずはちょっと楽しむことにした。

レイチェル・チェスには、常時活用しているフェイスブックのアカウントがあった。コロンブス記念日の週末に彼女がニューエセックスに帰る予定だと知ると、ヘンリーはふたたびその地に飛んだ。コービンはそこにいなかった——これは意外だったが、かえって仕事はしやすくなった。〈ラスティ・スカッパー〉というビーチサイドのバーで、彼はうまくレイチェルと出会った。別に驚くまでもないが、彼女はお高くとまったくそ女で、一杯おごろうという彼の申し出をはねつけた。彼はバーを出て、車で待ち伏せした。彼女は閉店時間に出てきた。どこかの男が駐車場で彼女にしつこくキスを迫り、彼女は繰り返し男を押しのけていた。ついに相手は憤然と歩み去り、マフラー交換の必要がありそうなピックアップ・トラックで走り去った。レイチェルはひとりビーチへと向かった。ヘンリーはレンタカーのトランクからバックパックを取り出した。そこには、前の日に〈ウォルマート〉で買った新品のフィレナイフが入っていた。その刃は充分に鋭利で、それを使えば、単に彼女を殺すだけではなく、自分の女を殺したのが誰なのかコービンに明確にわかるかたちで、死体を切り裂くことができるはずだった。

一年後、主《しゅ》として退屈だからという理由で、ヘンリーはボストンに移り、ニュートンヴィルのエレベーターのないビルの二階に事務所をかまえ、ダウンタウンに家具付きのアパートメントを借りた。コービンの勤め先の向かい側にはコーヒーショップが一軒あり、ヘンリーはときどきそこでコービンが現れるのを待った。出勤はほぼ毎朝、六時半と決まっていた。仕事のあと、彼はたいてい近くのジムに行き、ときにはまっすぐ家に帰った。だが彼が人と会うことはなかった。特に女とは一切。これはつまり、その結果がどうなるか、もうわかったということだ。レイチェル・チェスの身に何があったか、彼は知っているのだ。

ヘンリーは、自分のことをコービンはどう思っているんだろうと考えた。ただひたすら憎み、恐れているのか、それとも、そこにはいくらか賞賛の念も混じっているんだろうか？　嫉妬や後悔はどうだろう？

コービンが仕事に出ているとき、ヘンリーはときどき、裏口の鍵をこじ開けて、コービンの住むアパートメントの建物に侵入し、地下室からコービンの立派な住まいまで裏階段をのぼっていった。ただし、頻繁に、ではない。彼は裏口から入るところを見られるのを恐れていた。もっともその地下室で人を見かけることはまったくなかったが。それは倉庫のスペース以外、ほとんど何もない場所だった。ときどきそこには猫がいて、そいつは哀しげにニャアニャア鳴きながら、暗くて狭い階段をヘンリーについてのぼってきた。これはコービンの猫なんだろうか。ヘンリーはそう考え、ちがうだろうと思った。コービンのうちに猫がいることを示唆《しさ》するものが何も（ペット用トイレも、餌を入れるボウルも）ないからだ。そいつの首をへし折って、コービンのうちの東洋風絨毯《じゅうたん》一面にその内臓を撒《ま》き散らすのがどれほど簡単なことか、ヘンリーはときどき想像した。でも実行はしなかった。自分がどこまで迫っているか、コービンに知らせる心の準備はまだできていない。それに、コービンのうちで過ごす時間はあまりにも楽しかった。

コービンが恋人を隠しているのがわかったのは、ある木曜の午後のことだ。ノックの音がしたとき、ヘンリーはソファでくつろぎ、コービンのベルヴェデール・ウォッカを飲んでいた。彼はすばやく移動して、そうっとドアに近づき、のぞき穴に目を当てた。そこには、どことなく見覚えのある金髪女がいた。鍵の回る音を耳にし、彼は主寝室へと走ったが、ちょうど廊下に入ったとき、ドアが開いた。それでもパニックに陥《おちい》りはしなかった。彼はたっぷり経験を積んでいる。ケイリーに気づかれずに、その家で何度となく彼女とともに過ごしてきたのだ。彼はキッチンに飛び込み、冷蔵庫の向こう側の隅に隠れて、耳をすませた。しばらくはなんの物音もしなかった。それからまた、玄関のドアが開いて閉じる音がした。彼はゆっくりと廊下に出ていき、その後ふたたびリビングにもどった。見ると、コーヒーテーブルの上にメモがあり、ウォッカのグラスで押さえてあった。女の筆跡は大胆で曲線的だった。

コービンへ

合い鍵を使って、あなたのうちに侵入しました。偏頭痛が始まりそうだし、あなたのところにあるあの薬がいちばんよく効くから。あちこちのぞきまわったりはしていない。絶対本当。今夜は来ないでね。たぶんわたしは耳栓をして布団にもぐりこんでいるから。でも、もし頭痛が収まったら、会いに来るかも?? もうずいぶん会ってないものね。

オードリー

コービンには女がいるのだ。少なくとも、寝る相手が。そしてこのときヘンリーは、どこであの女を見たのか思い出した。あれはこのアパートメントの住人だ。男みたいなヘアスタイルの冷たそうな金髪女で、いつも本で一杯らしいバッグを持ち歩いている。そして、いつもこの建物に出入りしている。あれはコービンのタイプには見えない。クレアとレイチェルはどちらも黒髪で、体つきはやわらかく曲線的だった。今度の女は骨盤が狭く、脚ばかりで、暖かなそよ風に吹かれただけで倒れてしまいそうだ。とはいえ、彼らは確かに関係している。そして、女の名前とその部屋番号、女とコービンがどの程度真剣なのかをつかむのは簡単だろう。

ヘンリーは、大きな解放感が胸に広がるのを感じた。来《きた》るべきすべてに対する期待感を。コービンはヘンリーと分け合うのをもうやめたのだろうが、ヘンリーのほうはまだコービンと分け合うのをやめる気はなかった。

第三十一章

女の名前はオードリー・マーシャル。勤め先は出版社。ボストンに移る前は、ニューヨーク・シティーにいた。そして現在は、コービン・デルのすぐ隣の部屋に住んでいる。

これらの情報はすべてグーグル検索で簡単に手に入った。その前にまず、ヘンリーは、便利屋のちらしをひと束持って、アパートメントのロビーを訪れた。ドアマンはちらしの束を受け取り、各居住者の郵便物にちらしを加えると約束した。ヘンリーは怪しいものだと思ったが。

「あの人のとこには入れなくてもいいですよ……オードリー……オードリー……」思い出そうとしているふりをし、彼はせっかちに指を鳴らした。

「オードリー・マーシャルかな」眠たげな目をしたそのドアマンは言った。

「そうそう。あの人はうちのことを知ってるから。ちょっと前に彼女んちの壁を塗ったんでね」

ドアマンはちょっととまどった顔をした。「いつの話です？」

「何カ月か前。たぶん」ヘンリーはそう言って、すばやく外に逃れ出た。

彼は折に触れオードリーをつけまわすようになった。彼女の働きかたは変わっていた。ときには十時ごろまで出社しないこともあり、真夜中まで帰宅しないことも多い。さらには、平日にうちにいることもたまにある。その不規則さゆえに、ヘンリーは、彼女の部屋に侵入することに対して臆病になった。それこそ、やりたくてたまらないことだというのに。ある朝、彼女が大きなスーツケースを携えて現れ、タクシーが歩道際でアイドリングしているのを見たとき、ヘンリーは機が熟したように感じた。彼はその夜に侵入した――がらんとした地下室を通り抜け、いつもとちがう階段をのぼって。あの女のうちの裏口の鍵は、ピンが五本あるタンブラー錠で、こじ開けるのに少々手間取ったが、最終的にはなかに入ることができた。彼は明かりを点けずに、暗闇に目が慣れるまで待ち、それから、家具の乏《とぼ》しいその住居内を歩き回った。それは、コービンの住居よりはずっと小さいものの、都市部の住まいとしてはやはり大きなうちだった。リビングはいたるところ本だらけで、床の上でその塔が町の景色を作っていた。リビングのカーテンが開いていたので、寝室に移動すると、こちらのカーテンは閉まっていた。ヘンリーはペンライトを取り出して、彼女の持ち物を調べて回った。めあてのものはベッドの横の引き出しで見つかった。ゴム紐が中央にかかった赤い革表紙のノート。彼はゴム紐をはずして、そのノートを開いた。それは日記帳だった。あの女がコービンに残したメモと同じ筆記体の文字が、何ページもつづいている。ヘンリーはベッドの端に腰を下ろし、それを読みはじめた。日記には日付が入っていた。書き込みはほぼどれも、二、三行といったところ。その大半は退屈だった。読んだ本のこと、要求の多い妹からの電話のこと――しかし、コービンが登場しだすと、それもいくらかおもしろくなった。ヘンリーの見つけた、コービンに関する最初の記述は、数カ月前、今年の一月のものだった。

ホット《ホット》なお隣さん《ネイバー》が夕食に来た。彼の考えはまったく読めない。まるで白紙のページを見ているみたい。とてもホットな白紙のページだけれど。わたしたちはワインを二本、空けた。彼が言い寄ってくる。わたしはそう思った。ところがつぎの瞬間、まるで牛追い棒でたたかれたみたいに、彼は出ていってしまった。

その後、コービンが出てくる頻度は増し、数日置きになった。

ホットなお隣さん《ホット・ネイバー》の超でかいうちで夜を過ごした。ちょっと変てこだけど、よかった。事後に、〝関係は求めてない〟のスピーチあり。

とうとうケリーに、ホットなお隣さん《ホット・ネイバー》のことを打ち明けた。彼女は当然、山ほど質問をしてきたけれど、こっちはちっとも答えられなかった。わたしが、きっと彼はただ誰かと一緒にいたいだけで、恋人はほしくないんでしょ、と言うと、ケリーは、もう誰かいるからだよね、と言った。わたしは笑ったけれど、そのことならもう百回も考えている。問題は、彼に他の女がいるとは思えないってこと。どうも、もっと複雑な事情があるような気がする。

よかれ悪しかれ、HNとわたしはまちがいなく何かになっている。ただ、それがなんなのか、わたしにわからないだけだ。セックスはいい。それに、わたしは彼のことを気にかけているし、彼のほうもわたしのことを気にかけている、もしくは、気にかけているふりをしている。どうしてもわからないのは、なぜふたりで一緒に近所を散歩することさえ許されないのかってことだ。

HNとは別れなきゃならない。それも早ければ早いほうがいい。もし、ただのセックス・フレンドだと思えるなら、それはそれでいいのだけれど、ふたりの仲はまちがいなくそれ以上のものだし、彼は相変わらず、あの大きな分厚い頭蓋骨のなかで何が起きているのか話してくれない。だから、傷つく前に抜け出さなくちゃ。先日、わたしたちは鍵を交換しあった。これもお隣のよしみ。でもやっぱり、何か意味があるように思える。コービン、もしうちに来て、これを読んでるなら、死んじまえ！　それと、わたしの耳のなかを舌でかきまわすの、やめてくれない？　あれって気持ち悪いのよね。

HNは壊れている。何かがひどくおかしい。ちゃんと話してくれないなら、もう終わりにしなくては。

ついに終わった。彼がうちに来て、わたしを責めたのだ。実は、何を責められたのか、わたしにはよくわかっていない。わたしが誰かに、ふたりのことを話したんだとか――それも同じアパートメントの人に！　彼はほんとにどこかおかしいんじゃないだろうか。だんだんそんな気がしてきた。もう抜け出したい。

コービンが半年間、ロンドンに行くことになった。あのうちには彼の又従妹《またいとこ》が入居するという。わたしは喜んでいる。うれしくないわけがない。その話をしたとき、彼があんなに悲しそうでなければよかったのに。

それが、コービンに関する最後の記述だった。日付は一週間前だ。ヘンリーはショックを受けた。コービンがロンドンに移る？　いつ行く予定なんだろう？　このことはなぜか彼を怒らせた。ロンドンは、彼らふたりの場所だ。なのにコービンは、何事もなかったかのように、またそこに行こうとしている。まるでただよその町に行くように。

翌日、ヘンリーはコービンのうちに侵入し、デスクの上でフォルダーを見つけた。そこには、旅行関係の書類とロンドンでの滞在期間の就労ビザが入っていた。出発は一週間後、木曜の夜の便だ。決断は簡単だった——それと同じ木曜の夜、またオードリーのうちに侵入し、もしあの女がそこにいたら殺すとしよう。

そろそろコービンを本格的にぶちのめし、それが誰の仕業なのかわからせてやる時だ。

それから一週間、ヘンリーはビーコン・ヒルやベリー・ストリートには近づかなかった。ここまでその近隣で多くの時間を過ごし、かなりの危険を冒してきたのはわかっていた。いまに誰かが気づくだろう。その週、彼は一件、仕事を終えた。それは、内部組織のひとつが独立を検討している、ケンブリッジの非営利団体のための調停だった。彼はまた、新規のクライアント、従業員ともめているウォルサムの小さな法律事務所と契約し、週末には非営利団体の理事のアシスタントを食事に連れていった。それは退屈なデートで、レストランもひどかった。そこでヘンリーは、ある有名なテレビスターと自分との情事をテーマに、にわか作りの長ったらしい物語を女に聞かせてやることで、憂さを晴らした。彼の作り話である、その女優の哀れっぽい言動を信じ込み、女の目が輝くのを見られたため、その夜は救われた。

木曜の夜が来ると、彼はバックパックに愛用の道具を詰め、化学繊維のタイトなスキー帽をかぶって手袋をはめ、ベリー・ストリートまで歩いていった。それは美しい春の夜だった。空気は雨に洗われ、あたりには踏みつぶされた花のにおいが漂っていた。ヘンリーは全身の筋肉が声を合わせて歌っているような気がした。素手でオードリー・マーシャルを殺し、ふたつに引き裂くことさえできそうに思えた。

実際にはそうはいかなかった。

彼が裏口から侵入したあと、オードリーは物音に気づいたようだった。

「コービン?」キッチンに入ってきながら、彼女は不安げに問いかけた。それ以上言葉を発する隙を与えず、ヘンリーは背後から彼女に襲いかかり、その首をナイフで刺した。動脈から噴出した血飛沫《しぶき》は、調理台から戸棚へ、さらに天井へと飛び散った。そして彼女は床にくずおれた。

侵入時と同じルートで彼女の住居を出るころには、もう明け方になっていた。ヘンリーは、彼女の死体を自分の望みどおりのかたちに加工してきた。まんなかから左右に裂かれた状態に。半分はコービンのもの、もう半分は俺のもの。だがそれは、きつくて厄介な仕事だった。作業半ばのある時点では、押し寄せる孤独感に胸を突かれ、息が止まりかけたほどだ。

作業を完了したとき――夜明け方、家まで歩いていくときには、彼も少し元気になっていた。コービンに容疑がかかることに疑いの余地はない。そして、もし警察が彼に罪を負わせたとしても、それはまあ、あながちまちがいとは言えないんじゃないだろうか？　コービンはヘンリー自身と同様に、オードリー・マーシャルの死に関して有罪なのだ。責任は半々だ。これまでも、そして、この先もずっと。

ヘンリーが家に帰り着いたのは、太陽が顔を出し、空が白みだすころだった。道路や歩道には、霧が切れ切れに浮かんでいた。ロンドンはいまごろもう明るいだろう。向こうは昼なのだ。オードリーの身に起きたことがコービンの耳に入るのは、いつごろだろうか？　自分の人生にヘンリーがまだ存在すること、今後もずっと存在しつづけることをコービンが悟るのは？

＊

〈ヘンリー〉が事件の記事を初めて読んだのは、土曜の午後になってからだ。それは、〈グローブ〉紙のウェブサイトに載っていた。

そのときから、彼はいろいろ考えてきた。コービンに容疑がかかることはほぼまちがいない――警察はオードリーの日記を読むだろうし。でもヘンリーは、確実にそうなるようにしたかった。コービンの名前を事件のなかに引きずり込み、欲を言えば、彼を逮捕させたかった。そのときは、コービンの可愛い顔がネット上に拡散されるだろう。無垢な若い女たちを殺す金髪のお坊ちゃま殺人鬼。

問題は――例の日記だけで、コービンを容疑者リストにきっちり追い込めるかどうかだ。もちろんそのはずだが、それだけでは物足りない。ヘンリーとしては、どうせこのゲームをやるなら、本格的にやりたかった。是が非でも、コービン・デルは怪しいという考えを仕込んでやらねば気がすまない。そして彼は、その方法を思いついた。

翌日の昼に、彼はベリー・ストリート一〇一に行き、前の道をうろつきながら、なかから誰か出てくるのを待った。そこに自分がいても、誰も手を出せないのだと思うと、いい気分だった。自身の頭のなかで、彼はオードリーの死を悼《いた》みに来た彼女の友達になっていた。たぶん、秘かに彼女に想いを寄せながら、自らにそれを認めることができない友達といったところか。男がひとり、フリースのジャケットにサイズの合わないジーンズという格好で建物から出てきた。男はヘッドホンで聴く音楽を選ぶため、中庭で足を止め、その後、両方の靴の紐をダブルノットで結ぶと、日々の習慣の散歩らしきものに出発した。ヘンリーのほうには目もくれなかった。

つぎに出てきたのは、スタイリッシュな黒と白のジャケットを着た女だ。彼女は不安げに、まるで誰かから逃れようとしているかのように歩いていた。女が近づいてくると、ヘンリーは胸にストンと落ちるものを感じた。女はコービンに似ていた。そっくりというほどではないが、あれが例の又従妹だろう、と思える程度には。横断歩道で、その女は反射的に左ではなく右に目を向け、その後、気づいて改めた。やはりイギリス人の又従妹にちがいない。彼は女を呼び止め、自分は故人の友達で、情報収集しているのだという作り話をした。彼女は会話を終わらせようと努めていたが、彼のほうはそうさせる気はなかった。ひとつには、その女が神経質な苦悩をたたえた目をしていたから。どうも過去に何かあったようだ。女は疵物《きずもの》であり、ヘンリーにとっては、その疵が彼女のすばらしい骨格やふっくらした唇以上に美しく思えるのだった。

あれこれ嘘をつきながら、彼はチャールズ・ストリートまで彼女と一緒に歩いていった。あとに遺された友人を演じるのは、快感だった。彼は眼鏡を――繊細で傷つきやすそうな外見を生み出すやつをかけており、涙も少ししぼり出してみせた。コービンの言動がいかに奇妙かオードリーから聞いていたと話すことも忘れなかった。また、そのあとで意図的に、コービンのロンドン行きの飛行機は何時発だったのかケイトに訊ねた。これだけやれば充分だ。彼にはわかった。ケイトは右手の指の先をつぎつぎと順繰りに親指に打ちつけていた。おそらく彼女は、つぎのふたつのどちらかの行動に出るだろう。警察に連絡して自分の聞いたことを話すか、コービンに連絡してヘンリーが来たことを知らせるか。どちらにしろヘンリーは、どうも何かおかしいと彼女に感じさせたのだ。彼女は餌食《えじき》となるありきたりの獣にすぎない。そして不安になりだしている。

ヘンリーは自宅アパートメントにもどった。彼はケイトのことを考えつづけた。彼女と話をするのがどんなに楽しかったか、もしあのうちで彼女と一緒に過ごせたら――特に、自分がそこにいるのを彼女が知らなかったら——どんなにいいか。彼は寝室の本棚から、なかをくり抜いた『合衆国の金融史』を取り出した。そこには、彼の出生証明書、彼が法的にヘンリー・トランスとなったときの姓名変更の証明書、彼をひどく失望させた最初の女、はるか昔、高校時代につきあったジェニー・ガリの髪ひと房が入っていた。それと、コービンのポラロイド写真が一枚。そこに写る彼は、クレア・ブレナンの死体を前に立っている。コービンのほうも、同じ場面のヘンリーの写真を持っているわけだから、それはもちろん、彼らふたりの保険なのだ。でも、ヘンリーは常にその写真をそれ以上のものとみなしてきた。協定、約束の証として。コービンはこの写真の片割れをどこに保管しているんだろう？　たぶんどこかの金庫のなかだ。自分もそうすべきなのはわかっていたが、ヘンリーはその写真を見るのがあまりにも好きすぎた。それは常に身近に置いておきたかった。

写真を手に、彼はうちのなかをぐるぐると歩き回った。ひとりで自宅にいるのはいやだった。あの刺激的なオードリー・マーシャル訪問以来ずっとそうなのだ。突然、これから何をするかが決まり、彼は仕事用のEメール・アカウントにログインして、翌日に入っていたウォルサムの家族経営の法律事務所との打ち合わせをキャンセルした。それから、必要なものを全部、バックパックに詰めた。彼はケイトのうちに引っ越すつもりだった。

第三十二章

黄昏《たそがれ》の光のなか、ヘンリーは公園内を歩いていった。しばらく前に雨が降ったため、歩道には水溜まりができており、木々からは雨のしずくが滴《したた》っていた。彼はビーコン・ストリートを渡ると、チャールズ・ストリートを一ブロック行き、道を曲がってベリー・ストリートに入った。すると、そこにケイトがいた。彼女はまっすぐこちらに向かってきた。彼はうつむいて歩きつづけた。ケイトは彼をまったく見なかった。その目は、深い物思いに耽《ふけ》っている者らしく霞《かすみ》がかかり虚《うつ》ろだった。単なる好奇心から、彼はあとをつけていきかけたが、思い直して、自分に与えられたこの絶好の機会をつかむことにした。そのままアパートメントに向かった彼は、遅刻しそうといった風情で飛ぶように歩いてきた同じ年ごろの男に危うくぶつかりそうになった。ふたりは同時にあやまり、ヘンリーはほんの一瞬、相手の痩せこけた顔、黒っぽい目をとらえた。

彼はアパートメントを通り過ぎ、いつもの二本の路地を通って、建物の裏口に至った。例によって地下室には誰もいなかった。ヘンリーの靴は濡れて泥だらけで、床に足跡を残した。貯水タンクのうしろでごわごわの古い雑巾を一枚、見つけ、彼はそれで靴をきれいにしてから、床の跡を拭きとった。いまではもう、居住者が倉庫に来ることはめったにないと確信していたので、少しも急ぎはしなかった。そもそもうちがあんなに広いのに、連中にはなぜこんな倉庫が必要なんだろう？　居住者のなかには、たぶん使っていないからだろうが、倉庫に鍵すら付けていない者もいた。コービンの倉庫——ステンシルで３Ｄと記されたドアには、ステンレスの南京錠が付いていた。クレアの死体と自分が写る例の写真が、ここに保管されているということはありうるだろうか？　彼はチャンスがあり次第、倉庫に来てみることにした。あの南京錠なら簡単に開けられるだろう。

ヘンリーはコービンの部屋に入った。いや、いまはケイトが住んでいるのだから、ケイトの部屋というべきか。靴はキッチンで脱ぎ、持ってきたビニール袋のひとつにくるんで、バックパックに入れた。住居内の様子はよくわかっており、隠れるなら、北側の客用寝室、ふたつある客用寝室のうち大きいほう、とすでに決めていた。そこには比較的、奥行きの深いクロゼットがある。その片側には棚が設けられ、リネンやタオルが置かれているが、反対側は少し引っ込んでいて、空っぽだ。クロゼットのハンガーロッドには、ビニールの衣装袋に収まって、スーツが二着、吊るされており、それらを入念に配置すれば、誰かがスーツをどけないかぎり、その引っ込んだ箇所に隠れて立っていられるのだった。

その客用寝室は床のほぼ全面に、ベージュの地に百合の紋章の模様の入った大きなパイル織りの絨毯《じゅうたん》が敷き詰められている。ベッドは四柱式で、下に二フィートほどの空間があった。そのベッドの下なら快適に眠れそうだった。ヘンリーはバックパックをクロゼットのなかに隠すと、住居内を歩き回って、いざというときさっと身を隠せる場所——カーテンのうしろ、ウォークイン式食糧庫などを機械的に確認していった。それについては、さほど心配していなかったが。

ヘンリーはコービンの馬鹿でかい寝室に入った。以前にも見たことはあったが、低い整理箪笥の上に並べてあるフレーム入りの写真を彼はじっくりと眺めた。そこには、幼いころのコービンの写真がたくさんあった。また、大学生のころ、ヘンリーが初めて会ったころの彼の写真もいくつか。それらの写真は笑ってしまうほど上流階級っぽかった。ほとんどは船の上、日焼けした金髪の乗船者はみな、ジントニックを手にしていて、すごくリッチだから写真用にわざわざ笑顔を作ったりしない連中の、あの軽い笑みを浮かべている。

写真を見たあと、ヘンリーはケイトの痕跡を求めて寝室内を捜索した。彼女はまだほとんど荷物を出していなかった。洗面用品はバスルームに並べてあるが、床の絨毯に置かれた大きなダッフルバッグにはまだ衣類が入っていて、その一部がこぼれ出ていた。ベッドは一度そこで寝たあと、中途半端に整えられており、シーツと掛け布団は引きあげてあるものの、たくしこまれたり均《なら》されたりはしていなかった。ヘンリーはそのシーツに顔を押しつけ、鼻から深く息を吸い込んだ。洗剤のにおいがしたが、ほぼそれだけだった。彼は床に手をついて、ベッドの下をのぞきこんだ。そこには、男の顔を描いた木炭画があった。それは、さっきベリー・ストリートでぶつかりそうになった男の完璧な似顔絵だった。あの男は誰なんだろう？　なぜケイトは（これはケイトのスケッチブックにちがいない）あの男を描いたんだろう？　彼はページをひとつ繰った。するとそこには、ケイトの自画像、驚くほどリアルなやつがあった。その用心深い目は、まるで彼が見えるかのように、じっとこちらを見つめていた。つぎのページにはヘンリー自身の顔が描かれており、その下に彼の名前、〝ジャック・ルドヴィコ〟（スペルも合っている）と、きょうの日付が入っていた。その絵はなかなかよく描けており、気がつくとヘンリーは、ぼうっと見とれていた。まるで誰か他の人の目を通して自分を見ているようだった。そこに描かれた彼はうつむき加減で、眼鏡の奥の目には悲しみの色があった。それはまさに、彼が表現しようとしていたものであり、彼女は完璧にそれをとらえていた。自分のかぶっている仮面を人が信じ込んだときの例に漏れず、彼は得意な気分になった。

ケイトは出会った人間をひとり残らず絵に描こうとするんだろうか？　それとも、描くのは興味を持った相手、なんらかのかたちで彼女の心に触れた人間に限られるんだろうか？　もしそうだとすると、最初のページの男（彼女は、アラン・チャーニーと書いている）は何者で、きょうの夕方、彼女のあとを追っていたのはなぜなんだろう？

ほとんど無意識に、ヘンリーは人差し指を軽く舐《な》め、その指先を木炭画から一インチのところまで持っていった。男の目をぼかしてやりたくてたまらない。その顔をどうにか変えてやりたかった。ケイトがスケッチブックを見たとき動転する程度でもいいだろう。彼の本当の望みは、その目をすっかりにじませることだった。姉の〈タイガービート〉誌のことを、彼は思い返した。自分がその一冊一冊を丹念に見ていき、姉の好きなボーイバンドすべてのメンバーの目を修正液で白く塗りつぶしたこと、ハンソン・ブラザーズを目のないゾンビみたいにしてやったことを。ときどき彼は赤ペンを持ってきて、連中の目や口から流れ出る血を描いた。ヘンリーが姉の中等学校の年鑑に同じことをしたあと、母親は彼をセラピストのもとへやった。ニューヨーク州スタークにおける唯一のセラピスト、太った中年女のもとへ。その女は大馬鹿だったため、ヘンリーは彼女に、姉のほうが彼をいじめているのであり、彼は身を護っているだけなのだと信じ込ませることができた。当時、彼は八歳だった。姉のほうは十二歳だ。あのセラピストは彼の母親に連絡し、問題はメアリーにあるとほのめかしたにちがいない。なぜかと言うと、ヘンリーはほどなく、そのセラピスト、ナンシーのところに行かなくてよいことになり、姉のほうが行くようになったからだ。ヘンリーはメアリーの私物をいじるのをやめたが、彼女を痛めつける、足のつかない方法をいくつも編み出した。それは簡単だった。彼は、姉とその友達との関係が壊れるよう、いろいろな噂を流した。また、姉が盗みをしているように見せかけ、彼女が薬局での初めてのアルバイトをクビになるよう仕向けた。さらに一時期は、姉が飲むゲータレードに不凍液を少量混ぜつづけ、結果として彼女は一週間以上入院することになった。姉は高校三年のとき落第し、地元の麻薬の売人とともに町を去った。五年後、メアリーから実家に一枚、葉書が届いた——いまサンディエゴにいます。以上。

家族のことを考えるのは実にひさしぶりだった。いつものように、それは、彼らの凡庸《ぼんよう》さを半ば恥じ、半ばおかしがる気持ちをヘンリーに抱《いだ》かせた。彼の両親はいまもふたりで、以前と同じスタークの平屋の家で暮らしている。彼らと言葉を交わす数少ない折に、ヘンリーはときどき、私立探偵を雇って姉の行方をさがさせているなどと嘘をつく。彼らは息子に感謝し、どこにいるにせよ、メアリーの心が安らかであるよう祈っている、と言う。ヘンリーには彼らの声が聞こえた――わたしたちは実は娘を見つけたいとは思っていない、子供のいない人生はすでに受け入れている……。父母はヘンリーがもどってくることも望んではいない。その点は確かだった。彼はもう十年、ふたりの顔を見ていない。

ヘンリーは目の前のスケッチに注意をもどした。誘惑は強かったが、目をぼかすのはやめにした。それはたぶんやりすぎだ。ケイトは警察に通報するだろうし、このうちから出ていってしまうかもしれない。そこで彼は自分自身の絵にもどり、指を使って、顔の輪郭の一部をなめらかにした。それから、木炭で描かれた目を湿した指で軽くたたいて、ほんの少し、ぼやけて見える程度に変えておいた。これでよし、と彼はスケッチブックを閉じ、もとどおりベッドの下にすべりこませた。どれくらいここにすわっていたんだろう？　そう考え、急に混乱して、立ちあがると、視界のなかで部屋が少しぐらついた。彼は空腹だった。そこで、自分が少しもらえるだけの食糧があるかどうか、キッチンに見に行った。もしなかったら、バックパックにグラノーラ・バーが詰めてある。

その夜、ケイトは八時ごろに帰宅した。ヘンリーは客用寝室で暗闇にすわっていた。別に隠れもしなかった。仮にケイトが見に来ても、彼女が明かりのスイッチを入れているあいだに、クロゼットに飛び込む余裕はあるはずだ。もしそれができず、彼女に見つかってしまったら、まあ、そのときはケイトに死んでもらうしかない。そうなったらコービンはどう反応するだろう？　彼女が身内で、血のつながりがあるという理由で、それはより身近なこととなるんだろうか？　それとも、彼女とは寝ていないという理由で、より遠い問題となるんだろうか？　いずれにせよ、そうなれば、コービンはロンドンの隠れ場所から飛び出してくるにちがいない。彼はボストンにもどらずにいられないはずだ。地下室で見たあの白い猫がトコトコと入ってきたのは、そんなことを考えていたときだった。暗闇のなか、目を黄色く光らせて、猫はヘンリーを凝視《ぎょうし》した。ヘンリーがシッと言うと、猫は首をかしげ、その後、向きを変えて出ていった。

彼は耳をすませて待った。玄関のドアが開いて閉じる音がした。ケイトが出かけたんだろうか。そう考えたが、なんとなくそれはないだろうと思った。彼はそのままそこに留まった。十五分後、ケイトがパタパタと廊下を歩いてきた。彼女はメディア・ルームに向かった。コービンがなんと呼んでいるかは知らないが、黒っぽい鏡板に囲われ、ふかふかの革のソファが置かれたあの〝男の小部屋〟に。ヘンリーは五分待ってから廊下に出た。革のソファのそばのランプが点き、ソファの背はこちらを向いていたものの、ヘンリーにはケイトの頭頂部が見え、ぱらりとページを繰る乾いた音が聞こえた。彼女は読書をしているのだ。ヘンリーはその場に留まり、できるかぎり動かずに、ページを繰るつぎの音を待った。ケイトは読むのが遅いんだな、と思ったとき、床にドスンと本が落ち、ソファの上でケイトが身じろぎした。彼女は眠ってしまったのだ。

ヘンリーはソファのうしろに立った。彼女はふかふかの掛け布団に半ば埋もれていた。一方の手は、てのひらを外に向け、甲《こう》の側を頰に当てている。彼はしばらくその姿を見つめていた。人間が皮膚《ひふ》などという脆《もろ》いものでひとつにまとまっていることに、驚異を覚えながら。ランプの鈍い光のもとでさえ、皮膚の下を流れる血は見えるのだ。ケイトの顎が動いた。それとともに、首の華奢《きゃしゃ》な腱《けん》も。彼女はいびきをかきだした。つづいて身じろぎし、何かは知らないが、夢が見せているものを見まいとしているらしく、目をぎゅっとつぶった。ヘンリーはあとじさりした。それから向きを変え、キッチンへと移動して、そこでボトルからじかに牛乳を飲んだ。彼は面白半分、コービンのベッドで寝てやろうかと思った。ケイトが朝まであのソファにいる可能性は充分にあるわけだし……いや、いけない。こうして過ごすのは、とにかく楽しい。これを終わらせたくはない。やはり客用寝室のベッドの下で寝よう。あそこがいちばん安全だ。

ヘンリーは牛乳を冷蔵庫にしまった。そのとき、地下に通じるドアを引っ掻く小さな音が耳を打った。彼はドアを開けて、あの馬鹿猫をなかに入れてやった。そいつはなんと彼の脚に体をこすりつけてきた。彼はかがんで猫を拾いあげると、あおむけにひっくり返し、テニスボールほどもないその頭蓋骨を片手でつかんだ。猫は喉を鳴らした。この頭を素手でつぶしてやれるだろうか？　彼は締めつけはじめた。それから考え直して、猫を床に放り出した。もう少しで死ぬところだったとも知らず、そいつはリビングへと駆けていった。猫を使うなら、室内にいるそいつを発見させ、どうやってなかにもどったのかとケイトを悩ませるほうが、殺すよりおもしろいだろう。

ヘンリーは客用寝室に引き返し、ベッドの下にすべりこんで、目を閉じた。疲れてはいなかったが、眠りに入る方法なら、ずっと昔に、ほぼどんなときでも有効な手を編み出していた。広大な川をぷかぷかと下っていく自分自身を彼は思い浮かべた。前方には、彼より先に生まれた知人たちが残らずいて、ぷかぷか川を下りながら徐々に年を取り、寿命や病や単なる不運にとらえられて、ひとり、またひとりと、水面下に沈んでいく。彼のまわりにいるのは、同年配の連中、スタークで同じ高校に通った羊たち、大学で出会った永遠に生きられる気でいる特権階級のガキども、仕事仲間やクライアントたちで、その全員が人生の半ばで、ただ浮いているだけのために、懸命に立ち泳ぎをしている。そして背後には、彼よりも若いやつら、つぎつぎ生まれてくる連中がいて、新品の体で後流に入ってこようとしながら、前方の群衆が各々の列で次第にまばらになっていくなか、ぐんぐんと数を増し、大軍団に育っていく。そのイメージ——着実に前進しつづけるヘンリーを中心にした人体の方陣——が頭のなかで鮮明になると、彼は水面下に沈んでいき、やがて彼に見えるのは、流れる川のあぶくを攪拌《かくはん》する脚ばかりとなる。そして、赤ん坊を池のなかに引きずりこむワニガメのように、自分が誰かの脚をつかみ、暗くて冷たい川底に引っ張っていけることを彼は知っている。そこでは、彼自身は呼吸できるが、他のやつらはできないのだ。

そう考えながら、彼は眠りに落ちる。そして決して夢は見ない。

第三十三章

ヘンリーはケイトが出かけるまでベッドの下にいた。それは昼ごろだった。

ケイトは夜が明ける前に目を覚ました。猫の出現は明らかに彼女を怯えさせていた。彼女はうちのなかに向かって「誰かいる?」と叫んだ。それから少しして、客用寝室の明かりを点け、十秒間そのままにした。彼は息を止めた。ベッドカバーの下をのぞきこむ彼女の顔を見ることになるのかと思ったが、そうはならなかった。ケイトは明かりを消し、そのあと数時間は、彼女がうちのなかをあちこちする音が聞こえていた。

その後、しばらく静かな時間があり、彼女はまた眠ったんだろうとヘンリーは思った。出かけたのかもしれない、とさえ。それから、声がした――誰かが玄関にいる。アクセントに特徴があるケイトの話し声と、別の女の声。キンキンしゃべる年配の女だ。少しのあいだ、ヘンリーは、ケイトがうちを調べさせるために刑事を呼んだんじゃないかと気をもんだ。でもやがて声はやみ、それからまもなく、玄関のドアの閉まる音がした。ケイトが出かけたことは、ほぼまちがいない。ベッドの下から出ても、もう大丈夫だろう。

膝《ひざ》をポキポキ鳴らしながら、彼は立ちあがった。関節をほぐすために両腕を振り回し、つづいて首もぐるぐる回して、その後そっと部屋を出た。大丈夫だ。ケイトは出かけている。うちのなかの空気でそれはわかった。

彼は客用のバスルームで顔を洗い、無臭の制汗剤を忘れずに多めに使ってから、シャツを着替えた。しばらくここでケイトと暮らすつもりなら、なるべく無臭でいるよう心がけねばならない。キッチンの一番上の棚で、ヘンリーはライス・チェックスを見つけた。彼は深皿にそれを盛り、ケイトのスキムミルクを、これなら盗んでもばれそうにないと思い、少量そこにかけた。そのシリアルは古くなっていたものの、コービンを思い出させた。最後にライス・チェックスを食べたのは、たぶん、大昔、ニューエセックスでふたりで過ごした週末なのだ。あのときから、彼は一度もライス・チェックスを食べていない。

食器を洗って、もとの場所にもどすと、彼は計画を練りながら、うちのなかをさまよい歩いた。ケイトが描いた自分の絵をもう一度よく見たくて、スケッチブックを見に行ったが、それはベッドの下にはなかった。彼女はそれを持って出かけたのだ。

ヘンリーは地下の倉庫のことを思い出した。ピッキングの道具も持ってはいたが、彼はコービンがスペアの鍵をしまっているキッチンの引き出しに行き、〝倉庫〟というラベルの鍵を取って、地下に下りていった。コービンの倉庫に入ると、ドアを閉め、ペンライトでその小さなスペースの内部を調べた。コミック本が何箱分も、きちんと整理され、保管されている。バーベキュー用のグリルがあり、フレーム入りのポスターもいくつかある。それは、二十代初めの若造が寮の部屋や初めて借りたアパートメントに飾りそうな代物だった。車のポスター。若い女のポスター。なぜコービンがそんなものを取っておくのか不思議に思った。ポスターのひとつは、フレームに収められたアルバム・ジャケットの大判の複製――ウィーンの「チョコレート・アンド・チーズ」だった。巨乳の底がカットオフのシャツの下にはみ出ている、女の胴部。ヘンリーは手さぐりでポケットナイフをさがした。彼はそのポスターに外科手術を施すことにしたのだった。

ケイトは午後に帰宅した。ヘンリーは客用寝室に隠れていたが、彼女はまた出かけていった。彼が主寝室に行ってみると、床にはジーンズが脱ぎ捨ててあり、それはまだ少し温かかった。

においを嗅いだが、ただほんのかすかにベビーパウダーの香りがするだけで、彼女のにおいはほとんど嗅ぎ取れなかった。ジーンズから着替える必要があるなんて、ケイトはどこに行ったんだろう？　彼はバスルームをのぞきこんだ。彼女の歯ブラシは使ったばかりで、まだ濡れていた。彼はそれを口に入れ、その硬い毛束からミントの味を吸い取った。

ポスターを切り裂いてからというもの、ヘンリーは満足を覚えるどころか、心がざわつき、ぴりぴりしていた。どんなことでもいい、とにかく何か起こってほしかった。コービンがもどってくるとか、警察が来るとか……都合よくポケットナイフを握ってクロゼットに隠れている自分をケイトが見つけるというのでもいい。彼はストレッチをした。それから、ウォッカの新しいボトルを見つけて、シールを破り、クラッシュアイスの上からタンブラーの二分の一の分量を注いだ。数時間経ってもケイトはまだもどらず、ヘンリーは、ウォッカのせいでじんじん痺《しび》れている顔で、腹をすかせ、いらいらとうちのなかを歩き回った。ついに彼は出かけることにし、客用寝室のクロゼットにバックパックを隠してから、アパートメントの裏口を通って夜の町へと出ていった。出かける前に、倉庫の鍵は引き出しにもどしたが、ラベルの付いていない他の鍵のひとつをこの住居のスペアの鍵とみなし、ポケットに入れた。それともうひとつ、ラベルに〝AM〟と記された鍵――おそらくオードリー・マーシャルの住居のものである鍵も。ピッキングの道具はあるが、それを使えば時間を食う。鍵を開けるなら、本物の鍵のほうがよいに決まっているのだ。彼は〈コモン〉を通って、照明の暗いお気に入りのバー、〈プロポジション〉まで歩いていくと、チキンウィングを二個食べ、ハイネケンを何杯か飲んだ。

「ずっとどこかに行ってたのね」バーテンダーが言った。

彼はその女に目を向けた。以前、彼女と話をしたのに気づくまで少しかかったが、そのあとすべてがよみがえってきた。サマンサ。ベイ・ステート・カレッジの大学院生。大学はやむなく一学期、休学中。これは、ずっと授業料を払ってくれていた祖母が、金のかかる介護施設に入居してしまい、学資援助を受ける手続きがまだすんでいないいためだ。ヘンリーはまた、本人が話していないこともいろいろと思い出した。顔のふくれと歯のエナメル質の喪失からわかるように、彼女が長年、過食症と闘っていること。ちょっとでも優しくされれば、どんな男とでも寝るし、優しくない男とでも始終、寝ること。ほぼいつもひどい自己嫌悪を抱《いだ》いていること。

「どこかに行ってたわけじゃない。健康的な食生活を心がけていただけさ」ヘンリーは言った。

「わかる」サマンサはそう言って、会話を打ち切った。こっちが話したがっていないのを感じ取ったんだろうか？　ヘンリーはたぶんそうだと思い、腹を立てている自分に気づいた。他人に心を読まれるのは、たとえ相手が馬鹿な女バーテンであろうと、我慢ならない。彼はチキンの骨を歯にはさんでポキンと折り、骨髄を吸った。

ベリー・ストリートにもどると、ヘンリーは歩道からコービンのうちの窓を観察し、ケイトはまだ帰っていないものと判断した。帰っているとしたら、まっすぐ寝に行ったんだろう。いずれにしろ、彼はリスクを冒すつもりだった。地下に入ると、そこはがらんとしており、いつもうろついているあの猫しかいなかった。「やあ、猫ちゃん」彼はそう言って、そいつの顎の下に指先を押しつけた。自分自身の耳にも呂律《ろれつ》が少し怪しく聞こえ、飲み過ぎたかな、と思った。サウスエンドの自宅に帰り、眠って酔い醒《ざ》ましすべきじゃないか？　彼は猫の小枝みたいな顎骨をさすった。そいつは喉を鳴らさず、彼が手を引っ込めると、前腕に両の前足をひっかけ、皮膚《ひふ》に爪を食い込ませてきた。ヘンリーはショックを受けて、体を引いた。皮膚が裂けるのがわかった。猫は凶暴にシューッと唸《うな》ると、身を翻《ひるがえ》して逃げていった。ヘンリーにはそいつを踏み殺す暇もなかった。彼は腕の傷を見つめた。皮膚はすでに腫れあがりはじめ、そこに、草の葉の結露のような、小さな血の粒が点々と浮き出していた。塩からい自分の血を味わいつつ、彼は傷を吸った。それはかゆくなりだしていた。

ヘンリーはコービンの部屋に向かう代わりに、オードリー・マーシャルの部屋に通じる階段をのぼっていった。彼女を殺した夜以来、そこへは行っていない。彼はピッキングの道具でドアの鍵を開け、なかに入った。カーテンは開いており、明るい夜のことなので、住居内を歩き回るのに不自由はなかった。床には、鑑識員たちのつけたマークが残っていた――キッチンのタイルに、彼がオードリーの死体を残した箇所を示すテープが。連中は死体の手の配置に気づいただろうか？　その人差し指がコービンの部屋を指していることに？　ヘンリーは思い出してほほえんだ。オードリーの加工ほど楽しいことは、もう何年も経験していなかった。それは、コービンと一緒に墓地でクレアを殺したとき以来の楽しさだった。オードリーが死に、その体を好きなように加工できるとなったとき、彼は本当に彼女をまっぷたつに切ってみようか、背骨を切断する方法をさがそうかと考え、結局、思い直したのだった。それでも、そのイメージ、彼女を本当にまっぷたつにする――きっちり二等分して、自分たちのそれぞれが彼女の半分をもらう――という考えは、すばらしすぎてくらくらするほどだった。それもいつかはやれるだろう。でも、ひとりでやれるとは思えない。

彼は住居内をさまよい歩いた。寝室に行ってみると、オードリーの持ち物の一部、衣類や本が箱に詰められ、取り残されていた。たぶん家族が荷造りに取りかかり、途中で耐えられなくなってやめたのだろう。ヘンリーは、もし自分が死んだら、どうなるんだろうと思った。両親は遺品を引き取りに来るだろうか？　いや、来るわけがない。あのふたりは何があろうとスタークを出ないだろう。まあ、メアリーがあの醜い頭をもたげでもすれば話は別だが、彼のためということはありえない。ふたりは少し息子を怖がっているのだから。彼はそれを知っている。そのことは、彼が実家に電話をかける数少ない折に、ふたりの声から聞き取れた。電話を取ったあと、「ああ、ヘンリー」と言うときのあの声のわずかなつかえから。彼らが予期していたのは、教会の執事からの連絡程度のものだったわけだ。今年の手作りお菓子の販売会は、人手不足なんです。手伝ってもらえませんか？

リビングで、ヘンリーは人気《ひとけ》のない中庭を見おろし、その後、向かい側の部屋に目を向けた。何か動きがあり、アルコーブ・キッチンの明かりが点いた。ヘンリーはじっと見つめた。それは男と女だった。男がほの暗いリビングを横切って、キッチンにいるくすんだ金髪の女のほうに向かっていく。ヘンリーは目を凝《こ》らした。自分が見ているのはケイトだという気がしてきたが、確信は持てなかった。男がキッチンにもどった。くしゃくしゃの黒髪の背の高い男。ヘンリーが道で出くわしたやつかもしれない。ケイトがスケッチブックに描いたあの男かも。すじは通っている。ふたりはどこかで知り合い、ケイトは現在こいつと寝ているわけだ。彼女がここに来たのはいつだったっけ？　三日前か？　行動の早い女だ。

およそ二十分、彼は観察していた。キッチンの奥まですっかり見通すことはできなかったが、ふたりはアイランドで食事をしているようだった。男がふたたびリビングに出てきて（たぶん、もっと酒がほしいんだろう）、隅にしゃがみこみ、それからまたキッチンに引き返した。光がその横顔、男の鼻梁《びりょう》を照らし出した。ユダヤ人だ、とヘンリーは思った。彼は退屈しはじめ、その退屈は小さな怒りを掻き立てた。彼はケイトに自分たちの部屋にもどってほしかった。ソファの毛布のなかで丸くなり、眠っていてほしかった。ぴくぴく引き攣《つ》る彼女の顔を見つめ、その寝息に耳を傾け、彼女がある部分、動物的な部分で、見られているのを知っていることを確かめたかった。連中はいつだって知っているのだ。

だが、少なくともいまの彼には、夜を過ごす場所がある。彼はコービンの住居にもどり、あのスケッチブックをさがすため、まっすぐケイトの寝室に行った。それはもとどおりベッドの下にあった。彼は最初の絵のページを開いた。それが中庭の向こうの男と同一人物であることを確認すると、人差し指を突き出し、ぼかしすぎないよう気をつけつつ、絵のなかの男の両目をぎゅっと押しつぶした。気分がすっとした。なおかつ、彼はその結果も気に入った。目は前とちがって見えたが、そのちがいは微妙で、ケイトを悩ませるのにちょうどよかった。

彼はトイレに行ってから、自分の寝室にもどり、その窓から川のほうを眺めた。夜空は晴れ渡っており、都会ではめずらしいことだが、ちらほらと星が見えた。ベッドに――そのカバーの上に横たわり、腹の上で手を組み合わせて、彼は眠りの川へと沈んでいった。

ケイトは明け方に帰宅した。ヘンリーは、ベッドの下に隠れようかと思ったが、結局、そうするまでもないと判断した。そのままそこにいたほうが、物音がよく聞こえる。午前の半ばにケイトは一度、電話に出た。誰とも知れぬその相手に、彼女は令状はあるのかと訊ねていた。警察が来るのなら、もう行かねばならない。それからまた、しばらく静かになった。きっと彼女は昼寝中なのだと思った。あるいは、どこかに出かけたかだろう。彼は靴を履き、バックパックを回収し、立ち去る決心をした。ケイトにはまた今夜、会いに来ればいい。あるいは、友を亡くした男、ジャック・ルドヴィコとしてここを訪れ、彼女と寝られるかどうか試してみるという手もある。きっとそれは簡単だろう。

猫に引っ掻かれた腕をさすりながら、彼は静かに住居内を移動していった。ところがキッチンまで行ったとき、裏口のドアが開いているのが目に入った。彼女は地下に下りていったにちがいない。彼は咄嗟《とっさ》に決断を下した。建物の正面から出ていこう。その脱出法に特に危険はない。ケイトが地下にいるなら、なおさらだ。彼は玄関から外に出て、廊下を進んでいった。とそのとき、階段をのぼってくる複数の足音が聞こえてきた。それと、警察無線のものとわかるキーキーという雑音も。脳みそが死にもの狂いで選択肢を検討する。このままさりげなく警察とすれちがおうか。ケイトのうちにもどろうか。それから彼は、〝AM〟と記された鍵のことを思い出した。ポケットからそれを取り出すと、オードリーの住居のドアを開け、警察のテープをくぐって、室内に入った。呼吸は荒くなっていた。警察がどたどたと廊下を進んでいく音に、彼は耳を傾けた。女の声が指示を出している——さがすのは薄いナイフだと女が言うのが聞こえた。男の声が応じる。「フィレナイフみたいな?」女の返事は聞こえなかった。彼らがケイトのうちのドアをたたいている。**そうとも、フィレナイフみたいなやつさ。**ヘンリーは胸の内でつぶやいた。彼は三十数えてから、オードリーのうちを出て、ロビーまで階段を下りていった。気がつくと、そこはもう外だった。風は強く、日差しは明るい。彼は、肺一杯に空気を吸い込み、警察に見つかる瀬戸際だったことを思って、笑いだしそうになった。でも見つかったとして、それがなんだろう? ケイトに話したのと同じことを警察に話すまでじゃないか。自分は以前、オードリー・マーシャルとつきあっていた。だから、彼女の死を悼《いた》むためにその部屋を訪れたのだ。ベリー・ストリートを公園方面に向かいながら、彼は頭のなかで警官たちとのやりとりを思い描いた。彼自身は好きな女を失った負け犬であり、コービンは隣室の変質者であるという話を、どうやって連中に信じ込ませてやろうか。

その空想の会話があまりにも楽しかったので、彼は危うく、つけられているのに気づかないまま歩きつづけるところだった。しかし実際には気づいた。目を閉じていても、雲間から太陽が顔を出すと、肌にぬくもりを感じるように、それは感じ取れた。彼はいきなり左に曲がって、別の住宅街に入った。すると、煉瓦の歩道を半ブロックほど行ったところに、街路樹が一本、見えた。彼は足早にそちらに向かい、その木の幹の、ベリー・ストリートから来る者には見えない側に寄りかかった。

十五秒後、大急ぎでこちらに向かってくる足音がし、つづいて彼の目の前を、ケイトの彼氏

（アランという名の男）が飼い犬を見失った人のようにあたふたと通り過ぎていった。
「僕をさがしてるのかな？」ヘンリーがそう訊ねると、男は、まるで針にかかった魚みたいに、びくっとして振り向いた。

第三十四章

ヘンリーはアラン・チャーニーとともにとても楽しい午後を過ごした。彼はケイトの絵で見た彼の姓を思い出した。ふたりは一緒に、近所の小さなバー、ベリー・ストリートから三ブロックほどの店に行った。ヘンリーは例の嘆き悲しむ友達の役を演じ、コービンは被害者を切り裂くことを好むシリアルキラーであるという自分の説をアランにすっかり話して聞かせた。

ニューエセックスのビーチで見つかった殺人の被害者、レイチェル・チェスのことを、彼はアランに話した。その現場はコービンの母親が住んでいるのと同じ場所なのだと。アランは話に聞き入っていたが、やや居心地が悪そうだった。ヘンリーは彼を説き伏せて、二、三杯ビールを飲ませ、それによってアランの緊張は解けはじめ、やがて顔にも血の気がもどってきた。会話しながら、ヘンリーはアランというこの男の人物像を読み取ろうとした。年齢はヘンリー自身と同じくらい。ビーコン・ヒルのあの場所に住んでいるということは、仕事がうまくいっているか、もともと金持ちであるかだ。これは、典型的なユダヤ系インテリ——自分はその場の他のみんなより頭がいいと思っているが、それを周囲に気取られないよう変なやつを演じるタイプだ。彼はアウレリウス大学でそういう手合いをさんざん見てきた。でも、他にも彼には読み取れない何かがあった。それはまるで、簡単な本のなかのぼやけた一行だった。第一に、アランはオードリーのことに異様に興味を見せている。あるいは、ケイトのことを気にかけているのかもしれないが。どちらにせよ、彼はヘンリーの話に興味を持ち、そのひとことひとことに食らいついていた。そこでヘンリーはアランをまっすぐコービンへと導いてやった。やりかたは、ケイトをコービンに導いたときと同じだった。彼はコービンを異常な殺人鬼に仕立てた。また、自分自身は報復を求める半狂乱の恋人に仕立てた。

アランは何杯かビールを飲み、どんどん高揚していった。ヘンリーは彼に調子を合わせた。ビールにビールで応えただけでなく、その盛りあがりにも。彼らは、寮の部屋で哲学を論じ合う、大学の新入生のようだった。ブースの席の上で、アランは始終、前にすべり出てきては、片膝《かたひざ》を音叉《おんさ》みたいに震わせていた。この男は感じやすいんだ。すっかり魅せられ、ヘンリーはそう思った。そうして話しつづけるうちに、彼の頭のなかには、よくまとまったひとつの空想ができあがった。彼は、アランと自分自身とが女を――ケイトか、ふたりのどちらもまだ会ったことのない誰かを――一緒に殺している図を思い浮かべた。彼らはその女の殺害と加工にたっぷり時間をかけている。そして、女をまんなかから左右に切り裂いている。そして、彼らふたり以外、誰にもなぜなのかはわからない。ただし、コービンならわかるだろう。コービンなら何が起きているのか正確にわかる。それからその空想は消え、ヘンリーはなじみのない奇妙な屈辱感を覚えた。まるで、それらの考えが、厳密に言うと浮気心ではなく、必死さの表れ――ひとつの特異な体験にしがみつき、それを他の誰かと再現せずにはいられない欲求の表出であるかのように。

「どうかした?」アランが言った。

「いや。ごめん」ヘンリーは答えた。「ときどき、何もかもが正常に見えて、この世がちゃんと本来の状態にあるように思えるんだ。ところがつぎの瞬間、彼女はもうこの世にいないんだって気づくんだよ。オードリーは死んだ、それでも世界は彼女と一緒に止まってはいないんだって」

アランは唇を引き結んだ。彼はうなずいて理解を示した。初めてアランをきちんと見たような気がして、ヘンリーは姿勢を正した。こいつは新しい遊び友達なんかじゃない。カモなのだ。完璧なカモ。「ごめん」ヘンリーは言った。「ずっと自分のことばっかり話してたね。オードリーのことばっかり。そっちはどうなの? 彼女はいるんだよな?」

アランはためらいを見せた。こいつは昨夜、ケイトと何をしたかしゃべる気なんだろうかと思った。だが、アランはこう言った。「大して話すこともないんだ。ガールフレンドはいたよ。僕たちは一緒に住んでいた。そして彼女は出ていった。でもこんな話、聞きたくもないだろ」

「いやいや。ぜひ聞かせてくれよ。しばらくのあいだ、自分のことは忘れたいんだ。たのむから。話してくれ」

アランは話し、そのあいだに、ヘンリーは考えた。**この男は本当にいいカモなんじゃないか。**

これまでずっとヘンリーは、コービンがオードリー・マーシャル殺しで逮捕されればいいと思っていた。いや、たぶん逮捕ではなく、疑われればいいと思っていたのだ。それは全部、ふたりがやっているゲームの一環だった。だが、実は自分自身も、コービンが逮捕されることなど望んでいないような気がする。そしてその理由は、過去の犯罪への自らの関与をばらされるだろうから、というだけじゃない。それなら彼は対処できる。現在、ヘンリー・ウッドの居所を突き止めるのは容易ではないはずだ。不可能とは言わないが、法的に名前を変えた以上、容易ではない。コービンはお化けを捏造《ねつぞう》しているように見えるだろう。でも、そう、獄中のコービンというのは、ヘンリーが本当にほしいものじゃない。何かで遊ぶなら、それが檻《おり》に囚われていないほうが楽しいのだ。

ヘンリーは一計を案じ、アランに注意をもどした。彼はクインという名の誰かのことをべらべらとしゃべっていた。ふたりの目が合い、アランはきまりが悪くなったのか、唐突に口をつぐんだ。ひとことことわってから、彼はトイレに立った。

ヘンリーはすばやく動いた。店内は他に男のお客がふたりいるだけだった。どちらもボタンダウンのシャツという格好で、どちらもカウンター席にすわり、テレビで流れるスポーツのハイライトを見ている。ヘンリーは、ビニール袋に入れたままだったあのナイフをバックパックから取り出した。そんなにも長いこと殺人の凶器を持っていたのは無謀だったが、いまそれが役に立とうとしている。彼は指紋がつかないよう二本の指の側面でナイフをはさみ、ビニール袋から引き出した。アランは、ブリーフケースほどのサイズの革のバッグを持ってきていた。

ヘンリーはそのバッグを開けた。なかには、タブレット端末と本一冊(『ねじまき鳥クロニクル』)、それに、これからチェックするらしい未開封の封書の分厚い束が入っていた。ヘンリーはバッグの奥のほうをさぐった。いちばん底には小さな黒い傘が収まっており、彼はその下にナイフをすべりこませた。バッグをもとの状態にもどしたとき、ちょうどアランがフロアに出てきた。「もう行かないと」彼が言っている。

「うん、そうだよね」ヘンリーは言った。ふたりはそれぞれ現金を出して、カウンターで勘定を払い、一緒に店を出た。アランはあのバッグを肩に掛けていた。

＊

ヘンリーは、タフツ・メディカル・センターの近くの公衆電話からボストン市警情報提供ホットラインに連絡を入れた。念のため、電話機に触るときは手袋をはめた。

「わたしはオードリー・マーシャルを殺した犯人を知っています」彼は応答した男に言った。

「あなたのお名前を教えていただけますか?」

「言いたくありません。この電話も公衆電話からかけているんです。怖くてたまらないので」

ヘンリーは、普段よりやや高めに調整した声を、はっきりわかるよう震わせた。

「何が怖いのか、うかがってもいいでしょうか?」

「アラン・チャーニーが怖いんです。彼はオードリー・マーシャルが住んでいたのと同じアパートメントに住んでいます。彼女が彼に殺されたことは、ほぼまちがいありません」

「その男の部屋番号を教えていただけますか?」

「わかりません。知らないんです。でも彼は、オードリーの住んでいた部屋の真向かいに住んでいます。調べるのは簡単ですよ。ただ――」

「ええ、もちろんです。こちらで調べますよ。すぐにわかるでしょう。では、なぜアラン・チャーニーがオードリー・マーシャルの殺害に関与していると思うのか、その理由を教えていただけますか?」

「彼がオードリーを殺したナイフを持っているからです。それは彼のバッグに入っています」

ヘンリーは受話器を置くと、顔を伏せたまま、公衆電話から歩み去った。あたりに監視カメラは見当たらなかったが、確信が持てなかったのだ。

第三十五章

自宅にもどると、ヘンリーは、ぎりぎり苦情が来ないと思える限界まで音量を上げ、ニュー・オーダーの「ブラザーフッド」をかけた。あの電話を切ったとたん、彼には自分が正しい決断をしたことがわかった。そろそろコービンに向けられた疑いの目を少しそらしてやる時だ。アランが有罪にならないとしても、彼は捜査を攪乱《かくらん》したのだ。この先、高みの見物をするのは楽しいだろう。とりあえず、仕事は終わった。

彼は長いこと熱いシャワーを浴びた。それから服を着て、アルバムをもう一度、最初からかけ、整えてあるベッドの上に横になった。彼はケイトが恋しかった。昼前にあの部屋を出たときは、それは一時的なことだと思っていたのだ。でもやはり、いまは距離を置いたほうがいい。彼は目を閉じ、音楽に合わせて片足でリズムを取った。そうして、ひんやりと心地よいあの川に体を浮かべ、まだ水面にいるうちに、ぷかぷか流れていきながら、眠りに落ちた。心は満ち足り、たぶん幸せでさえあった。

暗い部屋のなかで、寒さに震えながら、彼は目を覚ました。長く眠りすぎてしまい、身を起こしたときは、空気が液体のように感じられ、もう少しでまた横になってしまうところだった。彼は疑念にとりつかれていた。警察に電話をしたのはやり過ぎだったんじゃないだろうか？　アラン・チャーニーはこっちの本名を知らない――彼は〝ジャック〟としか言っていないのだから。それでもアランには、彼の容姿を説明することはできる。ケイトもそうだ。彼女は彼の絵が描ける。ケイトやコービンやアランとかかわるのはもうこれっきりにしよう。ヘンリーはそう心に決めた。すでに罠は仕掛けてある。そろそろ立ち去る頃合いだ。これまで彼は、信じられないほどラッキーだったのだ――きょうの警察とのニアミスがいい例じゃないか。この先数週間は、ニュートンヴィルの事務所に行くとき以外、自宅を出ないことにしよう。

彼はチーズ・サンドウィッチを作って食べ、牛乳を一杯飲んだ。それからバックパックのところに行って、荷ほどきにかかり、ケイトのうちに持っていったものをすべて注意深く並べた。替えのシャツ、手袋、アウトドア用帽子、制汗剤、グラノーラ・バー、隠れている最中に用を足したくなったときの備えの空きボトル、ゴムのすべり止め付きのソックス、ヘッドストラップ付きの暗視ゴーグル、そして、鞘《さや》付きのフィレナイフ、新品。どれもちゃんとある。髪の毛が落ちないよう寝るときにかぶっていたライクラ製のスキーマスク以外は。彼はまずバックパックのポケットを、つぎにズボンやジャケットのポケットをさがした。マスクはどこにもなかった。日曜の夜、あの客用寝室のベッドの下で眠ったとき、それをかぶっていたことを彼は思い出した。夜なかに暑くなり、彼はそれを額《ひたい》の上まで押しあげた。それがスキーマスクに関する彼の最後の記憶だった。あのマスクは、夜のあいだに、脱げてしまったにちがいない。たぶんいまもベッドの下にあるんだろう。他にどこに行ったというんだ?

彼はふたたび夜の町へと出ていった。

ケイトのうちにもどってスキーマスクをさがす前に、ヘンリーはもう一度、オードリー・マーシャルの部屋を訪れた。こういう機会はもう二度とないことが、わかっていたから。

彼は暗いキッチンにたたずみ、空気を吸い、思い出した……

彼女を切り裂く作業を、ではない——あれはきつかった。思い出したのは、作業後の彼女の姿、切り開かれ、一方の腕を伸ばし、コービンの部屋を指しているあの姿だ。大量の血が流れ出たため、床は赤一色に見えた。それは、まずい男とかかわった女を戴《いただ》く輝ける台座だった。このひとときを楽しみながら、ヘンリーはしばらく目を閉じて微動だにせず立っていた。目を閉じていると、自分が見えない存在であることが実感できた。ちょうど子供が自分に何も見えないから、自分自身もまわりから見えないのだと思うように。ただ、子供の考えはまちがいだが、ヘンリーは正しいのだ。彼の姿は見えない。少なくとも、ほとんど見えないと言える。彼を見ることができるのは、コービンだけだ。そしてコービンはこれをどうすることもできない。ヘンリーは裏階段を下りて地下の通路にもどると、コービンの部屋へとのぼっていった。てっぺんに近づいたとき、彼は空気の小さな波動を感じた。それに、ドアがカチリと閉じる音も聞こえた気がした。彼はしばらく静止して、耳をすませていた。何も聞こえない。そこで、残りの段をのぼっていき、住居の裏口の前で足を止めた。彼は長いこと耳をすませていた。ドアを開けても大丈夫だと確信したちょうどそのとき、なかから物音が——パタパタという足音が聞こえてきた。ヘンリーはいちばん上の段に腰を下ろして待った。ここは我慢のしどころ。とにかく、なかに入って、客用寝室にスキーマスクを取りに行き、その後、立ち去る。やるべきことはそれだけだ。

トイレを流す音、建物の壁のなかを水が流れる音がした。そして、また足音が聞こえたように思え、それからあたりは静かになった。その後、一時間近く待っただろうか。ようやく彼は、ドアノブにそうっと手をかけて回した。鍵はかかっていなかった。ありがたいと思ったが、油断はしなかった。これまでこのドアの鍵が開いていたことはない。単にケイトが鍵をかけ忘れただけなのか？　彼はドアを開け、月に照らされたキッチンに足を踏み入れた。うちのなかはしんとしていた。彼はドアを閉め、リビングのほうに向かい、客用寝室へとつづく廊下に入った。くぐもった音と廊下の果てのちかちかする光が、テレビがついていることを彼に告げた。となると、たぶんケイトはテレビの前のソファで眠っているんだろう。ヘンリーは寝室にすばやく入ると、フラシ天の絨毯《じゅうたん》の上にうつぶせになった。精一杯指を伸ばし、ベッドの下のふわふわの生地をさぐりまわって、なくしたスキーマスクをさがした。さらに奥へと這い込むと、マスクの丸い塊《かたまり》が見つかった。安堵がどっと押し寄せてきた。彼は立ちあがって、ジャケットのポケットにマスクを押し込んだ。廊下に人の気配を感じたのは、部屋を出ようとしたまさにそのときだ。ケイトが起きてきたにちがいない。いや、待った。音は逆方向から近づいてくる。ヘンリーはあとじさり、ドア枠を影がよぎるのを見守った。誰とも知れぬその人物はテレビの部屋に入っていった。寝室内に囚われたような気分になり、ヘンリーは大急ぎで廊下に出て、反対方向のリビングに向かった。部屋に着くと足を止め、うしろを振り返った。洞窟じみた闇のなかのほうが彼にとっては安心なのだ。玄関のドアに近いところには、大型の衣装箪笥があった。彼はその横に立ち、箪笥の影のなかで待った。

他に誰がここにいるんだ？ たぶんアランだと彼は思った。あの男が前夜の再体験のためにやって来たんだろう。それでも、ヘンリーはつぎにどうなるのか知るために、じっと耳を凝《こ》らして待った。だが聞こえてくるのは、くぐもったテレビの音だけだった。

そのとき、コービンが現れた。髪は短くても、見まちがえようはない。彼はいま廊下にいて、こっちに向かってくるところだ。すると、まるで水中を沈んでいく石のように、ヘンリーの中心部に何かがポトンと落ちた。それは恐怖だった。そして同時に歓喜でもあった。

「来たのか」ヘンリーは言った。それは、こっちがコービンを呼び出したのだ、自分が彼を操っているのだとわからせたくて、空想のなかで百回も彼に言った台詞だった。

「ここで何をしているんだ、ヘンリー？」コービンは訊ねた。その声はまるで、生徒を叱りつけている厳格な教師だった。

ヘンリーはしゃべりだし、説明しはじめた。そしてそのとき、コービンが包丁を持っているのに気づいた。彼が迫ってくる。激しい歓《よろこ》びがヘンリーの身内を駆け抜けた。彼はさっと飛びすさって、コービンの突撃をかわした。それから、コービンに飛びかかり、その体を押し倒して木の床に押さえつけ、包丁を奪おうと揉み合った。あと少しというとき、その包丁にてのひらを切り裂かれ、彼は反射的に身を引いた。コービンがふたたび襲いかかってくる。危なく顔を刺されるところだったが、包丁は床に突き刺さり、ヘンリーは無傷のほうの手でそれをつかむことができた。彼はコービンに飛びかかり、その喉を掻き切った。いつもの皮膚の裂けかたで、皮膚が裂けていく。いともたやすく。コービンは床に倒れた。ほのかな光のなかで、首から流れ出るその血はインクのように黒く見えた。

ヘンリーは立ちあがり、よろよろと後退した。手がじんじんしている。彼はその手に目を向けた。血が袖のなかへとゆっくり流れ落ちていく。親指は、腱《けん》を断たれ、だらんと垂れ下がっていた。彼は止血に使えるものはないかと急いで部屋を見回した。それからポケットにスキーマスクがあることを思い出し、包丁を置いて、無傷のほうの手でそのマスクを引っ張り出すと、怪我の手当てをするためしゃがみこんだ。なめらかな生地の穴のひとつにぶらぶらする親指を慎重に通し、手をしっかりくるんでから、余った部分は内側にたくしこみ、マスクを固定した。当面はこれで大丈夫だ。コービンは相変わらず、喉から小さくぶくぶくと音を漏らしている。

ヘンリーはそちらに注意を向けた。

彼らはもうふたりきりではなかった。いつのまにかケイトがリビングに来ていたのだ。彼女はいま、コービンのねじくれた体の上にかがみこんでいる。ヘンリーには気づいていない。彼は包丁を拾いあげ、立ちあがった。しばらくは、ただじっと見ていた。世界が速度を落とし、凍りついたひとつの活人画となるのを。死にかけたコービン、そして、すでにそのかたわらにいる白い衣装の天使。

それからコービンの視線が動き、ほんの束の間、その目がヘンリーの目と合った。長い長い年月を経て、ようやくふたりはお互いにまっすぐに見つめ合ったのだ。コービンは血でぬるぬるの手を持ちあげ、指を一本、動かして、ケイトに何か言おうとしていた。それを見て、ケイトは振り向いた。ヘンリーが彼女の背中に飛びかかったのは、そのときだ。彼女の肺から空気が吐き出されるのが聞こえた。その頭が床にゴツンとぶつかるのも。ヘンリーは彼女の背中に包丁を突き刺し、肩甲骨にぶち当たると、いったんそれを引き抜いて、今度はもっと上の、背骨の横のやわらかな箇所に根もとまで刃を沈めた。身を転がして彼女から離れると、彼はすわった姿勢になった。コービンは相変わらず手で喉をつかんでいた。ヘンリーは近寄って、その目を見つめた。それは開かれてはいるが、焦点はもう合っていない。口からは血がぶくぶくとあふれ出ていた。

ドアをたたく大きな音がし、つづいて、女の声が響いた。「警察よ。ドアを開けなさい」

与えられた数秒のあいだに、ヘンリーは計算しはじめた。地下に逃げるべきだろうか? それから彼は、唖然として目を瞠《みは》った。ケイトが、背中に包丁が刺さった状態のまま、立ちあがって、よろよろと玄関に向かい、カクテル・パーティーのお客を迎え入れる主《あるじ》よろしく、ドアを開けたのだ。ヘンリーはジャケットのポケットから折りたたみ式の小さなナイフを取り出すと、カチッと刃を出した。つづいて彼は、コービンの肩をつかみ、その体を盾にするため自分のほうへ引き寄せた。銃を手に、女の警官が入ってきた。ヘンリーの見つめる前で、女がこの場の光景に目を走らせる。ケイトからコービンへ、そして、ヘンリーへ。彼はいま、コービンの体を自分の上に引きずりあげようとしている。そうしながら、傷を負ったコービンの首にナイフを突きつけている。空気には血のにおいがたちこめていた。

ヘンリーに銃を向け、女が一歩、踏み込んできた。「彼を放して、両手を見せなさい」彼女は左手を銃から離し、手さぐりでベルトの無線機をさがした。

ヘンリーはナイフを手放さずに、じっとしていた。ある部分で、彼はこうなったことに感謝していた。

第三十六章

ロバータ・ジェイムズ刑事は慎重に狙いをつけ、息を吐き、グロックを発砲した。生きている的を撃つのは、生まれて初めてだった。四〇口径の弾丸が笑っている男の上唇に命中すると、その笑いは内側へと崩壊し、男はうしろ向きに倒れて、床に激突した。血を流す人質の首に突きつけられていたナイフが、カチャカチャと床に落ちた。

ただちに応援を寄越すよう無線で要請しながら、ジェイムズは片膝《かたひざ》をついて、首に傷を負った男をチェックした。血は噴き出してはいないものの、どくどくと流れ出ていた。彼女はケイトを振り返り、きれいなタオルをもらえないかと穏やかにたのんだ。

「彼は死んだんですか?」ケイトが訊ねた。状況が理解できていないのか、その声は妙にのどかだった。

「さあ、わからない。とにかくタオルをもらってこの血を止めないと」ジェイムズは立ちあがった。ケイトの背中から突き出ている包丁の柄《え》に気づいたのは、そのときだった。それは肩に近いところに、九十度の角度で刺さっていた。「わたしが取ってきますからね、ケイト。ここでじっとしていてください。タオルはどこにあります?」

「そのすぐ先のバスルームに」ケイトは言った。それから体をうしろにひねり、妙な表情をして、訊ねた。「背中に何かついていません?」彼女は背中に手をやろうとした。ジェイムズ刑事はその両腕をつかんで脇に下ろし、彼女を押しとどめた。ケイトの目はきらきらしていた。ジェイムズには、彼女がショック状態にあることがわかった。「すわってください。ほら、ここに。背中に触っちゃだめですよ。いま救急車が来ますからね」

ケイトをその場に残し、刑事は大急ぎで移動して、バスルームをさがしあて、棚から一枚、タオルを取った。もどってみると、ケイトは上品に膝に両手を置いて、さきほどと同じ場所におり、ジェイムズはほっと安堵した。「それがコービンなんです」通り過ぎる彼女に、ケイトは言った。

「どれが？」男の首の出血をタオルで押さえながら、ジェイムズ刑事は訊ねた。

「その人。わたしの親戚のコービン・デルです。彼はわたしを助けようとしたんです」彼女の声は不自然に落ち着いていた。それは寝言を言っている人の声だった。

傷口を押さえているうちに、タオルは血液で黒っぽくなり、濡れていった。頸動脈が切断されなかったのが、せめてもの救いだ。そうでなければ、この男はすでに死んでいただろう。いずれにせよ、血は大量に失われている。ジェイムズは彼の顔に目を向けた。その顔は確かに、前に見たコービンの写真に似ていた。いま、その目は虚《うつ》ろになっている。ジェイムズは言った。

「コービン、がんばって」

彼の目に理解の色が浮かんだような気がした。

「彼は死んだんですか？」ケイトが訊ねた。

「いいえ、まだ生きている。もう救急車が来るころだしね。何があったのか話してください」

「コービンがわたしを起こして、クロゼットに隠れさせたんです。彼はわたしを助けようとしたんですよ。わたしはずっとクロゼットのなかにいることになっていました」

遠くからサイレンの音が聞こえてきた。ジェイムズは、それが自分たちの救急車であるよう胸の内で祈った。彼女はコービンの顎の下に指を二本当ててみた。脈はある。でもそれは、本当にかすかだった。

「あなたは彼女を救ったのよ、コービン」ジェイムズは言った。彼が聴いている可能性もあるから。

「ハイ、サンダース」ケイトが言っている。ジェイムズはくるりと頭をめぐらせた。白い猫がケイトに近づいていき、彼女の脚に体をこすりつけた。その真っ白な被毛に血のすじを残しながら、ケイトは猫の背中をなでた。サイレンの音が大きくなった。

＊

六時間前、ジェイムズ刑事は、ウォータータウンのアパートメントに帰宅した。オードリー・マーシャル殺人事件が公式にＦＢＩに引き継がれたことに、彼女は少しほっとしていた。計算してみると、土曜日に遺体が発見されてから、トータルでたぶん十二時間ほどしか眠っていなかった。もう火曜日の夜なのだ。彼女はフェイマス・グラウスのオンザロックを作って、寝るときに好んで着るタンクトップと、クリスマスに父母からもらったセルティックスのパジャマのショートパンツに着替えた。彼女はそのショートパンツが好きだった。セルティックスのロゴが入っているからというよりも、はき心地がよいから、そして、たとえボストンの冬のいちばん寒い時季でも、パジャマの長ズボンで寝るのは嫌いだからだ。彼女はソファに寝そべって、ロックグラスをお腹に載せた。前述のクリスマスに彼女がもらったセルティックス関連のアイテムは、このパジャマのボトムスだけではない。彼女はマグカップももらった。これは、いつも贈り物をくれる姪から。また、姉からは、セルティックスのロゴが入ったピンクの長袖のＴシャツを。彼女が何者になりつつあるかは明らかだった――ひとつのことしか連想させない親戚。**彼女はセルティックス・ファンだよ。だから、他に何も思いつかなかったら、セルテ**

ィックスのグッズをあげときゃいいよ。まるで、ゴルフ好きであるがために、ゴルフ用品しかもらえない年取ったおじさんみたいな気分だった。それに、姉の言いたいこともまた明々白々だった。ぴっちりしたピンクのTシャツは、まだ男をひっかけるのに遅すぎはしない、とほのめかしているのだ。

彼女は少し身を起こして、スコッチを口にした。どうして自分はこんなことを考えているんだろう？　へとへとに疲れてるからよ。彼女はそう自答した。

目を閉じるとすぐさま、肉の塊《かたまり》のように切り裂かれたオードリー・マーシャルの姿が（ここ三日間、いつもいつもそうであったように）脳裏に浮かんできた。ソファの上に身を起こし、またひと口スコッチを飲むと、彼女は背中をぐっと伸ばして、背骨がポキポキいう小さな音に心地よく耳を傾けた。

携帯電話が鳴った。画面で名前を確認するまでもなく、直感的にボスの警部からだとわかった。

「きみが帰った直後に、匿名の電話があったことを教えてやろうと思ってね。サウスエンドの公衆電話からで、かけてきたのは男性。名前は教えようとしなかった。犯人はアラン・チャーニーだとその男は言っている。アランは凶器のナイフを所持しているんだそうだ」

「なんとまあ。その通報者はどうしてそれを知っているんです？」

「そこまでは言わなかった」

「自分が仕込んだからじゃないですか」

マークは笑い、いつもどおり、笑ったせいで咳き込んだ。「とりあえず、きみも知りたかろうと思って電話したんだ。きみがうちに帰って、ひと眠りするつもりなのはわかってたがね」

「それは予定からはずしますよ。いまの話、タンには伝わってます?」アビゲイル・タンは、現在、事件の捜査主任となっているFBI捜査官だ。

「うん。いま捜索令状をもらいに行っているよ」

「彼女はどう見ているんです?」ジェイムズは訊ねた。

「わたしにはなんとも言わなかったが、この件をきみに伝えてほしがっていた。きみはどう見る?」

「その男が例のジャックですよ。まちがいありません。彼はアラン・チャーニーをはめようとしているんでしょう。理由はよくわかりませんが」

「たぶんタンもそう考えているんじゃないかな」

「でも令状は執行しましょう。そして、もしナイフが見つかったら、チャーニーを逮捕するんです。少なくともそれで、ジャックに関する情報がもっとつかめるし、何かしら――」

「おっと、もう行かないと、ロバータ。またすぐに電話するよ」

彼は電話を切った。ジェイムズはふたたびスコッチを口にしたが、それはもうなくなっていて、氷がカタカタと歯にぶつかった。部屋をぐるぐる歩き回って、彼女は考えた。

ジャックは大胆になりだしている。となると、たぶん、まもなくミスを犯すだろう。とにかく彼女はそう願っていた。現時点の第一容疑者は彼だ。たとえコービン・デルがロンドンのケイトの部屋から消えたという事実があっても。確かにコービンもなんらかのかたちでかかわっている。でもジェイムズは、オードリー・マーシャルを殺したのが彼だとは思っていなかった。彼女は、犯人はジャック・ルドヴィコを名乗る男だと思っていた。また、その男がこれ以前に少なくともふたり、女性を殺したとも思っている。ひとりはマサチューセッツ州ノースショアのレイチェル・チェスという女性、もうひとりはコネチカット州のリンダ・アルチェリという女性で、後者の事件は十四年近く前だ。どちらの女性も、オードリー・マーシャルと同じく、殺されたあと、まんなかから左右に切り裂かれていた。レイチェル・チェスはニューエセックスのビーチで発見されており、その場所はコービン・デルの母親が所有する家からそう遠くない。ジェイムズがファイルを調べたところ、コービンの名は被害者の知人として挙がっていた。しかし彼は、犯行が行われたとき国外にいたことから、捜査の対象からはずされたのだった。ジェイムズにわかった範囲では、コネチカット州で殺された女性、リンダ・アルチェリとコービン・デルとのあいだに接点はなかった。この女性は、町はずれの古いボーイスカウトのキャンプ場で、遺体で発見されている。死因は石による頭部の殴打だが、埋められる前、彼女は顔を垂直に切られ、衣類と胴部の皮膚《ひふ》の一部も切り裂かれていた。なぜ誰もこの事件をニューエセックスの第二の殺人に結びつけなかったんだろう？　死因は異なるが、死亡後の傷は同一、少なくとも、きわめて似通ってはいたのに。そしていま、第三の殺人が発生し、まったく同じ傷の新たな女性が発見されたために、ＦＢＩがやって来た。警察の一部の連中が今回の犯人をなんと呼んでいるか、ジェイムズは知っている――〝ヘボ・マジシャン〟。**そいつは女を半分**

に切ろうとしたんだよ。

アビゲイル・タンは、年こそまだ若い（見た感じ、二十五くらいだ）が、有能そうだった。その日、ジェイムズは彼女に、アルチェリの事件ファイルからわかったことを話して聞かせた。

「リンダの友達のふたりが、警察に話を聞かれたとき、リンダが短期間、ハンクという名の人物とつきあっていたことに触れている。ふたりともファーストネームは覚えてたけど、姓のほうはわからなかった。このハンクは結局、見つかっていないのよ」

「じゃああなたは、そのハンクが……？」

「わたしは、ハンクと名乗っていた人物が、いまはジャック・ルドヴィコと名乗っているんじゃないかと思っている」

「その男が本人の言ってるとおりの人物じゃないと思う理由は？　彼は本当に答えを見つけようとしている友達なのかもしれませんよ」

「だったら、なぜ彼は警察に来なかったの？　それになぜ、オードリー・マーシャルの日記に彼の話が出てこないの？」ジェイムズが口に出さなかったのは、自分にはなんとなくわかっているということだ。どちらの殺人にも、決して姿を現さない影の人物がかかわっている。そして、その人物――おそらくハンクでもジャックでもない男が、同じ人間であることが、彼女にはわかっていた。

「なるほど。でも、もしルドヴィコが犯人なら、なぜ彼は近所をうろうろしているんです？　なぜケイト・プリディーと話しに行ったりするんでしょうね？」

「彼はコービン・デルに罪を着せようとしているんだと思う。オードリー・マーシャルの手は頭の上で曲げられ、デルの部屋の方角を指していた。検屍官は、彼女の手は死亡後にそのかたちにされたのだと言っている。彼は警察に、やったのはコービンだと思わせたいわけ。近所をうろついているのも、それが理由でしょう。たぶんレイチェル・チェス殺しは、デルをはめる彼の第一の企てだったのよ。でも、それはうまくいかなかった」

「ケイト・プリディーの描いたスケッチを公開すべきでしょうか?」

ジェイムズは考えてみた。「まだよ。その男は地元の住人じゃないと思うの。もしスケッチが第一面を飾ったら、町を離れてしまうでしょう。目下、彼は無謀な行動を取っている。犯行現場にもどって隣人と話をしたりね。だから、じっと待ってましょう。また、ひょっこり顔を出すかもしれないから」

そしていま、彼は、なんらかの不可解な理由により、アラン・チャーニーをはめようとしている。

ジェイムズは警部に連絡するため、ふたたび携帯を手に取った。ところがそれは、警部の番号を入れる前に、手のなかで振動した。アビゲイルだ。

「令状は取れた?」ジェイムズは訊ねた。

「いいえ、まだ。でもディートリクソンと話はしましたよ。彼は遅くまでいることに同意してくれました」

「連れがほしい?」

「だから電話してるんですよ」

ふたりは裁判所で合流し、ベリー・ストリート一〇一番地、アラン・チャーニー宅の捜索令状にアルバート・ディートリクソン判事の署名をもらった。判事はかなり渋っており、ジェイムズは、令状の根拠はその日の夕方に録音された匿名電話だけじゃないのだと言って、彼を説得せねばならなかった。

「遺体が発見されたあと、きみたちはアラン・チャーニーの供述を取ったのかね?」ブリーフケースに書類をしまい、家に帰る支度をしながら、判事は訊ねた。

「ええ、取りました。わたしではなく、カレン・ギブソン巡査が。彼女によると、アラン・チャーニーは、オードリー・マーシャルと知り合いではなかったが、顔は知っていると言っていたそうです。彼は様子がおかしかったと彼女は報告しています」

判事は一方の眉を上げてジェイムズを見た。「そのおかしかったというのがどういう意味なのか、彼女は具体的に述べているかね?」

「報告によると、彼は同じアパートメント内での死亡事件に明らかに動揺していたとのことです。それが、身近なところで事件が起きたためなのか、本人の言っている以上に被害者と親しかったためなのかは、わからなかったそうです。それともうひとつ。現在コービン・デルの住居に住んでいる彼の又従妹《またいとこ》、ケイト・プリディーがアラン・チャーニーと知り合いになったんですが、彼女によれば、チャーニーはよく、室内にいるオードリー・マーシャルを見ていたらしいんです」

「どこから？　道からか？」

「いえ、彼自身の住居内からです。ふたりの住居の窓は中庭をはさんで向かい合っているんですよ。建物がU字形になっているんです」

「なるほど」判事は言った。令状に署名するときも、その表情は変わらなかった。

一時間後、ジェイムズは、市警のマイク・ガエタノ、アンドレ・ダモアとともに、ベリー・ストリート一〇一でアビゲイル・タンと合流し、アラン・チャーニーの住居に踏み込んで、令状を執行した。彼はずっと眠っていたようだった。それに、ひどく酔っており、目は虚ろで、呂律《ろれつ》も怪しかった。彼は嘔吐するためにバスルームへと走った。一方、ジェイムズらは、匿名電話の男が言っていたバッグをさがし出し、ナイフを見つけて証拠袋に入れた。逮捕はアビゲイルが行った。

署にもどると、ジェイムズは、弁護士は不要としたアランにコーヒーのカップを渡し、取調室に連れていった。彼は繰り返し取り乱しては、おとなしくなっていた。「オードリー・マーシャルを殺したのは僕じゃありませんよ」部屋に連れ込まれるとき、彼は言った。「それはわかってるんですよね？」

「何分かしたら、タン捜査官が聴取を始めるから。何もかも捜査官に話せばいいわ」

彼女は部屋を去ろうとした。しばらくアランをひとりにして気をもませようと。するとそのとき、彼がいまにも泣きだしそうな顔で、唐突に言った。「蕁麻疹《じんましん》じゃなかったんだ」少し前、手錠をかけられたときにも、彼は同じことを言っていた。

ジェイムズは足を止めた。彼をひとりにすべきなのはわかっていた。質問に答えさせるのは、正式な取り調べが始まってからでなくてはならない。それでも彼女は、彼のほうに引き返した。

「ケイト・プリディーの無事を確かめに行ってください」アランは言った。「あの男は腕に蕁麻疹ができたと言っていた。でも、そうじゃなかったんだ。サンダースがあいつを引っ掻いたんですよ。でも、サンダースが人を引っ掻くのは、地下室にいるときだけです。下にいるときの彼は、別のサンダースなんです。つまりジャックはあそこで引っ掻かれたってことです。あいつは地下室から出入りしてるんです。きっとケイトを狙ってるんですよ。いやな予感がします。すごくいやな予感が」

「サンダースって?」ジェイムズは訊ねた。

「いつもそのへんをうろついてる猫です。人なつっこいやつだけど、地下にいるときになでようとすると、引っ掻くんです。ジャックは地下室から入ってきているんですよ。そうやっていつも侵入してるにちがいない」

ジェイムズは言った。「すぐに人が来るから。いいわね、アラン」

一時間後、ジェイムズは取り調べの冒頭部分を傍聴した。酔いが醒《さ》めつつあるらしいアランは、前とまったく同じ猫の話をアビゲイル・タンにしていた。その言葉をふたたび耳にすると、頭皮がぞわぞわしはじめた。

ジェイムズは署を出て、ベリー・ストリート一〇一へと再度、車を走らせた。しばらく彼女は車内にすわって、何も見えない窓の列を見あげていた。あの部屋の様子を見に行っても、別に害はないだろう。そっとドアをノックしてみよう。耳をすませて、何も聞こえなかったら、そのときはうちに帰ればいい。

「こんばんは、サニベル」いまではもうバッジを見せる必要もなく、彼女はドアマンにそう声をかけた。「ちょっと3Dのケイト・プリディーの様子を見てくるね。わたしが行くことは、彼女も知ってるの」

室内から争う音が聞こえてきたのは、部屋の前に着いたばかりのときだった。それから、コンクリートの床に砂袋が落ちたような音がした。彼女は銃を抜いて、ドアをたたいた。応援を呼んでおくべきだったが、それにはもう遅すぎた。

第三十七章

ロバータ・ジェイムズ刑事が顔面を撃った男は、救急隊員によって現場で死亡を宣告された。ケイト・プリディーは救急車でマサチューセッツ総合病院に搬送され、そこで当直の外科医らが彼女の背中上部に刺さっていた刃渡り五インチの包丁を取り除いた。奇跡的にその刃は、脊髄《せきずい》も、主要な動脈のどれも、傷つけていなかった。骨の損傷はあり、脳震盪《のうしんとう》の症状も見られたが、手術の場にいた医師や看護師たちは、その後何年も、刃物による致命的な傷を負いながら助かった若い女のエピソードを語ることができそうだった。

コービン・デルは担架に乗せられ、別の救急車へと運ばれた。救急隊員らはどうにか出血を止めたが、彼はすでに大量の血を失っており、マサチューセッツ総合病院に向かう途中に死亡を宣告された。

アラン・チャーニーの取り調べは、タン捜査官がベリー・ストリートでの一件を耳にした時点で中断され、彼は数時間、取調室にすわりつづけたすえ、ついにテーブルに頭を伏せて、眠りに落ちた。取り調べのつづきは翌朝、行われ、告発はすべて取り下げられて、彼は釈放された。

＊

水曜日の昼に目を開けたとき、ケイト・プリディーが最初に見た顔は、ジェイムズ刑事のものだった。

「わたし、生きてるんですね」ケイトは言った。

「そうです」

ジェイムズはケイトの肩に手を置き、彼女が目を閉じて、ふたたび眠りに落ちるのを見守った。

＊

ケイトがつぎに目を覚ましたときは、看護師が彼女のバイタルをチェックしていた。「こんにちは」半ば開いたケイトの目に気づくと、ヴィッキー・ウィルソンは言った。ヴィッキーは有名な患者の担当になったことで秘かに胸を躍らせていたが、それを表に出すまいと努めつつ訊ねた。「具合はいかが？」

「喉がからから」

「クラッシュアイスか何か持ってきてあげますね。他に何かほしいものはあります？」

「あの刑事さん」ケイトの声は小さくかすれていた。

「警察？」

「いえ。ジェイムズ刑事。ロバータ」そう言ったあと、ケイトは唾を呑み込まねばならなかった。喉が痛かった。

「ここがすんだらね。ジェイムズ刑事をさがしてきてあげます。それでいい？」

ケイトはふたたび目を閉じた。

目を開けたときには、そこにロバータ・ジェイムズがいた。ケイトは言った。「全部、話して」

ジェイムズはほほえんだ。「もちろんお話ししますよ。わかっていることはね」

「コービンは死んだんですか？」

「ええ、コービン・デルは死亡しました」

「ジャック・ルドヴィコは？」

ジェイムズはちょっと間を取った。そして、恐ろしい一瞬、彼は逃げおおせたのかとケイトは思った。「あなたにジャック・ルドヴィコと名乗っていた男も死亡しました。彼は多くの偽名を使っており、本当の名前はまだつかめていません。ヘンリー・ウッドという名前に心当たりはありますか?」

ケイトは首を振った。すると首と肩で痛みの小さな爆発が起こった。我知らず顔をしかめたにちがいない。ジェイムズ刑事が言った。「このことはまたあとで話しましょう。ひとつ、いいことを教えてあげますね。いま、ご両親がイギリスからこっちに向かっているんですよ」

「うれしい」

「それと、男の人。アラン・チャーニー。彼もすごくあなたに会いたがっています。いまここに、この病院にいるんですが」

「いまはちょっと」ケイトはそう言って、目を閉じた。

「いいですとも。どうぞ眠ってください」

ジェイムズが立ちあがりかけたとき、ケイトはふたたび目を開けて訊ねた。「コービン・デルはどうやってアメリカにもどってきたんですか? 確か刑事さんの話では――」

「そう、わたしたちは彼のパスポートの動きを監視していた。それは本当です。彼は他人のパスポートを使ったんです。オランダ人のものを」

「なぜ?」

「まだすべてがわかったわけじゃないんですよ、ケイト。わたしたちは、あなたにジャック・ルドヴィコと名乗っていた男、別名ヘンリー・ウッドが、コービン・デルを標的にし、たぶん彼をはめて、殺人の罪を着せようとしていたものと見ています」

「じゃあコービンは殺人犯じゃなかったんですね?」

「解明すべきことはまだたくさんあるんです、ケイト。わたしたちにも全容はつかめていないんですよ」

「彼らはふたりともあの部屋にいたけど。いったいどうやって……?」

「どうやって侵入したか、ですか? コービンは鍵を持っていました。そして、ジャックの着衣からはピッキングの道具が見つかっています。わたしたちは、彼が地下に通じる裏口からあの建物に出入りしていたものと見ています」

「彼はどれくらい前から部屋に侵入していたんでしょう?」ケイトの口はしゃべればしゃべるほど乾いていった。

「それはわかりませんが、証拠は出ています——彼が住居内のいたるところに入り込んでいたという科学的証拠ですね。何かわかったら、その都度、お話ししますからね、ケイト。でもいまは、もう少し休んだほうがいいと思いますよ」

「わかりました」ケイトはそう言って、まぶたが閉じるに任せた。背中の上のほうと頭蓋骨底部には痛みがあり、その痛みは徐々に広がって、ひとつになろうとしているうえ、強まりつつあった。刑事の椅子がリノリウムの床をこする音が聞こえ、その後、自分がひとりになったことがわかった。彼女は目を開けようとし、それができないことを知り、ふたたび眠りに落ちた。

*

ジェイムズはウェイティング・エリアにもどった。アラン・チャーニーは、本を読まずに膝《ひざ》に置き、期待の色を顔に浮かべて、そこにすわっていた。

「彼女はまだあなたに会う気持ちになれないようよ」ジェイムズは彼に言った。

「そうですか」アランは言った。「じゃあ、もう少し待ってみますよ」

「あなたの名前を出しても、彼女、怯えて縮みあがったりはしなかったわ」なぜか彼を安心させたくなって、ジェイムズは言った。この男は好感が持てると彼女は思った。ベリー・ストリートに行くよう彼女を説得したことで、おそらく彼はケイト・プリディーの命を救ったのだろう。しかし理由はそれだけではない。ヘンリーの腕の引っ掻き傷のことは、アランの言ったとおりだった。検屍官の話では、その傷は猫によるものだった。

アランはほほえんだ。「そこは大事なところですよね」

ジェイムズはアランに聞こえない場所に移動して、署に電話を入れた。市警にはFBIが大挙して押し寄せており、捜査主任はアビゲイル・タンからコリン・アンガーという上級捜査官に替わっていた。それは軍隊の新兵募集パンフレットのモデルみたいな男だった。ジェイムズは警部につないでもらい、ケイトの状態を報告した。

「ではわたしから、彼女は目を覚ましていて、いつでも質問に答えられると連中に伝えておくよ」

「もうしばらくしてから伝えてください。彼女、恐れをなすでしょうから」

「彼女が何か知ってると思うか？」

「どんなことを？　ヘンリー・ウッドに関することですか？　いいえ、何も知っちゃいませんよ。知っているのは、自分が殺されかけた夜、何があったか——それだけです。まだ背中に包丁が刺さっているときに、すべて話してくれました。そうそう、彼女はコービンが潔白なのかどうか、知りたがっていましたよ」

「きみはなんと言ったんだ？」

「あとで話そうと言っておきました。彼女はまだかなり弱っているんです」

通話を切ったあと、ジェイムズは、ヘンリー・ウッドの住居から見つかったポラロイド写真のことを考えた。それは、雨のなか、黒髪の女性のものらしき遺体が入った穴の前に立つコービン・デルを写したものだった。写真の隅には古い墓石がひとつ見え、彼のいる場所が墓地であることを示唆《しさ》している。写真のコービンは、ジェイムズの目には、十八歳くらいに見えた。その顔の表情を読み取るのはむずかしかった。目にはたぶんちょっとショックが表れている。でもその口は少し開き、全体的にはリラックスしているように見えた。この三十六時間、ジェイムズの頭を離れないのは、その写真の光景だった。ケイトのアパートメントで見たもののほうがまだ対処しやすかった。あの流血の惨事——ジェイムズは一発の弾丸でひとりの男の命を奪い、それを食い止めた。コービン・デルを救うことはできなかったが、彼女のその行動は、おそらくケイト・プリディーを救ったのだろう。

それだけでも大したものだ。

四時間後、アンガー捜査官とタンが、ケイトから話を聞くために病院にやって来た。

「わたしも立ち会ったほうがいいでしょうか？」ジェイムズは訊ねた。

「たのみます」アンガーは言った。彼にはかすかに南部訛《なまり》があった。たぶんノースカロライナの訛だとジェイムズは思った。

「オーケー。喜んでそうさせてもらいます。彼女を起こすわけにはいきませんが、自然に目を覚ますまで待つのは自由です」

彼らはさほど長くは待たされなかった。三十分後には看護師が、ケイトが目を覚まし、またジェイムズ刑事に会いたがっていると伝えに来たのだ。その三十分のあいだに、アビゲイル・タンはFBIがつかんだことをジェイムズに伝えた。コービン・デルとヘンリー・ウッドは、十五年前、同じ留学プログラムによりロンドンで勉強していたという。そればかりか、当時起きた未解決の殺人事件も一件あった。被害者は、ふたりが行っていたのと同じビジネス・スクールのイギリス人学生、クレア・ブレナン。彼女はコービンとヘンリーの両者がロンドンにいた時期に行方不明となり、最終的にその遺体はノース・ロンドンで古い墓地に埋められた状態で発見されたのだった。この事件では逮捕者は出ていない。

「彼女も死亡後に切り裂かれていたの?」ジェイムズは訊ねた。

「いや、それはなかったんです」タンは言った。

「とは言ってもね」

「ええ、とは言っても、ですよ」

「いまこの瞬間、あなたは何を考えている? あのふたりが一緒に女性たちを殺したと思っているの?」

「どうもそのように見えますね」タンは言った。「ヘンリーとコービンはロンドンで出会い、一緒にクレア・ブレナンを殺した。ふたりは写真を撮り、その後、ここアメリカでまたやったんでしょう。まずリンダ・アルチェリ、つぎはレイチェル・チェスです」

「レイチェル・チェスが殺されたとき、コービン・デルは国外にいたのよ」ジェイムズは言った。

「コービン・デルは、飛行機の記録によれば、まさにそのとき国外にいたことになっています」

「オーケー。言いたいことはわかった。それで？　彼らは一緒にオードリー・マーシャルを殺し、その後、コービン・デルは自分の又従妹《またいとこ》をふたりで殺すためにここにもどってきたってわけ？　なんだかすじが通らないけど」

「そうですよね。すじが通らない」タンは言った。「ケイト・プリディーの話でいろいろとわかってくればいいんですが」

「あの夜、何があったか、彼女はわたしに話してくれた。それによると、コービンは突然うちに現れたらしいの。彼はケイトを起こしてクロゼットに隠れるように言った。うちのなかに悪い男がいるからってね。それが彼の言葉よ。彼女が出ていってみると、コービンは床に倒れて血を流していた。そして彼女は背後から襲われたの」

「そのときあなたが現れたわけですね」タンが言った。

「ええ、そのときわたしが現れたわけ」

ケイト・プリディーが目を覚ましたあと、アンガー捜査官は、タン捜査官に助けられながら、約二十五分間、この証人の聴取を行った。彼女は前にジェイムズに話したのとまったく同じことを彼らに話した。それ以上でもそれ以下でもなく。話が終わり、そのまぶたが閉じかけているときに、ケイトは言った。「たぶん、わたしなのよ」

「何があなたなんです?」アンガー捜査官は訊き返した。

「これはわたしのせいなんです。彼らはわたしに寄ってくる。異常者はみんな。わたしは磁石みたいなものなの」

「いまのところ、まだすべてはわかっていませんがね、ケイト、今回の件があなたのせいじゃないってことだけは確かですよ。あなたには一切なんの責任もありません」

ジェイムズは、てっぺんが平らなヘアスタイルと、深刻なジム依存症の結果と思しき体つきを差し引いても、アンガー捜査官には好感が持てると思った。

外の廊下に出ると、アンガーはジェイムズに、ケイトはいったいなんの話をしていたのかと訊ねた。

「五年前、彼女は元交際相手に襲われているんです。イギリスであった事件ですよ。その男は彼女をクロゼットに閉じ込めて自殺し、彼女はそこに取り残されたんです」

「なんてことだ」アンガーはその言葉を長く伸ばし、呪いのように響かせた。

「ほんとにね」

「しかし関連はないんだね?」

「ええ、こちらで調べたかぎりでは」ジェイムズは言った。「ただの偶然でしょう。あるいは、本人の言うように、彼女は異常者を吸い寄せる磁石なのかもしれませんね」

これは冗談で言ったのだが、アンガーは額《ひたい》に皺《しわ》を寄せ、考えているふうだった。「どっちにしろ、かわいそうにな」彼は言い、それから付け加えた。「ケイト本人に、ヘンリー・ウッドは少なくとも二日間、彼女のうちに隠れていたらしいと話すつもりかい？」

ジェイムズはすでにそれについて考えていた。鑑識員たちは、あのうちのいたるところからヘンリー・ウッドの指紋を発見している——キッチンの食品、ほぼすべての部屋、そして、ケイトの持ち物からも。鑑識員たちはまた、彼が客用寝室のベッドの下で寝ていたことを示唆する、毛髪やＤＮＡといった証拠も発見していた。

何もかも話してほしいというケイトの要望を思い出し、ジェイムズは言った。「ええ、話すつもりです」

＊

ケイトの両親がようやく病院に到着したのは、面会時間を少し過ぎたころだったが、ジェイムズ刑事はふたりに付き添い、制服警官の前を通過して、個室のひとつに彼らを通した。なかではケイトが眠っていた。

娘を起こす気になれず、ふたりは眠っている彼女を三十分ほど見守っていた。「ホテルに行ってチェックインしてから、また来よう」パトリック・プリディーは妻に小声でそう言った。

「あなたがチェックインして来て、ダーリン。わたしはここにいるから」

しかし父が立ち去る前に、ケイトは目を開けて、両親に気づいた。そして病院に入って以来初めて、彼女は泣いた。

＊

コービン・デルの身元は、その実兄、フィリップ・デルによって正式に確認された。フィリップはそのためにニューエセックスから車を走らせてきたのだった。ジェイムズ刑事は彼に会わなかったが、身元確認に立ち会ったグリーフ・カウンセラーの話によれば、彼はまったくなんの感情も見せず、ただ、母のところに帰らなくては、とそればかり言っていたという。彼の母親はひとりきりにされるのに慣れていないのだそうだ。

フィリップ・デルはＦＢＩによる聴取を受けた。後にアビゲイル・タンは、彼はヘンリー・ウッドという名を聞いたこともなかったとジェイムズに話した。弟のロンドン留学当時のことを訊かれると、フィリップ・デルはそもそも弟がロンドンに行ったことも覚えていないと言った。また、レイチェル・チェスのことや、コービン・デルと彼女の関係について訊かれると、コービンの性生活にはまったく興味がないと言ったという。

＊

退院する日、ケイト・プリディーはアラン・チャーニーに会うことに同意し、彼はその朝、ケイトが入院して以来、毎朝そうしていたように、病院に顔を出した。緊張し、青ざめ、白いスイセンの花束を手に、彼は個室に入っていった。ケイトはベッドの上で身を起こし、前日に両親が持ってきた新しいスケッチブックに絵を描いているところだった。彼女はすでに看護師四人と医師ふたりを描き終えていた。

「どうもありがとう」アランが花束を手渡すと、ケイトは言った。花は強烈なにおいを放っており、サイドテーブルに花瓶を置きながら、彼女は思わず顔をしかめた。

「すごいにおいだよね」アランは言った。「ごめん」

「ううん、そんなことない。とにかく、この病室よりはいいにおいだわ」

「きょう退院だってね」

「いちおうそう言われてるけど、信じるのはそのときになってからにする」

「これからどうするつもり？」

「うちの親たちが近くのホテルのスイートルームに泊まっているの。だから今夜はたぶんそこに泊まると思う。それから、イギリスに帰るつもりよ」

「こっちに残って、コースを修了する気はない？」

ケイトは笑った。「ううん、それはないな。第一、どこに住めばいいの？」

「そうだな、僕のうちに来てもいいし。なんの問題もないよ。そうしてもらえたら、僕のほうも……」

「ありがとう、アラン、でもそれは――」

「うん、よくわかるよ。ただ、そういうオファーがあることを知っててほしかっただけなんだ。ただのオファー。僕だって、きみがうんと言うとは思ってなかったよ」

「そっちはどんな様子？」

「そっちって？　ベリー・ストリートのこと？」

ケイトはうなずいた。

「もうめちゃくちゃだよ。最初の二十四時間は、建物全体が規制テープで囲われていた。なにせ記者たちの数がすごかったからね。いまは、きみのほうの棟だけになってるけど、警官たちがノンストップで出入りしてるし、表には四六時中、中継車が駐まっているんだ。僕が逮捕されたことは知ってるよね？」

「そのことなら全部知ってる。ロバータが――ジェイムズ刑事が何もかも話してくれたの。あなたが逮捕されたあと、あの刑事さんがまたアパートメントにもどってきたのは、あなたのおかげ――あなたの言ったことが気になったからなんだってね」

「正直言うと、あの夜に関しては記憶がひどくぼやけているんだ。きみのうちに行ったのは覚えているよ――ほんとにごめん――でも、何を話したかは、あまり覚えてないんだ。そのあと僕はうちに帰って、眠り込んだ。つぎに気づいたときには、警察が来ていて、僕を逮捕しようとしていた。だけど僕の頭には、きみの身が危ないってことしかなかった。その点には確信があったんだ」

「あの男はずっとあのうちに隠れていたのよ。わたしがいたとき」

「知ってる。新聞に書いてあった。恐ろしい話だよね」

「新聞には他にどんなことが書かれているの？」

「ロンドンの未解決殺人事件のことは聞いた？」

「ジェイムズ刑事が話してくれたけど。犯人は彼らなの？」

「どうもそうらしいよ。犯行現場には保存状態のいいＤＮＡが残っていた。だから、もし彼らなら、警察が確証をつかむだろうな。ねえ、知ってる？　こいつはでっかいネタなんだよ。きっといまごろ、テレビ映画の制作が急ピッチで進められてるはずだ」

「そうだろうなって気がしてきた」

「記者たちは、独占インタビューに応じてくれと言って、僕に連絡してくるしね。お金のオファーもあったよ」

「そうなの？」ケイトは言った。「それで、どうするつもり？」

「どうもしないよ。関心がないからね。僕はきみが心配なだけなんだ」

「わたしは大丈夫だと思う。本当に。たぶん、まだショックが癒《い》えてないんだろうけど、どういうわけか、あんな目に遭った割には、ひどいトラウマも負っていないし、さほど怯えてもいないのよ。わたしは死にかけた——二度も死にかけたのよ。なのに、まだこうして生きている。奇妙に聞こえるだろうけど、自分はラッキーだって気がするの。新聞で読んだことをもっと聞かせて」

ふたりはさらにしばらく雑談し、アランは彼女に、コービン・デルとヘンリー・ウッドが死んだ夜以降に起きたことを残らず話して聞かせた。彼は前の恋人のクインが連絡を寄越し、一緒に一杯やらないかと誘ってきたことまで、ケイトに話した。

「あなたが有名人になったから、よりをもどしたがっているのかな？」

「いや、ただ詳しい話を聞きたいだけだと思うよ」

「せっかく有名になったんだから、それを活かさなきゃ。束の間のことなんだし」ケイトは弱々しくほほえんだ。

その笑顔だけで充分アランは言いたいことを言う勇気を得られた。彼はプラスチック製の椅子の上で少し前に尻をずらした。「ひとつスピーチをするからね」彼は言った。「先にことわっておくよ」

「スピーチなんてしなくていいよ」ケイトは言った。それでも彼女はまだほほえんでいた。

「一回ですませる。それでおしまい。短いやつだから。約束するよ」

スピーチが終わると、ケイトはうなずいて、考えてみると言った。アランは彼女に礼を述べ、病室をあとにした。少なくとも彼は、言いたいことを言った。真実を、または、それとほぼ同等のことを告げたのだ。ふたりで過ごした夜にどれほど大きな意味があったか。地下室経由で彼女の部屋に押しかけたことをどれほど自分が恥じているか。また、彼女がしばらくアメリカに留まり、ふたりの関係にチャンスを与えることが、自分にはどれほど重要に思えるか――それを言うことは、彼が本当に言いたかったことを遠回しに言っているにすぎない。本当に彼が言いたかったのは、ふたりはまだ会ったばかりだけれど、自分はまちがいなく彼女を愛しているということだった。

＊

ウッド夫妻、ジムとリーナは、ニューヨーク州北部の町、スタークから八時間、車を走らせてきて、息子の身元確認に協力した。ふたりが驚いたことに、地下のモルグに連れていかれたり、シーツに覆われ、顔だけさらしたヘンリーの遺体を見せられたりといったことはなかった。何度となくテレビで見てきたのは、そういう方式だったので、ふたりとも実世界でもそうなのだと思っていたのだ。実際には、彼らは、照明の明るい殺風景なオフィスに連れていかれ、そこで、ブルーシートらしきものに囲われたヘンリーの顔の写真を見せられたのだった。それはもちろん、彼らの息子だった。ふたりとも驚きはしなかった。

ジムはそのまま車でスタークまでとんぼ返りしたがったが、リーナは夫を説得し、ひと晩、泊まっていくことを承知させた。ふたりは町のすぐ西で、モーテル・チェーンの〈スーパー8〉を見つけた。その建物の向かい側には、夕食を取るのにまあよさそうな食堂も一軒あった。ジムは認めようとしないが、彼の運転の腕は、特に夜間は、昔と同じとは言えないのだ。

食事のあと、ふたりはモーテルにもどった。ジムはテレビを点け、野球をやっているチャンネルを見つけた。ヘンリーについては、彼らは話し合わなかった。息子がもっと若かったころ、ふたりはさんざん彼について話し合った。また、彼のことで祈りもした。こんなかたちで終わりが訪れたことは、ふたりにとって、ショックでも救いでもなかった。それは単なる事実だった。あの子は昔からどこかおかしかった。そしていま、彼は神の手にゆだねられている。息子があの女性たちを殺したとされているのは恐ろしいことだが、少なくとも、彼はもうこれ以上、誰も殺すことはできない。

ジムは野球の途中で眠り込んでしまい、リーナはテレビを消した。ジムの寝息は苦しげで、きしるような音も漏れていた。リーナは心配だったが、ひと晩なら無呼吸症のマスクなしでも大丈夫だろうと判断した。

自らも眠りに落ちる前、彼女はひとときのわがままを自分に許した。乳児だったころ、生後五、六カ月のころのヘンリーを束の間、思い出すことを。彼女はよくカウチにすわって彼を膝に乗せ、その小さな胸を手でつかんでそっと揺すってやった。そうすると、いつもあの子は彼女の目をじっと見あげ、けらけらと笑ったものだ。

それから彼女はその思い出を手放し、そのことは二度と考えてはならないと自分自身を戒《いまし》めた。

第三十八章

「わたし、もう少しだけここにいることにしたから」ケイトがそう宣言したのは、病院に近いその大きなホテルでのふた晩目のことだった。彼女は〈フォーリージ〉というレストランで両親とともに夕食を食べていた。それは、ホテルに三つあるレストランのうち、たっぷり予算のあるビジネス客に狙いを定めていない唯一の店だった。

「なぜ?」ぷるぷる震えるクレームブリュレひと匙《さじ》を途中まで口に運んで、母が訊ねた。

「どこに?」父が訊ねた。

「ほんのしばらくよ。うまく説明できないけど。フェリーでプロヴィンスタウンに行って、ふた晩くらいひとりで過ごしてこようかなと思って。しばらくぶりに――」

「みんなで行けばいいわ」母が言った。

「ううん、ひとりで行きたいの。このまままっすぐイギリスに帰って、母さんや父さんと一緒に昔の家にもどったら、きっと二度とあのうちから出られなくなる。ほんの二、三日のことよ」

驚いたことに、父と母はさして抗議もせず同意した。ふたりはケイトとともにコンシェルジュのところに行き、ボストン港からケープコッドの先端、プロヴィンスタウンに直行するフェリーのことを調べた。コンシェルジュは、向こうで泊まるホテルの部屋を予約しようと言ってくれたが、ケイトは宿泊先は自分で見つけると言い張った。また、父と母も、ロンドンへの帰りのチケットを予約しようと言ってくれたが、ケイトは、予約は帰る気になったときに自分でするると言った。

「あまり長くならないようになさい。いいわね？」母は言った。

「あんな事件のあとでおまえがここに留まるのを許したとなると、お祖父さんやお祖母さんが仰天するだろうな」父は言った。

「ふたりに伝えて。わたしはもう大人なんだし、すぐに帰るからって」

イギリスに帰る日の午後、父母はケイトをフェリーまで送ってきた。出発の前、ケイトはホテルからジェイムズ刑事に電話をかけ、今後の自分の居所を教えた。それは、警察のほうでまた聴取が必要になった場合の備えだった。でも彼女は、そういうことはまずないだろうと思った。それに、裁判も行われないだろう。コービン・デルとヘンリー・ウッドはともに死亡したのだから。

「プロヴィンスタウンはいいところですよ」刑事は言った。

「そうみたいですね」

「体に気をつけてね、ケイト。あなたはとても恐ろしい経験をしたんですから」

「いつものことですけど」ケイトは言った。

中型のフェリーはバタバタというエンジン音とともにボストン港を出て、雲ひとつない空のもとできらめく大西洋の広がりへと向かった。ケイトは丸九十分間ずっと、太陽に顔を向け、ときおり目を閉じながら、フロントデッキに立っていた。自分が何をしているのか、本当のところはわからなかった。わかっているのは、故郷の両親の庇護のもとに帰りたくはないということ――親戚や友達の質問や、それよりなお悪い、彼らの沈黙に迎えられたくないということだった。それに彼女は、ベリー・ストリートのあのアパートメントにもどることもできない。なおかつ、アラン・チャーニーの件をどうするか、彼女はまだ決めかねていた。でも、病院で彼が言ったことは本当だ。ふたりがともに過ごした一夜には特別な何かがあった。確かに何かが。彼女もそれを感じた。その一方、目覚めたときは、すさまじい恐怖も感じている。自分の命と幸せを他者の手に託すことへの恐れを。

ケイトは、ケープコッドの長い砂嘴《さし》が水平線上でちらちら光っているのを認めた。それから、高い石の記念塔と、家々が密集する町にぬっとそびえる給水塔が見えてきた。彼女の乗ったフェリーは、点々とボートが繋留されているプロヴィンスタウン港のなかを進み、コンクリートの桟橋に停泊した。ケイトはぐらぐらする舷梯《げんてい》を下りていき、地面に足を踏み出した。船旅のせいで軽い吐き気がしていたが、新たな場所にいるのだと思うと、突然、喜びが湧きあがった。ここでは誰も自分を知らないのだ。

フェリーを降りて最初に行き着いた店で、彼女は、外気の冷たさにもめげず、屋外の木製のピクニック・テーブルにすわって、フライドクラム・ロールを食べた。カレンダーは四月から五月に替わったばかりで、いまはまだシーズン前だ。それでも、あたりは大勢の人で賑わっていた。プロヴィンスタウンが同性愛者の比率の高さで有名であることを、ケイトは知っている。けれども、食事中、彼女の前を通り過ぎていく人々は、地元住民も観光客も、彼女が過去に訪れた他のどの土地とも変わらず、多種多様であるように思えた。筋骨隆々の若い男たちのカップルやグループ、家族連れの観光客、まだ冬のコートのままの、自転車を押す老婦人がふたり、葉巻を吸うビジネス・スーツ姿の太った男、ラグビーのジャージを着た二十歳前後の女性たちの一団。昼食後、ケイトは町をぶらついてから、ようやくハウランド・ストリートの小さなホテルにチェックインした。質素なその部屋は、彼女の望みどおりだった。彩色された木の床、四柱ベッド、テレビなし、そして、海に面した小さな窓がひとつ。

彼女は三日間、滞在し、長い散歩をしたり、町の古本屋で見つけたバーバラ・ピムの小説数冊を読んだりして過ごした。食事のほとんどは、町の東側にあるポルトガル料理の店に行き、カーブを描く長いカウンターで取った。例の恐怖は相変わらずそこにあった。暗くなってから歩いてホテルに帰るとき、聞こえてくる足音はすべて、彼女のあとをつけていたし、家々のあいだの暗がりは殺人鬼と強姦魔で一杯だった。日中も、彼女は、酒酔い運転の車が商業地区の狭い歩道に突っ込んできて、歩行者たちを轢《ひ》きつぶすのを待っていた。また、空をじっと見あげ、潮風で傷んだ家々の屋根を吹き飛ばす嵐の兆しをさがしたりもした。彼女はジョージ・ダニエルズまで警戒していた。いつものように、彼女には彼が見えた。遠くを行く見知らぬ誰かの長い脚の運びかたにも、ウェイターの髪形にも。いまではコービン・デルとヘンリー・ウッドが加わったはずなのに、自分を悩ますのが相変わらずジョージであることがおかしかった。ヘンリーが――いや、いまも彼女の頭に浮かぶ名前で言えばジャックが、いずれ、ぴくぴく体を引き攣《つ》らせ、白い歯をむきだして、夢に現れることはわかっている。でも、そうなっても大丈夫。あの男はもう彼女に手出しはできない。

ケイトは、コービンもいつか自分の悪夢に現れるのだろうかと思った。少なくとも二件の殺人――ロンドンの女子大学生とコネチカット州ハートフォードの女性の殺害について、彼の関与を示す強固な証拠があることを、彼女は知っている。にもかかわらず、ジェイムズ刑事はケイトに、コービンはオードリー・マーシャルの死に関与していないものと断定されたと言っていた。

コービンはケイトを救うためにロンドンからもどってきたのだ。かつて何者であったにせよ、彼は変わったと言えるんじゃないだろうか？

プロヴィンスタウンを去るために彼女が荷物をまとめていると、旅のあいだ袖を通さなかった二枚のセーターのあいだから紙が一枚、落ちてきた。それは母からの手紙だった。

ダーリン、あなたを連れて帰らず、目の届かないところにやるというのは、過去にわたしがしなければならなかったどんな務めよりも、むずかしいことでした。でも、パパは絶対に大丈夫だと言うし、わたしもそんな気がしています。わたしたちがどれほどあなたを誇りに思っているか、ぜひあなたに知ってほしいわ。いちばんよい時でも、人生はあなたにとって楽なものではなかったわね。そのうえ、あなたは最悪の目に遭った。それも二度も。わたし自身も昔からちょっと神経質なほうだったけれど、わたしはもうあなたのことを心配してはいません。きっとあなたは大丈夫。ではまた、うちでね。愛をこめて、ママより

ケイトはその手紙を数回読み、その後、いま読んでいる本にはさんだ。
ボストンにもどったのは、夕暮れ時だった。ボストン市内はケープコッドよりも暖かかったが、空は半ば雲に満たされ、空気は重く雨の気配をはらんでいた。彼女は港からベリー・ストリートまでタクシーに乗っていった。アパートメントで起きた事件について運転手が何か言うだろうと思ったが、それはなかった。彼はただケイトが荷物を下ろすのを手伝い、迫りくる宵《よい》闇《やみ》のなか、歩道に彼女を残していった。アパートメントの建物は以前と変わりなく見えた。警察のテープもなければ、中継車も来ていない。彼女の目に留まったのは、歩調をゆるめて建物の前を通り過ぎていく若いカップルだけだった。カップルの女性は、コービン・デルの部屋の

窓のほうを指さしていた。

ケイトはロビーに入った。フロントにはドアマンのボブがいた。彼はケイトを見て驚いた顔をした。

「こんばんは」ボブは言った。「おひさしぶりです」

「こんばんは、ボブ。実はわたし、アラン・チャーニーに会いに来たの。彼がいるかどうかわかる?」

「確認しましょう」彼は受話器を取り、短いやりとりのあと、アランの棟に通じる階段へとケイトを送り出した。

ただもう一度、アランに会いたいというだけで、彼女にはなんの計画もなかった。胸をドキドキさせながら、ケイト・プリディーはアラン・チャーニーの部屋へと向かった。ドアは開かれており、神経質な笑みを浮かべて、彼がそこに立っていた。ケイトはバッグを下ろし、待っているアランの腕の小さな輪のなかに入っていった。

一にアイディア、二に視点
――懐かしくも新しい、これぞ〝サスペンス・ルネサンス〟

川出正樹

「ここ二日というもの、漠とした違和感、もやもやした疑念が、羽根を休める場所を探す虫のように頭のなかを飛びまわっていた」
コーネル・ウールリッチ「裏窓」

「ジグソーパズルのピースがひとつひとつはまり、ぼんやりしていた影の世界からその姿が立ち上がってきた」
ダフネ・デュ・モーリア『レベッカ』

ピーター・スワンソンの『そしてミランダを殺す』を読み始めたときの、ぞくぞくした気持ちは忘れられない。なにしろ物語が幕を開けて早々に、こんな文章に出くわすのだ――「正直に言うと、わたしは、殺人というのは必ずしも世間で言われているほど悪いことじゃないと思っている。人は誰だって死ぬのよ。少数の腐った林檎を神の意志より少し早めに排除したところで、どうってことないでしょう?　あなたの奥さんは、たとえばの話、殺されて当然の人間に思えるわ」

空港で出会った見知らぬ美女リリーが、浮気している妻ミランダを殺したいとこぼしたテッドに向かって離陸直前の機内でこう言い放つのを読んだとき、背筋がぞぞっとした。怖ろしくてじゃない。これは凄い作品に違いないと確信したからだ。テッドの視点で描出されるふたりによる殺人計画の進行と、リリーの視点から語られる彼女の数奇な生い立ちにページを繰《く》る手が止まらず、あっと言う間に第一部のラストまで読み進めて、思わず息を飲む。なんなんだ、この展開は！　第二部以降、新たな語り手が加わり、物語はどんどん変容していく。そして、死角からの一撃のように見事に決まった幕切れに、深く息を吐き唸《うな》ってしまった。巧い。

ウィリアム・アイリッシュやパトリシア・ハイスミス、そしてアルフレッド・ヒッチコックの名作を彷彿《ほうふつ》とさせる上質なサスペンス特有の香気を漂わせつつ、スタイリッシュな男女の思惑が絡《から》み、捻《ねじ》れて、思いもかけない事態へと突き進む。そんな懐かしくも新しいサスペンス小説を堪能して、あらためて思った。ああ、自分はこういう作品を渇望していたんだよなあ、と。これぞ〝サスペンス・ルネサンス〟。

慌てて、二〇一四年に訳されたものの読みのがしていた第一作『時計仕掛けの恋人』（ヴィレッジブックス）を手に取り、妖しくスリリングで奸計《かんけい》に満ちた犯罪小説を、これまた満喫する。先に挙げたサスペンスの巨匠たちに加えて、ジェイムズ・M・ケインやビル・S・バリンジャーの諸作がまとう熱情と哀惜《あいせき》を帯びた物語に、なるほど、この作者は筋金入りのミステリ・ファンだ、と確信。新作を心待ちにしていたところで、さあ、『ケイトが恐れるすべて』だ。半年の期限付きで転勤となったので、その間、お互いの住まいを交換しませんか。ロンドンの画材店で働くケイトが、これまで一度も会ったことがないボストン在住の又従兄《またいとこ》コービンからの、そんなちょっと刺激的な申し出を悩んだ末に受け入れたのは、異国の地で心機一転しトラウマを克服したいと思ったからだった。だが、生まれてからずっと不安障害に悩まされ続けてきた彼女は、空港からボストン中心部へと向かうタクシーがトンネル内で渋滞に巻き込まれたために、五年前の凄惨《せいさん》な体験がフラッシュバックし、パニックの発作を起こしてしまう。

間一髪のところで車が動き出し、なんとか発作をやり過ごして高級住宅街ビーコン・ヒルに到着したケイトを待っていたのは、まるでヘンリー・ジェイムズの小説から抜け出してきたかのような、ヴェネチアの宮殿《パラッツォ》をモデルにした三階建ての豪奢《ごうしゃ》なアパートメント・ハウスだった。

中庭をU字形に囲む三つの棟からなる大邸宅と、地下鉄の駅から近く居心地が良いものの寝室ひとつしかない自分の部屋《フラット》とのあまりの違いに呆然としつつも、ドアマンや住人の歓迎を受け、ようやく緊張がほぐれだしたケイト。けれども螺旋《らせん》階段を上りコービンの部屋《アパートメント》に差しかかったとき、同じ年頃の若い女性が不安げな表情で隣室のドアを必死にノックしているのに出くわし、厭《いや》な予感に襲われる。彼女は、その部屋に住むオードリーの友人で、連絡が取れないため心配になって訪ねてきたという。常に最悪の結末を想定して、それに囚われてしまうケイトは、オードリーが死んだに違いないと確信し、再びパニック状態に陥《おちい》る。そして翌日、ケイトが予感した通り、隣の部屋で死体が発見された。

中庭を挟んでオードリーとは真向かいの部屋に暮らすアランと、大学時代にオードリーとつきあっていたというジャック。ふたりの男から、コービンがオードリーと親密な関係にあったもののの、なぜか周囲には秘密にしていたようだと聞かされたケイトは、又従兄からのメールに、被害者の女性とは特に親しくはなかったと記されていたため困惑する。

一体誰が嘘をついているのか？　見知らぬ又従兄が殺したのか？　殺人者の部屋に住む羽目になるのだろうか？　一人の知人もいない異国の地で不安に怯えつつ事件を探るケイトの周りで、かすかな違和感を憶える出来事が相次ぐ。無関係なはずの女性の死、しかしその確信は急速に揺らいでいく。果たして何が起きているのか。

原書ペーパーバックの巻末に附《ふ》された後書き"The Origins of *Her Every Fear*"で、作者ピーター・スワンソン自身が述べているように、「『ケイトが恐れるすべて』は、自分が住んでいる場所も、自分の頭の中も信頼することができない女性の物語」だ。

何もないところに常に危険の兆候を見出してしまう性癖に加えて、時差ボケで思うように働かない頭の中では、五年前の大学生時代にケイトの人生に生涯消えないトラウマを遺した元の恋人ジョージが、折に触れて囁《ささや》きかけてくる。初対面の時から心惹かれているアランからは、長い間、自室の窓からオードリーの生活を盗み見ていたと告白される。なにより、メールでのやり取りしかしたことのない見知らぬ又従兄のコービンは、謎と影に満ち過ぎている。とめどなく湧く疑念と不信感に、居心地が良いと思えた新居は、みるみるうちに印象を変えていく。

「自分の家が、恐怖を感じさせる安心できない場所へと変容していくゴシック・スリラー――『ジェーン・エア』、『レベッカ』、『ローズマリーの赤ちゃん』、『ガス燈』――を愛読し、浸ってきたので、本書を書いている間、とても胸が躍った」と後書きで語るピーター・スワンソンは、筋金入りのミステリ・ファンだ。これまでに〈窃視者《せつし》が登場する小説〉〈サイコ・スリラー〉〈作家が主役のスリラー〉〈殺人者が語り手の小説〉等のテーマで、お気に入りの映画と小説についていくつも記事を書いている。その中で彼は、「裏窓」『ふくろうの叫び』といった古典から、『スルース』『ミザリー』のような定番、そして『フェリシアの旅』『わたしが眠りにつく前に』のように一九九〇年代以降に発表された新しい作品まで幅広く目を配っている。

ちなみに本書には、ケイトがTVで『誰かが狙っている』を観る場面を始め、登場人物がミステリを読んだり観たりするシーンが頻出する。程度の差はあれ暗示的な作品を効果的に揃えたマニア度の高さに、思わずニヤリとしてしまった。十歳の時に『ダイヤルMを廻せ！』を観て、二面《ふたおもて》ある犯人の造型と対話劇の巧みさに衝撃を受けたピーター・スワンソンは、これら古今の名作を血肉とし、筋運びや技巧を自家薬籠《やくろう》中のものとした上で、緩急自在に物語を展開していくのだ。

その際、『時計仕掛けの恋人』での過去の事件や『そしてミランダを殺す』での語り手の選択のように、常に独創的な工夫を凝《こ》らす。そこにスワンソン作品の新しさがある。本書の場合は、ゴシック・スリラーに欠かせない存在である〝信頼したくてもしきれない身近な男性〟を、五時間の時差と五千キロの距離を隔《へだ》てた場所に配置した点がキモで、この設定を着想した段階で『ケイトが恐れるすべて』の成功は決まったようなものだが、元々はロマンティック・コメディにするつもりだったというから面白い。

実はアイディア自体は、十五年以上前に思いついたものの、どうにもしっくりとせず放置していたところ、あるとき、恋愛よりも殺人に向いていると閃《ひらめ》く。そうして、良い本には中核となるアイディアがひとつ以上必要だという信念に基づき、「裏窓」ともう一つ別の作品に触発された設定を盛り込みミステリに仕立て上げた。後者は中盤以降に明かされるネタに絡むものなので伏せておくが、この二作を掛け合わせて、ゴシック・ロマンスの舞台に深刻な事情を抱えた男女を配し、複数の視点を用いて愛憎劇を演出した作者の手並みは見事という他はない。

そう、一にアイディア、二に視点。優れたサスペンスを生み出せるか否かは、この二点にかかっているといっても過言ではない。物語とは、内容そのものと同じくらい、誰に、いかに語らせるかという点が重要なのだ。取りわけサスペンスに主眼を置いた作品の場合、語り手の知識と心情、即《すなわ》ち、何を見て、どう感じたか、何を知っていて何を知らないのかによって謎が生まれ、緊張感が高まり、読者の意表を突く展開が可能となる。

本書の場合も、それぞれの語り手が読者に対して嘘をつかず、隠しごとをしていないにもかかわらず、サスペンス漂うスリリングな物語が緩急自在に展開され、思わず息を飲むクライマックスへと収斂《しゅうれん》していく。

『羊たちの沈黙』が引き起こした九〇年代のサイコ・サスペンス・ブームを経て付いた色を一旦洗い流した上で、『ゴーン・ガール』や『ガール・オン・ザ・トレイン』といった、二〇一〇年代に書かれ大ヒットしたキャラクター主体の所謂《いわゆる》〈イヤミス〉寄りの小説とは力点の異なる、懐かしくも新しいサスペンスを生み出したピーター・スワンソン。彼は、ボストン市警のロバータ・ジェイムズ刑事が犯人への対抗者として登場する、作者言うところの非公式三部作でもある既訳三作に続いて、*All the Beautiful Lies*（2018）、*Before She Knew Him*（2019）と年一作のペースで作品を発表し、いずれも高く評価されている。

Viva, Suspence Renaissance!

検 印
廃 止

訳者紹介　英米文学翻訳家。訳書にオコンネル『クリスマスに少女は還る』『愛おしい骨』『氷の天使』『アマンダの影』『死のオブジェ』『天使の帰郷』『魔術師の夜』、デュ・モーリア『鳥』『レイチェル』、スワンソン『そしてミランダを殺す』などがある。

ケイトが恐れるすべて

2019年7月31日　初版

著 者 ピーター・スワンソン
訳 者 務《む》 台《たい》 夏《なつ》 子《こ》

発行所 (株) 東京創元社
代表者 長谷川晋一

162-0814/東京都新宿区新小川町1-5
電 話 03・3268・8231-営業部
03・3268・8204-編集部
U R L http://www.tsogen.co.jp
暁印刷・本間製本

乱丁・落丁本は、ご面倒ですが小社までご送付ください。送料小社負担にてお取替えいたします。

ISBN978-4-488-17306-7　C0197